中南海有股勢力想藉股市搞垮習近平

股市政變
李克強臨危受命

政府與利益集團各自套利黑幕大曝光

作者/王淨文 季達

李克強整頓股市內幕

目錄

李克強整頓股市內幕

第一章

2015 年 6 月 A 股
震盪黑幕

回顧大陸股市過去半年的大起大落，上證綜指在過去一年裡上漲了大約 150％，堪稱「瘋牛」、「快牛」。大陸股市的暴漲暴跌，除了經濟因素外，更多的是政治暗箱操作起到的槓桿作用，這次股市還加入了很多內鬥搏殺的血腥。

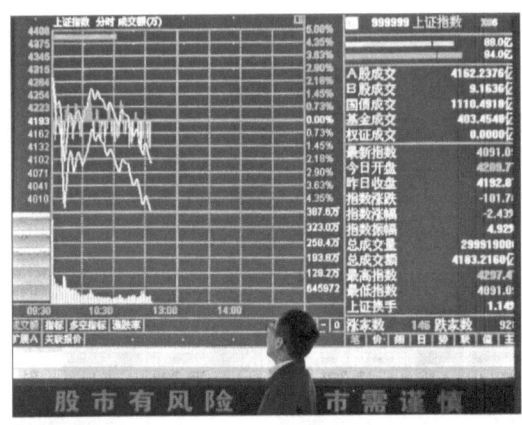

（AFP）

第一節

大陸股市劇烈震盪
政治搏殺刀光劍影

大陸股市在經歷了「5.28 慘案」、「6.26 自殺式大跌」之後，儘管有周末（6 月 28 日）的央行息準雙降的利好政策以及養老金入市等傳言，但周一（6 月 29 日）大陸股市依然大跌，全天盤中巨震超 10％，滬指收跌 3％，險守 4000 點。

攔截股市上升 解植春龍增來被查

從 2014 年下半年以來，中國 A 股市場走出了一輪強勁的上漲行情。有分析認為，這是習近平、李克強陣營為了擺脫經濟下滑的補救措施。此前有消息說：「習大大說股市要上萬點」。從 2014 年最低點的 1991 點，上漲到 2015 年一度逾 5260 點，漲幅超過 150％。這在國際股市也是少見的。

2015 年 5 月 28 日，上海《第一財經》女記者江燕此前在朋

友圈轉發短訊，習近平於杭州視察時，在非正式場合向一名專職炒股的女記者說：「炒股好呀，很快就到 1 萬點了。」

儘管後來女記者否認和習近平握手，但沒人否認或承認習近平說過股市上萬點的說法。然而就在 5 月 28 日這天，由國營投資、本應給習捧場的中央匯金公司，卻在股市上衝 5000 點時拋售了大量中國工商銀行和中國建設銀行的股票，導致上證指數從 4943.74 下跌 321 點，創下年內第二大跌幅，被股民戲稱為「5.28」慘案。後來北京官方讓中央匯金的總經理解植春「自動離職」，被視為以此作為警示，提醒那些與中南海背道而馳的人「小心丟了烏紗帽」。

2015 年 6 月 15 日是習近平 62 歲生日。此前大陸股市盛傳，到時要讓股市升到 5361.5 高位，即習生日 53 年 6 月 15 日的數字組合。說來也巧，就在 2015 年 6 月 12 日，上證指數收盤報 5166.35 點，被稱暗藏「玄機」，因為把上述數字倒轉過來，就是 53.6615，把習近平生日的數字都包含了。於是網名「滬港小生」的居港大陸財經專欄作者陳澍在微博上說預測說，希望習近平生日那天上證指數能達到 5306.15，一則為習慶生，二則在習執政 2 年 7 個月之際，「祝全體股民一生久發。」

然而情況與人們預期的完全相反。儘管股民們帶著之前證監會例行發布會的各種「利好消息」衝進市場，坐等指數新高，不料卻等來指數跳水，泥沙俱下。

6 月 15 日當天，滬指早盤高開低走，盤中震盪走低跳水近 1%，10 點 30 分左右再度衝高回落放量跳水，盤中跌逾 2%，失守 5100 點，收盤報 5062.99 點，跌 103.36 點，跌幅 2.00％；深圳成份指報 1 萬 7702.55 點，跌 395.72 點，跌幅 2.19％；創業

板同樣高開高走，在失守 3800 點持續下跌，擊穿 3700 點，報 3696.03 點，跌 203.68 點，暴跌 5.22％。

對此外界表示，大陸證券機構的老總們以這種方式給他們的習總慶生，著實令北京尷尬。當時有報導稱，雖然股市不給面子，但是證監會卻很有意，批准國泰君安證券在這個「重要日子」（6 月 15 日）上市。當時股市盛傳這是中國證監會特別選定的股票，寓意「國泰君安」，向習獻禮賀壽。

不過 6 月 16 日股市繼續違背「上面的意思」，一路下跌，滬指暴跌 3.47％，連破 5000 點和 4900 點大關。然而，就在第二天，人們看到了習陣營的再度回擊。

6 月 17 日，中紀委用少有的超長篇幅，點名中投證券有限責任公司原黨委書記、董事長龍增來，說他頂風作案、違反中共中央八項規定精神，「決定撤銷其黨內職務，並免去其行政職務」。

不過，6 月 18 日早盤兩市依舊雙雙低開，上午保持低位窄幅震盪，盤中多次欲翻紅，由於權重股持續低迷，多次衝高回落；午後開盤，金融股暴跌，題材股紛紛跳水重挫，滬指震盪走低破 4900、4800 兩道整數關口，盤面上各大板塊全線飄綠。兩市 134 股跌停。

李克強下令抓證券界「內鬼」

6 月 19 日，大陸股市再次暴跌，滬指重挫 6.42％。滬指周跌幅超 13％，創 7 年最大單周跌幅。6 月 20 日，證監會官微發消息稱，證監會發行監管部處長李志玲配偶違規買賣股票，因此決定對李志玲作出行政開除處分，同時，因涉嫌職務犯罪，李志玲

已被移送司法機關。

「財新網」報導表示，李志玲本人並無專業但很牛，家庭背景也顯得比較神祕。據說李志玲的丈夫很有錢，但她丈夫是誰，如何掙錢，財新網並未提及。

在此之前，6 月 2 日，前央行行長戴相龍的女婿、被稱為「香港股神」的車峰，被專案組帶走。戴相龍也是全國社保基金的前任理事長，被稱為江澤民的金融大管家，2014 年剛剛卸任。

面對股市多次出現的暴漲暴跌局面，中共總理李克強多次就股市大幅波動作批示，最近的一次批示要求抓證券界「內鬼」。

據說在車峰被抓捕的同日，6 月 2 日，李克強在文件上就滬深股市大幅波動作批示：「證券界有鬼，有鬼在內外操控斂財」、「要果斷用法律武器、證券界規則，公開揭露內幕，抓住內鬼」、「要抓緊、抓實辦理」。

如果說車峰、解植春、龍增來、李志玲，這四人都能算成證券界的「內鬼」，那他們只能算是「小鬼」，因為他們落馬之後，大陸股市依然「鬼氣沖天」，緊接著發生了「626 股市集體大自殺」的鬧鬼事件，這表明「大鬼」還在活動。

626 自殺性下跌 事有蹊蹺

6 月 26 日，A 股大盤逼近跌停，滬指暴跌 7.38 ％，深成指暴跌 8.24 ％。逾 2000 檔股票跌停，創業板指暴跌 8.91 ％。滬深兩市歷史少有的記錄被不斷打破。官媒對這次下跌都冠以「自殺式」下跌的稱謂。

中共官媒新華社發文稱，A 股在調整數波殺跌後，仍以「自

殺式」的暴跌相挾，主力或有倒逼政策出面維穩的意圖。文章說，從盤面看，A 股正創出四大前所未有的記錄：

一是滬指在連續殺跌後，26 日午後仍大跌超 8.5％，烈度遠超當年 5.30 殺跌，創業板指甚至跌超 9％，逼近跌停；二是兩市超過 2000 股跌停，跌停數創紀錄，且紅盤個股不足 50 家，歷史罕見；三是大盤短期跌幅大，且伴隨連續 3 次下跳空缺口，調整方式顛覆正常牛市調整的界定；四是這次調整並非出於明顯的政策打壓利空，反而是在利好背景下發生下跌，這就很令人奇怪。

面對超出想像的大跌，很多大陸股民在網上發帖，「一把鼻涕一把淚地整理了一些股市段子」，讀後令人忍俊不止。

有人說：「6 月 26 日是中國股市近期綠化環境最好的一天，這一天整個股市綠化率達到了近 99％，創造綠化奇觀。」很多人傷心的想跳樓，有人建議別跳，「大膽抄底中國火葬，殯葬概念第一股」，有的說「我這兩天具有嬰兒一樣的睡眠——哭著睡了，醒來接著哭！」還有人貼出所謂中國證監會主席肖剛的簡歷，說 1858 年 8 月出生的肖剛「原為國家跳水隊專業運動員，現任中國證監會黨委書記、主席」，並高呼，「終於找到股市跳水的原因了！證監會下一屆老大換一個跳高運動員吧，拜託。」

江派搞鬼操控股市

面對股市一系列異常的暴跌以及中紀委不斷出手干預，《亞洲新聞周刊》總監黃金秋表示：「有一種說法，江澤民派系要操縱股市，把中國的經濟搞亂，亂中取勝，股市的暴漲暴跌，造成人心不穩，造成經濟的失序，是不是對對手做的一種搞亂。」海外

也不斷有與江系關係密切的網站吹風稱，習近平將倒在經濟之上。

　　分析發現，這次全面下跌行情，起始於中投證券的股東——中央匯金 5 月 26 日減持工行和建行的股份。由於目前股市上的兩支「國家隊」——匯金和社保基金，它們的減持或增持都會在股市起到政策風向標的作用。隨著匯金的減持，滬指放量下跌，導致「5.28」慘跌，於是才有了解植春的離職。6 月 15 日習近平生日，股市又被搞得下跌，於是中投證券的董事長龍增來被拿下。

　　中投公司被指與江澤民家族關係密切，中投公司的資金來源於外匯儲備，而江澤民長子江綿恆曾兼任外匯管理局局長。在江澤民下台前，外界就盛傳江為了給自己留後路，大量向海外轉移外匯。北京《半月談》雜誌曾經披露，中國貪官使國家外匯流失2000 多億美元，而江綿恆被指為貪官之首。

　　中投公司除了與江氏家族聯手做生意外，還幫其籌募資金。據外媒報導，江澤民孫子江志成的「博裕資本」，其中一個資金來源就是全球最大私募股權基金之一的黑石（Blackstone），而中投在其籌備階段，就向黑石投資了 30 億美元。

　　在大陸股市暴跌中人們發現，外資撤離跡象明顯。比如澳新銀行（ANZ Bank）在 6 月中旬撤資 21 億美元，5 月下旬撤資 71億美元。

　　消息指出，此時撤資的外資多數是由於打通了江澤民的人馬從而進入大陸市場，他們這次配合江派行動，也就不足奇了。

朱雲來說股市難以控制

　　6 月 26 日至 27 日，「2015 年陸家嘴論壇」在上海舉行。在

論壇間隙，原中金公司總裁朱雲來自我調侃：「人家說，你一走股市就火了。」當被媒體問及現在 A 股市場是否不行了時，他反問：「你信嗎？哪個國家股市半年漲一倍的？」至於官方控制股市慢牛節奏的說法，他直言「官方要有那麼大本事就好了」。在他看來，股市是政府控制不了的。

不過，他的父親朱鎔基卻有不同看法，至少朱在位的那個時代，官方是能控制股市的。據《中青報》報導，謝百三回憶了朱鎔基對股市的看法：股市漲得太高了，他（朱鎔基）要打壓，擠泡沫；跌得太低了，他要救股市。在朱鎔基時期，大陸股市受到宏觀政策的影響很大，甚至有人戲稱當時的大陸股市，「不是牛市，也不是熊市，而是豬（朱）市。」

然而如今中共內部分裂成了兩派，雙方都掌控著巨大的股市影響力，當雙方較勁時，大陸股市也是變成「瘋市」了，要麼瘋狂上漲，要麼瘋狂下跌，完全是病態。

江澤民給習近平「慶生」以牙還牙

2014 年 8 月 17 日江澤民（右）過 88 歲生日時，江的心腹王宗南（左）被抓。（大紀元合成圖）

股市暴跌，而在 2014 年 8 月 17 日江澤民過 88 歲生日時，習也給江送了個大禮：江的心腹王宗南被抓。

2014 年 8 月 17 日，原上海光明食品集團董事長王宗南被撤銷上海市政協委員資格，隨後上海檢方宣布對王立案偵查。王宗南涉嫌在任職於上海聯華超市時挪用公款和受賄。在原上海市委書記陳良宇任職黃浦區區長期間，王曾任區長助理、副區長，隨後於 1995 年棄政從商，兼任聯華超市董事長。

雖然王宗南被指控的犯罪行為，不是發生在他任職光明食品集團出任董事長期間，但人們的目光還是聚焦在上海光明食品集團，該集團的前身是上海益民食品一廠，而江澤民在 1950 年代曾是益民食品一廠的第一副廠長，之後一直與該集團保持密切的私人關係。據說在江澤民家族過年宴請的賓客中，王宗南是每年必到的客人之一。光明食品集團在官方網頁上也稱江澤民是「光明品牌的締造者」。

在此之前，習近平陣營拿下了江澤民集團在黨、政、軍的核心馬仔：中共中央政治局前常委、政法委前書記周永康、中共中央軍事委員會前副主席徐才厚、中共全國政協前副主席蘇榮等。於是人們分析說，當生日時親信被抓，這對江澤民至少是個很重的警告。

江集團操縱「光大證券烏龍指事件」

江澤民集團利用股市來對抗習近平已經是屢有前科，最典型的案例是江派成員、前政治局委員薄熙來案開庭前在決定其刑期時，習江雙方大較勁，為了掩蓋江澤民流氓集團成員薄熙來犯下

的活摘法輪功學員器官的反人類罪行，江派對習施加壓力，甚至不惜以中國經濟為籌碼、以毀掉金融體系為代價，發出同歸於盡的信號，最後迫使習近平不得不輕判薄熙來。

2013 年 8 月 16 日大陸股市發生「8．16 光大烏龍指事件」，三分鐘內大盤暴漲近 3％，10 分鐘內大陸股市總額增加 3400 億元人民幣。人們驚嘆光大證券公司小小 72 億資金的異動，就能帶來大陸 14 萬億大盤的異動，「烏龍指效應」放大了 2000 倍。

表面上是技術失誤引發的一連串內幕交易，但據武漢富商徐崇陽披露說，薄家曾經在薄熙來 8 月 22 日開審前夕，託人致電給他說：「薄家背後的勢力（江澤民集團）可操控股票暴漲，把中國的金融搞垮。讓習近平經濟上倒台，經濟倒台就是政治倒台嘛，讓習近平崩潰。讓習近平、也包括胡錦濤坐不住。薄熙來家還有人。」此烏龍指事件就是薄家針對習近平而操作的。（詳情請看《薄黨操縱股市 脅迫中南海細節曝光》（第 351 期，2013年 11 月 07 日出刊）

2013 年 8 月 30 日下午，中共證監會發布信息，認定光大證券事件為內幕交易，對其罰款 5 億多元，沒收所得 8721 萬元，並對當事人徐浩明、楊劍波等分別予以警告，罰款 60 萬元，並終身禁入證券市場等處罰。

2014 年 2 月，光大烏龍指主角楊劍波狀告中共證監會，自稱被冤枉，並揭露這是一次上海證監局、上交所（上海證券交易所）事先對交易知情、但並不阻止，中金所（中國金融期貨交易所）熱線指導下故意完成的「內幕交易」。這不但證實了《新紀元》此前的獨家報導，同時也證明，江派尚有實力操控中國股市。

江派挑起上海 PX 攪局

2015 年 6 月 22 日，就在 6 月 17 日習陣營拿下中投證券董事長龍增來的第 5 天，江澤民盤踞的上海突然發生了數萬民眾遊行示威，抗議政府在上海金山區修建 PX 化工廠的事，鬧得沸沸揚揚。

人們很納悶，PX 在廣東茂名等地都遭到民眾的強烈反對，怎麼可能搬到更大都市的上海呢？一向採高壓手段的上海警察這次卻意外地默許了民眾的上街遊行，但同時又派出大量警力鎮壓，數十人被捕，街上還出現了持槍軍人把守、民眾憤怒還擊等現象。

6 月 28 日周日，在金山民眾每天持續上街維權反對 PX 項目一周之後，因為是周末，估計上街人數增至大約二、三萬。就這樣拖了一周之後，當地政府才宣布：「環評終止了，一體化項目取消了，大家不要上街了。」

有分析指出，這是上海幫所玩的花招，是曾慶紅的一貫手法。1999 年 6 月 10 日江澤民一意孤行，成立「610」這個專門鎮壓法輪功的機構之後，6 月 10 日也就成了一個江習鬥的敏感日。比如 2014 年 6 月 10 日，曾慶紅讓張德江搞出了香港白皮書，激起了雨傘運動，想藉機讓香港亂起來；2015 年 6 月 10 日之後第一天，周永康被判無期，6 月 12 日大陸股市一下升到 5260 點，然後就一路下跌，就在 528，626 股災之間，6 月 22 日，上海官方故意拋出 PX 項目來激怒民眾，數萬人上街，一旦上海亂起來，江派就高興了，他們就想乘亂搞事。

大陸股市看似變化無常，但當我們把這些故事用政治鬥爭的主線穿起來後，一副習江在經濟版圖上的博弈圖也就躍然紙上了。

第二節

股市 528 慘案兩「凶手」先後被查

　　2015 年 5 月 28 日，在向 5000 點大關衝擊時，上證指數從開盤的 4943.74 不斷下跌，收盤 4620.27，滬指放量下跌 321 點，跌幅 6.5%，創下年內第二大跌幅，被股民戲稱為「5.28」慘案。

　　巧合的是，8 年前的 2007 年 5 月 30 日，在衝破 4000 點時，出現了同樣的跌幅，同樣被股民稱為「5.30」慘案，只不過 2015 年成交金額是 1.25 萬億，2007 年只有 2755 億。

　　不過，這次人們好像找到了股災的「罪魁禍首」：下跌前兩天，中國投資有限責任公司（中投證券）的股東——匯金公司，開始大量減持中國工商銀行、中國建設銀行的股份，導致股市急速掉頭，造成「5.28」慘案。

　　中投證券這樣搞鬼也不是第一次了。2014 年 12 月，中投證券承銷華東科技的私募基金，關鍵時候出現「堵單」現象，造成投資人認購失敗，多家機構舉報中投證券在玩花招。

中央匯金解植春被撤職

股災發生的第二天，5 月 29 日，中國投資有限責任公司官網突然宣布，解植春不再擔任中投公司副總經理及中央匯金公司執行董事、總經理職務。雖然官方沒有提及解植春離職的原因，但很多人認為，正因為中央匯金的減持行為才引發股市大跌。現年 57 歲的解植春，2014 年 5 月從光大銀行上任中投公司副總經理兼中央匯金公司總經理，到職才 15 個月。

中央匯金是中共國務院 2003 成立的國有獨資投資控股公司，主要職能是對國有重點金融企業進行股權投資。2007 年中投公司成立後，匯金成為其全資子公司。在外界看來，匯金是代表國家持有四大銀行的股票，其一舉一動被視為北京當局意志的體現。當習近平陣營想利用升高股市來帶動經濟時，匯金卻在這時減持工行和建行的股票。

中央匯金 5 月 28 日公告承認自金融危機以來首次成批減持銀行股的事實。5 月 26 日，其減持 4.26 億股工商銀行 A 股股票；減持建設銀行 A 股股票 3.66 億股，共計套現 35 億至 48 億元左右。專家分析說，匯金根本不缺那點錢，其減持行動被人們解讀為：當局不想讓股市再漲了，於是匯金一拋售就引發了「5.28」的暴跌和踩踏，一天中 A 股市值從 71.57 萬億縮水至 67.51 萬億，損失 4 萬億，若按當日 2.01 億股民計算，當天平均每個股民帳戶浮虧 2 萬，這意味著上半年北京股民人均賺 8 萬元，一天之後就送回去了四分之一的利潤。

有人評價解植春「不識時務」，「由於 A 股本輪牛市帶有槓桿性質，前期漲幅過快，政府確實是希望『慢牛』，但沒想到市

場對匯金的減持反映如此激烈，暴跌肯定是政府不希望發生的。」也有消息說，解植春的離職與股市大跌無關，而與其親弟弟解植錕及他控制的「中植系」有關，不過這一消息未經證實。

中投證券董事長龍增來被免職

解植春被撤半個月後的 6 月 17 日，中國中投證券有限責任公司原黨委書記、董事長龍增來也被查處。中紀委用少有的「超長」篇幅，點名龍增來，說他違反中共中央八項規定精神，「決定撤銷其黨內職務，並免去其行政職務」。

中紀委通報說，「經查，2013 年 1 月至 2015 年 5 月，龍增來多次在高檔餐飲場所公款吃喝，在公司報銷餐費共計 4 萬 605.7 元，其中通過虛開發票多報銷費用 15 萬 9100 元。2013 年以來，龍增來多次在北京、深圳等地公款打高爾夫球，在公司報銷費用共計 3 萬 4389 元。2014 年 3 月，龍增來出版印刷個人詩集 1000 冊，將其支付的購書費 1 萬 7921 元在公司報銷。」

中共官媒《人民日報》評論稱，這是典型的頂風行為，「受到嚴肅查處，完全是咎由自取」，文章還宣稱，中央紀委將加大查處力度，嚴懲違反中共中央八項規定精神者，「也許下一個『龍增來』，受到處分還會更嚴厲！」

龍增來的被免職，是一年內被查的第 8 名金融界高管。在龍增來被查之前，中國股市也出現異常暴跌。

香港股市大鱷車峰的頭銜

除了龍增來、解植春因搞亂股市被查外,在香港有「股神」之稱的大陸富商車峰,被查之前,香港股市同樣出現異常的腰斬現象。

2015 年 6 月 3 日,財新網發表獨家報導《港股數字王國暴跌實際控制人為車峰》,文章稱,「一家名不見經傳但擁有神祕股東的電影特效公司,出人意料成為今天港股跌幅榜的頭名」。

這家名叫數字王國(00547.HK)的香港上市公司,擁有一些神龍見首不見尾的股東。

當天數字王國以 1.97 港元開出,盤中低見 0.84 港元,較上一交易日下挫超過 60%,收盤時至 1.26 港元,跌幅仍達到 41.40%。原來這家公司的股東,都是北京商人車峰的經理人,而那一天,車峰被抓走,於是數字王國股價急跌。除車峰外,數字王國的另一名股東是與前中共統戰部部長令計劃等人關係密切、開發出北京盤古大觀和金泉廣場的郭文貴。

財新記者的調查顯示,自 2009 年借殼「數字王國」,車峰帳面淨利至少高達 58 億港元,而郭文貴自 2012 年 9 月從車峰兄長車濤手中買入部分數字王國股份,2015 年 1 月 16 日全部套現,淨賺 8000 多萬港元。

財新網稱,車峰是安徽合肥人,身材高大,其父曾是軍人,車家三兄弟,車峰最小。這名長期居於香港的中國商人,公開信息非常少。中國平安保險集團在一份公司監事的介紹中透露,車峰出生於 1970 年,曾在海南和上海從事房地產生意。2006 年 5 月至 2009 年 6 月,車峰擔任中國平安監事,當時還擔任香港沃

和科技集團有限公司主席兼行政總裁、北京沃和賽騰網路技術有限公司董事長及北京大學中國與世界研究中心常務理事。

經財新記者調查，車峰在二級市場投資主體主要包括 Ever Union Capital Limited、香港長和資產管理公司（Ever Union Asset Management Limited）等。根據香港公司註冊處資料，車峰至少以個人名義擁有 5 家私人公司，其中 2 家為 BVI 公司。

不過後來人們得知，車峰是前央行行長戴相龍的女婿，其最大靠山是曾慶紅。

江派在股市與習陣營作對

評論指出，以江澤民為首的利益集團的權貴們，憑借手中握有「富可敵國」的資產，擾亂金融秩序，與當局企圖讓股市持續「慢牛」的意圖對抗，造成股市狂漲狂跌，擾亂人心，抵制反腐。

接受新唐人採訪的北京時政觀察人士華頗表示，目前經濟下行壓力非常之大，所以習近平要提振經濟，但是對立面江澤民派系不希望習近平成功，所以拚命尋找機會，比如習近平要提振股市，所以江派就要打壓股市，這股市起起落落和這些人背地裡使壞有關，「所以習近平現在要對金融口進行一個大清洗。」

中投證券是中投公司的控股子公司。中投直屬中共國務院，資金來自國家外匯儲備，是目前全球最大主權財富基金之一。

據說，2003 年 8 月 5 日，國務院調整國家外匯管理局領導層，號稱「電信大王」的江綿恆，兼任國家外匯管理局局長，將巨額外匯轉移海外。而在公開資料中，2003 年 3 月到 2005 年 3 月，外匯管理局局長沒有姓名。江綿恆是江澤民的長子。江綿恆執掌

外匯管理局期間，正值江澤民執意留任中共軍委主席兩年，在這兩年中，江綿恆的中國網通得以在美國上市。

除了外匯局這層關係外，中投公司還與江澤民家族的其他人關係非常密切。2012 年 9 月，阿里巴巴完成對雅虎 76 億美元的股份回購，其中就有中投公司和江綿恆 27 歲兒子的「博裕投資」。

博裕投資 2012 年還和中投公司、中信資本和中國國家開發銀行聯手，收購阿里巴巴 5.6% 的股份。1994 年，江綿恆創辦成立了上海聯和投資有限公司，並因此成為億萬富翁，而其中的領導層和博裕投資基本上是同班人馬，都是國家頂級投資人。

大陸執政評論員王思想：「金融領域是他們來錢最快，也是他們行為最猖獗的領域，金融領域的危害就是徹底扭曲了所有的經濟信號，價格信號也好，經濟信號也好，都被他們扭曲了，而他們從中牟取的是暴利。」

無獨有偶，被稱為江澤民金融大管家的戴相龍，他的女婿車峰，也是香港著名的「股神」。車峰 2015 年 5 月 31 日由香港飛回北京，6 月 2 日被專案組帶走。而 5 月 21 日在香港上市的三支股票腰斬，離奇大跌。

最新的國資委下屬期刊《國資報告》報告稱，因為內訌，貪污腐敗等問題，導致境外國有資產流失不少於 12 萬億。

解植錕與「中植系」關係受關注

現年 57 歲的解植春從業經歷覆蓋證券、銀行、保險等不同金融領域。有網路消息說，其弟解植錕卻全靠哥哥的關係發財。

據《時代周報》報導，在離職 2 天後的 5 月 31 日，解植春

在朋友圈發布《乙未十願》回應辭職事件：辭職之初，想到媒體會炒作，但沒想到是這樣炒作。

「我是 57 歲生日之後才最終下決心改變人生軌跡的。調整人生方向，主動選擇符合正確的價值觀、自己喜愛和享受的工作或工作方式。不再違心地從事有違價值觀的工作，減少身體精神的雙重負擔和痛苦。」《乙未十願》這樣寫道，而且落款時間是 2015 年 2 月，解植春似乎早有脫離體制的打算，且其認為當前的工作有精神和身體的雙重負擔和痛苦。據說相關部門在做例行檢查時，總是要反復詢問其與胞弟解植錕的關係，這讓解植春感到尷尬。

《時代周刊》調查發現，解氏兄弟二人，一個在體制內，一個在體制外，堪稱「資本雙雄」。解植錕所掌控的「中植系」和解植春曾任職的「光大系」、「匯金系」，確有存在一定關聯。

儘管解植錕力證其與「中植系」毫無關聯，仍未阻擋外界將之視為「中植系」實際控制人。據說解植錕的「中植系」通過不為人知的關聯人士，層層隱蔽分散股權，控制著 10 餘家上市公司之內的資本帝國。當今的「中植系」已將觸角延展到信託、典當、租賃、期貨、擔保、協力廠商理財、PE/VC 等各個領域。

據《時代周報》粗略計算，「中植系」參與了至少 15 家上市公司的資本運作，且旗下殼公司數量相當龐大，相當一部分為配合資本運作而伺機成立。不過這些殼公司一般為二級或三級子公司，背後實際控制人大多為不知名的自然人，表面看起來與「中植系」或與解植錕毫無關聯。

如今，隨著解植春、車峰等人的被查被抓，習陣營在金融領域的打老虎好戲已經開頭了。

第三節

陸媒憶 1910 年股災致大清覆亡

投資橡膠熱 外商圈錢 股票瘋漲

　　大陸媒體澎湃新聞網 2015 年 6 月 25 日刊載《1910 年的那場股災如何令帝制轟然倒塌？》，該文節選自《寧波幫：天下第一商幫如何攪動近代中國》一書。文章回顧 1910 年上海發生的股災，股災引發的金融危機更波及四川鐵路建設，由此引發多米諾骨牌效應，最終導致清朝的覆滅。

　　20 世紀初，汽車工業的迅速發展導致橡膠生產成為朝陽行業，很多沒見過橡膠樹長成什麼樣的人都忙不迭地投資橡膠行業，開辦公司，發行股票。1909 年底，這股熱潮波及到中國，上海首當其衝。當時上海人稱橡膠為橡皮，所以也將橡膠公司發行的股票稱為「橡皮股票」。最早發行橡皮股票的是英商渣華橡膠公司，每股為 9 兩，但開市不久就漲到 30 兩。如此高的收益，

使人們瘋狂地投入到其中，推動了股票價格的瘋長。

正是利用這種盲目和跟風，一些外商趁機做局，大肆圈錢。英商麥邊就開設了一家蘭格志橡皮股份有限公司，這家公司實際是一家空殼公司，為了向上海市民招股，採取了一系列輿論宣傳攻勢。還有企業將位於東南亞的一家橡膠種植園的外景攝製成電影，招待上海市民觀看，並宣稱該公司股票每年分紅可達 45％。

熱潮破滅 骨牌效應推倒清朝

據上海商務總會估計，當年八成橡膠股被華人買入，華商在 1909 年到 1910 年初投入橡膠股票的金額約為 40000 萬兩，上海錢莊的可流通資金，幾乎全部被橡膠股票套牢。

但這股熱潮最終破滅，1910 年 7 月 22 日，正元、兆康、謙餘 3 家錢莊同時關門停業，隨後再牽連 9 家錢莊倒閉，官方監管不力又掀出一批貪官。金融危機更波及到四川鐵路建設的資金。接下來清政府「國有化」民辦的鐵路，引起四川保路運動，民眾投資打水漂後上訪，要求中央政府徹查，但被四川總督開槍鎮壓……這些最終幫了革命黨人的大忙，骨牌效應下清朝就此被推倒。

文章在最後表示：「無疑，這是一場巨大的教訓。」

有民眾在網上留言：「這是指桑罵槐還是借古諷今」，有人說「為今天警示」。

股市泡沫終究破 中共輸不起的局

從 2014 年下半年開始，大陸股市一路猛漲，在過去的 12 個

月已經上漲 122％。但股市上漲的同時，經濟增長卻不斷下滑，大陸股市和經濟是相背離的，是中共一手推起來的巨大泡沫。近來股市更像坐上了過山車似的暴漲暴跌，引發股民惶恐。

《金融時報》報導說，論及驚險刺激，誰也無法打敗中國股市。最近上海和深圳劇烈的價格震盪以及散戶們贏得或失去的財富，製造了驚心動魄的故事。它們引發外界擔憂，高度膨脹的泡沫將會壯觀的破裂。

有外媒表示，從歷史上來看任何一個政府都阻擋不了泡沫的破滅，中國股市的泡沫終究會破的。

大陸這次股市猛漲吸引了數百萬民眾投入到股市中去。據大陸某金融網站資料顯示，6 月 13 日至 17 日這一周，新增 A 股開戶數為 325.71 萬戶，環比大增 93.77％，創歷史新高，約為 2007 年大牛市單周最火爆月份的 3 倍。同時，截至 4 月 17 日，A 股帳戶數為 1.98 億戶，其中主力為「一人一戶」，按每人都擁有滬深帳戶計算，約 1 億中國人是股民。而大陸獨立評論員老徐時評的博主老徐認為，目前股市涉及 1 億多家庭，相關人口有 6 億多。

老徐認為，股市已經成為牽涉方方面面、涉及很多人切身利益、關乎社會穩定的一個重要領域。這盤棋局下輸了，恐怕就會滿盤皆輸。因此股市「慢牛」是一場中共輸不起的棋局。

李克強整頓股市內幕

第二章

洞悉大陸股市的竅門

儘管 2015 年 6 月初的瘋牛暴跌令很多人吃驚，但《新紀元》在此半年前就預告了此事。而從 2007 年創刊以來，《新紀元》從宏觀角度多次對大陸股市的本質、特色、屬性做出理性分析，中肯而到位。

（Getty Images）

第一節

個人投資理財 停看聽
——控制風險三原則

（本文作者爲香港資深財經媒體人廖仕明，摘自《新紀元》第 41 期 2007/10/18）

什麼是投資？這個表面看起來非常專業的術語，其實在日常生活中每個人都會遇到。買一張樂透獎券，或把錢存在銀行，都是一種投資理財的行爲。只不過，前者風險極大，而後者風險較小而已。事實上，在這個世界風險無處不在，就個人的財務處理方面更是如此。即使是把錢存在銀行中，或者更極端一些，挖個洞把錢埋在地下，仍然要面臨銀行運作不良、通貨膨脹或貨幣貶值的風險。

如果我們不考慮這種比較極端的例子，而只是談普遍意義上的投資，包括股市、債券、期貨和基金等風險，則很大程度上是可以控制的。

一、別作過度投資

有人說：股市如戰場。其實在很大程度上，個人財務如何處理，都必須像面對戰場一樣小心謹慎。在戰爭中，將軍們如何處理，的確可供投資理財者借鑑。這就足以衡量若是最壞結果是否能夠承受。

有一位香港著名的企業家曾經說過，在衡量一個投資計畫的時候，如果最壞的情況出現，而企業仍然能夠維持下去，就可以進一步考慮其可行性。美國投資界頗有名望的費爾曾經對普通投資者推薦，在你三個月到半年基本生活費用以外的所有儲蓄，都可以看成是潛在的個人投資金額。費爾所談到的就是這樣一個原理——不要進行過度投資。

如果投資股市或者期貨，銀行和財務公司很可能願意向你進行貸款，香港稱為「孖展」。這時必須小心衡量，否則很可能損失超過自己的承受能力，最後難以翻身。

每個人都可能出錯，即使是聰明絕頂的微軟創辦人比爾·蓋茨，十年前對個人電腦的發展所作的預測，也有一半的錯誤率。人類的問題之一是過度自信，尤其在一切順利的時候，總覺得自己有足夠的智慧避開錯誤，但最後往往適得其反。因此，永遠不要孤注一擲，留有餘地，讓自己有反轉翻身的空間，這是最重要的避險措施。

二、事先定好止損計畫

無論投資股票還是期貨，或者是共同基金，都應該事先估計，

設定止損計畫，一旦預計失誤，在什麼樣的情況下撤退離場，是控制損失風險的第二道防線。雖然，很少有人能夠真正堅持按計畫行事，但這是長期投資是否能夠獲利的關鍵。

70 年代美國期貨交易十分熱鬧，芝加哥期貨交易所一度成為全球物價的領先指標，同時也創造了大量投資界的神話故事和傳奇人物。人們後來發現，有兩種人能夠獲得最後的勝利，一種是曾經長期在軍隊中服役，後來轉入投資期貨的人士，另外一種則是對哲學有深刻研究者，因此對財富本質了解而有能力克服自我人性弱點的人。

軍人被嚴格訓練按照戰術計畫執行命令，因此在風雲變幻的市場上，他們更能夠嚴格按照事先訂定的計畫行事，而不會頭腦發熱或者猶豫不決。一位曾經打過越戰的老兵告訴我一個故事，他們在越南叢林中執行任務時，被告知的第一個原則是，遇到突然襲擊時首先應該考慮以最快的速度脫離戰場，因為這種交火往往不在己方計畫之內。

80 年代美國人曾經發明電腦程式買賣，投資經理把投資計畫輸入電腦，由電腦發出指令，以避免人為的猶豫不決和僥倖心理。

三、謹慎選擇投資工具

選擇適合自己的投資工具，是降低風險的另一個重要因素。股市也好，房地產也好，離岸登陸也好，你應該如何選擇呢？有多少資金投入？能夠投入多少時間？對有關投資對象了解程度如何？這些都是最重要的考慮因素。《孫子兵法》說，知己知彼百戰不殆。絕大多數人都認為這句話的意義，在於了解市場和投資

對象，但實際上，孫子這句話的意義在於必須清楚了解自己。知己然後知彼，才能獲勝。

然而，了解自己卻是一件非常困難的事情，有人甚至認為，了解自己恐怕是世界上最困難的事情，這並不是危言聳聽故作高深。

事先自大，事後卻恐懼得不知所措，是人類的通病。決定一項投資之初，覺得自己聰明絕頂，往往容易過於輕率決策。而一旦事情向相反的方向發展，卻又不願意面對失敗而採取觀望態度，甚至做出孤注一擲的決定，這往往是導致全軍覆沒的重要原因。

所以，能夠在期貨市場最後獲利的第二種人，正是因為能夠較好把握世界潮流，對人性有更深了解，以及能夠更好地控制自身的弱點，因此能夠減少風險。

如果沒有太多的時間、精力和相關知識，那還是交給專家去處理吧。這正是許多顧問建議投資於共同基金的原因。

第二節

奧運大限

（摘自《新紀元》第 46 期 2007/11/22）

80 年代中期某日，英國的《金融時報》刊登了一則內容奇特的廣告。廣告發出一個參加有獎測試的邀請，參與者可以向《金融時報》任意捐助 1 英鎊到 100 英鎊的金額，而捐款最接近平均捐款中間數的讀者，可以獲得 1 萬英鎊的獎金。

這是一個相當有名的邏輯和理性測驗。從數理學上來說，在 100 之內的隨機數字平均，當然肯定是 50，然而想深一層，因為很多人會做出同樣的考慮，大部分可能會選擇 50 英鎊作為平均值，所以 30 到 35 英鎊似乎更應該接近最終的合理平均數。如此類推下去，這個數學問題變成了人類心理學問題，因此變得非常複雜。結局有可能是零到 50 之間的任何一個數字。

最後實際的結果，是 17 英鎊。 這個測試其實有非常現實的

意義，對股票市場和其他投機市場都有重要的參考價值。比如中國股市，所有的參與者都認定中共政府在奧運會舉辦之前不會讓股市巨幅下跌，因此即使是 2007 年底中國的股票已經大大超過真實的投資價值，投資者似乎仍然可以穩坐釣魚船，坐等奧運大限之前的盈利。

然而，有可能會有更「聰明」的投資者，將北京奧運會這個具體期限做出更提前一些的準備。比如有大量投資的機構，就必須搶先進行最後期限之前的出貨套現計畫，而這樣的計畫一旦實施，必然導致股市開市下跌。考慮到這樣的因素，所謂理性和絕對邏輯的投資者，似乎應該更加提前準備。最後，正如《金融時報》的測試結果一樣，從 2007 年底到 2008 年北京奧運會正式舉行之前的任何一個日期，都有可能出現股市大幅下跌的情況。

類似的情況，在 1997 年 7 月 1 日香港回歸的時候同樣出現過。當年大量投資者認定在 1997 年 7 月 1 日前中國的股市不會下跌，因為中共當局不願意影響到「百年盛事」，必然會出資承託股市。當年的結果，是在 1996 年 11 月中國股市出現了大幅下跌。

2007 年中國股市的市值是 1996 年的 15 倍左右，進入市場的資金數量非當年可比。這種規模上的擴張，中共政府在承託股市時需要更巨大的資金，即使當局有意承託也有心無力。

同樣的局面在中國的房地產市場也有可能出現。而這兩個「資金密集性」行業市場，其中之一發生危機的可能性非常大，而兩個同時發生的可能性也不能忽略。不過，人性先天的一大弱點是自以為是。幾乎所有的股市投資者都認為自己絕對擁有辨認股市下跌之前蛛絲馬跡的智慧，因此世界上投機氣氛越濃厚的市場，最後折戟沉沙的投資者也就越多。這也是無可奈何的事情。

第三節

一次瘋狂的搶劫
——奧運前股市怪象解讀

（本文作者為學運領袖、時評家王德邦，摘自「自由聖火」
2008 年 3 月 28 日）

　　中國經濟究竟如何？只看那些城市的高樓，全國縱橫的公
路、那些吃喝玩樂場所是很難真切了解的。中國經濟應該看看那
些廣大邊遠的農村，廣大城市失業的工人，那些一年辛勤在外而
顧不上老人、孩子的民工，與那些奔波在街頭巷尾謀生的市民，
看看他們那種三餐的簡單，用錢的節省，與對未來的擔憂，問問
他們的負擔。從他們忐忑不安的心態，從他們誠惶誠恐的生活，
從他們愁苦不堪的臉上，我們才能解讀出這個社會的繁榮與富強
背後的實質，體會到這個社會那種深深的苦難與無望。

　　然而在如此普遍民眾愁苦不堪的境況下，中國經濟究竟是如
何增長的？這是個很值得深思的問題。要解開這個問題，其實也

非常簡單,就以中國股市近年來的表現為例,我們可以解讀出所謂的「繁榮」。

從 2006 年開始,中國股市開始出現迅猛的上漲,當後來上證指數漲到 4000 點附近時,中共當局曾出面來提醒股民說有風險,要小心入市。這引起過短期的盤整。然而很快股市就如脫韁的野馬,一路上漲,直到 6400 多點。讓人奇怪的是衝破 5000 點時,再也沒有什麼警示了,相反一種樂觀的估計不斷出現,甚至那種上證指數過 8000 點,深指過 2 萬點的觀點占住了主導。於是奧運前有波大行情,一度成為舉世公認的真理!奧運前股票只會上漲,不會下跌成為全民的共識。

對於奧運前的股市的樂觀,我記得中國新年長假中跟幾個朋友一塊吃飯,桌上一個自認對股票有研究的專家以最不容爭辯的口氣聲稱:「今年奧運前股市只是賺多賺少的問題,而不是賺與不賺的問題,更不必考慮虧損的問題。」對於如此肯定的推論,我們似乎隨處可以聽到。而那種可能虧損,應該警惕的言說卻銷聲匿跡。

就在全國漲聲陣陣時,中國新年後股市一跌再跌,直到 2008 年 4 月接近 3000 點。股市為什麼會出現如此逆民意而動的情況呢?在民意並不覺得它漲時,它漲了,而在民間覺得它該漲時,它卻跌了。同樣在北京當局覺得危險時,發出警示下,它一路狂漲,而在當局似乎也覺得值得漲時,它卻又一路狂洩下來了呢?這種股市的怪異究竟意味著什麼?

雖然我從來沒有研究過股市,但是從中國股市的異常情況我們可以解讀出幾方面的意思:

其一、中國股市並不是中國經濟發展的晴雨表,中國股市是

與經濟的發展脫節的。從常理而言，股市應該是社會經濟發展的反映，當然股市本身也是經濟的一部分，但它是個特殊的經濟體。但中國的股市卻特殊到與社會實體經濟完全不相關的地步。它的漲脫離了現實，遠沒有反映現實的情況，漲得遠超出了現實的經濟實況。而它的跌也沒有反映現實，跌得也脫離現實。

其二、中國股市今天似乎也脫離政府調整，不太聽政府的話了。一個成熟的經濟，或者股市，不受或少受政府的干預當然是正常的，但逆政府政策而動卻肯定是反常的，就如美國那麼成熟的股市也還受美聯儲的調節。如果說曾經中國的股市是「朱市」（當年總理是朱鎔基），政策一啟動就可以連續幾天漲停的話，而 2008 年中國的股市卻不是「溫市」了。看看曾經上漲在 4000點左右時的警示，居然漲到了 6000 多點，而後來下跌時，政府也一再出台些鼓勵啟動股市的所謂託市之策，卻依然一路下跌。可見政策的調整並不能那麼有效地得到股市回應。

其三、股市完全是逆民意而動的，是一種純粹的投機行為。一個成熟健康的股市應該是立足於經濟實體，體現於股市信心，也反映政府大政。可是中國的股市卻根本與股民信心無關，甚至完全逆民意而動。社會民眾滿懷信心時，它一路狂奔而下。

中國這種股市背離常理的行為，極其鮮明地反映著中國股市不是個世界通常意義上的股市，它是個純粹的被某種勢力所操控的掠奪場。試想一個既不反映經濟實況，也不接受政策調整，更不體現民眾信心的股市，能是個什麼樣的股市呢？除了集團操控的掠奪，沒有任何可以解釋的情況。

從這一波的掠奪來看，這個掠奪集團事先在 2006 年之前的2000 來點就已經潛伏入市，借用奧運來臨之勢，提前拉抬股價，

以遠遠超出經濟現狀的股市虛高來形成經濟繁榮的虛假景象，讓全國人民跟進。當全國都覺得要漲到 8000 點時，這個操控集團在 5、6000 點已經陸續出貨。在獲利豐厚的情況下，他們一路將現金收回。

這個操縱股市的集團確信中共當局不會讓股市隨意跌落到不堪收拾的程度。於是他們肆意將股市拉抬，而後毫無顧忌地出貨兌現。事實上最後風險全部由民眾與政府來承擔。因為如果政府不救市，那麼奧運之前將會出現社會大股災，社會不穩，民心不安，奧運也就別想辦好。所以不管如何，政府最後不得不接這個盤。

事實最後成為操控股市的中國權貴集團來要挾天下的籌碼。

看看中國股市從 4000 點拉抬到 6000 多點，就可以想見這種綁架式的人為操控。現在終於又有專家出來呼籲救市了，這正好是權貴集團預料的必然結果。並且事實上中共政府已經不得不出面來救這個市，也就是將權貴虛抬的股價認領下來。權貴因為這次拉抬大概從中國民眾與國庫中掏走數萬億的現金。

中國近兩年（2006 至 2008 年）來通過股市的一場最大規模的搶劫已經接近尾聲了。這一次利用奧運作為要挾物將上億的民眾綁架敲詐了一番，而政府最後不得不出手來接這個盤。事實上政府所用的錢也最終還是天下百姓的，最終也得由百姓來買單。可見中國操控股市的權貴集團已經達到多麼瘋狂的地步。

在這場規模達到數萬億元的公然搶劫中，政府沒有承擔起應有的保護市場、規避風險、打擊投機的責任。而讓權貴集團藉機掠奪民財與國庫。

中國股市從 2000 來點一路狂升到 6000 多點，成為世界股

市的一個奇蹟，這種股市的現象也同樣在中國其他經濟領域中存在，那種虛假的經濟繁榮，背後其實都隱藏著投機、掠奪的目的。所以當中國經濟出現所謂繁榮時，社會整體性平民的生存發展機會不僅沒有改善，而且還在惡化，這就是前面所言老百姓普遍感到迷茫、絕望、惶恐的原因，因為他們被掠奪得日益喪失對未來的希望。

　　近兩年來中國股市的瘋狂性掠奪，以極為形象而鮮明的方式，描畫出中國經濟的本質特徵。必須引起每個關心中國前途命運人士的思考、研究與警惕。

第四節

股市下跌和央視暴動

（摘自《新紀元》第 65 期 2008/04/10）

2008 年 4 月 5 日，中央電視台的《經濟半小時》、《經濟信息聯播》、《證券時間》三個節目全部被叫停了。消息透露說，原因是這些節目的製作人把最近中國股市下跌的矛頭全部對準了中國證監會，並列出了三大罪狀：在印花稅問題上撒謊、質疑印花稅太高壓制股市發展、質疑證監會在股市大幅度下跌的情況下不作為。被論者評為是「央視暴動」。

中國股市 2008 年 1 月至 4 月跌了 40％，市值跌了 12 萬億人民幣。由於 2007 年中全民急切進入股市，股市下跌引起全社會的關注。中央電視台主持和製作人等各位仁兄仁姐，在中國屬於高收入群體，大筆投入之後出現大幅虧損，情急之下暴動起來，「違反宣傳紀律」高調批評國家機關，同樣是可以理解的。

中國股市狀況恐怕並非證監會能夠左右的，尤其是當股市市

值達到全年GDP的160％的情況下，任何有組織力量都無能為力。

2007年11月《新紀元》周刊第46期的《鋒筆天下》中，指出以奧運會作為承託的股市行情存在一個奧運大限的問題，由於大投資人出貨套現的需要，中國股市在奧運舉辦前隨時可能出現巨幅下跌，結果是不幸言中。那時上證指數大約在5300多點，2008年4月收市的時候已經跌去了整整2000點。

記得2007年7月份巴菲特拋出中石油H股，獲利7倍左右。在中共官方媒體不停追問之下，巴菲特表示「賣得有些早」。當時巴菲特以14港元出售中石油，2008年4月該股跌破十元，考慮到巴菲特持有超過十億股的中石油，而居然能夠全數安全撤退，看來他確有異能。中石油A股2007年在上海上市，首日飆上40元高位，2008年4月跌回到17元發行價附近，如果讀者參看《新紀元》的相關報導，同樣應該不會感到意外。

十年前中國股市一片熱旺，有分析家說上證指數會跌到1000點，結果被罵成「賣國賊」，後來真的跌到千點左右，賣國賊的罵名卻難以擺脫。本欄的《奧運大限》一文發表後，也有人來信痛斥為「唯恐天下不亂」，可見「自古忠臣無善果」所言不虛。

其實中國的股市和樓市下跌，和中國經濟的基本狀況非常吻合。中國近兩年投資和貨幣發行超熱，而2007年終於出現十多年來的最大幅通貨膨脹，必然導致北京收緊銀根和嚴查銀行金融系統的資金漏洞，以防金融發生崩潰危機。在這種情況之下人民幣利率上升是必然趨勢。股市樓市資金蜂擁回籠，市場不跌才是奇怪之事。至於說什麼奧運行情，那不過是炒家的藉口而已。如今奧運未到而股市樓市下跌，奧運舉辦之時反而有可能成為最後一次趁好出貨的機會，以後如何，就只能祝各位炒家好運了。

第五節

中國股市問題分析
專家評論

（本文作者爲香港資深財經媒體人廖仕明，摘自《新紀元》第 66 期 2008/04/17）

中國的上海和深圳股票市場自從 1990 年啟動以來，經歷了諸多磨難，無論是狂飆上升還是暴跌下落，但跌跌撞撞連滾帶爬之下仍然在快速發展。中國股市無疑存在諸多的問題。有一些問題，是全世界所有的股市都有的問題，各國政府無不頭痛不已；但有一些問題卻是中國所獨有，且在目前中國的體制下幾乎是不可能解決的。

政府應該救市嗎？

中國股市 2008 年的大幅下跌，股民對中共政權不出台措施

「搶救股市」非常不滿。有些股民表示，美國股市下跌一成，美國政府便拿出了 2000 億美元救市，而中國股市跌幅近半，政府居然無動於衷。

中國《財經》雜誌的評論文章卻認為，中國股市不能救，不可救也不必救。這代表了中國證監會一些專家的基本意見，這和主要發達國家的經濟專家看法一致，政府這隻手，還是少干涉市場為妙。

事實上，美國政府並沒有「救股市」，美國政府出資是救金融機構，解決銀行系統流動資金不足的問題。因為如果金融機構，尤其是銀行出問題可能引起連鎖反應，影響到普通的投資者，特別是影響到掌握了數以千萬計美國人退休金的投資基金。

中國經濟的基本面決定了股市和樓市必定面臨一個冬天。中國過去幾年貨幣發行過大，流動資金過高，而又有投資過熱和通貨膨脹的問題。消費物價指數從 2007 年中開始逐步上升，2008年初升至十年來最高。而 2007 年底的中央經濟工作會議已經確定控制通脹為 2008 年首要經濟目標，因此上調利率和提高準備金比例，是必然的貨幣政策選擇。

政府是股東也是監管者

中國股票市場最大的上市企業，清一色都是所謂國有大型企業。這些企業最大的股東是國有部門。中國法律規定，國有資產的最終代表人是中共國務院，而證監會和銀監會等，也是國務院下屬機構。這猶如足球場上，裁判由某一方球員兼任，其公平和公正性無法得到保障。

這個問題不始於今日，中國的專家吵鬧了多年，但無法得到解決。以中石油和幾個銀行及保險公司上市為例，其上市時機恰到好處，正在中國股市處於瘋狂上升之時，因此這些企業得以順利籌集天文數字的社會資金，恐怕都並非時機巧合那麼簡單。

而另一個問題，中國對管理層有影響力的經濟學家，大部分都有在上市公司中擔任「獨立董事」，某些甚至直接和上市企業經濟掛鉤。經濟學家的訓練，是以「利己」為基礎的，所以人們不必對他們的奇怪言論驚奇。

流通股和非流通股

因為多種多樣的原因，中國股票市場形成了一個和其他市場不同的相當古怪的結構，企業股票分為流通股票和非流通股票。大約七成左右的股票無法上市流通，而是被國有資產管理部門持有。這種被凍結的金融資產，對國有企業的經營構成了許多障礙，也阻礙了股票市場重新配置社會資源的功能。然而這個問題積重難返，卻無法輕易解決。

企業大股東只要持有公司股票 50％以上，便可以完全掌握公司的運作。中國有一些大企業，國有主管部門持有股份高達 90％，對於資產經營銷路來說是極大浪費。尤其是股票價格高達市價盈利率七、八十倍的時候，高價出售股票對大股東來說是巨大的誘惑。

因此，中共近兩年推出股權分置改革，本質上就是希望通過某種安排使得國有資產管理部門可以出售所持股票。問題在於，市場價格是一種供求的平衡，供應增加，價格必然下跌，大股東

如果急速出售股票，股價必跌無疑。這對中共當局來說，是一種兩難的選擇。

權貴資本主義和內幕交易

和所有的股市一樣，中國股市也存在內幕交易，然而問題嚴重的是，中國的內幕交易不但頻繁而且具有一定的體制性承託。有一個例子，是中國建設部某位副司長的配偶，在一家上市公司面臨停牌下市的時候斥巨資投入，幾個月之後該公司獲收購並注入優質資產，這位副司長的配偶身價因此暴漲。

這種問題出在任何一個國家，可能都會引致證監部門甚至司法部門的嚴格調查，但至今我們未看到有關當局介入調查。事實上這個例子在中國只是小兒科。2007 年也有消息透露，有些上市公司的個人大股東，居然有剛滿十歲的兒童，其間因由其實不難想像，也未見任何官方的調查。

內幕交易的問題，從中國股市建立第一天起就存在，而且有愈演愈烈的趨勢。深圳證交所第二任總裁王健接受媒體採訪時透露，某個中共高官見到他，對他居然只有數百萬金融資產大感驚奇。王先生以此表示自己的清白，但可見這名官員其實也是深知中國股市行情的。

獨立財務機構問題

王健當年因為受到來自官方的各種壓力，最後憤而辭職。他最大的不滿之一，來自上市企業弄虛作假而不會受到制裁。上市

公司只要出錢，財會公司便能玩出花樣，虧本做成盈利，虛帳做成實帳，這些在業內是人人皆知的「潛規則」。筆者認識的一位會計師對此振振有詞：誰出錢誰就是老闆，拿人錢財替人消災，天經地義。

90年代，曾經有上市公司公布的盈利當中，居然有92％屬於虛報。該公司股票被多個專業分析人士評為「中國第一藍籌」，上當受騙者極多。另有公司先報出巨大盈利，股價上漲，大股東拋售獲利，然後再公布調整帳目，從中大肆盈利。這些都不能沒有財會公司的配合。

近年以來，中國上市公司規模越來越大，公司領導的級別也越來越高，有些公司的董事長已經是中共的部級政府官員。其作起帳目來更是得心應手。

信息監管之下的企業信息

信息自由流通是資本市場中一個非常重要的公平因素，而保證信息自由流通必須依靠新聞自由的體制。中國的上市公司之所以能夠肆無忌憚作假，和中國的新聞體制有絕大關係。比如中國規定，所有在媒體上對股市進行評論的人士，必須經過相關的資格考試，這種由官方主持的考試，那些「不太聽話」的人很難通過。

除此之外，如國家宏觀經濟問題、數據和相關的決策信息等，媒體必須遵循有關部門的統一規定，同樣也不能胡亂分析說話。

這樣的體制導致了一個極為嚴重的問題。媒體上言論通常會一面倒，政府認為應該拉抬的時候媒體全部唱好，而政府認為應

該壓制的時候媒體全部唱衰。普通股民在這種氣氛下，大部分只能隨波逐流，高買低賣，如果能夠不虧那才是奇蹟。

缺乏獨立的金融分析人士

筆者在香港寫中國股市專欄的時候，大陸好幾家「投資公司」曾經明示暗示，可以大家合作一起賺錢。他們的意思很明確，需要拉抬或壓制某股票的時候幫助造勢，便可以有利潤分成。

而另一方面，中國的體制之下，分析人士通常選擇跟隨媒體的主流報導基調，「唱反調是沒有好結果的」，深圳和上海都有分析人士被「趕出」平面媒體的故事，有人甚至乾脆被趕出當地城市。在這樣的環境下，普通股市的投資者很難看到所謂客觀和獨立的分析。

以上種種，只是中國股市中存在的一些最重要的和比較獨特的問題。股市投資風險極大眾所周知，有人比喻為「走鋼絲」，然而政府體制的不透明和不確定，則猶如這條「鋼絲」還在不規則地晃動，其風險之大可想而知。雖然上證指數從 90 年代的 1000 多點上升到 2008 年的 3400 點，但在市場中憑藉自己本事賺到錢的投資者，筆者一位都沒見過，當然，依靠關係和內幕發財者不算。

第六節

中國股市問題分析
專家評論

（摘自《新紀元》第 88 期 2008/09/18）

　　股市為什麼跌？面對這樣的問題，經濟學者會給出很多理由，包括宏觀經濟理由、企業的理由、資金市場的理由、資本市場趨勢變化的理由等。其實股市下跌的理由說起來很簡單，那就是賣的人多買的人少，經濟學術語是供求失衡。

　　面對中國股票市場，這個理由是十分充分和簡單的。

　　中國的股市和其他股市不同，上市的超大型國有企業，大股東是國家行政公司或是國有投資管理公司。他們持有上市企業股份一般超過70％，而這些股份以前是不能上市轉讓的。也就是說，這些國有公司所擁有的資產是不能兌現的「紙上資產」。有的大型企業，國有股份占了總股本的90％，在市場上流通的所謂 A 股，只有公司股本的極少部分。

　　國有公司大股東同樣追求利潤最大化。因此當中國推出「全流通」或者是所謂「大小非流通計畫」的時候，大股東們必然會出售手中的股份，以套現獲利和謀求資金的另外出路。按照公布的資料，即使是在股市不停下跌的 2008 年，大股東仍然不停地減少他們所持有的股份，獲得的利潤約 400 億人民幣。2008 年，獲批准可以減少持有的大股東非流通股總共有 2.17 億股，2009 年和 2010 年則分別有 3.7 億股。然而，2008 年減持的大小非股份，只占總數的百分之一多，卻已經造成了如此大的跌幅。可以想像，這樣的股市必然無法反彈上升。

　　另一個原因，是中石油這樣的超大型企業的虧損。中共為了控制國內物價，必須控制成品油價格。由於國際石油漲價，對於以進口石油為主要原料的石油公司來說，生產越多虧損越多，蓋成無解之困。據中國業界人士估算，石油價格跌至每桶 90 美元，中國石油企業才可能平本，所以一天石油價格不跌下去，中國一度號稱「世界第一」的石油企業就無法盈利。

　　中國 A 股市場進入不得！這不僅僅是一個基於市場趨勢的短期判斷，更是基於這個市場本質的長期判斷。上世紀 90 年代初，中國股市只是個試驗場地，90 年代中期之後，股票市場成為中共解困的一個方法。

　　1996 年，中共國務院的文件曾經明白表示「股市為國有企業改革構建了有利平台」，中共國務院是國有資產經營和持有主體，同時又是股市監督和管理主體，而且明白告訴大家，股市的目標是為了國有企業解困，中國股民幻想政府會為小股東的利益著想，豈非與虎謀皮。

　　中國股市如此，中國的政治體制又何嘗不是如此？！

第七節

中國股市只進不退

（摘自《新紀元》第 128 期 2009/07/02）

中國官方於 2009 年 6 月 10 日晚宣布股市重啟 IPO，股民對又要分挑國有銀行的融資重擔心有餘悸。中國股市除了有上市的審核制、非流通股等怪象外，還有上市公司的「只進不出」也大大打擊中國股市的形象與質量。

數量成長快 退市機制名存實亡

有報告指出，2006 年 6 月底，紐交所上市的企業超過 2800 家，每年新增主機板上市公司家數平均增長率還不到 1%，其創業板退市率更高達每年平均 6%。退市機制保證了市場的整體質量，對上市公司也形成了約束。而中國每年上市淨增加數接近 10%，退市數寥寥無幾，滬深兩地退市合共僅數十家。目前，有 864 家

公司在上海證券交易所上市，739 家公司在深圳證券交易所掛牌。
美國股市今已有 191 年的歷史，中國股市才 18 年，而中國上市
公司總數已接近紐交所的六成。

在表面上，中國證交所在股票退市方面的規定相當完備，但
實際可供量化執行的只有一條：凡連續兩年虧損的上市公司，就
要在股份名前注上 *ST（ST=Special Treatment，即特殊處理）；
如果連續三年虧損，則將被「暫停上市」。若該公司連續第四年
無法出具顯示盈利的財務報表，該股票將永久退市；如果公司第
四年轉虧為盈，則可申請復市。

僅有的一條明確規定也是名存實亡。許多被 ST 的公司，為
避免連虧三年而被暫停上市的厄運，在年度報告中大玩「二一二」
遊戲：即連續二年虧損，下一年扭虧為盈，接著再連續二年虧損，
又來一個虧轉盈。這樣不僅不用退市，而且還可以再啟交易。各
方從自身利益出發，對報表重組等方式均予默許、甚至撮合。

垃圾股混跡大市 投機者追捧

身為債權人的銀行認為，公司不退市，借出去的款就不用劃
為壞帳；在地方政府和監管機構看來，只要股票一日不退市，就
還會在股民心中留有一線翻身的希望，股民不至於走上街頭發洩
不滿，有利政治穩定。各方樂見其成的態度，促成垃圾股越來越
多，過程中還出現了很多欺騙投資者的概念重組。一些股東掏空
上市公司之後再將空殼高價賣出，來個資本重組，導致中國上市
公司基本上只進不退。

由於這些不成文的做法，原本應當引起投資者警惕的垃圾

股，反而獲得投機者的追捧，因為人們憧憬這些垃圾股獲得重組。大陸曾有位教授一覺醒來，所持的 ST 股價值漲了十倍。資本市場缺乏自淨機制淘汰劣質股份，反而縱容爛股混跡大市中，是加速結構性泡沫與滋生不公平的一個主要原因。上市公司真的是一個不能少嗎？對於只顧圈錢的大陸市場，這個答案也許是個不幸的「是的」。

第八節

中國期指 不是賭場這麼簡單

（本文作者為香港資深財經媒體人廖仕明，摘自《新紀元》第 172 期 2010/05/13）

中國人熱愛所有涉及金錢冒險的遊戲；「深滬三百」開市伊始便受到炒家的鍾愛，海外媒體甚至將其稱為「中國最大賭場」，但決定中國股市的因素不是市場，而是政策，財富和利潤通常是圍繞著權力核心……

英國的《金融時報》2010 年 4 月底以《中國最大的賭場》為題，報導了 4 月中剛剛開市的中國指數期貨交易。「成交量超出了所有人的預期」，Newedge 上海首席代表迪安・歐文（Dean Owen）表示。

Newedge 是一家法國期貨經紀商，與中國中信集團（Citic）有一家合資公司。《金融時報》報導說，中國投資者熱愛新型金

融產品。他們的熱情有時近乎狂熱，這解釋了為何在上海市場，
新股上市時價格會一飛沖天，也解釋了為何本地股票基金在推出
當日就能募集到數十億元人民幣的資金。

《金融時報》說對了一半，中國人熱愛所有涉及金錢冒險
的遊戲，不僅僅是金融產品。這一點，在全世界各地大小賭場留
下足跡的人都會獲得這樣的印象。即使是在歐洲一些小城的賭場
內，你都可以輕易地找到中文標誌的各類服務，從中餐到酒類都
有。

但指數期貨不是賭博，投資者也不是賭徒。更確切地說，中
國的期指交易，可不是賭場那麼簡單。

期指交易短炒盛行

中國的第一個期指品種是「深滬三百」，以上海和深圳股市
的 300 種股票價格制訂的指數為基準，進行期貨交易。2010 年，
這個期指交易推出交割期在 5 月、6 月、9 月和 12 月的幾個品種，
而且在開市伊始便受到中國炒家的鍾愛。

2010 年 4 月 16 日期指首日開市成交 5 萬多手，總價值大約
480 億人民幣。一個星期左右，日成交額增長到 14 萬，總價值達
1340 億元人民幣。到 5 月 7 日成交超過 25 萬手，價值達到 2170
億人民幣，超過了股市的成交量。

深滬三百期指的每手合約，價值是股指點數乘以 300 人民幣
（約合 44 美元）。例如 5 月 7 日五月合約交易點數在 2900 左右，
這意味著合約價值約 87 萬元人民幣。

指數期貨的設計，本意是投資者可以此對沖風險，降低大型

投資者可能的損失。比如某投資者持有十億人民幣的股票，如果股價下跌將造成巨大損失，這時可以沽空 100 手期指，涉及交易資金只有 12 億左右，股市下跌的話可以彌補實有股票的損失，這就是所謂的槓桿交易。

也正是這個原因，世界各國股指期貨推出的時候，股市往往都會出現一段下跌行情。這是因為大批大型投資者都需要建倉沽空，以平衡所持有的股票。而期貨價格走跌，反過來又影響到股市實際股價的走勢。目前中國上海和深圳股市的走勢，也基本是這個路子。

當然，中國期指交易也有自己的特色。《金融時報》之所以把中國期指交易形容成「中國最大賭場」，正是因為中國期指交易短期交易量巨大。2010 年 4 月底每天 14 萬手交易，收市時未平倉寸頭只有 7000 多手，5 月 7 日 25 萬手交易，周末未平倉寸頭大概 2 萬手。一般外國期指交易，未平倉寸頭會超過單日交易量，而中國只有日交易量的 5％ 到 10％。顯示當天買賣的短期炒作嚴重。

中國特色不可忽略

如果沒有投機者瘋炒造成大量的交易額，對沖風險的成本就會增加。這類交易，在中國一定不會出現冷市，因為中國人本來就酷愛有刺激的金錢活動。

《金融時報》的報導說，第一批交易者大多是「來自浙江的富豪占據了股指期貨市場的大半壁江山，而他們中許多都是老練的大宗商品期貨交易者。」這段報導很容易讓我們想起近年在國

內外瘋炒各類資金密集產品和資產的「溫州團」，他們從炒煤礦到炒房子，從炒藝術品到炒普洱茶，所以率先進入期指市場絕不令人意外。

不過我估計，溫州軍團這次有可能會在期指市場上損手損腳，而中國的期指交易中，將會形成一批中國的新富豪。這是因為，中國股市的決定因素不是市場，而是政策。利率、匯率、市場準入資格、產品價格（如石油）等等對市場影響巨大的因素，都在北京幾個人的掌握之中，而那幾個人的周圍，就有一個巨大的內部利益團體。

在所謂的資本主義國家，財富多寡圍繞著資金和貨幣的核心，距離貨幣和資金越近（如銀行）越容易獲利。而在中國特色的社會主義制度中，財富和利潤圍繞著權力核心，距離權力越近越容易獲利。

2002 年，中國決定放鬆人民幣對美元的匯率浮動限制，北京決定之後半個小時，出現了數以百億的「異常交易」。而在股票期貨市場，資金槓桿的功能，將使其成為兌現「權力距離」的最佳工具。

賭場中，各類賭博的設計，贏錢概率大約是莊家 51％到 55％，玩家百分之 45％到 49％，這樣才能保證賭場有利可圖。但在權力介入的市場中，莊家贏率可以高達 70％，而玩家只有 30％。大家可以中國房地產市場為例，看看溫州炒房團賺了多少，而各地市政府又賺了多少。

在期指交易中，這個效應有可能在某個特定的時刻被充分放大。而且期貨交易是零和遊戲，必須是有人輸大錢才有人賺大錢。溫州炒團雖然有錢，又怎麼架得住這種中國特色？

第九節

股市黑幕之源 監管者心太黑

（摘自《新紀元》第 201 期 2010/12/09）

從中國股市建立到現在，中共政府打擊股市黑幕的行動就沒停止過，但中國股市的黑幕依然故我，如同中共掃黃越掃越黃，中共打擊股市黑幕也同樣越打越黑。2010 年 11 月 11 日，中國股市就上演了詭異一幕。

此前，在國內通貨膨脹、流動性過剩、樓市遭打壓、兼且儲蓄負利率的背景下，中國股市幾乎成了最後的投資資金落腳地，也成了廣大中小投資者們期待投資的地方。

個股吹起小牛市的號角

在經歷了股指從 2010 年 4 月以來將近半年的下跌及盤整後，

上證綜指於 10 月 8 日開始放量上攻，一改往日萎迷不振，市場個股也此起彼伏輪番上漲，似乎吹起了小牛市的號角。

廣大中小散戶們見此情景，紛紛進場，期待能有所收穫。聊天工具上的股票群也活躍起來，股託們四處出擊拉人進場。

11 月 11 日，滬深股市一如前幾日，呈現良好上攻姿態，滬深 300 指數當日一路上漲，至下午收盤前 15 分鐘，漲幅已超 2%。

而恰在此時，14 時 45 分開始，股指期貨突然出現巨量空單，10 分鐘成交量達到 240 億元，是平常時間成交量 5 倍。

恐慌之下，市場猛烈拋盤，短短收盤前 15 分鐘內，股指從牛氣十足到高崖跳水，滬深 300 指數從 3554 點到 3513 點，被打壓 41 點。

隨後的一個星期，至股指期貨交割日 11 月 19 日，期指跌幅達 481 點，股指期貨空方獲暴利，上證綜指一路下跌，最低達 2807 點，看好這波行情而入市的股民們則又成了被套的犧牲品。

有股民發貼表示，按照過去十幾年規律，在 11 月 11 日尾盤不應發生大的逆轉。也就是說，過去十幾年經驗全都是：如果股指前三小時穩步上漲達到 2% 以上，尾市一小時不會發生重大轉折。

而當日盤面的表現則不能不引起股民們的聯想，是否有機構聯合操縱市場？

網貼報料，進入 2010 年 10 月，股指上漲，大約 20 家券商在市場一致看多情況下，所持空單不但不平倉，卻反其道而行大幅增加淨空單量，然而 11 月期貨合約超過現價點位始終在 70 點以上，有時甚至到 125 點之多，如 11 月 19 日到期交割強行平倉，空方主力則虧損嚴重。即 11 月 19 日前股市不大跌，他們將面臨 10 億元以上虧損，反之若出現大跌，他們將賺 10 億元以上。

事實似乎驗證了股民們的猜測，11月12日，中國股市開盤，股指期貨立即跳空向下2%，隨即開始巨量空單下打，股指期貨下跌8%之多，上證綜指跌5.16%，創14個月最大單日跌幅。

僅當日，滬深300指數跌218點（6.21%），這些做空的券商手中的4302手空單（未算新盤的空單）盈利達到6億元以上。兩市市值損失5000億元。

從11月12日至11月19日期指交割日，滬深300指數一路下跌，19日下探3076點，跌去481點，滬綜指跌至2806.6點。20家券商獲暴利，而廣大中小散戶損失慘重。

依照中國的相關法規，機構聯合操縱市場，這是違法行為。

股民們呼籲，為了保護兩億股民利益，不讓股民血汗錢被人騙走搶走，強烈要求11月15日股指期貨暫停交易一天。如果不這樣採取措施，可能給兩億股民造成更大損失，損失額度可能高達1萬億元人民幣。股民們也呼籲警方介入調查這個案件，對違法犯罪的依法處理。

然而監管層又怎會在乎如此草根的呼聲？股照炒，舞照跳，直到目前沒有聽聞任何調查或立案的風聲。

利用資金操作市場

利用資金操縱市場，20年前管理層曾經被迫處理過一椿。

1995年，中國證券市場曾發生過著名的3.27國債期貨事件，由於市場上流傳財政部要對327國債進行貼息的傳聞，327國債期貨價格一路上漲，並且在財政部公布貼息消息後直衝高點。空頭主力上海萬國證券公司面臨巨額虧損，情急之下，在尚未繳納

保證金的情況下採取透支交易的手段，收市前 8 分鐘內拋出 1056 萬張賣單（共計 2112 億元的國債），致使當日選擇買入 327 國債期貨的多頭全線爆倉，虧損嚴重，萬國證券則由巨額虧損轉為巨額盈利。

面對憤怒的期民，證監會不得不調查處理，上交所宣布當日最後 8 分鐘交易無效。事後，當時的證券業界大哥大萬國證券倒下，負責人管金生鋃鐺入獄。

20 年過去了，中國的證券市場在落後的基礎上又倒退了，不但操縱市場的行為沒有停止，而且監管層也更裝瞎了。面對中國投入極多產出極少的股市，曾有人將其比喻為「賭場」，但知名大陸經濟學家吳敬璉說「中國股市連賭場也不如」，這成了中國股市的真實寫照。

究其原因？一位基金經理的話可能透露給我們所有的答案：「上次去加拿大溫哥華看了看，以前很多證券公司的人都跑到那兒去了，都買了別墅，這錢從哪兒來？都是他們手上掌握了投資者的資金，然後做一些股票，有些甚至跟上市公司的老總（監管層）聯手，在年報季報之前，就知道怎麼炒作，有的還不止這些，財經文章很多都是槍手寫的，炒作之後，圈內的人都賺了錢，這是圈內非常公開的祕密。」

儘管 11 月 18 日，國務院轉發了包括證監會、公安部在內的五部委「關於依法打擊和防控資本市場內幕交易的意見」，有理由相信，這也只不過舊調重彈，仍是遮羞布罷了。

中國的股市始終黑暗，從來就沒見到過太陽，並不是制度不夠多，而是執行制度的人和利益集團的心太黑。在這樣的市場上，中小散戶只能是刀俎上的魚肉，只有任人宰割的份兒。

第十節

中國股市病入膏肓

（本文作者爲香港資深財經媒體人廖仕明，摘自《新紀元》第 305 期 2012/12/13）

「股市是經濟的晴雨表」，這是經濟學界常說的一句話。意思是說，如果經濟的表現好，股市也會好，反之亦然。然而 2012 年中國股票市場的走勢，卻與經濟的「亮麗表現」背道而馳，這種奇特的現象讓很多人瞠目結舌。

到目前為止，上證指數跌到 2000 點之下，創下 2009 年 6 月以來的最低點，然而中國經濟增長即使以 2012 年最低的三季度來說，仍有 7.6% 的全球最高數值。如果 2012 年上證指數的年線仍是跌收，將是連續第三年下跌，和中國經濟的「亮麗表現」完全無法符合。這種經濟表現與股市走勢完全背道而馳的奇特現象，正說明中國股市「金玉其外，敗絮其中」的危險本質。

資金不足不是理由

中金公司對中國股市持續下跌，總結出三個基本原因。一是資金面不足，二是企業盈利下降，三是股市結構出現了問題。

其中，所謂資金面不足的問題，是不用作任何分析就可以得出的結論。因為市場任何產品和商品價格的下跌，都是買家和買家資金不足，供需失衡所導致。股票既然成為市場，其價格當然遵循同樣的規律。

問題在於，中國股市為什麼資金不足？

自從 2008 年中國經濟亮起紅燈，中共推出了 4 萬億人民幣的刺激經濟方案，隨後的 3 年裡，中國貨幣發行量幾乎是全世界的 50%。以全世界 10% 左右的經濟總量，發行了 50% 的貨幣，以任何角度看都不應該存在資金不足的問題。股票市場是資金密集型的市場，一般來說，也是對貨幣政策最為敏感的市場，然而中國股市終究是持續下跌，並未反映中國貨幣發行過盛的現狀。問題是，中國不可能繼續巨量發行貨幣來維持經濟的熱度，因此中國股市的資金面，恐怕難以有大的改善。

另外一個觀察角度，則是上市公司數量和集資數量。由於股市持續下跌，當局放緩了企業 IPO 的速度。有數據顯示，現在已經做好準備隨時上市圈錢的企業，上海股市就有 800 多家。不過，從資料上看，這些上市企業大多是中小企業，上市集資數量並未超過 2007 年和 1997 年。

因此唯有一個結論，就是中國巨量的資金並沒有進入股市，掌握這些資金的人對中國股市並不看好。

其實，中國的巨量資金集中在權力核心區域，包括銀行、

大型央企和房地產。前兩者是國有部門，後者則是權貴最為集中的產業。事實上，中國大量資金被套在房地產市場。根據官方的數據，2011 年末全國商品房待售面積 2.7 億平方米，以每平方米 5000 元人民幣計算，積壓資金 1.14 萬億人民幣，以每平方米一萬元計算，則積壓 2.7 萬億人民幣。

除了建成的房產積壓之外，2008 年中國為挽救經濟投入大量資金維持企業生產，但卻遇到國際市場不景氣和國內消費緩慢增長，產品積壓嚴重。2012 年年中，中國鐵礦石積壓了 4000 萬噸，煤炭積壓 3000 萬噸，汽車積壓 90 萬輛，其他建材、電器產品、輕工產品都有嚴重積壓。

普通消費品積壓，直接導致企業減產甚至停工倒閉，而鋼鐵廠、建材和汽車生產，是中共當局為維持經濟熱度而全力支援，市場低迷仍需要大量生產或進口，結果是大量資金被凍結在庫存當中。

企業盈利將續降

從 2008 年開始，中國企業盈利便出現了下滑趨勢，至 2012 情況未改。2012 年的情況，無論是中央級國有企業、地方國有企業和私營機構，盈利都出現了明顯的下降。這或許是中國股市下跌的原因。不過，上證指數成分股的平均市盈率目前大約為十倍左右，不但遠遠低於中國股市暢旺的年分，甚至也低於美國和香港等成熟股市。因此，企業盈利最關鍵的問題還是投資者對未來經濟的預期，他們估算中國企業盈利下降的趨勢仍會持續。

觀察中國經濟運行是一門非常專門的學問，基本上無法從經

濟數據和媒體報導的材料中進行分析。經驗老到的分析專家通常尋找一些指標性的地區和行業進行分析，比如廣東省。最近二、三十年以來，廣東基本上是中國的先行指標，預測的時間差距以前大約是 3 到 5 年，現在縮短到一年左右。廣東的經濟明顯出現了一些問題，比如東莞市，這個過去 20 多年經濟每年以 20％以上速度增長的城市，2011 年下降到了 5％左右。考慮到中國特有的統計數據，5％相當於負增長。

另一個指標是浙江。浙江企業 2010 年開始出現資金問題，不但出現大量外逃的負債老闆，且溫州的房地產跌掉了大約 40％，這都和當地資金大戶無法接續資金有關係。

由這一角度看，中國經濟的冷凍期已經到了最嚴峻的時期。所以中國股市其實恰好是一個先行的指標。

中國股市先天不良

上證指數創設於 1994 年，以當年股市市值為 1000 點作為基數。所以，2012 年上證指數 2000 點就是表示：該市場加權市值，只比 18 年前增加了一倍。而這 18 年，中國經濟總量翻了兩番，房價漲了十倍，普通物價翻了兩番。中國股票市場長期落後總體經濟的局面一直未有改變。

中國股市設立之初便有先天不良的結構問題。朱鎔基任總理期間，毫不隱諱地公開表示，股票市場是國有企業改革的主要平台。這裡面隱藏的事實是，國企經營不好，所以要改革，而上市是改革的「主要平台」。也就是說，把那些經營不善，資本金不足，存在很大風險的資產高價出售給股民，讓大家一起承擔。

　　第二個先天不良的結構問題是無效監管。中國是一個圍繞著權力核心運作的國家，用政治術語說就是專制政體，金錢的運行並不例外。最初，為中國進行股票市場結構進行設計的那批人，希望中國的證監會是一個「半官方機構」，不要變成一個政府單位。但事實上這在中國完全行不通，所以最後，證監會終於變成了「部級機構」。

　　變成了政府部門的證監會，監督同樣是政府部門的證券公司和大型上市企業，結果成了「手抓豆腐腦」，用力不行，不用力也不行，完全失去了著力支點。和證監會同級的還有銀監會、保監會（保險公司也是資金大戶），上面還有中國人民銀行，大家除了負責相關產業的順利運行之外，也必須負有保護「國家財產」的責任。

　　因此，股市的內幕交易無法杜絕。遊戲參與者、裁判和執法人都是同一個老闆，普通投資者就不可能擁有「制度信心」。結果就是，中國股市普通投資者幾無例外，全部都是投機者，大家在和制度比賽速度，每個人都在尋找政治上的內幕管道，一有風吹草動立即出逃絕不回頭。這不僅體現在普通散戶，大部分基金經理，不管是公募基金還是私募基金，基本上都是一個招數。

缺失的費爾潑萊

　　英語中的市場一詞中文有兩個相應的翻譯，Market 和 Fair。Market 通常用於較為巨集觀的交易平台，而 Fair 用於小型交換場地。實際上，股市最早也是從 Fair 開始的。而 Fair 這個詞，除了集市之外，也有平等的意思，所謂 Fair play，民國時期曾譯為費

爾潑萊，意為公平競爭，這其實是資本主義社會的核心價值。

公平競爭有制度保證，也有文化道德的保證。前者由法律條文、證監會、法院等維護，而後者則主要由交易者本身的道德決定。兩方面相加，才有市場的所謂公平、公正和公開的「三公原則」。

90年代中期，中共當局對股市提出「法制、監管、透明、自律」八字原則。當時筆者在香港《信報》的專欄上指出，應該把「自律」作為第一原則，原因是提倡道德上的自律是上限，而通過透明和法制的保障，最後監管和法律處置則是下限。在這樣的空間當中，市場才能真正的有效運作。不過，中共並未採用。

本質上，完全的公平競爭是一種理想狀態，現實中難以達到。但制度設計的意義就是通過強制手段，盡量接近公平。不過這在中國是不可能的。比如說新國大期貨案，5億人民幣被騙走，但因為涉及李鵬之子李小勇，最後推出一個替死鬼不了了之。再如上海股市的「南航權證」一案，投資者損失200多億資金，案件和上海證券交易所關聯甚為密切。法律法規和監管至此全部失效。他給中國投資者的教訓就是，不能相信規定和制度，這對股票「市場」是一種致命的傷害。

養豬場公司上市的故事

一位中國大陸的會計師，2012年中受投資公司委託，到中國某著名上市企業的「養豬場」進行財務調查。他後來在網上寫下了他的故事：

我簡單翻看了一遍企業提供的記帳憑證和銷售合同後，我有

以下幾個心得希望和這家企業的老闆交流：

1. 記帳憑證太新了，即便是三年前的憑證，還依然散發著油墨的芬芳。這和我十來年的認知極為不符。我之前見過很多企業，拿出半年前的憑證，我都會替它難為情，我想即便說它是一卷海帶也會有人相信。

2. 這一年以來企業和外部客戶所簽訂的銷售訂單，出庫單也和記帳憑證一樣的簇新，除此之外，由於這些文件中很多信息都是手寫的，我還發現，這家企業不管和誰簽的銷售合同，哪位司機師傅來提的貨，筆跡全都是一樣的。我雖然並非筆跡專家，但是我想要是有誰敢用這一點來和我辯駁，我可能會和他拚命，我是這麼看，可以耍無賴，可以造假，但是不能侮辱別人的智商。

看了這樣的憑證和文件後，其實我不需要再繼續我的工作了。憑我淺薄的經驗，我足以自信的判斷，這家企業的帳務被重新包裝過。

這家公司主要從事種豬的養殖，對外銷售主要是三類種豬，此外還有自己調配的散裝乳豬飼料。我看了看手裡的銷售單據，毅然登陸了淘寶網，這是我的祕密武器之一，這次它也沒有讓我失望。除了網站顯示的賣家信息，我還扮演成買家和幾位賣家接洽了一下，結果是我發現他家的種豬價格可以排名全國第一，此外，乳豬飼料的價格也高得令人遺憾，全國有很多家乳豬飼料生產廠家，有品牌，有包裝，還是專業的乳豬飼料生產商在價格上比這家企業至少便宜 50％。這已經很說明問題了，我想馬雲兄若是得知他的偉大事業還間接的支援了審計師的工作，他一定會很欣慰。

剩下的工作就是保證自己人身安全的快速離開，我在回家的

動車上，分析了我在這家企業的所見所想，極力建議投資公司忘掉這家養豬場。

顯然，這家上市公司的養豬場，以虛假的高價格，提高了公司營業收入和盈利，目的當然是為了欺騙市場和投資者。然而，這樣的欺騙在中國大陸並不是偶然和個別的現象。

1998 年，上海股市上市公司銀廣夏，被揭露出盈利造假，其造假的比例，居然達到該公司公布盈利數據的 95％。

中國大陸的欺騙運動

那位會計師顯然對不少企業的財務數據進行過現場調查。

我見過的包裝分為兩種，一種是小修繕式的，比如打打石膏線，把瓷磚換成木地板，目的主要還是錦上添花。辨別這樣的審計證據造假並不困難，只需要一點實務經驗和小聰明就夠了，正如我總和企業宣講的，財務報表的設計是嚴密度很高的邏輯圓環，撒了一個謊，就得撒更多的謊來圓這個謊，圓著圓著，就變成了不像話的四邊形。

還有一種包裝是大裝修式的，之前的審計證據會大規模的被破壞、重組、再創造。這樣的包裝比較可怕，可怕之處在於，無論投資者還是審計師，都無法確認審計證據被破壞的程度，換句話說，知道有一點點假不要緊，可怕的是不知道到底有多少是假的。

如果執意打算重新編造審計證據，那麼希望拿出一點專業精神來，把功課做得像點樣子。

造假並不限於在中國上市的企業。

2012 年 10 月，美 國 證 券 交 易 委 員 會（Securities and Exchange Commission，簡稱 SEC）對美國「四大」會計師事務所及德豪（BDO）的在華合作所提起訴訟，稱它們拒絕提交審計文件的做法違反了美國證券法規。四大會計師事務所，為在美國紐約上市的 200 多家中國企業提供了財務文件，並負責進行審計。然而，由專門以賣空中國股票營利的混水公司帶頭，美國投資者發現大量中國上市企業財務報表中的虛假信息，中國上市企業股票價格急劇下跌，在紐約股市已經形成了「聞中變色」的局面。

美國 SEC 要求各大會計師事務所拿出原始財務文件，卻被中共政府以「保密」的理由封殺。最後的結果大概會在 2013 年中出現，即全部來自中國的上市企業退出美國股市。

羅傑斯「忘記」了什麼？

中國投資者和美國投資者不同的地方在於：美國佬發現造假之後，從此不再信任這家公司，而中國人明知道對方在欺騙，卻仍然繼續「與狼共舞」。現代資本主義社會是建立在「信用」基礎之上的，信用就是金錢和利潤，也是這個制度運作最重要的一個環節。中國大陸制度運作的基礎是「權力」，任何事情都可以在政治和權力的名義下解決擺平，包括大規模的欺詐行為。

雖然研究中國股市多年，但我實在無法對這個市場持有樂觀的立場。

股票、期貨和其他衍生工具都是風險極高的投資工具，投資者很像踩鋼絲一樣，一不小心就會失敗。中國這個市場很奇特，有兩種投資者，一種是非常接近「權力核心」的人，他們走的是

固定的鋼鐵大橋;而另外一種則是普通的投資人,他們不但是踩鋼絲,而且鋼絲還是人為的被搖擺不停,能夠順利走過去的人,億中無一。

經濟發展起來之後,對投資工具的需求會大大增加。中國的情況正是如此,而且,正是由於沒有安全保險的投資工具,才促成了中國的高儲蓄率。中國正在準備資本項目的開放,可以肯定,一旦中國的封閉系統被打開,中國過去 30 年積累起來的私人財富,會迅速流向更為安全的市場。

號稱投資大師的美國羅傑斯(Jim Rogers),曾經對中國媒體說,現在正是投資中國股市的好時機,而且要持股「一百年」。他說,如果你從 1910 年買入美國的股票持有到現在,你會成為億萬富豪,所以他建議大家買入中國股票留給子孫後代。

不過這位投資大師,恰好忘記了一些基本事實:1910 年美國道瓊斯指數成分股,現在仍然存在的,只剩下兩個,其他都早已灰飛煙滅。

祝各位投資者好運,大家好自為之。

李克強整頓股市內幕

第三章

昔日大陸股市豪傑
都哪去了？

有人說，中國的首富榜就是中共的打壓榜、監獄的囚犯榜。

在共產黨的天下，昔日股市豪傑或走上邪道，或捲入高層政治鬥爭中，或無端受陷害⋯⋯，一夕間，從首富淪為階下囚，比比皆是。

（AFP）

第一節

萬國證券 327 期貨恩仇記
贏家 3 死 1 囚 2 逃亡

　　1995 年 2 月 23 日，被稱為「中國大陸證券史上最黑暗的一天」。當天，圍繞著上海證券交易所發行代號為 327 的國債期貨合約，發生了一場驚心動魄的投機絞殺之戰。事件主角、萬國證券總裁管金生敗北，不久鋃鐺入獄；而前湧金集團董事長魏東、北京建昊集團董事長袁寶璟、前上海地產控股有限公司董事會主席、原農凱集團公司董事長周正毅以及前漢龍集團董事局主席劉漢，跟隨中經開，成為了大贏家，完成了最初的原始積累。不過 20 年之後，風水輪流轉，327 國債期貨事件的「冤主」管金生劫後餘生，安享晚年；而那些贏家，則一個個走向末途，3 死 1 囚。時至今日，這出不經意之間的江湖恩仇記，依然有許多值得玩味的地方。

327 國債期貨事件的始末

國債期貨交易是非常好的金融衍生品交易。國債由政府發行保證還本付息，風險度小，被稱為「金邊債券」，具有成本低、流動性更強、可信度更高等特點。

但是，當時中國大陸國債發行較難，主要靠行政攤派。1992年發行的國庫券，發行一年多後，二級市場的價格最高時只有80多元，連面值都不到。

行業管理者發現期貨這個東西不錯，可以提高流動性，推動發行，也比較容易控制，於是奉行「拿來主義」，引進國債期貨交易，在二級市場上可以對此進行做多做空的買賣。

在本質上，這種交易做的只是國債利率與市場利率的差額，上下波動的幅度很小。這也正是美國財政部成為國債期貨強有力支持者的原因。

1993年10月25日，北京商品交易所率先推出國債期貨交易。同日，上海證券交易所也向全社會公眾開放國債期貨交易。「327」是國債期貨合約的代號，對應1992年發行，1995年6月到期兌付的3年期國庫券，該券發行總量是240億元人民幣。

1995年，中共當局出台調控措施，提出要在三年內大幅降低通貨膨脹率，到1994年底、1995年初的時段，通脹率已經被控下調了2.5％左右。而在1991年至1994年中國通脹率一直居高不下的這三年裡，保值貼息率一直在7至8％的水準上。

1995年2月，327國債產品市價在147元至148元波動。根據上述數據，時任萬國證券總經理的管金生的預測，「327」國債的保值貼息率不可能上調，即使不下降，也應維持在8％的水

準。按照這一計算，「327」國債將以 132 元的價格兌付。因此當市價在 147 至 148 元波動的時候，萬國證券聯合遼寧國發集團成為了市場空頭主力。

與此同時，隸屬於中共財政部的中國經濟開發有限公司（簡稱中經開），據信已得知財政部將上調保值貼息率的內部消息，而挑頭成為了多頭主力。

1995 年 2 月 22 日晚，中共財政部發表 1995 年第一、第二號公告，從 3 月 1 日起發行 1995 年 3 年期憑證式國債，年利率為 14％，並實行保值貼補。引發了對 1992 年 3 年期國債將大幅度貼息的市場預期。23 日上證所開市前，北京、武漢等地市場與 327 相同的合約都大幅飆升 2 元左右。

1995 年 2 月 23 日，中共財政部發布公告稱，「327」國債將按 148.50 元兌付，空頭判斷錯誤。10 點 15 分開市後，即以 149.50 元價格開盤，比前日收盤 148.21 元價高出 1.29 元。隨後遼國發的高嶺、高原兄弟在形勢對空頭極其不利的情況下，利用旗下控股公司無錫國泰的交易席位以 148.50 的價格違規拋出 200 萬口空倉。

上午 11 點左右，萬國證券總經理管金生緊急約見上交所總經理尉文淵，請求暫停交易，撤銷遼國發的 200 萬口空倉違規交易，但被尉文淵拒絕。

下午 13 點開盤後，遼國發突然由空翻多，將其 50 萬口做空單迅速平倉，反手買入 50 萬口做多，「327」國債因此在 1 分鐘內漲了 2 元，並達到當天最高價 151.98 元。比前一交易日的收盤價上漲了 3.77 元。有市場人士估計，如果按照當時萬國的持倉量和現行價位交割，它將要虧損十幾億元資金。

下午 16 點 22 分 13 秒開始，在總經理管金生的命令下，萬國證券為了扭轉敗局瘋狂做空「327」國債。在沒有足夠保證金的前提下，從 C55 和 P89 的兩個自營席位連續打入 23 筆（每筆 90 萬口）空單，共 2070 萬口，同時用萬國證券公司下屬黃浦營業部的 C73 自營席位做多接盤向下鎖定價位。

到下午 16 點 30 分收盤，萬國證券砸出的 2070 萬口 327 合約空單共成交了 1044 萬口，而對倒做多的 C73 席位接盤 315 萬口，成交鎖定了價格，從而在 7 分 47 秒內把該合約價位從 151.30 元打到 147.90 元。據統計，當日上交所國債期貨共成交 1824 萬口，約 8500 億元，其中 327 合約共成交 1205 萬口，86.6％的交易屬於萬國證券拋空的 327 合約。

1995 年 2 月 23 日晚 23 點，上交所在經過緊急會議後宣布：1995 年 2 月 23 日 16 時 22 分 13 秒之後的所有交易是異常的無效的，經過此調整當日國債成交額為 5400 億元，當日「327」品種的收盤價為違規前最後簽訂的一筆交易價格 151.30 元，結算價為 150.58 元。這也就是說當日收盤前 8 分鐘內空頭的所有賣單無效，「327」產品兌付價由會員協議確定。上交所的這一決定，使萬國證券的尾盤操作收獲瞬間化為泡影。萬國虧損 56 億人民幣，瀕臨破產。

2 月 23 日晚，為避免萬國證券倒閉而造成證券市場連鎖擠兌風險，由上海市政府出面協調，上交所和多家金融機構，以國債回購和銀行融資的形式，融給萬國證券 15 億元資金，加強其櫃台的現金支付和周轉能力，穩定其客戶的心態；萬國證券也連夜準備了 10 億元左右資金和 8 億元國庫券。最終針對萬國證券的擠兌並沒有出現。

在這場資本市場的空前對決中，管金生成為大輸家，而當時 28 歲的魏東、29 歲的袁寶璟、34 歲的周正毅以及 30 歲的劉漢，則跟隨中經開等官方機構，成為這場對賭的大贏家。

事後，英國《金融時報》發表評論稱，1995 年 2 月 23 日是「中國大陸證券史上最黑暗的一天」。

「冤主」管金生劫後安享晚年

據大陸媒體 21 世紀網報導，管金生 1947 年出生在江西省清江縣（現樟樹市，屬宜春市管轄）的一個普通農民家庭。1982 年獲上海外國語學院法國文學碩士學位，最初在公安機關做翻譯，後入職上海國際信託投資公司，由此踏入金融圈，不久被選送到比利時布魯塞爾自由大學深造。

1988 年，管金生負責籌建上海第一家證券公司——萬國證券。

上世紀 80 年代末，管金生帶領萬國證券通過倒賣國庫券，迅速完成了第一桶金的積累。到 1992 年，萬國證券已成為中國當時最有影響力的證券公司，一度占據中國 70％ A 股交易量和幾乎全部的 B 股交易量。

1992 年年底，萬國證券與李嘉誠合作，收購香港上市公司香港大眾，完成了大陸證券公司首次收購境外企業並成為控股人。

到 1995 年為止，管金生與萬國證券仍在走上坡路，而 1995 年 2 月 23 日的「327 國債期貨事件」，卻成為他們的命運拐點。萬國證券虧損達 56 億人民幣，瀕臨破產。

1995 年 4 月，管金生辭職，當年 5 月 19 日，在海南被捕，

1997 年被判處 17 年徒刑，罪名為挪用公款，總額 269 萬元。在此之前的 1996 年 7 月 16 日，萬國證券已與申銀證券合並為申銀萬國證券公司。

美國華府中國問題專家石藏山認為，在 327 國債期貨事件中，中共財政部旗下的公司中經開已經事先掌握了官方關於貼息的內幕消息，故拚命做多；而管金生不了解這些信息，故愣頭愣腦地一味做空，最後慘敗。管金生其實輸在對信息的不對稱了解這一點上，可算是 327 國債期貨事件的「冤主」。

於上海提籃橋監獄服刑 7 年後，管金生在 2003 年獲得了保外就醫的機會出獄。此後他一邊在上海的一家會計師事務所擔任金融顧問，一邊安享晚年。一些以前萬國證券舊部或是江西樟樹市駐滬老鄉的聚會上，亦能看到現年 66 歲的管金生身影。

中經開操盤手魏東跳樓身亡

在 327 國債期貨事件中，多頭一方的中經開「大獲全勝」，帳面盈利超 70 億元。但 1995 年底接任中經開第三任總經理的中共前財政部部長助理韓國春，卻曾向《財經》雜誌透露說：「327 給中經開的利潤連 1 個億都沒有。」外界一直在追問，70 億元帳面上的盈利都流向了哪裡？

據坊間傳聞，70 億元中的一部分流向了靠內幕消息在中經開名下開立老鼠倉的玩家，即中財系人馬糾集來的江浙財團。而這些玩家中最著名的魏東、袁寶璟、周正毅和劉漢等人，現在不是死於非命，就是被判重刑。

魏東畢業於中央財經大學，1990 年起在中經開工作。而「中

經開」則是 327 國債事件中最大的多頭。

事實上，早在 1995 年以前，魏東已經離開了中經開，在上海創辦了湧金實業，而上海湧金實業最開始的主營業務便是國債期貨。因此，魏東顯然是 327 國債事件的參與者之一。

後來有傳聞說，在 327 國債期貨事件中，中經開高層和魏東通過可靠管道，獲知了中共財政部底牌：327 國債將按 148.50 元兌付。甚至有傳聞說，多方通過遊說改變了原來的兌付方案。

魏東當時 28 歲，研究生畢業僅 2 年。在這場戰役中，魏東被媒體描述為中經開事實上的主要操盤手。

在 327 國債事件中，有消息稱魏東個人賺了約 2 個億，此後魏東的湧金系以驚人的速度在資本市場上攻城掠地：全面參與轉配股、法人股受讓、新股配售等一級市場、一級半市場業務；以知金科技為平台，孵化多個創業企業。

2002 年湧金系控股上市公司九芝堂。

2005 年 7 月，湧金系控股成都證券，並為其成功增資擴股，使成都證券的資本金由 1.28 億元上升至 5 億元，達到綜合類券商及格線。2006 年 12 月，國金證券成功借殼成都建投，並完成了股改。

除此以外，湧金還實際控制有雲南國際信託、一度參股青島軟控、北青傳媒、中科軟科技股份有限公司、清華同方威視技術股份有限公司、萬方數據股份有限公司、浙江大華技術股份有限公司和家潤多商業股份有限公司等。

2008 年 4 月 29 日下午，41 歲的魏東在接受調查、被問話幾天後，從北京一棟高樓的 17 層一躍而下，身後留下巨大的謎團。當年 6 月 8 日，湧金系掌門人魏東身故的第 32 天，原國開行副

行長王益被中紀委「雙規」，外界認為這是魏東事件的餘波。

而在 2013 年的福布斯全球富豪榜上，繼承了湧金集團股權的魏東遺孀陳金霞，仍以 15.5 億美元的總資產，排到全球富豪榜第 965 位。

周正毅涉陳良宇案被判 16 年

2007 年 11 月，前上海房產大亨周正毅被判處有期徒刑 16 年。此案背後涉及到中南海高層博弈，跟當年的陳良宇案大有關聯。

周正毅曾因操縱證券交易價格罪和虛報註冊資本罪被判三年徒刑，2006 年剛剛結束刑期。一年之後，他又因挪用資金、行賄和虛開增值稅發票等五項罪名被判 16 年徒刑。

周正毅只有小學文化，從小家境貧困，17 歲時即離家打工。1978 年，周正毅拿出自己工作後所得積蓄在楊浦區開設小餛飩店，成為個體戶小老闆。1994 年，周氏夫婦合力開設「阿毛燉品」之後，才賺到第一桶金。很多上海人之所以記得這家燉品店，是因為停在店門口一輛紅色法拉利跑車—據稱這是上海第一輛法拉利，屬周正毅所有。

有消息稱，周正毅在 327 國債事件中賺了大錢，1996 年、1997 年炒股發了大財。1998 年後周正毅轉做銅期貨，2003 年上海期貨交易所的資料顯示，周正毅旗下的農凱集團是銅類交易中排名 17 位的會員，交易資金達到 5.3 億元。

名列 2002 年度福布斯中國富豪榜第 11 名的周正毅，旗下有 4 家上市公司，上海商貿控股和上海地產控股在香港上市，英雄股份和海鳥發展在上海上市。周正毅大多數的業務都在上海，包

括農業、房地產、高速公路、貿易以及金融。

袁寶璟與劉漢結怨 三兄弟被判死刑

　　袁寶璟，生於 1966 年 2 月，遼寧省遼陽市人。據報導，1992 年袁寶璟在懷柔註冊建昊實業發展公司，啟動資金 20 萬元。其中 10 萬元用來買下優質「黑小麥」專利，5 萬元向農民租了 300 畝地。半年之後黑小麥成熟，麥種很快占領全國市場，袁寶璟掘出第一桶金，獲利 200 多萬元。隨即，袁寶璟轉向股票、債券業，31 歲成為當時全國最年輕的上市公司董事長，在證券行業有「中國股票第一人」的名號，擁有資產 30 多億元。

　　327 大賺之後，1996 年底袁寶璟在四川廣漢炒期貨，將釀酒用的高粱炒到 2000 元／噸。劉漢是四川人，當時在海南做生意，規模很大。有四川商人向劉漢求助，希望劉漢回四川炒期貨，把高粱的價格降下來，於是劉漢帶了大量資本回到四川。袁寶璟方面主動提出合作，劉漢方面沒有答應。劉漢介入交易，只做了幾個單子，高粱價格大跌。袁寶璟公司不得不平倉走人。劉漢在此項交易中獲利 2000 萬元，袁寶璟則損失 9000 萬元。

　　因為認定劉漢玩了貓膩，袁寶璟很不服氣，袁寶璟的下屬汪興要教訓教訓劉漢，「揍他一頓」。1997 年，汪興花 16 萬元雇傭兩個殺手，趁著劉漢走出酒店上車時開了兩槍，但都沒有打中。劉漢很快知道殺手是袁寶璟派來的。

　　事後汪興沒有被袁寶璟重用，汪興又因多次向袁寶璟要錢，兩人終於翻臉。汪興威脅要將雇凶一事舉報給警方，袁寶璟的哥哥袁寶琦、堂弟袁寶森得知後，要「辦」了汪興。2003 年 10 月，

汪興被人用雙筒獵槍打死。

2006年1月13日，袁寶璟、哥哥袁寶琦、堂兄袁寶森三兄弟，因雇凶刺殺汪興被遼寧省高級法院判處死刑。在法庭上，袁寶璟白衣白褲白圍巾以示冤屈。2006年3月17日，袁氏兄弟三人在遼陽被執行死刑。袁寶璟另一堂兄弟袁寶福則被判處死刑，緩期2年執行，剝奪政治權利終身。

最近有媒體在報導劉漢案的時候透露，袁家之所以付出如此慘重代價，是劉漢暗中運作的結果，其間可能涉及一筆高達22億元的利益輸送。

劉漢攀上周永康 最終難逃一死

躲過袁寶璟暗殺的劉漢在數年後投靠了時任中共四川省委書記周永康的長子周濱，一度成為四川「地下組織部長」，在成都、綿陽、廣漢一帶黑白道通吃，與當地官員交往甚密。

之後，在長達10多年的時間裡，劉漢黑社會組織涉嫌實施故意殺人、故意傷害、非法拘禁等嚴重刑事犯罪案件數十起，造成9人死亡。至劉漢被捕時，他已經擁有400億身家。

劉漢在上世紀八、九十年代市場經濟初期、價格雙軌時，從木材運輸和建材等貿易中賺得第一桶金，此後1994年在期貨市場中一戰成功，躋身億元富豪之列。1997年成立四川漢龍集團，擁有境內外上市公司5家、有全資及控股企業30多家。

據報導，在四川，只要劉漢看上的項目，是沒有人敢於競爭的。劉漢號稱「地下組織部長」，可以左右不少公務員的升遷。當幾乎所有人都認為劉漢已經「大到不能倒」地步的時候，他突

然倒下了。

2015 年 2 月 9 日，經最高法院核准，咸寧市中級法院依法對犯組織、領導、參加黑社會性質組織罪、故意殺人罪等罪的罪犯劉漢、劉維等 5 人執行死刑。

根據 2014 年 2 月 14 日檢方的指控，自 1993 年以來，劉漢、劉維等 36 人組織、領導、參加黑社會性質組織，大肆進行違法犯罪活動，攫取巨額經濟利益，在四川省廣漢、綿陽、什邡等地及部分行業內，形成非法控制和重大影響，嚴重破壞社會治安、經濟和社會生活秩序。其中，故意殺人 5 起致 6 人死亡、故意傷害 2 起致 2 人死亡、非法拘禁 1 起致 1 人死亡。

在 327 國債事件中，先是跟萬國證券做空，其後「叛變」反手跟隨中經開做多的遼寧國發集團，後因「遼國發案」涉及數百億元，其控制人高原、高嶺兄弟倆潛逃出國，至今杳無音訊。相比其他人來說，他倆還算聰明的，因為他們知道，在共產黨的天下，賺了錢的，遲早得吐回去，中國富豪榜不就是「殺豬榜」嗎？

第二節

周永康的馬仔劉漢
與袁寶璟的死刑黑幕

袁寶璟和他的建昊集團被稱為「資產收購大王」、「北京的李嘉誠」，因追殺劉漢未遂，反受其害，兄弟四人，三人被處死，一人被判死緩。（新紀元合成圖）

　　劉漢與袁寶璟雖然在 327 國債期貨中獲得暴利，但兩人後面的日子卻並不太平。作為周永康的黑幫馬仔，2014 年劉漢被捕後，劉勾結周永康遼寧馬仔李峰，導致億萬富翁袁寶璟的「屈死」也被翻出。雖袁寶璟是否是「屈死」還待調查，但從眾多的多疑中，讓人「見識」了周永康統治下政法委的司法黑暗……

　　2014 年 2 月 20 日，大陸媒體廣泛報導了四川漢龍集團董事長劉漢，因涉嫌組織、領導、參與「特大黑社會集團」而被提起公訴。據說劉漢團伙至少涉嫌造成 9 人死亡，其中 5 人遭槍殺身亡，而享有「四川首善」稱號的劉漢，掌控的資產高達 400 億。

　　不過大陸媒體沒有報導的是，劉漢這個 1965 年出生在四川廣漢普通教師家庭的人，2001 年是在某「貴人」的保護幫助下，

才憑藉各種黑社會手法，迅速成為億萬富翁，而這個「貴人」就是中共前政治局常委、政法委書記周永康。

周永康在四川任職期間，曾兩次到劉漢集團視察，可見兩人關係不一般。《新紀元》在前面幾期中已經介紹了，劉漢正是因為花巨資巴結周永康及其子周濱，才迅速起家。劉漢黑社會頭目身分的曝光，讓人們想起了 8 年前因涉嫌謀劃「槍殺劉漢」而被官方迅速處死的另一位億萬富翁袁寶璟的死刑案。

早在 2013 年 12 月劉漢被官方逮捕調查時，海外網路上就流傳一則消息，說周永康在四川的馬仔劉漢，以及在遼寧的馬仔李峰，這三人的勾結，才導致了袁寶璟的「屈死」。不過袁寶璟是否是屈死，還有待進一步調查，但知情人列舉了很多疑點，從中讓人看到周永康統治下的政法委司法黑暗。

劉漢與袁寶璟結仇始末

1966 年 2 月出生在遼寧遼陽的袁寶璟，家庭貧寒，是五個孩子中的老三，1985 年考入了中國政法大學，不過讓他發財的卻是他天生的金融炒作「天賦」，而政法大學那些年的苦讀，最後也沒能讓他利用法律知識保全自己一條性命。

袁寶璟和他的建昊集團被稱為「資產收購大王」、「北京的李嘉誠」。

袁寶璟與劉漢的怨仇始於 1996 年秋的期貨市場。當時袁寶璟在成都炒期貨，從不失利的他卻莫名其妙地損失了 9000 多萬元，袁寶璟懷疑是劉漢與交易所勾結，修改規則所致。

袁寶璟的朋友，刑警出身的汪興主動提及，可以安排人收拾

劉漢。汪興曾任遼陽市刑警大隊專案中隊隊長，1992年下海經商，兩人在火車上認識，當時袁寶璟還是個窮大學生。後來袁寶璟曾多次借錢給汪興炒股，汪興曾任深圳南方建昊公司經理。

1997年2月1日晚9時許，受汪興委託，遼陽「黑老大」楊忠學指使李海洋持槍來到四川省廣漢市，向劉漢近距離連開兩槍，不過劉漢並未被擊中，李海洋則逃離現場，後被警方抓獲，但當時警方並未追查背後的指使者。

遼陽刑警隊長的「好主意」

「廣漢行刺事件」後，汪興被袁寶璟調回北京。1997年秋，汪興離開了袁，並向袁寶璟提出借100萬元回遼陽單幹，袁寶璟反應冷漠。汪興開始搜集和整理自己掌握的袁寶璟和建昊集團材料，並四處舉報，但無人受理。

據大陸雜誌報導，2001年11月，汪興被人追殺，身中數刀，因搶救及時保住性命。汪興認為是袁寶璟幹的，事後他給袁打電話說：「追殺我的人我都想好了，就這麼幾個人，有姓趙的（趙鐵印，汪興妻子的前夫），四毛子（遼陽的一個『黑老大』，真實姓名張宏東，2005年5月被判處死刑並執行），還有XX（即被袁寶璟臨刑前舉報的高官）；你也算我一個仇人，你必須給我拿錢，不然我和你沒完。」

兩年後的2003年10月4日23時30分，在遼陽市某居民小區，人們發現汪興身中兩槍，倒地身亡。官方一口咬定是袁寶璟兄弟四人參與幹的，不過事隔多年後，很多人認為，完全不能排除是劉漢指使人幹的，而嫁禍給袁寶璟，也不排除是其他人幹的，

而劉漢、李峰等人藉機栽贓在袁寶璟身上。

袁寶璟是屈死的嗎？

2004 年 4 月袁氏四兄弟殺人案開庭前，袁寶璟的妻子、大陸知名藏族舞蹈家卓瑪召開新聞發布會，質疑當地警方的偵查程式：如果警方認為袁寶璟讓自己的二哥袁寶琦找人殺汪興，袁寶琦又找袁寶森、袁寶福兩個堂兄去殺汪興，這是連環委託案，按常理，偵破程式首先應該抓直接行凶人袁寶森、袁寶福，審訊落實證據後才輪到袁寶琦，再證據確實後，才最後輪到袁寶璟，但實際上卻是在 2003 年 11 月 23 日下午 6 時抓了袁寶森、袁寶福，次日凌晨在廣西抓到袁寶琦，24 日下午在北京抓到袁寶璟。沒有進行審訊，就抓捕連環案中所有嫌疑人。

官方認定袁寶璟有罪的主要證據，只有袁寶琦的口供，儘管後來四人都在法庭上表示是因為刑訊逼供才做了偽證，但案子一直無法翻供。

刑訊逼供出來的證據

2005 年 10 月 14 日，本該被執行死刑的袁寶璟一度出人意料地活了下來：死刑被暫緩執行。兩周後有媒體曝出袁寶璟沒死是由於他捐出了價值近 500 億人民幣的個人資產，不過袁的一個律師鄺明安對媒體表示，袁案存在眾多疑問，如沒有直接證據證明袁雇凶殺人等等。

據說在長達 11 個小時的庭審過程中，袁寶璟曾說，警方將他

反銬在一個鐵凳子上審訊，在拘留所的五天五夜裡，警察兩人一組換班不分日夜地對他們兩人同時進行審訊。在他極其睏倦的時候，警察會把他一巴掌扇醒。審訊當中，警察要求他必須按照警察的意思供述，否則，就用礦泉水瓶子砸他，用穿著皮鞋的腳踢他。袁寶璟當庭出示了自稱是刑訊逼供導致的右小腿上的傷痕，這個證據一度令旁聽的 200 多人譁然。

另外袁寶璟還說，他是中國政法大學畢業的學生，完全明白簽字畫押意味著什麼，但實在是沒辦法，「我當時在那個假供上簽字，就是為了先活下來，然後到法院翻供。」

一審後，袁寶璟的律師們在審查卷宗材料時，有了「一審時未能獲准看到」、但可能「足以推翻原死刑判決」的重大新發現：汪興屍體內的彈頭含有鉛的成分，而打撈出來的槍枝及其彈殼在警方送交大連市公安局檢測的時候，沒有檢到鉛和發射藥的成分，如果實際射殺汪興的槍枝不是槍手袁寶森供述的「扔於護城河中的槍」，也就不能認定是袁寶森射殺了汪興，因此也就更談不上是受袁寶琦、袁寶璟雇傭指使。

主動捐出印尼公司 500 億股份

按照坊間說法，袁寶璟第一次死刑沒執行時，他不但把瑞士巨額存款密碼告訴了妻子卓瑪，還委託卓瑪和律師捐贈其擁有印尼公司 40％股份（時價約合 495 億人民幣）。

劉家眾律師說，袁寶璟多次表示，捐贈完全不是為了「買命」，而是的確想將自己財富的一部分捐贈國家。為了順利實現這次捐贈，袁寶璟還讓他的妻子——夫妻財產的共同所有人——

卓瑪也簽署了一份同意捐贈書。

10 月 14 日，卓瑪在會見完袁寶璟後，立即回到北京，在第一時間落實這份捐贈。就在 10 月 15 日，國家某部委一名辦公廳主任會見了卓瑪，在表示願意代表國家接受捐贈後，反覆問卓瑪有什麼要求，卓瑪說，除了接受這份捐贈，沒有任何別的要求。此前卓瑪曾對媒體表示，袁寶璟是出於提高國家能源安全度才有此「遺願」的。

不過，這些翻供和捐獻都沒能救了袁寶璟的命。很多人都還記得，2006 年 3 月 17 日在電視上看到，當遼陽市中級法院宣布以故意殺人罪判處被告人袁寶璟、袁寶琦、袁寶森死刑時，身穿白色運動服，脖子上圍著白色哈達的袁寶璟拚命大喊：「我不服，我要檢舉！」

不過，他沒想到的是，他要檢舉的人，正是有權力讓他死的人：遼寧政法委書記李峰。

李峰拿了袁寶璟的 1.2 億港幣

當袁寶璟第一次死刑沒執行時，袁的另一律師劉家眾曾對媒體表示，袁被暫緩死刑，並不是因為他巨資捐款，而是由於他檢舉揭發了涉及現任某省常委、政法委書記的經濟犯罪事實。海外媒體報導說，這人就是遼寧省政法委書記、長期在周永康手下幹活的李峰。

袁寶璟出事前，李峰授意袁寶璟花 1.2 億港元購買香港一家上市公司的股權，而股東登記姓名則是李峰的妻子。袁寶璟還舉報說，李峰甚至掌控著遼寧省毒品犯罪和假鈔買賣活動。《新紀

元》分析說，很可能這些祕密情報都是袁寶璟從汪興那裡聽來的，汪興畢竟當過刑警隊隊長，這也從另一角度印證了汪興第一次被暗殺後留下的話，想殺他的人也包括李峰。

「遼寧的某種勢力想要袁寶璟的命！」袁寶璟妻子卓瑪2004年5月間曾對媒體如此說。據透露，2002年袁寶璟母親下葬，李峰親自接風，並安排武裝保鏢，駕駛武警牌照轎車跟隨袁寶璟。為了讓李峰妻子持股的公司上市，袁寶璟隨即出資億元支持，該筆資金袁寶璟後來曾經多次催收，但一直沒收回來。卓瑪當時對媒體表示，該事有詳細財務報告可提供查證，同時案情內幕亦有相關證人可以核實。

2005年6月1日，袁寶璟在看守所向兩位代理律師口述了李峰通過汪興要求他幫這位領導洗「黑錢」，並開出每洗1000萬元提成300萬元的事情，當律師通過看守所幹警讓袁寶璟在會見筆錄上簽字時，看守所找出各種理由就是不讓袁寶璟簽字。

無奈之下，卓瑪只好在北京長安公證處的公證下，將這些舉報材料寄送至遼寧省有關領導和部門。卓瑪當時還對媒體透露，一份寄給有關領導的舉報材料，為安全起見留有卓瑪一位朋友的手機號碼，材料寄出不久就有自稱警察的人打這個號碼，並索要3000萬元，稱交錢就可放人。卓瑪還稱此前和此後自己和家人、律師曾經多次遭遇人身威脅甚至襲擊。

回頭再來看劉漢和袁寶璟的命運，兩人都從貧寒家庭出身，都是在某些方面有才幹的民營企業家，但由於陷入政治中，無論是主動巴結周永康，還是被動舉報李峰，兩人都被判處死刑。

這也是當今民營企業家拚命移民國外的原因：在中共的統治下，誰能保證自己的人身安全呢？

第三節

劉漢被定性為「特大黑社會」

「神祕富豪」劉漢建造的「黑金帝國」種種血腥內幕，被定調為「國內特大黑社會性質犯罪案」，揭露其與當地政法官員勾結的黑幕。（新紀元資料室）

　　2014 年 2 月 20 日，周永康在四川的馬仔、漢龍集團董事局主席劉漢被正式提起公訴，中共官媒和陸媒高調拋出此「神祕富豪」勾結政法官員建造「黑金帝國」之中的種種血腥內幕，當局更定性此案為「特大黑社會性質犯罪案」，為日後定罪周永康埋下伏筆。

「神祕富豪」的血腥致富過程

　　2014 年 2 月 20 日，湖北省咸寧市檢察院通報：原四川漢龍集團董事局主席劉漢、劉維（曾用名劉勇）等 36 人，因涉嫌組織、領導、參加黑社會性質組織以及故意殺人、故意傷害、非法經營和包庇、縱容黑社會性質組織等 21 項罪名，被檢察機關依法提

起公訴。

官媒報導，這名「神祕富豪」的資本積累過程充滿血腥，他的「黑金帝國」涉嫌實施故意殺人、故意傷害、非法拘禁等嚴重刑事犯罪案件數 10 起，造成 9 人死亡，而 9 名被害人中有 5 人是被槍殺的。繳獲軍用手榴彈 3 枚、槍枝 20 枝、子彈 677 發。非法掌控公司 70 家，坐擁資產 400 億元人民幣，並曾在項目競拍揚言，誰敢舉牌，舉一次砍條胳膊，因此此案被定性為「國內特大黑社會性質犯罪案」。

此前早有報導稱，劉漢被抓是因為深度捲入周永康案，是周永康的馬仔。從現在官方發出的報導看，雖然並沒有明顯點出劉漢與周永康之間的關係，但是其忧目驚心的程度比以前的報導有過之而不及。

被坊間稱為「資本大鱷」、「礦業大亨」的劉漢旗下擁有數十家子公司，橫跨金融證券、能源電力、房地產、礦業開發等多個領域，曾被《福布斯》雜誌稱為「潛在水底的真正富豪」。

諷刺的是，劉漢還有四川「首善」之稱，曾連續三屆當選四川省政協委員、政協常委，擁有的個人榮譽稱號多達 20 餘項。

四川「首善」的野蠻發跡史

據《南方周末》發表長篇報導披露，48 歲的劉漢出身四川一戶貧寒之家，底層打拚幾十年，變身礦業大亨、資本大鱷。在他這條驚險離奇的成長之路上，布滿騙局、暴力和不為人知的祕密。

「他牽涉的背景太深。」廣漢市委一位人士對《南方周末》記者說：「調查劉漢，其實是各方勢力博弈的結果。」

《大紀元》此前報導，劉漢一案的特殊之處在於他控制下的漢龍集團和其堂兄劉滄龍的宏達集團，與周永康之子周濱之間的經濟聯繫和商業往來。

新華網也發文稱劉漢涉黑犯罪內幕，文中說劉漢一案並不簡單，「當地三名政法幹部」成為劉漢保護傘，「劉漢的關係網隨著經濟實力的擴張水漲船高，從最先起家的廣漢、德陽，輻射到綿陽、成都，乃至北京。」

官媒罕見拋出「政法幹部」、「關係網輻射至北京」……，裡面透露的種種信息，引發北京觀察人士對周永康一案將如何定性作出猜想。此報導最後一句稱：「隨著案件的進一步辦理，劉漢黑惡組織昔日與政商兩界逾越黨紀國法、進行種種勾連的內幕，或將一一揭開。」

政法官員為劉漢提供槍彈

與劉漢一起被提起公訴的，還有當地三名政法官員：原德陽市公安局刑警支隊政委劉學軍、原德陽市公安局裝備財務處處長呂斌和原甚邡市檢察院副檢察長劉忠偉。

據據劉漢的弟弟劉維供述，除了送金錢財物，他幾乎每周都會和這三人在自家的會所裡聚會，一起尋歡作樂，甚至吸食毒品。由於這種特殊的關係，劉學軍以隱匿、銷毀案卷材料為條件，請劉漢幫助其升遷，發生命案後多次通風報信；劉忠偉、呂斌為劉維提供槍枝配件和子彈。

為尋求更大的保護傘，劉漢不僅大肆結交官員，還利用自己的妻子結交官員妻子，從而接近官員。

在四川省內外，很多人都知道劉漢是「有大背景、大靠山」的人物。這使得劉漢的斂財之路更加暢行無阻，甚至能夠左右當地人事安排。對於能帶來利益的官員，劉漢可以幫忙提拔升遷；對於擋他財路者，不擇手段予以清除。

2001 年遇「領導」後發跡

四川省政法系統一匿名人士稱，他曾在私人飯局上見過劉漢，1.8 米的個頭，有點沉默寡言，但眼睛很精神，透露著狠勁。

截至 2013 年 3 月，劉漢被抓前，他名下的四川漢龍集團已發展成一個巨大的商業帝國，資產達 400 多億元。據陸媒披露，劉漢能聚斂這麼多巨額財富，除了「打打殺殺」的爭搶外，還與其深厚的政商背景相關。

知情人士說，2001 年，劉漢遇到「貴人」幫助。當年，劉漢被列入公安機關查處名單，花費巨資攀附上某位領導，將他從查處名單上撤除。此後，劉漢通過資本運作迅速把產業擴充到外省、外國，建立了礦業帝國、資本帝國。

陸媒披露，劉漢與「領導」搭上線後，變得更為低調、謹慎，很少在公共場合出現。知情人士隨後少數幾次與劉漢會面，感覺到了他的變化。「言語之間連省裡的官員也不放在眼裡。」

另一名與劉漢接近的匿名人士稱，有特殊背景的商人周濱 2002 年前後到四川投資，劉漢高價從其手中購買項目，「為了維護關係。」

知情人士透露，2001 年，為討有關「領導」歡心，劉漢在阿壩州投資建設兩座水電站。2005 年，劉漢把經濟效益良好的天龍

湖電站和金龍潭電站賣給四川匯日電力公司。

廣漢當地坊間流傳，劉漢是當地政府之外的地下組織部長，他能在一定程度上影響幹部任免。

據四川政法系統內部人士透露，劉漢在北京被控制後，公安部成立專案組。據稱，劉漢案令四川官場震動，該案被作為典型的警匪勾結、政商勾結案件，要求一查到底。

綜合資料發現，周永康於 1999 年 3 月到 2002 年 11 月出任中共四川省委書記。正是由於周永康瘋狂迫害四川法輪功學員，深得江澤民「賞識」，於 2002 年 12 月，接任公安部部長。周在四川既有死黨，使四川至今迫害法輪功嚴重程度居全國前幾位；周永康與其子周濱等家族又有巨大的經濟利益在四川。

李崇禧案涉劉漢案

2013 年 12 月 29 日，曾經是周永康心腹大祕的四川省政協主席李崇禧落馬。當時有陸媒透露，李崇禧落馬，很可能與其在四川省紀委書記任上擔任「礦業秩序整治督導組」組長涉及礦業重整併購有關。知情人士透露，涼山州政府收購私人礦山進行拍賣，四川礦業大佬劉漢成為最大贏家，涼山州多數礦產流入劉漢的漢龍集團和堂兄劉滄龍的宏達集團。

李崇禧曾是周永康大祕，在周任職四川省委書記期間一路高升，對周唯命是從。在一系列迫害法輪功學員事件中，李崇禧的阿壩州迫害經驗受到周永康的肯定後在全省推廣，李崇禧也因迫害中罪惡累累得到周永康賞識而納入其派系之中，2000 年 12 月，李崇禧升任中共四川省委祕書長、辦公廳主任、省直機關工委書

記（後又升任省委副書記、紀委書記、政協主席等職務）。

劉漢政商勾結 周永康難脫干係

2014 年 2 月 20 日，美聯社報導說，劉氏兄弟的案件涉及四川政商勾結的黑幕。對此新華社的報導並不諱言指，劉漢曾連續三屆「當選」為四川省政協委員和政協常委，擁有的個人榮譽稱號多達 20 多項。他的弟弟劉維親手殺人後逃遁，在他被通緝的四年期間根本就沒有離開過四川。雖然警方不時接到舉報線索，但每次抓捕行動都會「差之毫釐」，讓劉維「擦身而過」。

有報導說，四川官場和商場頻頻「地震」很可能是在清理據稱中國第一大貪腐案件周永康案的外圍，這名前政治局常委據報導目前正在接受調查。

美國之音引述網路維權人士黃琦的看法認為，四川政商勢力盤根錯節，一些腐敗官員充當了一些民營企業涉黑經營的保護傘，對此，周永康脫不了干係。

他說：「周永康在四川搞了很長時間，包括他後來擔任中央政法委書記期間在我們四川培植了一系列官商勢力。這部分勢力在政法委系統和黨政部門的庇護下，在四川積累了大量冤案。僅雙流縣一個縣，據我們所知，類似案件就多達兩、三千起。」

劉漢與江系深度瓜葛

2011 年 9 月 13 日，澳大利亞證券與投資委員會（ASIC）發表聲明稱，正對中國四川漢龍集團下屬的漢龍礦業投資公司三

名高管涉嫌與澳洲兩家礦業公司內幕交易進行調查。此公司的信譽、員工的職業操守已受到質疑，人們也憂慮中國證券市場的「潛規則」被帶到海外。

近年來，漢龍集團頻頻出手，赴海外收購礦產資源，其目標是在 10 年內成為全球第四大鐵礦石供應商，爭奪全球鐵礦的話語權，有效制衡全球三大鐵礦石巨頭。漢龍礦業目標在澳洲組建一個價值 300 億澳元到 500 億澳元的大型礦業公司。

澳洲砂礦生意基本被曾慶紅家族壟斷，而漢龍礦業投資公司的行動據悉得到中共官方的大力支持，而劉漢本人曾說錢從來都不是問題。

劉漢是周永康之子周濱在四川的生意夥伴之一，而周濱以其深厚的背景涉足水利、石油等多個領域。2003 年左右，周濱以 2000 萬元左右的價格，轉讓其位於四川阿壩州的一個旅遊項目給劉漢旗下的公司，獲利不菲。劉漢公司的一位前員工認為，該處旅遊項目的地理位置並不好，價值最多只有幾百萬。劉漢曾對其表示，「只要不是太過分，我們就答應他。」這名員工認為，劉漢做該筆交易，只不過是為了維護他和周濱的關係。

2005 年左右，漢龍集團成立了一家電力公司。四川省發改委以保護資源為由，限制劉漢公司掌握全部股權。於是，周濱應邀出面，代劉漢持有了該公司 20％的股權。後來劉漢再從周濱手中回購這部分股權，但此次回購只是形式，劉漢並沒有付款。

對周永康的調查已經深入核心

2014 年 2 月 18 日，曾經做過周永康 10 年貼身祕書的海南前

副省長冀文林被雙規。冀文林先後在四川省和公安部任職，從周永康副局級祕書，周永康正局級祕書到中央維穩辦副主任。因此他對周永康不論是貪腐還是政法系統的罪行瞭如指掌。

近期，當局拋出江澤民集團的官員時，都沒有冠以「貪腐」名義，而是「嚴重違紀違法」，為拋出大老虎埋下了伏筆。此前，江澤民集團迫害法輪功核心罪的主要執行人、中共前公安部副部長李東生從落馬到被正式免職，官媒罕見拋出其隱祕頭銜「610」辦公室主任，但其具體涉案罪名隱而不發。

隨著周永康在遼寧政法系統的爪牙張東陽和前遼寧省公安廳長、省政協副主席李文喜的被調查，顯示對周永康的調查已經深入核心罪。周永康 1985 年進入北京擔任石油部副部長之前，一直在遼寧。而遼寧正是迫害法輪功和活摘器官最嚴重的地區，張東陽和李文喜都是江澤民集團活摘器官的重要證人。

接近北京高層的知情者透露，中共內鬥的核心問題，就是如何對待江澤民、周永康控制的「610」、政法委系統迫害法輪功這十多年犯下的反人類殺人罪證。證據都在中共高層掌握之中。這也是江澤民集團最恐懼的事情，周永康策反目的就是為掩蓋政法委治下中國各地勞教所犯下的活摘器官殺人網罪惡，其利益巨大，黑幕驚人。

2002 年以來，江澤民及其犯罪集團的首惡在美國、瑞士、加拿大、比利時、澳大利亞、西班牙、德國、台灣、韓國、希臘、新西蘭等國家，被以「群體滅絕罪、酷刑罪和反人類罪」告上法庭。美國國會幾乎全票通過「605」決議案，明確提出解散迫害法輪功的「610」組織等等。法辦江澤民犯罪集團已成為國際社會的共識和當務之急。

第四節

被捲入政治的黃光裕

首富黃光裕的夢想破滅

2009 年 2 月 20 日，一向低調的中國地產大老、合生創展的老闆朱孟依，因黃光裕一案而成為媒體焦點。有消息說，朱孟依「因牽涉公安部部長助理鄭少東案（黃光裕案）已被限制出境一個多星期。員工在中國新年放假回來，居然連老闆都找不到了，也不知道自己應該何去何從，公司上下人心惶惶。」

也有消息說朱孟依已逃離中國，有的說他在東莞配合有關部門調查。朱孟依 2005 年以 14.3 億美金的個人財產名列福布斯中國富豪榜第二，2008 年以 200 億人民幣位居胡潤百富榜第十。朱孟依的受牽連，再度讓中國首富黃光裕的命運成為熱門話題。

有人說，假如沒有被拘留審查，黃光裕應該是中國改革開放 30 年的最佳代言人。他從一個貧窮的農村孩子一步步成長為中國

最著名的民營企業家，其創辦的國美電器在大陸和港澳 300 多個城市擁有 1300 家門店，員工近 30 萬人，每年上繳稅收 20 多億人民幣。而他本人在 2004、2005 及 2008 年蟬聯胡潤中國百富榜榜首，個人資產至少 430 億元。

其實，黃光裕因涉嫌犯下行賄高官、操縱股價，偷稅漏稅等一系列「中國企業家的原罪」，使他更有資格成為中國改革 30 年的代表人物和典型象徵，其落馬的命運也更具中國特色。當黃光裕在 35 歲第一次當選中國首富時，有記者曾問他這個頭銜是否花錢買來的，黃聽後哈哈大笑：「我煩死胡潤了，還給他錢？他的這個榜就是個『通緝令』，誰上誰倒楣！」不曾想一語成讖。

倒賣小電器淘來第一桶金

黃光裕原名黃俊烈，他和哥哥黃俊欽可謂中國當今難得的奇人之一。1969 年 6 月 24 日出生在廣東汕頭農村的黃光裕，從小跟隨母親信天主教。1985 年，16 歲的黃光裕便跟著 19 歲的黃俊欽開始出來闖蕩了。兄弟倆最早的生意是倒賣小電器，兩人背著裝滿收音機、電子表的大旅行袋，從廣東「投機倒把」賣到內蒙古。一次在呼和浩特，黃俊欽為保護朋友被警察抓了，上千元的貨被沒收，人也被扣押了。

想不到這事成了黃家兄弟的轉折點。事後兩人和朋友合作辦了一個無線電工廠，生產擴音器之類的產品，兩、三年下來賺了不少錢。後來兩人覺得北京發展前途更大，於是來到北京做買賣。1987 年 1 月 1 日，珠市口一家面積不足 100 平方米的電器店，第一次掛出了「國美電器」的招牌。

黃俊欽比首富更有錢

做生意之餘，黃俊欽通過自學掌握了高深的無線電技術和計算機知識。1988 年國美開始使用電腦收款，這在當時非常罕見，而且電腦程式還是黃俊欽自己編寫的。1993 年兩兄弟分家，黃光裕留守國美電器，而黃俊欽轉行做房地產並創辦了新恆基集團。

不久黃俊欽以罕見的低調在房地產業急速擴張，相繼開發了新恆基國際大廈、北京靜安中心、鵬潤大廈（後轉讓給黃光裕）等眾多物業。除此之外，他還涉及生物醫藥和網絡通信等領域，並於 2002 年收購了上市公司「山東金泰」。黃俊欽屬於那種幹一行鑽一行的「技術迷」。在蓋鵬潤大廈時他已學會建築設計，並親自上馬操刀，設計出更能節省空間的房屋。2000 年黃俊欽以 55 億的資產位居胡潤百富榜的第 13 名。據黃光裕透露，黃俊欽比他有錢，「只不過他沒有上市罷了，他的產業的價值是難以估量的。」

國美電器：中國的沃爾瑪

由於國美的出現，全中國老百姓能更方便的買到便宜優質的國產電器了。國美在經營之初便開創了很多業內先河：1990 年首創「包銷」制，1991 年率先在《北京晚報》中刊登商品報價廣告，1993 年開始在北京地區開設多家店鋪，1996 年由單純經營進口商品開始轉向以國產與合資品牌為主，1999 年開始向全國擴張。2004 年當胡潤把黃光裕評為首富時，他曾自豪的以為自己找出了中國的山姆·沃爾頓（沃爾瑪超市的創始人，以低價

銷售聞名於世）。

2004 年 2 月 24 日，家電行業有史以來規模最大、規格最高的一次峰會——「國美全球戰略合作高峰會」在北京召開。會上黃光裕態度鮮明地說：「如今廠家、商家誰想把誰擠垮、誰想把誰控制在手心之中，可能性都是不大的。所以我們應該更多加強互信和真誠度。其實咱們誰也離不了誰，況且你若拿我黃光裕平衡我的對手，我就有辦法去平衡你的對手。」

據家電廠家介紹，黃光裕殺價那個狠啊，讓人簡直恨不得咬他幾口，但由於在供過於求的大環境壓迫，廠家又不得不依靠國美來銷售他們的產品，於是國美以超乎尋常的低價直接從廠家拿貨，再以比平均市場低 10～15% 的價格賣給消費者，於是國美迅速發展起來。2006 年美國《時代》雜誌評選他為「對世界最有影響的一百個人」，和他同時當選的還有中共總理溫家寶。

在企業內部管理上，黃光裕也一直努力建立完整的現代化管理體系，國美也是率先使用 ERP 管理系統的企業，早在 1998 年國美就出台《國美經營管理手冊》，手冊從最初的 100 多頁發展到 1000 多頁，哪怕一個細小的「貨品擺放整齊」都嚴格定義了什麼才算整齊。這套手冊跟沃爾瑪的管理手冊有著異曲同工之妙。

借殼上市香港 7.5 億換回 80 億

但真正使黃光裕發大財的卻不是國美的實業，而是在金融業裡的淌渾水。2000 年黃光裕結識了香港資本市場上有名的「殼王」、潮汕同鄉詹培忠。正是與詹的合作，使黃光裕開始進入資

本海洋，讓自己的財富井噴，也為日後的淪落埋下了伏筆。

2002 年 2 月，詹培忠旗下的香港上市公司「京華自動化」發布公告，增發 13.5 億股新股，每股 0.1 元，黃光裕名下的 BVI 公司 Shining Crown 現金認購了所有新股。4 個多月後，「京華自動化」更名為「中國鵬潤」，其主要業務便是收購黃光裕位於北京朝陽區西壩河北裡七號院的物業項目。在買殼過程中，黃光裕不僅獲得了對上市公司的絕對控制權，還通過上市公司的現金支付以及股權轉讓實現了部分套現，玩出了「左手倒右手」的遊戲。

2003 年初，黃光裕重組國美電器，將北京、天津、濟南、廣州、重慶等地共 18 家子公司 94 家門店置入，由其全資公司北京鵬潤億福持有國美電器 65％的股份，黃個人直接持有剩餘 35％的股份。2004 年 4 月，鵬潤億福又把所持國美電器股權全部出售給了 BVI 公司 Ocean Town（由黃光裕通過 Gome Hodings 全資持有）。2004 年 6 月 7 日，中國鵬潤發布公告，其於 6 月 3 日通過全資控股子公司購買了 Ocean Town100％的權益，其唯一資產便是國美電器 65％的股權。

在這一連串眼花撩亂的資本運作背後，黃光裕的目的十分清楚：透過香港發達的資本市場盡可能地將國美電器這一最優資產發揮最大作用，同時利用二級市場，通過幾次減持，為自己成功套現。2004 年國美電器在香港借殼上市成功，黃光裕以 7.5 億元的投入，拿回了市值 80 餘億元的上市公司，騰挪過程中還套現了 25 億元現金。2004 年 35 歲的黃光裕以 105 億元的個人資產成為當年的胡榜首富。

黃光裕的七大罪過

從那以後黃光裕嘗到了金融獲利的甜頭，並把主要精力用在資本運作上，他不斷重複這樣一個循環：買入資產→買入殼資源→把經過包裝的資產注入殼資源→增值後套現→用套得的現金繼續買資產、買殼資源、包裝資產、注入套現……到 2008 年 10 月胡潤百富榜揭曉時，黃光裕以 430 億的財富第 3 次名列首富。

當黃光裕被調查時，國美的與小天鵝在國美的帳款超過 2 億，ST 科龍近 9000 萬，深康佳約 7500 萬。

早在 2006 年 6 月，北京當局就對黃氏兄弟涉嫌 13 億違規貸款進行調查。貸款行是中國銀行北京分行。隨著原北京中行行長牛忠光因貪污受賄被逮捕，黃俊欽也一度進入公安部監控範圍，而黃光裕的妻子杜鵑此前就在北京中行工作。

2008 年 11 月，黃氏兄弟再次被調查。據大陸媒體報導，黃光裕涉嫌犯有七宗罪，包括操縱股價、個人資產來路不明（據說他擁有 700 億個人資產，而非胡潤所列出的 430 億，不少資產還被祕密的轉移到了海外）、洗錢、行賄、空殼上市、偷稅、漏稅等指控。據說案情異常複雜，牽扯面很大很廣。

2008 年 11 月據大陸證監會表示，黃光裕在「三聯商社、中關村股票異常交易」案件中有重大違法違規嫌疑，涉及金額巨大，然而民間流傳的是，黃氏兄弟操控最厲害的並不是中關村，而是號稱「2007 年最牛股票」的 *ST 金泰（600385.SH）。黃俊欽讓自己掌控的這支「妖股」連續拉出了 42 個漲停板，股價最高衝至 26.58 元，而瘋狂之後又迅速跌至 2.31 元，前後相差十多倍。一個叫劉芳的散戶一下淨賺 6000 萬，有人說劉芳的背後就是黃

光裕。

2009 年 11 月月大陸媒體還報導說,黃光裕曾花巨資行賄商務部前官員,目的是為國美電器在港上市時繞開國家相關規定。在「商務部外資審批窩案」中,除商務部條法司巡視員郭京毅、外資司前副司長鄧湛、工商總局外企註冊局副局長劉偉等被拘留外,還涉及更高級別的官員,是個龐雜的政商關係網。由於借殼上市導致大量國內資金外逃,甚至部分國有資產外流。有消息說,黃光裕的案件是溫家寶點頭要抓的。

據新華社 2008 年 1 月 19 日報導,在偵辦黃光裕經濟案件中還發現公安部部長助理、經濟犯罪偵察局局長鄭少東、公安部經濟犯罪偵察局副局長兼北京直屬總隊總隊長相懷珠也存在「違紀違法」,當時鄭、相二人也因受賄而被「雙規」審查。

富豪榜成了囚犯榜

有人說中國的首富榜就是中共的打壓榜、監獄的囚犯榜。從中國最知名的廠長步鑫生,到著名改革人物馬勝利,大丘莊莊主禹作敏,德隆系掌門人唐萬新,科林格爾的顧雛軍,南德一代奇才牟其中、腰纏百億的農民楊斌、紅樓主人賴昌星、房地產大亨周正毅、東莞的萬平,還有被離奇處死的億萬富翁袁寶憬三兄弟等,中國富豪的命運都很悲慘。

除此之外,還有愛多集團胡志標、健力寶集團李經緯、託普集團宋如華、大午集團孫大午、伊利集團鄭俊、百聯董事長薛全榮、石油商會會長龔家龍、物美董事長張文中等,成為富豪本來是很多人夢寐以求的理想,但在中國,一旦富豪榜上有名就意味

著加入了「高危人群」，各類曝光調查接踵而來，接下來往往就是「證據確鑿」的犯罪事實大揭底。

於是有人提出「中國企業家的原罪」這個全球僅有的中國現象。原罪（Original sin）一詞來自基督教，指人類生而俱來、洗脫不掉的罪行，這裡借用來表示，凡是能在中國做企業成功的人，創業初期都有犯罪行為，如果他遵守法律、按部就班的經營，在高稅收、嚴管制的大環境下是不可能成功的，他不犯下原罪，就不可能有今天的成功。那麼高的稅收，嚴格交稅後基本上就等於白幹。

聯想集團算是中國最優秀的民營企業，但其創始人柳傳志在公開場合表示，聯想早期也曾搞過走私和商業賄賂，希望集團劉永行兄弟也坦承早期曾在飼料中「摻水」……

中共體制的原罪

最常見的原罪就是賄賂官員。有人說，哪個企業沒有被當地政府「欺負」過？要避免官家欺負，最好的辦法就是「朝中有人」。特別是在權力高於一切的專制社會，要獲得批文、特許，在商場上占據優勢，企業家「被迫」通過收買官員來收買法律，用錢來鋪平企業發展道路。有網友調侃說，中共官員 10 個有 9 個都該拖出來槍斃，但由於官官相護，真正落馬者卻很少，只有少數在內鬥中成為了替罪羊，而沒有權力保護的商人就慘了，只要得罪任何一個官員，就可能「吃不了兜著走」。

有人說，先富起來的那一批人，除了95％以上的高幹子弟外，其他平民出身者，「不是在獄中，就是在前往獄中的路上」，民

營企業家只要毫無收斂地走得太快，馬上就可能被帶上腳鐐。因為中國社會實質是中共的家天下，中共匪徒占據的國寨，當然容不下他人來風光。中共制度性的壓榨百姓，使民營企業成了「後娘養的孩子」，先天條件不足，就容易走上邪道。

也有人為黃光裕鳴不平，因為像他那樣幹的人比比皆是，只因他是個平民，不像那些太子黨有權有勢，一旦撞上槍口就成了替罪羊。也有人說，在中國誰都不安全，連黨總書記、國家主席都難逃厄運，其他人就更是生活在前途未卜的不安和焦慮中。

在西方民主國家，市場經濟充分發育，法律監督機制健全，資本無須也很少依附權力。而在中國是「先政治後經濟」，市場經濟不是自然發育的，而是政客在規定的極其狹窄的空間中展開，於是巨大的權力迷宮成了企業家的陷阱。由此可見，中國企業家的原罪，本質上是權力的原罪，是官家市場化的原罪。是中共體制的原罪導致了企業家的犯罪。

黃光裕因中石油倒在 18 大前哨戰

「問君能有幾多愁，恰似全家都買了中石油！」這是 2012年 6 月中石油再創新低 9.04 元之後，大陸股民們的嘆息。有民眾推算，那些以天價 48 元多追入的股民，起碼要等上 160 年才能收回投資成本。

當時還有一個月就進入中共 18 大人事安排的最後階段，不但網路上多了類似「中石油 AV 女優門」這樣的驚人爆料，在很多財經報導中，有關中石油的負面消息也很多。其實這背後都有深厚的政治原因，是針對 18 大人事安排而有意鋪陳的。

操縱中石油股價 百姓被套牢

2007 年 10 月，中石油攜「亞洲最賺錢公司」的稱號登陸 A
股市場，該股以 16.70 元發行，11 月 5 日上市首日開盤價 48.60 元，
此後便一路狂瀉，如今淪為了「最悲催的藍籌股」。上市 5 年來，
除 2009 年上漲 35.89％外，其餘 4 年均呈下跌。即便上漲，其年
漲幅也遠遠落後大盤，基本上徘徊在 10 至 13 元間，如今大陸八
成以上的股民被套牢。

對於中石油的「跌跌不休」，有人說是國際油價惹的禍，有
的說是上市時油價太高，不過更多人意識到，是因為在發行時有
人操縱股市。

有知情人士對《新紀元》獨家披露說，當年大陸首富黃光裕
被以炒作股價的罪名收監，外界盛傳黃是因為操縱其哥哥黃俊欽
控股的 ST 金泰，其實，黃操縱的是周永康、周濱父子一直霸占
的「中石油」股價。中紀委為了查處周永康，先從其心腹鄭少東
下手，黃光裕這個沒權沒勢的暴發戶當然就成了替罪羊。

為什麼不查中石油呢？

2008 年 9 月 8 日，在黃光裕剛剛被抓走調查時，余承武，一
位以投資股票和商品期貨為生的職業投資人，在網路上發表文章
稱，「我為黃光裕鳴不平 什麼才能拯救中國」，當時盛傳黃因為
操縱 ST 金泰而被扣上「操縱市場」的罪名。

作者以氣憤的口吻連問了幾十個問題，「當中石油以 48 元
的天價開盤下跌，我怎麼沒聽說有人在操縱市場？怎麼沒有人讓

中石油停牌，並進行風險警示？當冠農股份這支垃圾股從 7 元多炒到近 100 元時，當 06、07 年無數支股票狂漲時，我怎麼沒聽見說操縱市場？如果說黃操縱了市場，我想問一下那些將錢圈走的大老，你們誰沒有操縱市場？

是誰將中石油一美元發給美國人，卻以 48 元賣給國內的善良老百姓？是誰將建行 2 塊錢賣給美國人，卻以 6 塊錢賣給中國人？這種赤裸裸的賣國行為，怎麼沒有人調查？卻偏偏要查中國一個通過自己的商業天才成為首富的人，你們這樣做，是不是有轉移注意力的嫌疑？

四大國有銀行在美國的次級債上，虧了中國老百姓的幾千億，為什麼沒有人立案調查？中國最大的國企在澳元資產上虧了千億，怎麼沒有人立案調查？中國平安投資富通虧了幾百億，怎麼沒有人立案調查那個千萬年薪並且自稱我就應該得這高年薪的老總？房價高得離譜，一套房子讓一個三口之家得為之做奴隸 30 年，為什麼沒有人調查房地產公司的老總？反而黃光裕這個讓中國老百姓用上廉價家電，讓中國人成為真正消費者的商人，卻成為被調查的對象？」

這些話都是老百姓想問的。2012 年 6 月網上消息說，黃光裕的哥哥、ST 金泰實際控制人黃俊欽近日獲釋，現已返回北京的居所。2012 年 2 月，黃俊欽因內幕交易、偷越邊境、單位行賄三罪，被北京法院判處有期徒刑 3 年半，罰金人民幣 1000 元。判決中，黃俊欽被提起公訴時唯一的重罪「4 億中行騙貸案」因證據不足沒被追究。據黃光裕公開表示，他哥哥的錢比他多很多，不過由於沒有捲入政治糾紛中，他被關了 3 年多就釋放了。

2008 年 11 月 17 日，黃光裕傳因涉嫌賄賂與挪用資金被正式

逮捕，直到 2010 年 5 月 18 日，北京中級法院才對其作出一審判決，「因犯非法經營罪、內幕交易罪、單位行賄罪，三罪並罰，決定執行有期徒刑 14 年，罰金 6 億元，沒收財產 2 億元。」同年 8 月 30 日，二審對黃維持原判，但當庭釋放了其妻杜鵑。

因黃而被判刑的官員至少有 9 人，如原商務部條法司原正局級巡視員郭京毅，受賄 900 餘萬元被判死緩；工商總局投資局的劉偉，受賄 134 萬餘元，被判 11 年。不過最著名的是原公安部部長助理鄭少東。他在 2001 年至 2007 年 10 月，受賄 826 萬餘元，被判死緩。

周永康馬仔鄭少東的墮落

鄭少東是黃光裕的潮州老鄉，周永康的馬仔。2009 年 1 月 12 日，鄭少東突然被中紀委「雙規」，到 2009 年 6 月《開放》雜誌稱：「黃光裕在押自殺未遂，鄭少東自殺身亡。」直到 2009 年底才有中共官方第一次宣布對他的處理。2010 年 8 月，鄭少東因受賄罪被判處死緩。

同王立軍、文強一樣，鄭少東曾經是中共公安系統所營造的「模範」。鄭長期從事刑事偵察工作，曾任廣東省公安廳刑警總隊副總隊長，刑偵局局長，廣東省公安廳副廳長，公安部經偵局長，2005 年 4 月任公安部黨委委員、部長助理。官方報導稱，在近 30 年的警察生涯中，鄭指揮偵破了很多大案。如 1998 年他參與偵破了張子強特大暴力犯罪團伙案。

香港人張子強被稱為「世紀賊王」，曾幹過很多駭人聽聞的事。如 1991 年他帶著幾名手下，戴著頭套，搶劫了香港某銀行

運鈔車上價值 1.7 億港元的現鈔；此後他又綁架了香港富豪李嘉誠的長子李澤巨，並在身上綁著炸藥，闖進李嘉誠家，勒索 10 億多港元……當張子強在大陸殺人搶劫時，被鄭少東偵破，外界於是稱鄭為：「張子強剋星」。

不過，中共官場就是個大染缸。無論是文強、王立軍還是鄭少東這樣的平民百姓後代，當他跳進這個大染缸後，很快就被污染和馴化得更加厲害。

在周永康的影響下，鄭少東很快就變成了貪污受賄犯：因為他看清楚了什麼才是「小巫見大巫」，周永康和他的家人幹出的壞事，遠遠超過普通百姓的想像。「他能幹，我為什麼不能效仿呢？」

周永康讓人見識「小巫見大巫」

據知情人介紹，鄭少東被中紀委抓捕後，開始是拚命抵制，並一度企圖自殺。後來他明白了中共兩派之間的較量，於是開始大量招供周永康的罪行。

鄭招供說，為了升官，他和張京給周永康家族的錢就超過 3、4 億人民幣，他也給周永康家族在香港買了房子，在加拿大買了房子，為其洗錢約 2000 多萬美金，他還通過吳衛華從深圳分兩次送予周永康的家人 1000 萬美金。

周永康的第二任妻子賈曉燁在中央電視台工作，比周小 28 歲，傳說是江澤民老婆王冶坪的姪女。周讓前妻神祕車禍死亡後，與謊稱懷孕的賈結了婚。周永康與前妻的兒子周濱，更是一個貪得無厭的傢伙。他在周永康任職的石油部門及四川大搞權錢交

易，其中包括插手四川大型工程項目，插手中石油的石化項目，通過中共國土資源部大肆盜賣土地，賣官鬻爵，近年來石油系統和四川的官員屢屢晉升，這背後都有周永康、周濱賣官的身影。

據香港雜誌報導，周濱還利用其父在政法系統的影響力，收取巨額「保護費」，替一些不法商人「鏟事撈人」。在甘肅、山西、遼寧，「拿人錢財，與人消災」，使一些重大案件未獲應有的審理。如最高法院有個案子是警察用開水從頭到腳的澆嫌犯致其被活活燙死，但周濱在拿到 1 億元好處費後，擺平此事，涉案警官沒有受到任何懲罰。這是在最高院有據可查的案子。

光在前中共重慶市委書記薄熙來執政的重慶，周濱就參與了一個 400 億的項目，從中獲利 100 億。周濱在北京就有 18 處房產，包括東、北、西部郊區的宮殿式建築，其中一處不裝修的價值就 2 億人民幣。

據維基解密透露，周永康升任政法委書記後，他對石油系統的控制依然一點沒有減弱：因為那些掌權者都是周一手栽培、並收錢後提拔上來的。如曝光的中石油 AV 女優門的四川石化，背後就有周濱的影子。

胡溫藉黃光裕案打擊江派

據《商場和官場》一書披露，早在 2006 年，溫家寶掌控的國家稅務局發現，黃光裕存在偷稅漏稅問題。當國稅局聯合公安部經偵局調查時，查封了黃光裕在 6 個省份的國美帳戶，這些帳戶上資金來往巨大，而且十分頻繁，明顯有金融犯罪的嫌疑。黃一看不對，就不得不找了老關係鄭少東。在鄭的斡旋下，黃得以

脫身。但鄭、黃關係因此得以暴露。

等 2007 年 10 月 15 日中共 17 大開過後，溫家寶開始與胡錦濤聯手，幫胡掌握 18 大人事權，而此時，黃光裕又合同鄭少東、周濱等人，參與中石油大盤的上市，11 月 5 日中石油上市首日開盤價 48.60 元，大大高於預期值，黃雖然大賺了一筆，但其屢屢參與幕後交易的惡行，讓溫家寶決意要嚴懲他，而且從政治角度看，此時的黃光裕，已經成為江澤民人馬在貪腐上的最表層，一旦追查黃光裕，就將牽扯出鄭少東，還有在廣東的一大幫江系人馬，這對江胡鬥的胡溫陣營來說，是絕好的政治清理。

鄭少東的後台其實有兩個。一個是李長春，一個是周永康。鄭少東是李長春任廣東省委書記時提拔上來的，當初周永康力主把鄭少東調入公安部，背後李長春做了順水人情。而這兩個人都是江系人馬。如果能從黃光裕這兒找到突破口，必然撼動周永康，甚至連帶著打擊李長春。

於是溫家寶以查操控股市為名，下令嚴查黃光裕。這回溫把黃案直接批給了國家審計署，由審計署再將問題上報中紀委，由中紀委繞開公安部，直查黃光裕。這才出現公安部大地震、全國公安經偵系統人人自危的局面。

黃光裕案背後不僅引出了鄭少東，還有前廣東省政協主席陳紹基與前廣東省、浙江省紀委書記王華元。陳王兩人都是在李長春任廣東省委書記時大力提拔的。李長春 1998 年 2 月到任，5 月就提升陳紹基為廣東省委副書記，兼政法委書記、省公安廳廳長、黨委書記，提拔王華元為廣東省委常委、紀委書記。後來王華元被調往浙江任省委常委和紀檢委書記。2009 年 4 月，陳紹基、王華元因貪腐被雙規，網上還爆出其情人醜聞。

出乎意料的是，此案還波及到政治局另一個江系人馬——張德江。張德江 2002 年 11 月到任廣東，2004 年力主陳紹基補選為廣東政協主席。這背後據說有賈慶林在高層運作的影子。有消息稱，陳紹基是花了 1000 多萬買下政協主席的官位，收錢的則是張德江和賈慶林。

這樣，黃光裕一案，一棍子震動了賈慶林、李長春、周永康三個常委，外加一個政治局委員張德江。有人稱，黃光裕成了中共 18 大前哨戰被抓的「舌頭」，一個平民百姓被捲入高層政治鬥爭中，其結局自然不言而喻了。

第五節

中國富豪的起落故事

政治異議商人——牟其中

中國改革開放進程中最具爭議的人物之一，大概非原南德集團總裁牟其中莫屬。

牟其中，原名牟奇忠，1941 年出生於重慶萬縣。在武漢中南工業設計院讀完大專後回到家鄉。1976 年，因與人合寫萬言書《中國向何處去？》獲罪，牟在萬縣被關 4 年，平反後開始經商。

牟其中馳騁商界時，有句話常掛在嘴邊，「沒有辦不到的事，只有想不到的」。牟其中第一次讓世人注目的是，他用罐頭食品從前蘇聯換回了飛機。

1989 年，中蘇經貿往來活動日益頻繁。當時蘇聯極度缺乏輕工、食品等生活用品，而中國的輕工業品過剩，牟其中發現這裡面有個「權力真空地帶」。當年 10 月，牟其中所在的南德集團

與前蘇聯達成了以易貨貿易的形式購買 T-154 客機和航空器材的協議。隨後，用 500 車皮罐頭食品等輕工業品換回了四架 T-154 客機。

牟其中出事前，被認為是中國大陸首富。1993 年，南德製作的宣傳手冊上有「財務報告」一欄，正式公布的資料是：總資產 8.6 億元人民幣，淨資產 4.8 億元，固定資產 2.9 億元。

1995 年 2 月，《福布斯》雜誌將牟列入 1994 年全球富豪龍虎榜，位居中國大陸富豪第 4 位。中國《財富》雜誌則認定南德集團「在海內外擁有二十多家企業和 7 家研究所，1994 年總資產 19.9 億元，淨資產 9.4 億元。」並「估計其（指牟其中）財富超過 20 億元」。《財富》據此把牟定為「中國第一民間企業家」和「大陸超級富豪之首」。

1996 年 3 月，牟其中在邊防檢查的最後一道關口，因被舉報經濟問題而被扣留護照，最終未能跨出國門。回到公司，牟立即上書中共中央高層，陳述自己的資產狀況：「擁有主要資產 7.5 億（註：非「總資產」或「淨資產」），負債合計 1.12 億元人民幣及 230 萬美元。」1996 年 6 月，《福布斯》雜誌公布牟其中個人財富為 1 億美元。

2000 年，中國法院終審因犯信用證詐騙罪，牟其中被判處無期徒刑，剝奪政治權利終身。

牟其中前後三次入獄，一生有三分之一時間在獄中度過，自稱曾經擁有 20 億身家的牟其中，如今卻身無分文、兩個兒子亡命天涯，第二任妻子拋棄他獨自去了美國。妻離子散，身陷囹圄，可謂老來淒涼。據悉，牟其中入獄十多年間，獄中拒食酒肉至今不認罪，並繼續撰寫有關中國政治經濟問題的大部頭文章。

　　《第一財經》專欄作者吳曉波評價牟其中，「他是一個很典型的集思想啟蒙的先知者與商業運作的蒙昧自大者於一身的人。」

前朝太子黨遭清算──周北方

　　周北方，是原北京首鋼董事長兼黨委書記周冠五之子，時稱「京城四少」之一，曾任首鋼總公司助理總經理，兼任中國首鋼國際貿易工程公司副董事長、總經理。與前北京市委書記陳希同關係密切，陳倒台後，周北方被控行賄 900 萬元，判處死緩，後保外就醫。

　　周北方在香港買殼上市，公司名為「首長四方」。其中，「首」是首鋼、「長」是李嘉誠的旗艦企業「長江實業」，「四方」則是鄧小平幼子鄧質方的房地產企業。

　　1995 年，鄧小平已經基本不省人事，因為陳希同案件，北京開始查處周北方。案發時，周北方係北京首鋼總公司助理總經理兼任中國首鋼國際貿易工程公司副董事長、總經理，僅 43 歲。1995 年 2 月 3 日，周北方被以行賄罪立案偵察。1996 年 9 月 11 日因受賄與行賄罪被判死緩，但後來很快保外就醫。江澤民靠此案搞定以鄧家為主的太子黨。據悉，周實際在監獄只待了兩年。

　　當年高層權力鬥爭中，江澤民整陳希同案子帶出一個首鋼周冠五和其子周北方腐敗大案，官方的說法是周北方動用首鋼 500 萬美金在法國為自己做生意虧損填空。然而據知情人透露，此事其實與鄧小平家族有關，周北方之所以動用首鋼巨額美元，完全是為了鄧質方在澳門葡京賭場過一把賭癮而已。

據說鄧家待周北方不薄，因為周北方落難只是給鄧小平家族當替罪羊而已。周被判後，迅速被鄧家動用關係轉到鄧家嫡系人馬、湖北省委書記俞正聲所在的武漢監獄服刑，以感謝周北方救鄧質方有功。

周北方在武漢名義上服刑，實際上是幫鄧質方管理開發武漢東西湖區的土地專案。鄧質方覺得讓周北方承擔了那麼大的苦頭，於是將武漢東西湖區已開發土地中的一萬畝劃給了周北方3000畝，以彌補周北方的代罪之功。

與其說周北方是受賄被懲處，不如說是因權力更迭，太子黨們被迫從前台走入幕後，換個活法而已。

外國特首中國逃稅——楊斌

荷蘭籍華人楊斌，從孤兒到富豪、從窮留學生再到特首，一生頗具曲折。據說，因楊斌向北韓獻金，被金正日認為義子，內定為北韓打開國門的第一個「新義州特別行政區」長官，即特首。

2001年，楊斌入選為中國富豪排行榜的第二名，讓他名噪一時。但也因為如此，當中共政府財政赤字越來越大，前國務院總理朱鎔基2002年下令查稅收錢時，中共開始注意到像楊斌這樣快速累積財富的生意人，進而找到他涉及逃漏稅、金融詐騙等違法行為，楊斌即已身陷險境。然而有消息說，中共對北韓設立新義州特區，甚至委任一位原來是中國百姓的「荷蘭華僑」十分不滿。

2003年7月楊斌因金融詐騙等六項罪名，遭到瀋陽法院判處18年，距他躋身中國大陸富豪排行榜不過短短兩年不到的時間，

內定北韓新義州特首更不滿一年。

楊斌在赴新義州上任途中遭逮捕，並在歷經多個月拘留、兩次審判後，被判刑 18 年。罪名是「虛假出資、非法占用農地、金融詐騙、偽造票據、單位行賄以及對單位行賄」。

楊斌深諳權錢交易，不論發跡或身陷囹圄都充滿戲劇性，他大起大落的一生，可說是中國大陸特殊政經環境的必然產物。

動了壟斷者的乳酪——仰融

仰融畢業於西南財經大學，擁有經濟學博士學位。2002 年年僅 46 歲的他掌管的華晨在紐約、中國香港和上海三地擁有六家上市公司。他掌握的華晨集團被某財經雜誌形容為「華晨迷宮」，在 2001 年的《福布斯》中國富豪排行榜上，仰融以 70 億元的資產名列第三，被稱為中國資本市場的大鱷。

頂著「財技高超」和「汽車顛覆者」的頭銜，從資本市場的行家裡手，到中國汽車業的重量級人物，仰融遊走於金融和產業之間。身為上海華晨股份有限公司董事長，仰融在很多人眼裡始終是一個謎。仰融 2001 年曾被《北京青年報》評為年度財富人物候選人，並被央視《經濟半小時》評選為十大經濟風雲人物。

2002 年 10 月 23 日《上海證券報》披露了仰融被捕的消息。申華控股公告，公司於 10 月 21 日接遼寧省公安廳通知，仰融因涉嫌經濟犯罪被遼寧省檢察院批准逮捕。華晨部分資產被劃歸遼寧省。至此，仰融的夢想破滅。

但實際上，仰融已於 2002 年 5 月出走美國。

「華晨迷宮」，曾經是中國汽車業與資本界對仰融所構築的

複雜公司股權結構的形象稱呼。和德國寶馬合作，並成為中國第一家在美國預託上市的華晨汽車，沒有人能夠說清到底是誰的企業。按照仰融的說法，是「民營」，他認為自己只不過是審時度勢地為企業戴了頂國有的「帽子」，但這個一廂情願的說法顯然不會被認可。

更重要的是，汽車行業是中共上世紀末認定的三大支柱產業之一。進入這一行業的企業，全部為國有企業。仰融以私營企業面目介入，動了政府的乳酪，引起了他和遼寧省政府的矛盾，最後終於落馬出逃。

成也權力 敗也權力──賴昌星

賴昌星 1958 年出生於福建晉江，1991 年遷居香港。1994 年成立廈門遠華集團並涉嫌從事走私活動。原遠華集團的房地產項目有位於廈門同安的遠華影視城、88 層的遠華國際大廈、遠華國際中心等。

出身貧寒，小學未畢業，曾種地、撿破爛、當工人的賴昌星，早年務農之外，也很有生意頭腦，創辦了服裝、雨傘、印刷等工廠。1991 年移民香港時，已擁有幾千萬資產。到香港後，他主要從事房地產生意，獲利豐厚，然後回廈門成立遠華公司，開展房地產和電子業務，實際上做的大都是走私。

賴昌星出身窮人家庭，在遠華公司及福建當地的名聲尚好，有老百姓說他講義氣，有人情，用錢大方，熱心幫助經濟上有困難的下屬。據悉，從 1992 年開始，賴昌星就給當地老人發放養老金，並投資架橋修路，先後資助了 43 所希望小學、希望中學等，

還捐助當地醫學院。知情人表示，賴不是那種為富不仁之輩，按賴自己的話講，他在商場上所為，雖然有錯，但當時大家都這麼做，之所以出事是因為上面有人要找他麻煩。

據《遠華案黑幕》介紹，遠華案起因於一個副軍長混混兒子的訛詐。賴昌星說，第 31 軍副軍長的兒子朱牛牛因為豪賭，欠下數千萬元賭債，而向賴昌星要 1000 萬還債。賴昌星在此之前曾經多次幫助過朱牛牛，但這次他決定不予理睬，結果朱牛牛在 1999 年 3 月就告發賴昌星走私，從而引發了「遠華案」。

在這個轟動一時的遠華大案中，江澤民真正要整治的人實際上是中共資深外交官姬鵬飛的兒子姬勝德和軍委副主席劉華清的女兒、兒媳婦。此兩位中共元老平時對資歷淺的江不太買帳，讓江耿耿於懷。

後來賴昌星外逃加拿大。2011 年 7 月 22 日下午，賴從溫哥華國際機場遣返回北京，並於 7 月 23 日下午在北京首都國際機場被捕，2012 年 5 月 18 日被判無期徒刑。

《遠華案黑幕》一書的作者盛雪指出：「在中國經濟領域的經濟法規非常的不配套，沒有規律可循，很不公平。在過去的 20 年中，中國經濟法規的變化是最變換無窮的，可能已經出台幾百種的經濟法規，而個人在這個過程中卻非常的被動。個人完全沒有控制自己命運的機會，經濟形勢使得你在某種情況下是一個企業家，是一個優秀的人才，可是經濟形勢一變，你就又成了一個經濟犯罪分子。」

賴個人身分複雜，他既是全國十大優秀企業家、政協委員，也是軍情局、公安部、國安部特工。他始終不承認自己犯了什麼殺人越貨的大罪，他堅持認為自己和所有做生意的人是一樣的，

別人也是這麼幹的，是上面有人把關係搞壞了，自己被當作了替罪羊。

得罪中共大老的影視紅星──劉曉慶

當年轟動全國的劉曉慶逃稅案，據北京消息人士透露，時任國務院總理朱鎔基曾作出了「依法辦事」的批示。隨後，國家稅務總局稽查局成立了專案調查局，負責處理劉曉慶逃稅案，由國稅總局向各地稅務部門發出通知，要求協查劉曉慶在各地經營、演出、進行商業活動等收入情況。有法律專家指出，投入如此大的國家資源針對一個演員的逃稅案實屬罕見。

2002 年是江澤民爭取在中共 16 大之後連任或者保留實際權力的關鍵年，但遭到中共元老喬石等的反對。當時，中共第四號人物、全國政協主席李瑞環訪問日本時告訴日本首相小淵惠三，現任領導結構的日子已經不多了。外界分析家認為，這暗示著李瑞環反對江澤民連任。當年，劉曉慶突然高調被查，外界認為，這與劉曉慶和李瑞環頗有私交有關，藉著整肅劉曉慶壓迫李的姿態，同時也報了江澤民與劉曉慶十多年前的私恨。16 大上，李瑞環未到 70 年限而主動提早退休，江澤民被逼只延續了黨、政、軍三權中的軍權一職。

北京流傳劉曉慶與江澤民有很大過節。據說，「六四事件」後江被召入北京，在鄧小平家的客廳裡，剛到北京的江澤民有機會遇到不少演藝界名人。當時正如日中天的劉曉慶不吃江的這一套，還拿江處處尋開心：「您一天兵都沒當過，曉慶我還拿過槍呢。」（劉曉慶確曾當過兵）她並譏諷江：「您要拿槍應該閃遠

點兒，您別走了火把自己的大肚囊子給崩了！」逗得大家一陣哄笑。江澤民抱著肚子呵呵一樂，有時還誇「曉慶妹妹」幾句，顯得肚量大，開得起玩笑。

但當江坐穩權位後，酷愛臉面的江對當年受到的嘲諷難以釋懷，並非太子黨背景的富婆劉曉慶是江一直惦記要狠狠教訓的人選。

1993 年國稅局開始注意劉曉慶，掘地三尺般地查了她的帳，結果沒有查出問題。貼身跟蹤劉曉慶的人私下裡問：「你到底得罪了哪個大人物？」

2002 年末，劉曉慶的偷漏稅問題一時成為全球華人圈子裡的新聞，新華網說從 1996 年劉曉慶出現了偷漏稅問題。外界質疑，1993 年查帳時沒偷稅，1996 年卻敢讓自己的帳出了毛病？

2002 年底，劉曉慶的案子還沒有結論，她擁有的所有房產、連公司的房產都變賣了。原先說經過半年的辛苦追擊查實她偷稅 13 萬，又變成 196 萬，但幾天之後變成了 1400 多萬，最後又稱是 660 多萬。而且案子沒了結，劉的 19 棟房子全用市場的三分之一價格出售。

「劉曉慶稅案」，準確的說法應該是「北京曉慶文化藝術有限責任公司稅案」，劉曉慶是公司董事長，其妹夫靖軍為總經理，是直接責任人，最終被判 3 年。

2004 年 5 月 10 日、11 日劉曉慶及其妹妹劉曉紅分別收到北京朝陽檢察院對劉曉慶做出的《不起訴決定書》。劉曉慶稅案的代理律師表示，劉曉慶於 2003 年 8 月 16 日被取保候審，在她為期一年的取保候審期滿之前，檢察院做出不起訴決定，意味著劉曉慶的取保候審已提前解除，劉曉慶稅案已全部結束。

昨日富豪今日囚

此外，較為人周知的富豪落馬還有周益明、周偉彬、張榮坤、張文中等，簡略整理如下：

周益明：四川明星電力股份有限公司和深圳市明倫集團有限公司原董事長。2004 年，30 歲的周益明以 1.07 億美元身價躋身《福布斯》中國大陸富豪榜，名列第 155 位，是當時深圳最年輕的上榜富豪。

2005 年 12 月 30 日因涉嫌挪用資金被捕，後被以犯合同詐騙罪判處無期徒刑，剝奪政治權利終身，並處沒收個人全部財產。

周偉彬：廣東順德金冠塗料集團董事局主席。2001 年以 7 億元身價名列《福布斯》中國大陸富豪榜第 76 位，此後年年進榜，2006 年以 8 億元身價名列胡潤百富榜第 438 名。

2003 年，周偉彬就曾因涉嫌偷稅約 3000 萬元被刑事拘留。2004 年年初，周偉彬交納 200 萬元保證金後被取保候審。2007 年 10 月 11 日胡潤發布百富榜之後，佛山市國稅部門接到舉報信和相關材料，10 月 20 日，周偉彬被佛山市國稅稽查分局連人帶車帶走，下落不明。

張榮坤：福禧投資集團董事長。2003 年張榮坤的名字開始出現在各種版本的富豪榜中，並於 2005 年以 49 億元身價升至《福布斯》中國大陸富豪榜的第 16 位。後因張榮坤因非法取得上海社保局 32 億元資金以收購滬杭高速上海段的經營權而被拘捕。2008 年張榮坤因單位行賄、操縱證券市場、欺詐發行債券等五項罪名，被判處有期徒刑 19 年，被扣押的人民幣 13 億元資產全部沒收。

張文中：北京物美商業原董事長。2003 年 11 月 21 日，北京物美商業集團股份有限公司在香港聯交所正式掛牌交易，這是國內民營商業企業、首都商業企業第一次在境外上市。2005 年物美全系統總銷售達 190 多億元。2006 年張文中以 20 億元身價名列胡潤百富榜第 152 位。

2006 年 12 月 8 日，北京市人大常委會發出公告稱，北京石景山區人大常委會接受了北京物美集團原董事長張文中提出的辭去北京市第 12 屆人民代表大會代表的請求。依照代表法的有關規定，張文中的代表資格被終止。

政論家陳破空總結說，每當美國《福布斯》雜誌公布中國富豪榜，人們不久就發現，這些樹大招風的人物，紛紛從座上賓，變成了階下囚。先富起來，等於先捕起來。中國富豪榜，成了一個不折不扣的囚犯榜。

1989 年，中共血腥鎮壓民主運動。其間，一個鼎鼎大名的富豪，責備學生「太過份」，「耽誤」了他「做生意」，因而「支援政府鎮壓」。此人就是當時的「中國首富」牟其中。1999 年，牟其中以「詐騙罪」入獄，被判無期徒刑。正是他當年舉雙手支援的那個政府，10 年後又把他送進了監獄。

人治的要害就在這裡：政策變來變去，今天你是合法的，明天你就是非法的。自以為精明的牟其中，卻忽視了一個極其簡單而又淺顯的道理：沒有政治上的權利，就沒有經濟上的權利。沒有健全的民主與法治，就沒有發財致富的長遠保障。

近 30 年的「改革開放」，將一干貪官與奸商培植成「先富起來」的「少數人」，尤其「三個代表」理論出籠後，官商合謀，沆瀣一氣，攜手致富，更形登峰造極。然而，政策一變，權爭一

起，他們頓時淪為犧牲品。

今日座上賓，明日階下囚。中國富豪們的下場，證明，在極權與人治的環境裡，所有發家致富，都不過是黃粱一夢。所有榮華富貴，都不過是過眼雲煙。搭載於一艘即將沈沒的巨輪，覆滅的結局可想而知。只要再讀一遍《紅樓夢》，道理盡在其中。

李克強整頓股市內幕

第四章

徐崇陽揭 8.16 光大烏龍指內幕

薄熙來「打黑運動」的受害者武漢富商徐崇陽揭露「8.16 光大烏龍指」黑幕：江澤民集團藉操控股票市場給習近平下馬威，讓習派「見識」江派勢力，為阻止薄案真相曝光，可不惜毀掉中國經濟，「同歸於盡」。

江派為阻止薄案真相曝光，製造了「8.16 光大烏龍指」事件。（新紀元合成圖）

第一節

「美國間諜、令計劃同夥」
徐崇陽被逼供經歷

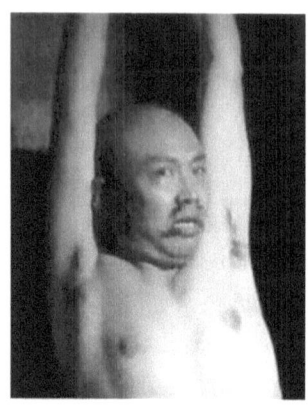

武漢商人徐崇陽因發表批評薄熙來
言論而被判處 19 個月徒刑。（視頻
擷圖）

　　武漢富商徐崇陽生於 1958 年 8 月，湖北武漢市人，其妻喬黎（喬麗）是美籍華人。夫妻倆的上億祖傳家產被武漢官員開辦的保險公司強行騙走後，他們不斷上訪，換來的只是更多的誣陷和折磨。

　　2013 年 1 月 5 日，徐崇陽在被關押 19 個月後，遍體鱗傷地走出了看守所，他的三條肋骨和一根胸骨被折斷，三顆牙齒被警察打掉，坐骨神經受損。官方審判結果是因所謂「詐騙罪」被判處 18 個月監禁並罰款 5 萬 9000 元，由於已經被關押 19 個月，他無需服刑，但那近 6 萬罰款卻必須按期交出，否則徐崇陽還得進監牢。對於曾被冠以「美國間諜」、「法輪功」、「裡通外國

的維權記者」等的徐崇陽來說，親朋好友都因怕被株連而遠離了他，要借上這筆罰款對昔日巨富、今日赤貧的訪民徐崇陽來說，已經是件難事。

被武漢官員強行騙走上億家產

44 歲之前，徐崇陽從沒想到，祖傳的巨額財富會給自己帶來如此悲慘的遭遇。

2002 年初，徐崇陽夫妻二人在武漢市武昌區成立金濤美食有限公司從事餐飲業務。期間認識了武漢市政府計畫委員會某處處長劉剛。2002 年 3 月，劉剛推薦武漢信發綜合商社有限公司（以下簡稱信發公司）與金濤公司開展金融業務合作，交談中，劉剛獲知徐崇陽有祖傳的巨額財產：豬嘴牛角 61.3 克拉天然鑽石（價值數億元人民幣，文物級）、十幾幅名人字畫及 213 多版 1980 年「生肖猴」郵票（每版 80 枚，現每版市價 100 萬元），這些財產價值十多億人民幣。

劉剛極力勸說徐崇陽在信發公司投保。劉稱，信發公司是武漢市人民政府計畫委員會創辦的國有控股企業（國有股占全部股份的 60％），是經過國家批准，經營投資、銀行、證券、保險等金融業務的國內最早從事信用產業開發的專業化公司之一，是首家通過工 ISO 9001 質量管理體系國際國內雙重認證的知名企業。

徐崇陽當時沒有同意，但很快就收到政府名義下發的限期整改通知，要求徐必須購買政府指定的生產設備和財產保險。無可奈何之下，2002 年 6 月 30 日，徐崇陽按照劉剛的要求與「信發公司」簽訂一份財產保險合同和一份分期付款購物合同。起初，

徐崇陽有足夠的現金一次支付設備，但官方要求必須分期付款，而且必須寫明，一旦不能按期付款，就拿財產抵押。

當時徐崇陽夫婦倆的所有財產都被信發公司投保，並封存在其餐飲公司辦公室的保險櫃內。但半年多後，徐崇陽就發現自己被騙了。

2003年1月20日上午8時，徐崇陽不在公司，一批身著法官、公安、武警服裝人員，以及信發公司工作人員共計20多人組成的車隊，突然闖進徐崇陽的公司，以所謂「未按期支付貨款」為由，要對徐崇陽公司進行「訴前財產保全」。20多人一齊動手，將店內全部價值數十億的財物，全部裝進兩輛大貨車，呼嘯而去。有目擊證人證實當時法院非但沒有出具任何執行裁定書和執行清單，而且還強迫在場的某職工在三張空白紙上簽字，事後發現，官方只是在上面填寫了幾個不值錢的物品，而對那個裝有巨額財產的保險箱卻沒有任何記載。

上告無門 30 多官員從中牟利

徐崇陽得知這一消息後立刻報警，但公安局以經濟糾紛為由拒絕出警；到法院查詢，武漢江漢區法院先是說，沒有到金濤公司執行過，但後來又說，那些人「有司法手續，屬合法行為。」

如夢初醒的徐崇陽四處報案，但武漢市公安局、檢察院都拒絕立案，武漢市政府也拒絕處理，而且信發公司還惡人先告狀，2003年8月8日，徐崇陽的金濤公司接到法院送達的起訴狀：信發公司起訴金濤公司沒有履行合同，還捏造金濤公司欠信發公司6萬多元款項。

在隨後 6 年多的上訪中，徐崇陽才明白，自己之所以上告無門，是因為中共湖北省省委、省政府，武漢市黨委、市政府中有多名高級官員，在信發公司有暗股，比如武漢市分管司法工作的副市長塗勇在信發就有巨額股份。據徐指控，至少有 30 多位官員牽扯其中。

就這樣，原本生活在富裕中的徐崇陽，淪為了備受欺凌的訪民，官方還說他患有精神病。在上訪過程中，徐崇陽結識了來自全國各地的訪民，比如來自重慶的訪民，讓他了解到薄熙來欺壓百姓的罪行，徐就將這些冤情寫出來，寄給在海外的維權網站。哪知這又給他帶來新的「罪行」。

被北京公安誣陷為美國間諜

2011 年 4 月 20 日，徐崇陽突然被北京市公安局刑偵總隊的警察抓捕，理由是徐收集國家情報、從事間諜活動、企圖顛覆國家政權。就在被抓時，徐崇陽的三顆牙齒被打掉，在北京朋友處的財物被沒收。接下來的三天刑訊逼供中，北京公安要他「交代」充當美國間諜，和令計劃、李小鵬之間的關係。

這些八竿子打不着的罪行讓徐崇陽八竿子摸不到頭腦，他跟這些人沒有任何聯繫。由於訪民把徐崇陽被抓的消息釋放到海外，三天後，公安不得不釋放了徐崇陽。但兩天後，徐崇陽又被抓了。據徐回憶，警察給他灌了藥物，他立即失去意識，迷迷糊糊中也記不得發生了什麼。

2011 年 6 月 6 日，徐崇陽又被北京市公安局刑偵總隊抓進了北京市第一看守所，當時公安沒有出示任何法律手續，抓捕案由

還是美國特務，出賣國家情報等，不過幾天後，徐的家人收到了
拘留通知書，上面寫的案由是「涉嫌詐騙」。

栽贓與令計劃結盟

據徐崇陽回憶，從 2011 年 6 月 6 日開始，北京公安對他進
行了不間斷的「車輪戰」，高密集的刑訊逼供，各種極端特務審
訊手段技術全都用上了，目的就是讓徐「招供」下面問題：

1. 什麼時間參加了法輪功？

2. 什麼時間參加的美國情報組織？上線是誰？

3. 反動網站博訊是美國那個情報組織的工具？什麼時候參加
博訊的？從博訊那裡拿到了多少錢？

4. 和中央領導令計劃是通過什麼關係接上的頭？給了令計劃
多少錢？

5. 是不是接受了令計劃的指使爆料並發表批判薄熙來的文章
的？令計劃做的批示藏在哪裡？上訪材料是怎樣進入中南海，為
什麼令計劃把告狀材料送進了中南海引起了胡辦的重視？到底和
令計劃的交換條件是什麼？

6. 跟全國人大代表李鵬的兒子李小鵬到底是什麼關係？李小
鵬在整個你批判薄熙來的過程中起什麼作用？為什麼冒充是李小
鵬的哥們？

7. 評價一下胡錦濤，談談對胡錦濤有什麼看法？

8. 評價一下溫家寶。

9. 評價一下江澤民。

因為徐上述所列均無關，如何承認呢？開始徐不承認，就一

直被警察謾罵和暴打，後來警察給他服用了迷幻藥，至於最後徐崇陽在什麼樣的「供詞」上簽字，如何對著攝像鏡頭讀，到底有沒有簽字按手印，出獄後的徐崇陽已經不記得、不知道了。

但有一點他很清楚，北京公安就是要辦黑案，編故事，把徐崇陽辦成他們栽贓其政治對手的鐵案。這樣可以一箭雙鵰，即可把以前侵吞徐的巨額財產的黑案掩蓋掉，又可以把政治對手除掉。所以徐崇陽這樣一個擁有巨額財產的人成為間諜、特務、反動媒體記者的認罪就非常的重要。一定要將黑案做到底。做成鐵案。

據徐講，這個案子是北京市公安局副局長傅政華親自主導，親自挑選靠得住的馬仔辦案。當時他在裡面一點信息也不清楚，出來後恍然大悟，原來這個傅政華副局長是薄熙來的堂兄弟，是把兄弟，是薄熙來一手提拔起來的，並安排在北京未來起大作用。

徐崇陽受虐視頻曝光 周永康恐怖大計現形

2013 年 2 月底，就在中共兩會召開前夕，一段由國安系統內部洩露出來的刑訊逼供的錄像在網上曝光。被審訊者叫徐崇陽，有語音專家對《新紀元》表示，聽口音，那個參與審判的法官是湖北人。

徐崇陽因約十億的資產被湖北官方強行騙走而上訪多年，2011 年因發表批評薄熙來言論而被捕。北京法院以「詐騙罪」判處他 19 個月徒刑。徐崇陽 2013 年初刑滿出獄後，曝光他在被拘押期間，因否認控罪而遭酷刑凌辱，被扒光衣服吊打、被打斷肋骨、打掉牙齒。

徐崇陽接受自由亞洲電台的採訪時曾表示，當時他被扒光衣服吊打的場面，曾有一段視頻，被他輾轉獲得，已交給北京社會活動家胡佳，為了保護提供視頻者，對視頻中出現的官方人員聲音做了技術處理。兩會前夕，海外博訊網輾轉從胡佳處獲取此錄像。

視頻畫面顯示徐崇陽全身被脫光後吊銬，雙腳因不能著地沒有平衡點，身子不停晃動。審訊過程中，自稱「法官」的官方人員對其破口大罵，並威脅說：「穿了衣服就是法官，脫了衣服就是流氓。」從說話內容判斷，這名「法官」正逼迫徐崇陽寫一些東西，並恐嚇如果不寫，「你去找胡錦濤？你去找外交部？老子叫你豎著進來，橫著躺著出去。」

據聲音專家張先生介紹，無論聲音如何處理，說話者的口音是不變的。從這句「豎著進來、橫著躺著出去」的口音中，很容易鑑別這人是湖北口音。據報，這段僅一分多鐘的視頻拍攝於2011年4至6月間，地點在北京一祕密關押處。

被逼承認：令計劃密使、法輪功、美國特務

據了解，負責審訊徐崇陽的是周永康的嫡系北京市公安局和湖北政法委的人，湖北政法委書記吳永文是薄黨核心成員。周永康密使北京政法委系統與湖北政法委聯手接此案目的，正是為把徐案辦成一個針對時任中央辦公廳主任令計劃、法輪功、美國政府的「鐵案」，是江派打擊胡錦濤、溫家寶，嚴密策劃政變的一部分。

徐崇陽2013年1月5日被釋放出獄後，向外界透露了他在

北京被捕之後的一系列遭遇。「說我在國內搞特工，而且說令計畫指使我批判薄熙來。」

徐崇陽在遭遇多次酷刑時，被周永康的手下逼其承認三點：一、接受胡錦濤的「大內總管」令計劃的密令；二、是法輪功學員；三、同時接受美國情報部門的指令。從以上點來看，其目的顯然要誣陷美國政府、令計劃、法輪功之間的關係，並且要「證實」令計劃和美國及法輪功等境內外「敵對勢力」勾結，對薄熙來抹黑和栽贓陷害。

令計劃落馬前曾是江派的眼中釘

2013 年 1 月，湖北省人大常委會副主任、原政法委書記吳永文已被習近平陣營祕密押往北京接受審查。吳永文和原四川省委副書記李春城都是原中共政治局常委、政法委書記周永康的心腹。吳永文是薄黨政變圈核心人物之一，薄黨的一些祕密會議，都是在湖北舉行，由吳永文安排。

從這段錄像的時間來看，早在王立軍出逃美領館的前一年，也就是 2011 年 3 月，周永康等人就想利用對徐崇陽的刑訊逼供，把令計劃和美國特務、法輪功等聯繫在一起，在那時，周永康就想把此案做成對令計劃不利的鐵案。

其實，胡錦濤的「大內總管」令計劃曾一直是江澤民的眼中釘，當時江派對其恨之入骨。他們之間的激烈對陣從令計劃協助胡錦濤打掉陳良宇之前就開始了，王立軍被中紀委調查，據說也是令計劃的主使。正因為中紀委利用了離間計，才導致薄熙來與王立軍的主僕反目，從而導致薄熙來的下台。但隨後周永康派系

做了最惡毒的還擊，2012 年 3 月 18 日，就在薄熙來被免除重慶市委書記職務的第三天，令計劃的獨生兒子發生車禍慘死。但有消息說，令計劃早就與周永康等「結成鐵三角」，令計劃深度介入薄熙來政變等，以至於原本有望進入政治局的令計劃落馬。（詳情請見新紀元新書《胡錦濤的全退布局與令計劃的復仇》）

　　兩會前夕，就在如何給薄熙來判刑，如何處置周永康以及他們的親信吳永文時，這段由公安內部系統傳出的錄像非常具有震撼力。

第二節

【獨家】「8.16 滬股爆漲」 事件驚人黑幕

2013 年薄熙來庭審前夕突然發生的「8.16 光大烏龍指」事件，導致中國股市暴漲暴跌，其背後隱藏著巨大黑幕，涉中南海高層你死我活的權力搏擊，事件是江澤民集團將中國經濟作為政治籌碼來威脅習近平陣營，藉操控股票市場給習近平下馬威，讓習派「見識」江派勢力為阻止薄熙來案真相曝光，可不惜毀掉中國經濟來「同歸於盡」。

薄熙來哥哥辭職後仍掌控光大 託人帶話

2013 年 8 月 22 日薄熙來出庭受審，8 月 16 日，中國股市意外暴漲，1 分多鐘內，滬指突然升 100 點，暴漲逾 5％，交易額達 78 億元。隨後，光大證券突然停盤。這個被國內外稱為「8.16 光大烏龍指」事件導致大陸股市暴漲暴跌，引發中國證券史上最

大錯帳交易糾紛。事後光大證券以「內部交易系統」出現問題之說，而使事件不了了之。

徐崇陽接受《大紀元》採訪時獨家披露，薄家曾經在薄熙來 22 日開審前夕，託人致電給他，說如果徐崇陽不再跟外界曝光薄熙來案件的相關內幕的話，薄熙來在北京的哥哥——曾以化名李學明任職光大銀行副主席的薄熙永，要親自見他。

該人還向徐崇陽放話說：「薄家背後的勢力（江澤民集團）可操控股票暴漲，把中國的金融搞垮。讓習近平經濟上倒台，經濟倒台就是政治倒台嘛，讓習近平崩潰，讓習近平、也包括胡錦濤坐不住。薄熙來家還有人。」

薄家背後勢力（江派）威脅習近平

薄家口中所指的搞垮中國經濟，讓習近平倒台事件，正是震驚全球的「8.16 光大烏龍指」事件。當天早上，A 股早盤 11 時後突現異動，銀行和券商股瞬間集體井噴，滬指和深指成直線飆漲，股指快速翻紅，一度漲幅超 3％，盤中有所回調，但隨後繼續發飆上漲。

16 支上市銀行股中，光大銀行等合共 14 支銀行股盤中一度瞬間被拉至漲停板，銀行板塊均漲 4.21％，平安銀行漲停，另有興業銀行、民生銀行、寧波銀行等 7 銀行漲幅超 7％，交通銀行、農業銀行、建設銀行、工商銀行、中國銀行五大銀行則分別收漲 5.1％、4.84％、4.16％、4.05％、3.36％。

針對這一情況，上海證券交易所僅僅在 11 時 44 分於新浪官方微博「上交所發布」上發出公告：「截至目前為止，上交所系

統運行正常。」而光大證券卻在午後緊急停牌，並在隨後發布提示性公告，承認其自營業務在使用其獨立的套利系統時出現問題。

繼「8.16」烏龍指事件後，光大證券又發生債券交易烏龍事件，似乎陷入了一場綿延不絕的麻煩，給市場造成不可預期的大幅波動。外界除了震驚和指控中國股市混亂之外，直至目前，無論是當事方還是監管層，均沒有給出明確的真相和相關意見。

徐崇陽對《大紀元》表示，當時得知股票漲停也非常震驚。

另有知情人披露，雖薄熙來的哥哥薄熙永雖表面從光大集團辭職，但仍掌握實權，一場政治鬥爭就這樣引發到金融界，光大銀行投入 7 億人民幣就賺上 34 億。很多市民在這次股市風波中血本無歸。

中共鎮壓法輪功的血債幫恐懼被清算

1999 年 7 月，江澤民發動鎮壓法輪功，因當年中國大陸修煉法輪功人數已達 1 億人，加上因江澤民採取的株連政策而受連累的親朋好友，鎮壓幾乎波及中國每個家庭，這場血腥鎮壓持續 16 年，將中共拖入進退兩難的泥沼之中。

據中共國家計委的官員私下透露，中共為維持鎮壓法輪功政策，幾乎耗費了相當於國民生產總值四分之一的財力。這位官員說，為鎮壓法輪功，將中共財力都整垮了，很多中共官員都利用這個政策挪用政府公款，甚至為維持一些海外學者、媒體在鎮壓法輪功上能配合中共，國家也因此耗費了巨資。

他說，若鎮壓法輪功的政策不改變，誰做中共最高領導人都

無法有作為，因為要維持這場鎮壓，耗費人力、財力太大，官員、老百姓等也都在鑽這個政策的空子，從中撈好處，國家法制給破壞了，財力耗空了。

習、李掌權後，急欲擺脫中國面臨的經濟危機，所以要搞改革，推動上海自貿區，當中遇到的困難重重，最大對手是中共江澤民集團的拆台和攪局，江澤民集團自輸掉安排將繼位中共最高權力的薄熙來之後，一直恐懼習近平會否不再延續迫害法輪功而導致江澤民集團面臨清算。

目前中共鎮壓法輪功的血債幫掌握了中國社會相當程度的經濟資源。中國大型國有企業、大型銀行幾乎成了江澤民、曾慶紅、周永康、薄熙來等中共鎮壓法輪功「血債幫」家族的私有財產。如江澤民家族控制中國電信行業；前中共國家副主席曾慶紅、前中共政法委書記周永康兩家壟斷中國的石油行業；現任中共政治局常委劉雲山之子劉樂飛控制中信產業投資基金管理有限公司；薄熙來的哥哥薄熙永曾任職光大銀行副總裁；前中共中紀委書記吳官正的兒子吳少華則擔任光大銀行人力資源部總經理。

而在香港，梁振英也被江澤民大內總管、前政治局常委曾慶紅一手扶植上台，一方面模仿重慶薄熙來的「唱紅打黑」模式，政治上動用警察和食環署等政府資源，配合中共黑幫青關會和愛字頭組織打壓法輪功和泛民主派。另一方面，配合中共加速染紅香港金融體系，包括針對香港最重要產業金融業而成立的金融發展局，更有多名來自太子黨和國企金融機構的高層，包括朱鎔基之子朱雲來、光大系的陳爽、招商系的秦曉、中銀的謝湧海等。

徐崇陽說：「包括中石油、中石化等等好多企業的錢，都被周永康的派系控制。比如說他們到國外圈錢，回來的時候還是還

多少個億。但是滾動的那個錢呢？就變成了他們的財富。所以這裡面黑著呢。」

以湖北為例。徐崇陽指，雖然習近平上台，但湖北法院、公安局、政法委系統仍然掌握在周永康手上，而湖北經濟命脈也掌握在江澤民派系手中。

以徐崇陽親身經歷而言，他得罪了江澤民派系要員，這些江派人馬夥同手持衝鋒槍和手槍的法院法官、武警部隊，侵吞徐家包括祖傳一顆 63.1 克拉牛角天然鑽石、名人字畫等數億財產。

2011 年，江派周永康等在湖北的勢力親自對徐崇陽施加酷刑。武漢橋口法院 10 號庭的庭長熊峰，就公開承認他的後台就是江澤民集團的吳官正等，更叫囂：「你搞不倒嘛，我就是不給你辦，我可以指揮法院，雖然我不是法院院長，我中央有人，怎麼樣。習近平來了，我也叫他趴下，我就罵了習近平怎麼樣？」

堵徐崇陽嘴 薄家開出 10 億元條件

薄熙來家族帶話人還對徐崇陽甚至開出 10 億元條件來賄賂。徐崇陽拒絕了對方的要求，強調自己所要的是真相。該人隨即話鋒一轉，語帶威脅：「我就告訴你，你小心你自己後面的結果。公安部現在是傅部長啊，傅振華掌權。後面結果你自找，你自己去選擇。」

2013 年 1 月釋放出獄的徐崇陽，因為遭裸身受訓的視頻曝光，成為遭薄熙來下令整肅的受害人。他披露，2013 年薄家帶話人曾三次面見他，以及數次致電他，威脅要他封口，包括 2013 年 6 月薄家帶話人親自面見他，警告他不要透露薄熙來的事情，更威

脅說「習近平和胡錦濤要倒台」，聲稱「薄家不會倒」。

令計劃批示 送胡錦濤字畫惹來殺身禍

徐崇陽原本是武漢億萬富商，有好幾億資產，養父（現為岳父）鄧君儒是國民黨要員，在法國曾經和鄧小平是同學，地位顯赫，岳母是袁世凱後裔，目前妻子喬麗和女兒都在美國，生活無憂。徐崇陽多個親戚在武漢市做官，包括一個是武漢市委書記，還有一個親戚是已故武漢市前政法委書記。

但沒有想到，徐崇陽因為不滿住房等個人合法私有巨額財產，被武漢市礄口區法院「送」給湖北省高級法院院長情婦長達15年，無意中捲入中共江澤民和胡錦濤權鬥之中，惹來殺身之禍。

2007年徐崇陽的太太喬麗透過時任美國駐北京大使雷德，向中方提出徐崇陽案件，並從美國向原中共總書記胡錦濤寄出特快專遞控訴，其後徐崇陽收到中共中央祕書局親自致電，中央辦公廳受胡辦指示，胡錦濤祕書、令計劃下批示多次關心、過問徐的事情。

之後徐崇陽和友人，送給胡錦濤一幅字畫，沒想到這幅字畫給他帶來麻煩和災難。

令計劃兒子被周永康、曾慶紅暗殺

談到令計劃，徐崇陽指，兩人從未會面。但他的確是收到中辦的電話，號碼為010-0000000，當時中辦說：「我們受令計劃的委託關心你這個事情，你現在在北京生活得怎麼樣，最近身體

怎麼樣，武漢市情況比較特別複雜，你要注意安全，而且武漢的法官等等的錯綜複雜的關係，因為中央現在也沒有全面的把這件事情 管起來。中央現在要管大事，中央裡面要按照中央的布署，穩定要壓倒一切，你要理解。」

然而，這並沒有給他帶來好運，反而遭受酷刑對待，2012 年 3 月 18 日，令計劃的兒子更遭受暗殺，震驚海內外。曾經是中辦主任、胡錦濤「大內總管」的令計劃，因主持處理薄熙來案而出名，也因而曾遭到江派的極端仇恨。有消息人士透露，江派人物曾慶紅用恐怖行動來威脅北京高層圈內人，讓中南海的對手要對薄熙來案「收手」，否則，就是令計劃兒子遭謀殺的下場。

拒挺重慶「唱紅打黑」 得罪薄黨

2011 年徐崇陽因為在網上批評薄熙來應該就重慶淹水負刑事責任，以及曝光周永康支持薄熙來唱紅打黑，同年 4 月遭周永康嫡系、北京市公安局局長、周永康的心腹傅政華親自下令祕密拘捕，判刑 19 個月，被扣上「阻止薄熙來進京」、「和令計劃勾結」的大帽子。

另外，他還披露，2011 年，薄熙來在重慶大搞唱紅打黑，薄谷開來律師事務所的一個姓趙的管家，就到重慶幫助薄，號召全國力挺薄，當時通知他去重慶挺唱紅打黑，遭到他拒絕。

「他說，就是現在重慶大打黑，你們這些愛國人士，應該是去支持，你們去看一看重慶的警察在街頭為公民服務，而且實施了打一些惡勢力，你們去看一看，那個地方呢重慶市委接待的。你們去把所看到的，去對外把它宣傳。但被我拒絕了，我不想捲

入這些政治事件中。」

還有薄父薄一波的老警衛是湖北人，後來當過北京軍區司令員，其孫女曾經和徐崇陽有過戀愛關係，他們家族亦打電話給他，叫徐去宣傳。徐崇陽也拒絕了，估計因此得罪薄黨。「我說實話，我今天我走到哪裡，我堂堂正正做人，有恩感恩，有仇報仇，但是絕對不會去做違心的事。」

周永康心腹吳永文逼徐崇陽承認是法輪功站長

徐崇陽因否認控罪，期間遭酷刑凌辱，被扒光衣服吊打、被打斷肋骨、打掉牙齒、打至殘廢，走路困難。

當時北京公安局長傅政華主導對徐案逼供。而傅政華正是江派中劉淇所提拔上來的，原是鐵桿江派，為中共鎮壓法輪功血債幫的重要成員。

徐崇陽在遭遇多次酷刑時，被傅政華的手下逼其承認三點：1.接受胡錦濤的「大內總管」令計劃的密令；2.是湖北法輪功站長；3.同時接受美國情報部門的指令。

另外一位核心人物，湖北省人大常委會副主任、原政法委書記吳永文，後來被習近平陣營祕密押往北京接受審查。吳永文是中共江派薄黨政變圈核心人物之一，薄黨的一些祕密會議，都是在湖北舉行，由吳永文安排。

本身是基督徒的徐崇陽披露，當時逼迫他承認是法輪功站長，是由吳永文親自下令。

「我說的真話，但沒想到因我同情法輪功遭遇，我也成了法輪功的站長了。」

目睹法輪功學員被迫害 直呼太殘忍 至今都不敢說出來

事實上，在中國只要被認為是法輪功學員，生命和財產就無保障，就可以被非法打壓，甚至被活摘器官。

徐崇陽披露，在他被反覆關押和酷刑折磨的 19 個月中，親眼見證了法輪功學員被迫害。比如一位名為湘姐的女法輪功學員，被關押在北京市公安局，經常被用那種很粗暴的方式來灌腸。

還有一名河北的張姓法輪功學員，在北京市公安局第一看守所關押的時候，關在徐崇陽隔壁，「每天帶鐵帽子，鐵帽子是 30 多斤，而且不理髮，頭髮戴在裡面會爛，而且是帶一個鐵球。」另外，還有社科院一名李姓的高級工程師，70 多歲了，得了腦血栓，也是法輪功修煉者。也把他關著，現在也不讓取保候審，保外就醫。

徐崇陽表示，對法輪功學員所受到的迫害深表同情，但還是有很多迫害內幕，他至今都不敢說出來。

公安自設醫院 差點被活摘器官

徐崇陽說，自己先後被多次關押在北京公安醫院。該醫院共有 5 個招牌，包括公安醫院、999 病房、還有北京市第二看守所、在押人員健康測試中心及抽檢中心。他在裡面天天被銬，以鐵鏈子銬著腳，生活條件非常差，而且被反覆抽血，「有的時候一個星期有時候抽幾次，每一個人都要抽，而且強迫吃藥、強迫打針、強迫做各種不知名的實驗檢查、不允許我知情吃什麼藥，打什麼針，做什麼檢查？」

「那真的挺殘忍的。你不抽就給你固定在床上，那是很苦難的。你不吃，我就看到過他們灌腸，抽血的那些東西，我是很害怕、很害怕。每天在恐懼當中，而且是大冬天的不允許你穿衣服，凍啊。」

目前國際社會已經廣泛曝光和關注法輪功學員被活摘器官的罪行，徐崇陽直言擔心被活摘器官。「抽血肯定是要配型嘛，這個公安醫院，聯合國的官員在那裡去的時候，他們就把招牌換掉，改個招牌，改個 999 醫院。公安醫院的內部的人他們也不敢說，我們在那裡我們只是心裡明白，但是不敢說，說了以後那就是顛覆國家罪啦。」

他親眼目睹北京公安醫院有 6 個死人櫃，而且每天都有人不明不白的死掉，「不少人送進來，他們根本不搶救，但是死了以後就推責任，說是他自己死的。」他呼籲：「一定要撤銷北京公安醫院，這裡簡直太黑了。」

他強調：「我怕我會被人間消失，我在這裡也強調，如果我真的被暗殺，殺我的人就是薄熙來、周永康他們。」

另外，據知情人披露，鑑於國際壓力，現在中共不敢公開活摘法輪功學員器官，只能祕密進行，但罪惡仍然在繼續，而且為了活摘的巨大暴利，活摘面還擴展到訪民，據知有不少社會底層的中國訪民被當作「法輪功學員」，同樣成為中共活摘的對象。

活摘法輪功學員器官的罪惡

法輪功在 1992 年由創始人李洪志先生公開傳出，在隨後 7 年，到被迫害前，有一億法輪功學員修心向善，遍布中國社會各

階層，包括當時中共最高層的家屬和官員本人。法輪功給億萬民眾帶來健康，給社會帶來穩定，因修煉法輪功而湧現的好人好事層出不窮，對整個社會道德的提升起了非常積極的作用。

但江澤民出於妒嫉和對權力的過分渴求，罔顧民意，動用整部國家機器，整個國家資源，對一億人的正信進行了瘋狂慘烈的迫害。江澤民對法輪功所採用的「名譽上搞臭，經濟上搞垮，肉體上消滅」、「打死白打死，打死算自殺」、「不查身源，直接火化」等政策，犯下了令人髮指、無可饒恕的罪行。

為迫害這樣一群信仰「真、善、忍」的善良民眾，江不惜動用整部宣傳機器，使用最卑鄙的手段長篇累牘的抹黑造謠，在仍不奏效的情況下甚至使用恐怖邪惡手段自編自導了「天安門」自焚偽案，把其中一人打死，以煽動全國民眾乃至全世界對法輪功的仇恨。

為了逼迫法輪功修煉者放棄信仰，惡警使用了數十種乃至上百種令人髮指的酷刑，幾百萬法輪功修煉者被害死，甚至被作為活體器官庫，由此犯下了這個星球從未有過的罪惡——活摘器官的罪行。

《大紀元》曾報導稱，遼寧省成了迫害法輪功最嚴重的地方。薄熙來、薄谷開來、王立軍都深深地捲入「活摘法輪功學員器官」的罪惡，深度參與活摘法輪功學員器官及製作人體標本的罪行，已受到國際越來越多的關注和譴責。2006 年薄熙來在隨溫家寶總理訪問德國漢堡時，曾親口承認「江澤民下達了活摘法輪功學員器官的命令」。

第三節

薄黨操縱股市
脅迫中南海細節曝光

　　薄案一審前夕，薄黨江派人馬為警告習近平陣營，昭告其在中國經濟的影響力，不惜搞垮中國金融，讓中國經濟崩潰，令習政營倒台。其直接操縱光大證券，惹出「8‧16光大烏龍指事件」，導致大陸股市暴漲暴跌，引發中國證券史上最大錯帳交易糾紛。

　　大陸股市背後經常有人在操縱，這早已不是新聞，中共極權制度下的股市從成立的第一天開始就是畸形變態的，不過近20年來還從未有過像2013年8月16日的「8‧16光大烏龍指事件」那樣令人驚心動魄，終生難忘。

　　有人說能在3分鐘內大盤暴漲近3%，10分鐘內大陸股市總額增加3400億元人民幣，這樣的股市曲線圖至少是中國人第一次看到，可謂「前無古人」，不過是否「後無來者」那就不一定了，因為這是大陸股市這個黑水潭，萬人坑裡真正大鱷的第一次露面，相比而言，以前興風作浪的只是一些小鱷魚的單獨行動，

這次是大鱷魚的聯合出動。

由於黑幕太深，事後大陸證券精英們的分析解讀大多只局限在表面上，人們驚嘆光大證券公司小小 72 億資金的異動，就能帶來大陸 14 萬億大盤的異動，「烏龍指效應」放大了 2000 倍，「一次誤操作，導致消息面混亂人群中傳播產生羊群效應進一步放大了影響，導致大量資金跟進，蝴蝶效應在此次事件中表現得淋漓盡致。」然而專家們的這些解讀，只是光大事件被中共官方誤導後的一個經濟行為的表徵，更多政治黑幕卻被嚴密封鎖和故意曲解了。

薄黨放風要讓習近平經濟上倒台

習近平在 2013 年 10 月 7 日的第 21 次 APEC 領導人非正式會議閉幕演講中大談改革，稱改革是一場深刻的革命，涉及重大利益關係調整，從「改革之路從無坦途」到當前改革都是「難啃的硬骨頭」，甚至承認「改革瞻前顧後有可能前功盡棄」。從 9 月 3 日以後，李克強在 20 多天的時間裡至少 6 次談及改革，這些被外界視為其對中共相關利益集團的強硬表態。

2013 年 8 月 16 日，就在薄熙來庭審前夕突然發生的「8．16 光大烏龍指」事件，背後隱藏著巨大政治黑幕，涉及到中南海高層你死我活的權力搏擊。

江澤民自從 1989 年踩著「六四」學生的血跡爬上高位後，一直想方設法拉攏人，其誘餌就是貪腐：誰聽他的話，他就給誰貪腐而不受制裁的特權，於是 20 多年來，江澤民在中共高層，特別是控制國家經濟命脈的中央級大型國營企業和各重要部委，

安插了自己的人馬。這些江派走卒瘋狂搶奪和占有國家財富，形成了一個能夠控制中國經濟的巨大貪腐網絡，特別是在金融、石油、電力、鐵路、資源開發和公用事業六大領域。

當江澤民選中的兩任「接班人」（陳良宇和薄熙來）相繼被胡錦濤、溫家寶廢除後，狗急跳牆的江派開始了最後的垂死掙扎，各種舉動顯示他們不惜同歸於盡，甚至公開叫囂：「要死，一起死。」

2013 年 2 月，徐崇陽出獄後，向《大紀元》投訴，揭露周永康、薄熙來對他的迫害，徐裸身受訊的照片很快傳遍了全球。

8 月，薄案一審開庭前，徐崇陽再度向《大紀元》獨家披露說，薄家曾經在薄熙來 22 日開審前夕，託人致電給他說：「薄家背後的勢力（江澤民集團）可操控股票暴漲，把中國的金融搞垮。讓習近平經濟上倒台，經濟倒台就是政治倒台嘛，讓習近平崩潰。讓習近平、也包括胡錦濤坐不住。薄熙來家還有人。」

《新紀元》第 347 期封面故事《江派操控滬股阻擊習近平》獨家報導了此事。簡單地說，光大烏龍指事件就是薄熙來黨羽，主要是江澤民派系的人馬，在薄案一審開庭前的一次公開恐嚇行動，意在警告習近平陣營：別把我們逼急了，否則我們會讓你的股市幾天內徹底崩盤！「三、五年內就讓習下台」。其實，這就是《新紀元》此前報導的薄熙來、周永康預謀了多年的政變計畫，在股市方面的一個行動布署的提前實施。

光大集團是江派掌控的自留地

光大集團是以光大銀行為核心的一個國營企業，其高層與江

澤民派系淵源極深，從表面上的人事安排就能看出端倪。比如中共 16 大政治局常委吳官正的兒子吳少華，中共八大元老薄一波的兒子薄熙永，中共早期特務頭子孔原的兒子孔丹等，都曾在光大擔任要職。

吳少華 1964 年 4 月出生，曾擔任江西省審計廳綜合指導處主任科員、通達審計師事務所所長、商貿處處長、經貿處處長，2002 年吳官正進京升遷後，吳少華隨父調到北京光大集團，任光大銀行總行營業部副主任，後升任光大銀行總行人力資源部總經理，之後是中國光大（集團）總公司執行董事、副總經理、黨委委員，光大金控資產管理公司總裁、黨委書記。

薄熙永以化名李學明，曾任光大集團執行董事兼副總經理，2012 年薄熙來事件後，薄熙永表面上辭去了公司職務，但實際上依然掌控著光大。

把老婆、孩子都移民國外卻公開反對改革，曾在中共太子黨聚會上因被質問此事而大打出手的孔丹，曾任光大集團總經理，後調任中信集團董事長、黨委書記。加上差點成為薄熙來親家，一直和薄家關係很鐵的中共八大佬的保守派代表陳雲之子陳元，曾掌控國家開發銀行，連同其他「悶生發大財」的江派人馬，這些人不但能夠直接操縱光大證券，也能左右中國金融業各地支柱性的大機構，搞出一個「8‧16」股市風波，也算「初試牛刀，小菜一碟」。

為了保護自己的既得利益，特別是迫害法輪功的中共「血債幫」為了逃脫清算，為了保命，國家利益與民眾生機從不是他們所顧及的，反而成了他們要攻擊的目標。江澤民在軍中的一大金主——總後的谷俊山事發後企圖搞核洩露，「同歸於盡」，而薄

熙來的人馬也在網路上放風「要死一起死」，這種狂徒心態完全暴露了中共暴徒的本性。

光大事件的詳細經過

2013 年 8 月 16 日（周五）上午 11 時 05 分，滬指突然出現大幅拉升，包括中國石油、中國石化、工商銀行、中國銀行等市值靠前的權重股集體出現漲停，大盤一分鐘內瞬間漲超 5%，大盤盤中一度逼近 2200 點，這在 A 股歷史上從來沒有出現過。

中午 12 時左右有媒體在微博爆料稱，「上午的 A 股暴漲，源於光大證券自營盤 70 億的烏龍指。」但媒體向光大證券董事會祕書梅鍵求證時，梅矢口否認，不過他可能真的是此陰謀的圈外人。

下午 2 時 40 分，有媒體微博披露稱，「交易所已聯繫上光大，是光大系統問題，他們技術人員在查，但還沒查出原因。不管怎樣，交易應該不能作廢了。現在光大的所有高管都待在公司不准離開，等著上交所來查，氣氛緊張。」當天中午可能是證券經紀人們最難忘的一個中午，他們都急著打電話探聽消息，不少人還以為有什麼利好大事出台了，忙得連午飯都顧不得吃了。

20 分鐘後下午開盤，光大證券（SH601788）緊急停牌。下午 14 時 25 分，光大證券發布公告稱，光大證券策略投資部門自營業務在使用其獨立的套利系統時出現問題，公司正在進行相關核查和處置工作。並稱公司其他經營活動保持正常，而光大證券第二大股東中國光大控股午後急跌近 6%。5 分鐘後有媒體官方微博稱，光大證券正在向上交所申請當天的交易作廢。有網友發

現，光大證券網站於 14 時 55 分後無法登陸。

令人感到詭異的是下午 15 時 01 分，上海證券交易所官方微博十分少有地發出一則公告：「本所今日交易系統運行正常，已達成的交易將進入正常交收環節。」此公告意味著即使光大證券存在「烏龍」操作，但交易的盈虧結果已具有不可逆轉的有效性。

股指午後開盤迅速回落，權重板塊全體回吐漲幅，收盤時多數板塊翻綠，收盤時滬指報 2068.45 點，跌 0.65％，成交 1231 億元；深成指報 8168.09 億元，跌 0.74％，成交 1275 億元。

3 年的成熟系統還是冒失的測試版？

8 月 16 日下午 15 時 15 分，「21 世紀網」發表了題為《光大證券系統供應商為金仕達恰逢上線三周年》的文章，文章發現，光大證券官網 2010 年有則消息：8 月 16 日，國內首個 Fix 平台期、現套利程式化交易系統在公司上線，也就是說，鬧出錯誤的烏龍指事件，正好是金仕達開發的軟體在光大證券系統運用 3 周年的日子。光大報導還說，金仕達確認該筆交易屬中國大陸第一單採用國際通行的 SunGard-Fix 交易介面系統進行的程式化交易，代表程式化交易平台——光大證券 Fix 平台已經成功運行。

光大證券還表示，該系統經 6 次的技術模擬測試，最終成功上線交易。據悉，金仕達以期貨軟體起家，證券軟體力量稍弱，二者的合作始於 2002 年。然而「21 世紀經濟報導」在幾小時後的 8 月 17 日零時 03 分發表了題為《光大證券內部人詳述烏龍細節：源起台灣團隊測試投資模型》的文章，稱失誤來自採用新軟體測試時，錯誤讓測試進入了真實操作，而且把大陸股市的一手

100 股，當成了一手 1 股來操作。

文章稱，「真實的情況是，8 月 16 日上午 11 時許，光大證券策略投資部對其內部台灣團隊開發的投資模型進行測試。由於忽視了測試環境為實盤交易系統，加之測試時，把擬買入 3000 萬股誤搞成 3000 萬手。」「具體情況為，光大證券策略投資部擬購買 3000 萬股 50ETF，每份約 1.64 元，錯下單為 3000 萬手，此舉引發 ETF 基金自動購買成分藍籌股及其他程式化交易的資金迅速跟進，銀行石油等大藍籌瞬時漲停，指數旋即大漲。」

文章還說，「本報記者獲悉，光大證券策略投資部模擬交易測試下單金額 230 億，實際成交 72 億。涉及股票 150 多支。這一結論已被公司寫進上報證監會的自查報告。」文章還對以後遭受處罰的該部負責人楊建波埋下伏筆，說他是上海財經大學經濟學學士、英國曼徹斯特大學金融學博士。「不過，據透露，楊在光大證券的人際關係並不是十分融洽，當初在策略投資部總經理進行群眾民意測評時，得分只有 45 分，後來，公司高層力排眾議其才當上部門總經理。」

調動資金 230 億？超過其許可

不過文章也對此消息人士透露的內幕表示質疑，「本報記者調查過程中，曾有業內人士對光大證券下單金額 230 億之說不以為然，認為中信證券（600030.SH）自營規模有 300 億，海通證券（600837.SH）有 150 億，光大的規模不可能超過海通。本報記者從光大一位中層人士處獲悉，目前券商自營帳戶並非保證金帳戶，而是信用帳戶。光大自營盤實際占用的資本金規模並不大，

但考慮到股票質押融資，可動用資金的規模可能在 100 億以上。」

光大證券作為大陸老牌的證券商，對資金的調撥都有最起碼的風險管制，不同水準的交易員都有不同額度的最大使用資金的上限限制，一個普通人員隨便就調用上百億資金是不可能的。在香港股市，要調用一億的資金都必須通過證券公司內部四級管理人員，最後得總經理一級的管理人員同意，系統才能發出買賣指令。

據調查，光大證券 2012 年淨資本為 131.16 億，這意味著其自營盤參與股票和股指期貨的合計額不得超過 131.16 億元。但部分金融市場人士表示，僅這次烏龍操作事件令光大證券最多使用了近 57 億元額度（其中 7 億元作為期指空單保證金，對沖烏龍操作成交的 50 億元股票下跌風險），光大證券自營部門權益類投資能否守住這條監管紅線，正變得岌岌可危。

光大證券 2013 年第一季報表顯示，期末現金及現金等價物餘額為 268.27 億元，其中期內現金及現金等價物淨增加額 46.7 億元，期初餘額 221.6 億元。很可能這次光大真的下達了 230 億資金的買單來衝擊大盤，所謂新系統的測試，只是為了掩蓋真相而釋放的煙幕彈，因為要把測試拿到真實股市上去「檢驗」，真刀真槍的幹，犯這種錯誤的概率基本是零，因為模擬衍生盤與實際交易盤存在防火牆，內部測試不會轉移到真實的交易系統中。

第三大疑點：期貨是何時買進的？

除了是否是測試版、是否超出其額度這兩大疑點外，人們還發現，8 月 16 日，就在大陸股市因為光大烏龍指事件而暴漲之時，

據中金所公布的數據，16 日當天股指期貨收盤後，光大期貨方面在主力合約 IF1309 持有的空單量新增 7023 手，達到史無前例的 1 萬 194 手，名列所有期貨公司空單持倉排名第一。

當時所有市場人士都驚呆了。光大是在對沖上午交易的錯誤，還是赤裸裸地操縱市場？因為按照 16 日期貨合約 2286 點的收盤點位，光大期貨 7000 手空單的總金額將超過人民幣 69 億元。人們很想知道光大是何時購買的期貨，假如是在上午 11 時烏龍指發生之前，那就是非常明顯的蓄意操縱市場，但至今外界還沒有獲得任何相關消息，不過從媒體規則來看，很可能是在那之前建倉的，假如是在其後，中共官媒就會站出來「闢謠」了，但他們沒有這樣做。

即使按照光大證券的說法，對沖風險是一種本能的選擇，但由於光大證券當日中午才實行停牌，且遲至 14 時 25 分才確認「烏龍指」，在此期間，其利用信息不對稱與時間差的優勢所進行的對沖操作，則明顯違反了市場公平與信息披露透明等規則，存在市場操縱和內幕交易的可能。很多投資者稱，「（上午）因為市場不明白狂漲原因，光大自己知道，如此錯上加錯，應按刑事犯罪處理了。」

「停牌不停市」沒理由

這次滬股暴漲，人們認為異常奇怪的還有中共官方的處理態度：只停牌了光大，而其交易依然有效。很多人分析說，光大證券作為「烏龍指」事件的始作俑者，停牌對其本身股價是一種保護，停牌而不停其自營業務，尤其是肇事者策略投資部的相關業

務，等於給其市場操縱行為提供了遊刃有餘的操作空間。而對於其他被漲停被異動交易的股票而言，由於缺乏 T＋0 避險機制，則意味著城門失火，殃及池魚，在當日下午以及此後的交易中，這些股票幾乎都被貶值或被套牢。

而且由於光大購買的是中國石油、中國石化、工商銀行、中國銀行等藍籌股，這些多是江派控制的上市公司，他們的股價上升獲利了，進到嘴裡的肥肉自然不想吐出來。上交所解釋說，光大證券異常交易時不採取臨時停市，主要考慮現有的法律依據不充分；市場必要性不突出。但專家認為這種說法很荒唐，因為《證券法》明確規定：因突發性事件而影響證券交易的正常進行時，證券交易所可以採取技術性停牌的措施。單打一的停牌而不停市，無形之中讓受損害的投資者為「烏龍指」埋了單。

而在國際上，一般慣例是保護投資大眾的利益，儘管各國在處理失誤操作有不同情況，但大多取消烏龍交易。如 2010 年 5 月 6 日下午 2 時 47 分，美國股市一名 交易員將 1600 萬美元的賣單錯誤地下成 160 億美元，導致道瓊斯指數突然出現近千點暴跌。當日美股收盤後，納斯達克運營部門宣布，將取消部分異常交易，所有在美東時間 6 日下午 2 時 40 分至 3 時之間執行、並且股價上下波幅較 2 時 40 分或之前最後一筆交易的報價超過 60％的交易指令將被取消。

也有對大盤影響不大從而不取消交易的。如 2005 年 12 月 8 日，日本瑞穗證券公司的一名經紀人接到一位客戶的委託，要求以 61 萬日圓的價格賣出一股 J-Com 公司的股票，但這名交易員卻把指令輸成以每股一日圓的價格賣出 61 萬股。錯誤指令在 9 時 30 分發出後，J-Com 公司的股票價格便快速下跌。等到瑞穗證

券公司意識到這一錯誤，55 萬股股票的交易手續已經完成。為了挽回錯誤，瑞穗發出大規模買入的指令，帶動 J-Com 股票快速上升，到 8 日收盤時已漲到 77.2 萬日元。由於只涉及一個股票，所以交易未取消，那天剛好有個日本人看準行情，一買一賣，掙了很多錢，被戲稱為日本股神。

光大搞烏龍為的是一箭三雕

人們還發現，光大證券的屢屢犯規，搞出所謂烏龍指已經不是第一次了。證監會網站關於保薦機構及保薦代表人的信用監管記錄顯示，自 2004 年保薦制實施以來，光大證券合計被採取監管措施 8 次，共有 6 位保薦代表人被處以監管談話、3 個月不得受理項目等監管措施；同時，光大證券也因海博股份（600708）非公開發行和康達化工 IPO 分別有「談話提醒」和「出具警示函」兩次信用紀錄。

2013 年 5 月光大證券獲證監會批復，核准該公司非公開發行不超過 6 億股新股，按增發價格計算，再融資規模為 70 億元，不過由於光大在天豐節能 IPO 造假中，公司被證監會立案調查，按照規定，正在被立案調查的上市公司不得非公開發行股票，因此光大證券的 70 億元再融資計畫再度被擱置，接下來又發生了「8·16 烏龍指」，這一系列的違規造假，讓人們對光大的信譽徹底喪失信心，其股票連連下挫。

不少私募基金專家分析說，光大證券故意搞出這個烏龍指，為的是一箭三雕，一是希望低價買入拉高後，再高價賣出銀行等權重股；二是利用期指交割日價格波動性較高的特點，逢高沽空

股指期貨賺取價差；三是圍繞烏龍操作事件的 50 億元投資進行對沖套利。

創新工具令操縱股市更容易

在 ETF 和股指期貨等創新工具越來越多，信息披露機制不對稱，且機構可以「Ｔ＋０」而散戶只能「Ｔ＋１」的條件下，各種利益體利用創新工具進行市場操縱和內幕交易的概率越來越大。8 月 26 日中國量化投資學會理事長丁鵬博士在《深度解讀光大烏龍指事件》一文中，從技術層面介紹了機構採用新技術後，很容易比散戶賺得更多的錢。

他分析，光大以 70 億帶動了 A 股 2000 億資金的異動，主要是因為烏龍訂單觸發了大量量化交易訂單。他把追隨的資金分成三類。一是來自「巨單追蹤策略」，他們第一時間追蹤到有大額訂單出現，就會在一、兩秒之後迅速的發出自己的訂單，跟隨在光大烏龍指訂單之後，從而助推了指數的急速升。二是「區間突破策略」，當指數突破了某個區間之後，就可能是一波趨勢行情的到來，第二批跟隨的資金就會在三、五分鐘後進入市場，從而再次推高指數。第三是「止損盤」，由於大盤指數升太快，以至於很多產品的空頭頭寸（主要是股指期貨）一下子就給打入止損線，它們的被迫止損再次拉高了股指期貨，從而繼續拉動大盤指數的升。

他還分析說，機構採用的高頻交易法也很容易多賺錢。他舉例說，「假定某個股票，同時有 A 投資者發出了 30 元的賣單（分批委託），B 投資者發出了 31 元的買單（分批委託），根據撮合

競價原則，A 和 B 將直接成交，但是由於這兩個投資者用的是傳統的交易系統，速度相當的慢。高頻交易者用極速交易系統，不停在市場上用很小的委託單，例如每次 100 股，進行探測。當它探測到 A 和 B 的委託單後，就假定未來還有更多的委託單出現。則迅速用 30 元的買單將 A 投資者的賣單吃進，等到 B 投資者的 31 元的買單進入之後，轉手賣給 B 投資者，中間白賺一元。」

「從這個例子可以看出，這種自動做市商的策略成功的關鍵在於：交易速度。海外頂尖的高頻交易商的響應時間以微妙計算。當然國內目前的「T＋1」制度，使得 A 股市場沒有這種機會，但是在期貨市場，這種操作還是有空間的。」

不過，光大除了經濟上的一箭三雕，還有一雕就是恐嚇習近平、李克強的，讓習李明白，中國的經濟命脈至今還是掌控在江派手中的。

不是人為差錯，而是人為故意？

據北京高層知情人士向《新紀元》透露，習近平、李克強及王岐山得知江派搞出了光大烏龍指事件後，非常氣憤，面對這樣公開的恐嚇威脅行動，習陣營也採取了反擊。

烏龍事件後，上海證交所沒有取消交易，光大證券還掙了 8721 萬元，但到了 2013 年 8 月 30 日，中國證監會表示，認定光大證券「8‧16」異常交易行為已經構成內幕交易、信息誤導、違法證券公司內控管理規定等多項違法違規行為。在對四位相關決策責任人徐浩明、楊赤忠、沈詩光、楊劍波處以終身證券市場禁入的處罰的同時，沒收光大證券非法所得 8721 萬元，並處以 5

倍罰款，共計 5.23 億元，為中國證券史上最大罰單。

2013 年 8 月 30 日南開大學國經所客座教授劉杉在其博客中認為，對於這樣一樁驚天奇案，證監會的臨時結論留有餘地：既然不是人為差錯，就存在人為故意可能，因而對案件疑點更要深究。

他問道：其一，為何發生在期指交割日。由於 8 月 16 日當天是股指期貨交割日，大盤指數的瞬間拉升，必然導致期貨空單被迫平倉止損，而多單也可以獲利了結，這一瞬間產生的市場結果必然是冰火兩重天。因為有巨大利益，就存在冒險操縱市場可能性。其二，買單數量怎能如此巨大。「烏龍指」瞬間報單數量高達公司限定投資規模兩倍，顯然不能簡單解釋為技術性的超額報單，難道交易系統從來就無交易額限制設定？

劉杉表示，真相雖待調查，但已有事實表明，大陸股票市場是叢林世界，普通投資者被機構任意宰割。光大連續違規，肆無忌憚，監管體系袖手旁觀，更無主動保護投資者意識。建立以保護投資者為單一任務的監管制度，才是證監會改革方向。

不過隨著「江習鬥」的不斷升級和衝突的日益公開化，人們會更清楚的看到，以江澤民派系為首的既得利益集團，是真正阻止中國發生變革、反向而動的「反動派」。

李克強整頓股市內幕

第五章

習近平與江澤民
搏殺的原因

江澤民恐懼因迫害法輪功欠下的血債，在失去政權後將遭到清算，於是，習主政後，江企圖以發動政變及暗殺等手段，令習下台，換上與自己身負血債的馬仔。而習陣營也因此出手還擊，一場場政治殺戮，正在中國大陸上演。

（大紀元合成圖）

第一節

香港股神車峰的圈子
都牽連曾慶紅

　　在第一章我們介紹了 2015 年 6 月大陸股市的暴跌，與江派企圖用股市來阻止習近平的經濟改革密切相關，裡面提到一個因掌握內部消息而不斷在股市牟利的車峰，因所謂「眼光精準」而被稱為「香港股神」，不過 2015 年 6 月 2 日，車峰被中紀委的人抓走。

　　6 月 15 日，大陸媒體再起底中共央行前行長、天津前市長戴相龍女婿車峰，其朋友圈可分為金融圈和政法圈兩大塊。車峰涉足的這兩大圈子都牽連江派大佬曾慶紅，其中金融圈的肖建華，是曾慶紅兒子曾偉斂財的前台操盤手；而政法圈的馬建，則是曾慶紅安插在中共國安部的心腹馬仔。

陸媒披露車峰有金融和政法兩大朋友圈

2015 年 6 月 15 日，網易《路標》發表起底車峰的長篇報導，揭祕商人車峰的朋友圈及其從股市攫利超百億的內幕。而隨著 6 月 2 日車峰被調查的消息傳開後，昔日商業團隊及朋友圈迅速與其撇清關係。

據報導，2002 年車峰與一名叫 Dai Rong 的女士結合。當年車峰 32 歲，這一年他的生意由實業轉向金融業。2002 年他兩次從銀行獲得問題貸款，時機精準地先後買入尚未上市的海通證券及平安保險原始股，攫利超 88 億元。車峰入股海通證券時，Dai Rong 的母親柯用珍正擔任海通證券監事長。

正是在 2002 年左右，車峰遷居香港豪宅，自此常年定居。其投資手段也在 2002 年之後變得更加「高明」，通過雙層或多層 BVI 公司投資成為其資本運作的常態。

2006 年之後，車峰先後在港股投資「北大系」企業高陽科技，提前潛入「中石油關係戶」MI 能源，並將特效製作王牌企業「數字王國」納入囊中，僅這一筆帳面浮盈 61 億港元。

在 13 年內，車峰在股市攫金上百億的背後，是其在政界、金融界的朋友們的鼎助與合作。網易《路標》獲悉，車峰的朋友圈可分為政法系與金融系兩條脈絡。

車峰在 2000 年前已通過一位政法系統高官拿到香港護照。這位政法系統高官和車峰熟識多年，車峰將該高官介紹給北京著名地產項目盤古大觀的擁有者郭文貴，而後郭文貴將原國安部副部長馬建介紹給車峰，自此形成一個小圈子。而 6 月 5 日被宣布調查的河北唐山市原市長陳學軍，也是圈子成員之一。

知情人士透露，2000 年之前車峰拿到香港護照，是通過某政法委系統高官獲得。該高官每年都有一定數量的「特殊」護照的審批權，其本人及上司、原國安部副部長馬建都借此牟利。據其了解的市場行情價，一個護照一般在 150 萬至 200 萬港元，但「要有很硬的關係才能拿到。」

而在收購數字王國交易中，車峰的合作夥伴包括小馬奔騰時任董事長李明，在政界、娛樂界擁有廣闊人脈的著名詞作家葛根塔娜以及資本大鱷、「明天系」掌門人肖建華。在上海合生國際大廈項目中，車峰與合生創展亦有合作。

車峰推動數字王國借殼上市顯現了其在政界、商界、娛樂界的深厚人脈。2009 年 4 月至 10 月，車峰通過代理人周健、張曉群、車濤、蕭萍及代持人孔大路控股香港上市企業奧亮集團股票。

2012 年 9 月，小馬奔騰美國公司和印度傳媒巨頭「信實媒體」聯合收購知名特效企業數字王國，並在僅半年後賣給奧亮集團，後者隨即更名數字王國。至此，數字王國實現借殼上市。

據網易《路標》此前的報導顯示，小馬奔騰美國公司本就由車峰通過 BVI 公司 Harmony Energy 控股，而後再賣給自己控股的奧亮集團，最終實現將數字王國資產注入奧亮集團，小馬奔騰成了「通道」。在這一過程中，與已落馬的公安部原副部長李東生關係密切的小馬奔騰董事長李明，身為湯燦御用作詞人、集政界高層背景與文藝圈人脈於一身的葛根塔娜，都為其助力。

媒體 2014 年 6 月的報導稱，小馬奔騰收購數字王國也有資本大鱷肖建華的參與。知情人士向網易《路標》透露，二人在車峰 2006 年投資高陽科技時即相識。

不過肖建華通過發言人隊對報導回應稱，肖建華和車峰「只

是共同投資關係，同股同價，因此也談不上利益輸送。」且二人「久未見面」。

馬建是曾慶紅安插在中共國安部的心腹

2015 年 1 月，中共國安部原副部長馬建落馬。其後，港媒披露了馬建 1999 年開始獲曾慶紅提拔的內幕。

報導稱，1999 年曾慶紅任中共中央組織部長後廣置親信，上任不久就把 70 多人從處級提升至局級，其中就有馬建。這些人升官到北京中央或政府機構任職，自然願意隨時聽命曾慶紅，被其調遣，成為曾慶紅的重要幫派力量。

對此中組部官員敢怒不敢言，因為中組部只管副部級以上官員，曾慶紅是巧立名目，繞開中組部指令其親信和中央各部委及各省市協調安排的。曾慶紅一直扶持、提攜他們，退休以後仍關照他們，因此培養了一批甘願效忠的「死黨」，羽翼遍布黨政軍警憲特各個部門。

2003 年曾慶紅任中共中央政治局常委兼港澳協調小組組長，主管港澳事務。他有時召見馬建布置一些「專項任務」。

後來，外交部官員會見西方駐香港領事館官員時，國安部被要求參與會見並記錄談話。馬建因為「出色完成任務」，使得曾慶紅向時任政法委書記羅幹推薦馬建，建議重用。隨後馬建在 2006 年 8 月成為國安部副部長。

馬建是江西人，與曾慶紅是「老鄉」。據此前報導，馬建大學畢業後不久就進入了國安系統，曾負責國安部第十局。第十局又稱「對外保防偵察局」，負責監控駐外機構人員及留學生，偵

查中共所稱的境外「反動組織」活動。

《外交家》曾發表專家的文章說，馬建的被拘捕非同一般。中共間諜機構是資金最雄厚，政治上最受保護的機構，是政治靠山強大的「王國」，明的暗的有一百萬人為之工作。他們的任務包括收集有關社會的信息。僅 2012 年國內安全部門就支出 1110 億美元，國安部占據其中很大一塊。

肖建華是曾慶紅兒子曾偉斂財的前台操盤手

肖建華出生於 1971 年，1986 年進入北京大學法律系就讀。在校期間曾擔任過北京大學學生會主席、全國學聯副主席等。1992 年至 1994 年，肖建華出任北京大學生物城籌備小組辦公室主任。

肖建華在 1993 年創辦北京北大明天資源科技有限公司。1996 年 9 月後肖創辦了北京海峽恆業、北京惠德天地科貿、北京新天地互動多媒體公司；然後以這些公司為投資主體，在妻子周虹文老家包頭，成立了 3 家公司。

1998 年以後的兩年時間裡，明天系先後參股和控制了華資實業、明天科技、寶商集團、愛使股份、西水股份、ST 冰熊等 6 家上市公司，運用資金約為 5 億元。

1999 年 9 月明天控股成立，法人代表為周虹文，初始股東為北京惠德天地及周虹文、周雪天、肖建華、張秀英 4 個責任人。

2007 年 12 月 28 日，太平洋證券上市，明天系也有參與操作。後來證監會副主席王益被雙規，事件被揭露。肖建華出國，明天系也逐步轉讓部分持股公司的股份。2012 年 12 月 5 日，彙豐控

股有限公司（00005.HK）簽訂協議，出售所持全部 15.57％中國平安（601318.SH/2318.HK）的 H 股股權。交易規模達 93.85 億美元，折合 727.36 億港元。

有大陸媒體稱，交易第一步約 3.5％股權，152 億港元現金中，有三分之一左右來自泰國正大集團，其餘部分來自肖建華領銜的中國大陸投資者。肖氏的資金主要從其操控的國內城市商業銀行非法挪用，其幕後控制人可能是平安保險的高管。

對此，平安保險、正大集團和肖建華予以否認。此次交易利用由現金加國家開發銀行的貸款的第二部分交易，在 2012 年 12 月中旬被國開行叫停。

明天系一度控股、參股 6 家上市公司、6 家商業銀行、6 家證券公司以及浙江金融租賃、北京國際信託投資公司等多家公司，旗下關聯公司有數十家之多。2009 年有業內人士估計，如果這些公司都成功上市，肖建華的資產將達上千億元人民幣。

中國學者、中共國務院前祕書俞梅蓀向德國之聲表示，以肖建華簡歷中社會底層背景，在中國擁有政治人物壟斷社會資源、底層很難有上升通道的背景下，基本不可能在他 40 多歲的年齡積累巨額財富。他的巨額財富是與曾慶紅的兒子曾偉密切相關，此人是曾偉巨額財富的前台操作者。

海外《紐約時報》曾引述大陸《財經》以及公開的公司文件對此做了報導。報導稱，2006 年，大型國有能源企業魯能被一組鮮為人知的投資公司收購。在中國商業雜誌《財經》發表了有關這一私有化事件的文章後，當局命令山東省的官員回購股份。《紐約時報》查看的記錄顯示，幾家涉及這項私有化交易的公司均屬肖建華名下。

2014 年 6 月 26 日，明天系在一份聲明中間接承認了明天系曾參與備受爭議的魯能集團私有化。

明天系承認捲入這一交易，但辯解說，「私募基金當時重組魯能時，魯能還是職工持股控股的股份制企業，已不是國有企業，因此當時私募基金重組魯能根本不可能有國有資產流失，也沒有國家有關部門叫停；私募基金因為很大的現金沉澱等待上市也很遙遠，才賠本退出，當時兩年投資的收益還不如存銀行劃算。」

但明天系強烈否認所謂「曾先生」介入，聲明說，「國內外很多媒體炒作曾先生介入魯能重組，還號稱多少多少國有資產流失。（明天集團）發言人鄭重聲明，文中所稱曾先生從沒有介入過魯能重組。」

尤其有意思的是，這份聲明並未指出所謂的「曾先生」是哪路人物，根據海外媒體以及《財經》等報導，應該指的是曾慶紅的兒子曾偉。

根據《紐約時報》此前的報導，肖建華承認，他結識了不少中共高層領導的子女，並曾與他們一起投資。他表示，通常都是碰巧，恰好和他們做同一筆買賣。

另外，在 2014 年 6 月 3 日，《紐約時報》曾發表關於習近平家族財富的報導。6 月 4 日，明天集團的發言人余蘭發出聲明，稱《紐時》報導嚴重失實。

但該聲明對報導中的幾筆涉高層交易未否認交易本身的存在，這等於變相證實了《紐約時報》對習近平家族的負面報導。

故外界懷疑這一切是曾慶紅在背後操控，在昆明血案之後，正值中共政局極為緊張之際，通過《紐約時報》和肖建華的明天集團「唱雙簧」，對習近平進行新的輿論攻擊。

第二節

習近平與曾慶紅真實關係內幕

據港媒爆料，2015 年元旦前夕，中共前國家副主席曾慶紅（圖）被中紀委書記王岐山約談並受到警告。曾慶紅是否成為下一個「老虎」，外界拭目以待。（大紀元合成圖）

江派接班人選陳良宇落馬

2006 年 5 月初，時任中共總書記胡錦濤祕密到青島視察北海艦隊。當胡乘坐中共一艘導彈驅逐艦視察時，另外兩艘軍艦同時向胡乘坐的導彈驅逐艦開火，打死驅逐艦上 5 名海軍士兵，導彈驅逐艦立即載胡駛離演習海域，直到安全海域，胡換乘艦上的直升機飛回青島基地，未作停留，也未回北京，直飛雲南。一星期後，北京一切安排妥當，胡才回北京。

有評論人士分析，胡錦濤在青島被暗殺的主要一個原因是：江澤民、前中共中央政治局常委周永康、前中共重慶市委書記薄熙來們犯下的「大規模活摘器官」的罪行在 2006 年 3 月被揭露出來，江派鎮壓法輪功的「血債幫」狗急跳牆、鋌而走險。

2006 年 3 月，良心人士海外揭露出中共江澤民集團「大規模

活摘法輪功學員器官」後，中共政法委、軍隊系統性參與活摘器官的種種罪惡在海內外曝光越來越多，讓江澤民坐立不安。

江澤民十分懼怕胡錦濤等會藉機停止鎮壓、清算血債幫。

對於胡在黃海遇刺事件的海外報導，中共官方至今沒有回應。但此後胡借反腐大規模清洗江派，並連發五個文件，強調中國共產黨對軍隊的絕對領導及防止軍事政變，已經使事件明朗化。

回京後，胡採取了一系列的行動。其中最主要的一步就是借反腐風暴剷除了江澤民隔代指定的權力繼承人、上海市委書記陳良宇。

2006 年 9 月 24 日，上海市委書記、中央政治局委員、江澤民的「得力幹將」陳良宇乘專機到北京出席中共政治局全體會議時，一下飛機突然被抓捕；2008 年，陳良宇判囚 18 年。

上海市委書記陳良宇曾是江派屬意的接班人選，陳於 1984 年任上海電器工業公司黨委書記時，通過巴結江澤民的妻子王冶坪得以結識江澤民，其後一路「官運亨通」，成為江最信任的把持「江家幫」上海大本營的大管家。

16 大後，江有意培養陳為隔代接班人。江幕後與胡錦濤作梗，陳在前台公開攻擊胡、溫的經濟宏觀調控政策，不將胡錦濤放在眼裡。江準備在 17 大時把陳塞進政治局常委，作為接班人在 18 大上取代胡，成為江氏真正的繼承人。

上海是陳控制的「獨立王國」，胡無法從中共組織系統正面調查，於是藉助經濟案件，派出大量可靠人員祕密進入上海暗中查訪。

通過對上海「周正毅案」、「劉金寶案」和「上海社保基金案」，這三案的調查取證，胡錦濤獲得了陳良宇的大量犯罪事實。

2006 年 7 月，胡以社保案作為發力點，江面對確鑿證據，只得棄陳自保。

胡錦濤變卦 曾慶紅被逼退

在胡錦濤手上握有陳良宇犯事鐵證的情況下，北京的消息稱，作為江派的大員、「太子黨」曾慶紅不得不在陳良宇事情上讓步，但是曾慶紅開出的條件是其本人在 17 大留任。

此前的報導稱，17 大前夕，曾慶紅本來以為留任已經沒有問題，還通過自己的人馬在路透社放風稱，中共中央政治局常委、中央書記處書記、中共國家副主席曾慶紅的政治盟友，要求胡錦濤在 2008 年本次任期結束之後，不再連任中共國家主席的職務，而由曾慶紅接任國家主席，企圖取得胡的部分權力。

消息稱，胡錦濤在 17 大前，已掌握了不少曾慶紅家族的貪腐證據，最後在政治局開會時候突然變卦，用「七上八下」的黨內潛規則，緊逼曾慶紅。

在江派內部，也因為各種原因，使得江派常委紛紛贊成曾慶紅離任，最終，曾慶紅退下。

薄熙來名聲太臭 習近平意外入常

陳良宇被拿下，江不得不另擇人選，「太子黨」薄熙來因鎮壓法輪功積極被江派看重，但江澤民最緊急的事情是在 2007 年阻止胡錦濤看好的李克強上位。

2013 年日本《朝日新聞》報導表示，2007 年 6 月 25 日，也

就是中共 17 大前夕，400 多名中共高官在北京舉行了一次非公開的信任投票，目的是考察可能進入中共最高決策層、年齡在 63 歲以下的官員。

投票結果至今未對外公布。《朝日新聞》援引一名中共體制內人士的話透露，當時的投票引發了一場風波。江派看好的時任商務部部長薄熙來的得票情況非常差，特別是軍隊內的軍官對其評價甚低，而習近平得票則位於前列。

曾慶紅同意退下，也是想推薄熙來入常，但是終因薄名聲太臭，在黨內調查排名幾乎最末，由於江派手裡已沒有合適人選可以起到阻擊作用，而不得不讓各派都能接受的人選——習近平入常，以此擠掉胡錦濤中意的李克強。

此後，江派在對外的放風中不斷鼓吹「曾慶紅主動退下，成全了習近平」。其實，當時曾慶紅之所以向江澤民「推薦」習近平，是看中其派系色彩不濃，沒有顯露出任何「政治企圖」，以為習近平容易「控制」。

在陳良宇已經落馬，薄熙來黨內得票太差的情況下，江澤民被迫接受習近平成為胡錦濤的接班人。習近平對江澤民來說，最大問題就是沒有手握迫害法輪功的血債，無法得到江最終信任。

在中共 17 大上，曾慶紅的被逼退，實際成為江澤民集團勢力消長的標誌，也給胡錦濤、習近平之後在 2012 年聯手調查薄熙來案提供了機會。

薄熙來被外放到重慶

2007 年 12 月，中共前副總理吳儀在北京宣布自己引退。「我

會在明年兩會後完全退休，我這個退休叫『裸退』，不再擔任任何職務，希望你們完全把我忘記！」

多位中共官員向《朝日新聞》透露：「她的裸退其實是有條件的。就是不讓當時的商務部長薄熙來繼自己之後成為副總理。」關於吳儀討厭薄熙來的理由眾說紛紜。

據香港《文匯報》前駐大連記者姜維平披露，一位商務部高級官員曾對他說，薄與吳不睦是其被踢到重慶的主要原因之一。

因薄熙來迫不急待想當副總理，性格過於張揚。據消息人士透露，薄熙來任商務部長期間，對商務部人事安排做了較大變動，吳儀在任商務部的前身「對外經貿部」部長時期的親信人員，被薄熙來以種種理由替換，薄的高調行事風格使吳儀對其頗有微辭。

薄還動輒向上層謊報商情，挑撥吳儀與國務院主要高層的關係，妄圖取而代之，特別是在外事場合喧賓奪主，故弄玄虛，口吐狂言，因此吳儀對其痛恨不已。

有報導稱，吳儀曾這樣評價薄熙來：不甘於當下屬，只想當第一把手，不能與人合作，為爭權奪利不惜一切手段，給工作造成損失。

吳儀當時提出要「裸退」，一退到底，但前提是薄熙來必須下放重慶。

《朝日新聞》還稱，吳儀厭惡薄熙來是由於政治原因。吳儀在任北京市副市長時受到當時市長的多番照顧，而後來那位市長由於貪污問題下台了。據說在背後操縱此事的就是薄熙來的父親薄一波。因此有人認為，導致前上司垮台的仇恨使得吳儀對薄熙來反感。

　　薄一波於 2007 年 1 月去世。同年 10 月的中共黨大會之後，薄熙來被任命為重慶市黨委書記。比薄熙來還年輕的習近平和李克強均進入了共產黨的最高層，位列 9 名政治局常委之中。

　　早前曝光的維基解密也有電文揭示，薄熙來一直圖謀晉升副總理一職，但時任總理溫家寶表示，薄熙來因迫害法輪功已在海外澳洲、西班牙、加拿大、英國和美國等多國被起訴，他的負面國際形象不利於擔任任何更高級職位。溫家寶的意見獲得很多中共官員的支持，這些官員憎惡薄熙來在「文革」期間冷血對待自己家人。

讓習近平接班是江、曾的權宜之計

　　據《真實的江澤民》一書分析，選擇讓習近平接班只是江、曾的權宜之計。江、曾的算盤是先在 2007 年阻止胡錦濤的接班人上台，在 2007 年到 2012 年期間內，讓江、曾真正的接班人薄熙來鍛練成熟、取得威望和權勢，在 2012 年的中共 18 大上至少得到常委和中央政法委書記的位置。

　　為了打擊習近平，在習近平還沒有接班的時候，在時任中共政法委書記周永康及其馬仔李東生的操控下，大陸網際網路上就不斷地出現習近平「假文憑」的消息。

　　2012 年，五毛黨成員方舟子在網路上放消息，質疑時任中共國家副主席習近平的文憑「造假」，此後，習近平的博士文憑在海內外被吵得沸沸揚揚。薄熙來倒台後，方舟子迅速否認此事，但很快就被網民揭穿。據海外媒體爆料，方舟子是參與薄熙來、周永康政變的圈內人，其主要負責利用「打假」攻擊習近平，逼

迫習放棄接班。

薄在重慶唱紅打黑 試圖立威奪權

薄熙來去重慶後，掀起了「文革」式的「唱紅打黑」運動。

據《南華早報》報導，薄熙來抵達重慶後，很快邀請了一些當地各界的知名人士來為城市發展建言「獻策」。但是其中有一名被邀請的商界人士很快發現薄熙來只想專注於那些可能產生快速回報和大範圍影響的事情。

報導引述重慶商界人士的話說，他所追求的僅僅是快速成功，所以他在重慶所做的事情都是為了能更快的回到北京爬到更高的位置上。「重慶就是他的跳板。」

很多重慶知名的商人在「打黑」運動中遭到迫害。重慶涪陵的商人陳貴學在2012年回憶起當地警方對他的拷問：「他們問我，你知不知道我們的薄書記以後就是薄主席了，而我們的王局長以後就是王部長。」

海外學者高新稱，薄熙來倒台之前，外界關於他在重慶大肆進行「打黑唱紅」的目的是為自己進入18大政治局常委拚政績的說法，真的是小看了薄熙來了。事實上當時薄熙來的奮鬥目標並不是進常委就行，而是「天將降大任於斯人」。

薄熙來的「唱紅打黑」其實是江派政變計畫的一部分，該計畫由江澤民主導，曾慶紅主謀，薄熙來和周永康是主要的執行者。

江澤民和曾慶紅的如意算盤是：預計在中共18大後再經過2年左右的時間，利用時任重慶市委書記薄熙來在全國通過「唱紅打黑」取得的對全國的挾持和操控，把「重慶模式」推向全國，

再利用薄熙來掌控的全國政法委、武警部隊,以及全國眾多被薄熙來掌握的軍隊人脈、江澤民在軍中的力量等,罷免甚至逮捕習近平等人,到時候中國又是江、曾的天下。

胡錦濤再遭暗殺　埋下清洗江派殺機

2009 年 4 月 23 日,中共海軍史上規模最大的多國海上閱兵活動在青島海域舉行,來自 29 個國家的海軍代表團、14 國海軍 21 艘艦艇彙聚黃海。在閱兵開始之前,胡錦濤得到密報:江澤民的人馬準備在 23 日早上 9 點開始閱兵時,在 14 國海軍艦艇的面前,赤裸裸地把胡擊斃,製造個震驚世界的「黃海謀殺案」。

胡突然改計畫,先會見 29 國海軍代表團團長。同時派軍中心腹將企圖謀殺的海軍艦艇官兵搞定。12 時左右,在一切搞定後,胡身著西裝開始了閱兵。儘管胡錦濤平安無事,但他無法壓抑自己的憤怒。當日,胡錦濤閱兵招手致意時,臉上每塊肌肉都繃得緊緊的。而旁邊站著的中共軍委第一副主席郭伯雄行軍禮時,手瑟瑟發抖。

美國華府中國問題專家季達認為,這次暗殺使胡錦濤下定決心要還擊江派,由此埋下了清洗江派勢力的殺機。

胡錦濤為「倒江」試水溫

2011 年 7 月 6 日晚,港媒亞視率先公開披露江澤民的「死訊」,各界熱議令江系大為恐慌,江系政治局要員相繼「穩定軍心」,最後江被逼只能在 10 月 9 日「辛亥革命一百周年紀念大會」

上露面。

據消息人士透露，胡錦濤 2011 年年中由安排好的內線給外媒放風稱「江澤民死亡」，一方面試探江系的反應與實力，並進一步逼迫江澤民露面，對其身體狀況作出全面評估。另一方面，是試探大陸民眾的反應，確定「倒江」有無民意基礎。

該消息人士稱：「其實早在去年曝出『江澤民死訊』的時候，胡錦濤對江系的全面反擊就將開始，那是第一步的測試。」「江系的反應、中國民眾放鞭炮慶祝等行為也讓胡錦濤和他的智囊團、中共總理溫家寶一起決定了倒江的計畫。」

中紀委離間薄、王 重慶事件爆發

薄熙來在重慶的「唱紅」，剛開始得到了胡錦濤的默認。但等到了 2009 年，當胡錦濤發現薄熙來有圖謀政變的跡象後，胡對重慶「唱紅打黑」的立場就發生了轉變。那時中共國安部門也發現，薄熙來安排王立軍的下屬監聽胡錦濤、溫家寶等中共中央常委的電話。這種偷聽在中共官場是非常大的忌諱。

江澤民、曾慶紅等密謀「18 大」將薄熙來塞進政治局常委的計畫，胡錦濤一方也早有防備。早在 2011 年，中共高層內部已經有人在主導調查薄熙來和王立軍的一些罪行。

有報導稱，2012 年元旦前，中紀委在找到時任重慶市委書記薄熙來的馬仔王立軍以權謀私的確鑿證據後，祕密和他約談，王立軍感到自己大事不妙。而主使中紀委調查王立軍的人中，據稱有令計劃在內。

據悉，當時中紀委給王的口頭承諾讓他看到了一線希望，這

個口頭的祕密協議就是讓他交代為薄熙來工作期間的所有談話與會議記錄等。王立軍答應配合，但隨即被洩密，薄熙來收到通風報信，說王立軍已經不可信，並「在背後收集黑材料」。

同時，中紀委暗中跟蹤捲入了薄熙來、薄谷開來活摘器官罪行的英國商人海伍德，間接約談與海伍德有密切關係的人，故意將「懷疑」透出去，讓薄家知道海伍德已成為中紀委調查重點的消息。

2012 年 5 月 12 日，日本《產經新聞》報導說，和薄家有十多年交往的英國人海伍德在他成為中紀委調查對象、並幾次談話後被毒殺，有情報證實，是薄熙來親自下發的殺人命令，薄谷開來和張曉軍在現場毒殺了海伍德。

王立軍發現薄熙來要對其下手後，害怕自己步海伍德的後塵，2012 年 2 月 6 日攜帶資料隻身闖美國駐成都領事館，並要求政治避難。重慶事件爆發，引爆中共政壇地震。

習近平和胡溫聯手扳倒薄熙來

2012 年 2 月 14 日，時任中共國家副主席習近平開始對美國進行為期一周的訪問。期間，美國媒體「華盛頓自由燈塔」曝光了王立軍移交美領館材料中的部分內容，其中包括薄熙來、周永康聯手圖謀發動政變、最終廢掉習近平的計畫。美國副總統拜登向習近平出示了薄、周政變密謀的鐵證。

2012 年 6 月，《大紀元》獲悉，王立軍交給美領館江派的六大罪狀中，其中包括由江澤民主導、曾慶紅謀畫，薄熙來夥同周永康實施的政變；薄熙來指示及參與活體摘取法輪功學員器官的

相關證據（錄音、密件等）；薄熙來掌權後，要開展一次「文革」式的政治運動，「不惜犧牲 50 萬人，也要確保紅色江山不變天」等。

據悉，周永康和薄熙來密謀政變，曾在北京、重慶和成都進行了 5 次會面，籌畫薄熙來晉升政法委書記，並在上位 2 年內強迫習近平下台。這個計畫包括通過媒體釋放負面消息、甚至在必要的情況下動用安全力量逮捕習近平。

習近平回國後，和胡錦濤、溫家寶等結成政治聯盟，扳倒了薄熙來。2012 年 3 月 14 日，溫家寶在中共兩會記者會上暗批重慶模式是「文革」餘毒。3 月 15 日，薄熙來被免職。

2012 年 8 月 20 日，薄谷開來被判死緩；9 月 24 日，王立軍被判刑 15 年。2013 年 9 月 22 日，薄熙來被判無期徒刑。

習近平接班 周永康兩次策劃暗殺

重慶事件後，胡錦濤藉機很快地掌控了軍權，清除了薄熙來在重慶及軍隊中勢力；並在軍隊、地方布置自己的人馬，在「18大」前胡錦濤的權力達到執政以來的巔峰。

中共「18 大」上，胡錦濤在廢除了江的「老人干政」後全退，把黨權、軍權悉數交予其繼任者習近平；2013 年兩會時，又把中共國家主席職位交予習近平；胡、習聯盟得到進一步加強。

習近平上台後，在胡錦濤團派人馬的堅強支持下，展開由王岐山領銜的「打虎」運動。僅 2013 年，就有近 30 名江派省部級高官落馬，2015 年初，已有百名省部級高官落馬，其中大部分是周永康、江澤民的馬仔。周永康在四川官場、中石油的勢力範圍

被剷除。

周永康認為末日來臨，於是孤注一擲，在 2013 年的北戴河會議前後，周至少兩次暗殺習近平未果。一次是在會議室置放定時炸彈，另外一次是趁習近平在 301 醫院做體檢時打毒針。習近平為防不測，一度移居北京西山軍事指揮中心。

曾慶紅發動另類政變逼習近平下台

江派二號人物曾慶紅知道，長久下去必死無疑，從 2013 年開始，中國大陸不斷發生多次恐怖襲擊，很多是由曾慶紅在背後策劃的另類政變，靠殺戮百姓的方式，鼓動民意，逼迫習近平下台。

2013 年 11 月三中全會前，天安門爆炸事件、山西省委連環爆炸案等，以及 2014 年的昆明血案，成為曾慶紅升級恐怖行動的標誌性事件。

2014 年 3 月 1 日，正值中共「兩會」前夕，雲南昆明火車站發生慘烈的血腥砍殺事件，至少造成 32 人死亡，143 人受傷。據悉，這是曾慶紅精心策劃的恐怖襲擊事件，原本計畫同時在 5 個城市進行，但出現意外後，其餘 4 個城市並未有所動作。中南海高層內部已斷定是江澤民集團所為。此外，兩會前試圖刺殺香港《明報》前總編輯劉進圖的事件也是曾慶紅所策劃。

另外，曾慶紅手下的特務曾在海外中文媒體發表了網文《習近平是內奸——中國到了緊要關頭》，以此煽動中共黨內的左派反對習近平，支持江澤民集團針對習近平的政變活動。隨後，更是利用海外媒體放風關於江指責習近平反腐過頭，不要對黨內高

層太多權貴家族或親信動手等等。

此外，曾慶紅通過收買武警和黑社會暴徒，精心安排系列「報復社會」的行動，用殺戮百姓的方式，意圖推倒習近平，逼迫習下台。大陸公安大學教授武伯欣接受陸媒專訪時稱，大陸涉黑組織的成員，人數不下百萬，而且發展日益成熟，已可操縱官員，向高級犯罪發展，與正式的社會組織分庭抗禮。

曾慶紅的心腹宋林落馬

2014 年 4 月 15 日下午，官方新華社《經濟參考報》記者王文志實名舉報中共央企華潤集團董事長宋林包養情婦，並涉嫌貪腐。16 日，宋林在華潤集團官網發布聲明「闢謠」。

17 日晚，中紀委監察部官方網站公布，華潤集團董事長、黨委書記宋林正接受調查。

宋林是曾慶紅的心腹、薄熙來的同盟。華潤一直是中共分管港澳事務的前政治局常委、特務頭子曾慶紅的勢力範圍。

據報，宋林在曾慶紅的授意下，一直在香港力挺江澤民集團在香港扶植的特首梁振英，為梁當上特首賣力。而曾慶紅紮根的基地，是中共在新界的黑幫勢力。

宋林之所以能打破華潤董事長由外經貿部副部長或部長助理出任的慣例，就是投靠中共江派勢力。據知，宋林在香港祕密發展地下黨員，並和香港青年關愛協會（簡稱：青關會）主席、燕京啤酒香港總經理洪偉成關係密切。

傳曾慶紅遭監視居住

2014 年 5 月 14 日，不斷遭圍剿的曾慶紅詭異的在江澤民的老巢上海露面。然而，此番私人露面非但沒洗清其已受到調查和內控的嫌疑，更證實其已失勢。

《大紀元》獲悉，當時，曾慶紅辦公室已受到控制，並處於癱瘓狀態。曾慶紅本人也已經不被允許對外進行官式聯絡，再無法直接對外施加其影響力。

消息稱，曾的舊部和殘餘勢力，已經無法再得到曾慶紅的直接指示。曾慶紅過去在各地安插的勢力，包括在香港設立的青關會、攪局香港的黑道勢力，當時都失去了軸心，與曾慶紅失聯，內部亂作一團，處於崩潰狀態。

消息指，曾慶紅當時的處境，類似薄熙來出事、「3‧19」政變之後的周永康，處於被內部控管的狀態。曾慶紅實際上已被監視居住（扣押），行動不自由。

曾慶紅的國安部馬仔馬建被查

2015 年 1 月 16 日，中共前國安副部長馬建被調查。這條消息引發極大關注。

《中國密報》稱，馬建的靠山與另一名國安副部長邱進不同，馬的後面站著的是比周永康更有來頭的曾慶紅，因此馬建被抓後，外界大為震驚。分析起來，這種震驚無非是因為安全部這個神祕機構的大佬被抓了，或者因為馬在幾個月前還是國安部部長的候選人中呼聲不低的人，但熟悉內情的北京消息人士說，真正

令人吃驚的是習近平動了曾慶紅的紅人馬建。

報導稱，馬建夫婦與曾慶紅都是江西老表的關係拉近了兩人的距離，曾慶紅培值馬建，江西同鄉關係起了關鍵性作用。馬建是江西人，他的老婆是江西南昌人，他的副部長職位正是曾慶紅安排的；有了曾慶紅這個靠山，馬建用不著再去拜周永康的山頭，就這樣，馬建成了曾慶紅經營的「江西幫」的一大主要人物。

中紀委批慶親王 被指影射曾慶紅

2015 年 2 月 25 日，中紀委監察網站刊文，文章借古喻今，指稱清末時期的慈禧寵臣慶親王奕劻一方面阿諛逢迎得到慈禧的賞識，官至軍機大臣、內閣總理大臣，另一方面賣官鬻爵富可敵國，在外國銀行存巨款。

時政評論員周曉輝認為，考慮到當前反腐的大背景，文章借古諷今影射的是江澤民的「大內總管」、原中共副主席曾慶紅。從地位上看，曾慶紅與慶親王可以一比，至於曾慶紅家族斂財更是令人瞠目，作為江的「總管」和「軍師」，曾慶紅深得江的信任。

他說，批慶親王大概就是對外傳遞要動曾慶紅的一個明確信號，而若動了曾慶紅，江澤民的罪責也不能不被追究，這與習近平近期釋放的「腐敗沒有鐵帽子王」、「反腐敗沒有上限」、鐵心要打「虎王」等信號類似。

據港媒爆料，2015 年元旦前夕，中共前國家副主席曾慶紅被中紀委書記王岐山約談並受到警告。據披露，曾慶紅家族在國內的資產至少 400 億以上。曾慶紅是否成為下一個「老虎」，外界拭目以待。

有媒體報導稱，多方資料披露，曾慶紅家族財產遍及北京、天津、山東、上海、江蘇、福建、廣東及香港、澳洲、新西蘭、新加坡等地。其兄弟、兒子、兒媳、侄子至少有 12 名家屬在境外定居，開辦 7 家公司和大陸商貿公司往來。僅在國內資產就有 430 億至 470 億元。

郭胡紛爭背後　王岐山與曾慶紅對決

2015 年 3 月 24 日，《稜鏡》發表《郭文貴神祕盤古會》；25 日，財新網發出特稿《郭文貴圍獵高官記：從結盟到反目》，接著 26 日財新網又發表了《起底郭文貴》的文章。

隨後，3 月 29 日，身在美國的郭文貴在其公司官網發表致胡舒立的公開聲明。郭文貴否認《財新》等媒體對其的有關報導，要求與胡進行公開對質，還曝出胡的隱私內幕等，稱其手上掌握胡的諸多猛料。

財新傳媒在 3 月 30 日發表公開聲明回應，稱郭文貴「捏造並散布虛構的事實」，並稱已向警方報案。

緊接著，郭、胡兩人的「隔空對戰」升級，郭文貴開始接受海外各大媒體的採訪。郭文貴對港媒表示，他不是中國公民，是受美國法律保護的，挑戰意味更加明顯。

親胡、習陣營消息人士牛淚在 3 月 30 日撰文，郭文貴和胡舒立之間紛爭背後，是中國政治社會的深刻變局；博弈內幕非一般人所能想像。文章暗示雙方均涉及更高層人物。

時事評論人士唐靖遠對《新唐人》表示，郭文貴突然高調出面向胡舒立發難，並非一般的報導失實口舌紛爭，而是他的主要

靠山馬建被拿下後，北京當局的矛頭已對準了曾慶紅，因此，郭攻擊的矛頭其實是衝著與財新網關係密切的王岐山去的，其背景「極可能是習、王對曾慶紅採取措施後遭遇的激烈反彈」

第三節

胡溫同意習近平上位的內幕

習近平遠非外界所傳是江澤民所中意，薄熙來才是江所選定接班人選，江系意圖藉由政變取得政權。而因著胡耀邦與習仲勳「老臣為國」的理念，與胡溫長期的蹲點安排下，習近平順勢出線。

2012 年 4 月 18 日，美國《時代》周刊公布當今全球一百名最具影響力人物榜，中共國家副主席習近平、美國總統奧巴馬以及美籍華裔球員林書豪都榜上有名。不過在國人心目中，習近平近來最具影響的「發力」，是在溫家寶戰勝薄熙來的戰役中，習站在了胡溫一邊，在寡頭政治、集體投票中發揮了重要作用。

外媒大多把這次倒薄事件稱為「王子復仇記」。老國王是指被鄧小平、薄一波等人打倒的胡耀邦、趙紫陽等中共自由改革派高官，而這次衝在最前線、堅決要求法辦王立軍、薄熙來及其後台的溫家寶，則被稱為是為老國王報仇的大王子。

不過這次參與復仇的王子不止一個，還包括習近平和胡錦濤。習近平的父親習仲勳是胡耀邦的最忠實盟友，法國《世界報》甚至把習近平稱為胡耀邦的隔代繼承人，當年習就是胡耀邦親手從河北正定縣委書記提升為廈門市副市長的；而胡錦濤、溫家寶都是在胡耀邦、趙紫陽培養「第三梯隊」時出頭的，溫家寶更是一直公開把胡耀邦視為自己的政治導師。

接下來我們就談談胡耀邦以及習仲勳的故事。

胡耀邦：百姓心中的「好大一棵樹」

胡耀邦在 1982 年 9 月至 1987 年 1 月期間擔任中共中央總書記，是中共改革開放早期平反冤假錯案和真理標準大討論的具體執行者，這五年被中國知識分子認為是思想界最開明、最有活力時期。他主張把民眾的利益放在首位，在黨內搞民主建設，向西方學習，結果被中共的頑固派稱為是搞「資產階級自由化」而遭到批判。

1986 年底中國爆發學生抗議活動，據胡耀邦三子胡德華向媒體披露，胡耀邦當時認為應該讓學生充分表達訴求：「我爸說對於學潮你不能鎮壓，得講理啊，得聽他們說什麼，然後亮我們的觀點。鄧小平說那不行，這是自由化。」1987 年胡耀邦被指責反對自由化不力而被迫辭職。

1989 年 4 月 8 日早上約 10 時，正在開會的胡耀邦突然心臟病發，要求離席，走向門廳時暈倒。當時在場的上海市委書記江澤民拿出兩粒硝酸甘油，由工作人員餵服。直到下午 2 時胡才被送至北京醫院。4 月 15 日早上，胡再次爆發心肌梗塞，搶救無效，

於早上 7 時 53 分逝世。

胡逝世後，第二天北京主要高校校園內出現各種大字報，藉悼念胡批判以鄧小平為首的「八大老」的「老人政治」。基於對胡耀邦被貶的同情和其開放清廉形象的尊崇，加上百姓對官倒與貪污的不滿，青年學生紛紛上街遊行，以至引發由學生和廣大市民參與的「六四事件」。不過由於涉及「六四」，胡耀邦的名字很少被提及，以至於當今中國 80、90 後對其一無所知，造成記憶缺失和歷史斷層。

胡耀邦自己總結說：「我這輩子有兩個沒有想到，一個是沒有想到被放在這麼高的位置上；一個是沒有想到在我退下來以後還有這麼好的名聲。」

民間曾流傳一首歌「好大一棵樹」，就是知識分子為悼念胡耀邦而做的。歌詞唱到：「頭頂一個天，腳踏一方土，風雨中你昂起頭，冰雪壓不服，好大一棵樹，任你狂風呼，綠葉中留下多少故事……」

前不久胡耀邦的兒子胡德華在接受媒體採訪時說：「我的父親和鄧小平之間的區別是：鄧小平要拯救黨，我的父親想救的是人，普通的老百姓。」

習仲勳：我一輩子沒整過人

習近平的父親習仲勳 1934 年當選為陝甘邊區蘇維埃政府主席，長期主持西北黨政軍工作，1952 年 9 月調任中共中央宣傳部部長，不過讓他最出名的則是搞了深圳特區。

「中央沒有錢，你們自己去搞，殺出一條血路來！」這是習

仲勛 1978 年到廣東主持工作時，鄧小平對他說的一番話，結果深圳真的成為了中國改革開放的領頭羊。

不過習仲勛的命運很坎坷。1962 年 9 月，他因一本小說《劉志丹》遭康生誣陷，被毛澤東打成高崗反黨集團成員。在「文化大革命」中又受到殘酷迫害，被審查、關押、監護長達 16 年，直到 1978 年才得到平反。隨後他任廣東省省長和省委書記，兼任廣州軍區第二政委。2002 年去世的前一年，他以 87 歲的高齡支持敢說真話的《炎黃春秋》雜誌，不過人們評論他最大的成績，是曾三次致電中央，痛批「左」禍。

在中共建政初期的鎮反運動中，在「削削削，削盡土豪劣紳；殺殺殺，殺盡貪官污吏。」的「左」的逆流中，毛澤東規定的殺人指標是千分之一，習仲勛以西北地區民族宗教問題為由，建議將殺人指標減少一半，最後在實際執行中，他又將西北地區的殺人比例控制在千分之零點四左右。

習仲勛幹的第二件反左大事是冒著第二次被打倒的風險，主動請纓創辦深圳特區。

1978 年當習仲勛上任廣東時，正是偷渡外逃最嚴重的時期之一。經過十年動亂，民生凋敝，很多人以命相搏，到異地尋求「樂土」。根據相關資料，當年 8 月全省就發現偷渡外逃高達 6709 人。根據當時的規定，被抓的偷渡者要統統送到收容站。習仲勛實地察看收容站時，時值盛夏，收容站條件很差，看到這些偷渡不成反被關押的農民，習仲勛哭了。他說：「這個不怪你們，是我們沒把老百姓的生活搞好。而且這是人民內部矛盾，不應該用一種敵我的態度來對待他們！」

那時習仲勛就認識到，制止群眾性外逃的根本措施是要改變

大政策，發展經濟，提高群眾生活水準。1979 年 4 月，習仲勳從廣東到北京參加中央工作會議。他在會上提出：「我代表省委，請求中央允許在毗鄰港澳邊界的深圳、珠海與重要的僑鄉汕頭市各劃出一塊地方，搞貿易合作區。」他還語出驚人地說：「如果廣東是一個獨立的國家，可能幾年就搞上去了，但是在現在的體制下，就不容易上去。」後來中共中央採納了他的意見。

八大佬逼胡耀邦下台 唯一反對者是習仲勳

習仲勳幹的第三件反左大事，就是反對非法撤換總書記胡耀邦，跟老人們拍了桌子。

1987 年元旦，北京學生又爆發一場大規模的遊行示威。元旦之夜，在鄧小平家裡，陳雲、彭真、王震、薄一波緊鑼密鼓地策劃逼宮，當時胡耀邦還被蒙在鼓裡。八大佬箭拔弩張、盛氣凌人，其中聲音最響的竟是胡耀邦好不容易才幫他平反的薄一波。

這時只見習仲勳站出來指著一班老人說：「你們這是幹什麼？這不是重演《逼宮》這場戲嗎？」他拍了桌子：「這不正常！生活會上不能討論黨的總書記的去留問題，這是違反黨的原則的。你們開了這樣的頭，只會給將來黨和國家的安定團結埋下禍根。我堅決反對你們這種幹法！」胡耀邦急忙站起來勸說：「仲勳同志，我已考慮好了，不讓我幹我就辭職。」

「二李制」被改成了「一習一李」

在此三個月前，習仲勳憑政治敏感已覺察到危機迫在眉睫，

新年造訪胡府，寒暄之後提醒說：「耀邦啊，我在為你擔心！」胡耀邦晚年體會到世態炎涼，對習仲勛的支持視為十分難得的友誼，銘刻在心，而胡耀邦被溫家寶、胡錦濤視為政治導師，於是因為習仲勛的緣故，胡錦濤和溫家寶跟習近平走得比較近，逢年過節，胡溫都會拜訪習家老人。

中共於 1989 年 6 月 4 日開槍鎮壓學生運動後，在 1990 年一次全國人大常委會議上，習仲勛還指名批評對反腐敗的學生運動訴諸武力的鄧小平和楊尚昆。其堅守良知、仗義執言的風範，贏得了中國百姓的尊重，在中共黨內也受到胡溫的推崇。

1987 年的一天，習仲勛在一次散步時對友人說：「我這個人呀，一輩子沒有整過人，一輩子沒有犯『左』的錯誤！」無論這句話的準確性如何，習仲勛和胡耀邦一樣，算是中共黨內難得的善類。

18 大的人事安排，胡錦濤最初的決定是「二李制」，即由李克強和李潮源執政，不過江澤民不同意。江最中意的接班人是薄熙來，但當時薄熙來還只是政治局委員，要連升兩級才行，於是江澤民和曾慶紅密謀，先推出習近平，用「一習一李」（李克強）制削弱胡錦濤的實力，等到 2014 年左右，當薄熙來坐穩政法委書記的位置，並有實力利用武警抗衡軍隊之時，再利用政變，逼迫習近平下台，讓位給薄熙來。誰知，江曾的如意算盤被王立軍的出逃徹底打破了。

當江澤民提出要習近平上位時，由於胡溫與習仲勛的私交，胡溫也就妥協同意了，這也算是「前人栽樹、後人乘涼」的善報吧。

溫家寶對胡耀邦的情懷

2012 年 4 月 8 日清明節，一篇由中新社記者撰寫的《胡耀邦墓前清明祭》，被各大官媒相繼轉載。文章寫道：「嫩柳垂綠，湖波輕皺，四月天氣。胡耀邦墓前象徵著當時 12 億民眾的 12 個大石頭無語簇擁，周遭山茶花落紅滿地，鷓鴣聲咽。斯人已去經年，墓前依然思重人稠。」

外界認為，在中共體制下，如果沒有最高當局的授權，這樣的文字也不可能見諸於報。文章還透出了一個重大的信息，「在過去的 23 年中，有多達 80 多位黨和國家領導人前來祭奠。」這等於絕大多數中共高官都來過了。

2010 年 4 月 15 日，溫家寶在《人民日報》發文《再回興義憶耀邦》，回憶起當年在貴州與胡耀邦相隨的日子。溫家寶寫道：「我親身感受著耀邦同志密切聯繫群眾、關心群眾疾苦的優良作風和大公無私、光明磊落的高尚品德，親眼目睹他為了黨的事業和人民的利益，夜以繼日地全身心投入工作中的忘我情景……」

「1987 年 1 月，耀邦同志不再擔任中央主要領導職務後，我經常到他家中去看望。1989 年 4 月 8 日上午，耀邦同志發病搶救時，我一直守護在他身邊。4 月 15 日，他猝然去世後，我第一時間趕到醫院。1990 年 12 月 5 日，我送他的骨灰盒到江西共青城安葬。耀邦同志去世後，我每年春節都到他家中看望，總是深情地望著他家客廳懸掛的耀邦同志畫像。他遠望的目光，堅毅的神情總是給我力量，給我激勵，……我寫下這篇文章，以寄託我對他深深的懷念。」

溫家寶六次不倒的原因

溫家寶雖是政治局常委、國務院總理，但在最高層非常孤立，並且一而再、再而三的受到圍攻。有人把溫家寶至少經歷的六次政治危機總結如下：

一、1980 年代初，溫家寶被胡耀邦、王兆國和中組部選為中辦副主任，很快又提升中辦主任。1987 年胡耀邦下台，很多保守派要搞上掛下聯，把溫家寶搞下台，但趙紫陽堅決抵制了保守派的陰謀，保住了溫的中辦主任之職。

二、溫家寶在中辦主任任上，有甘肅老同事寫信到中央告他在文革反擊右傾翻案風中表現積極。不過這個運動是全國性的，是毛推行的，跟溫家寶個人關係不大。

三、1989 年趙紫陽下台後，保守派再次要溫家寶下台。溫家寶曾陪趙紫陽到天安門廣場作告別演說，最後他以履行職責為由，終於過關。不久，江澤民免了溫的中辦主任，讓心腹曾慶紅接替。有北京知情人士說：「趙紫陽下去了，溫家寶沒事，是鄧家保他，覺得他忠心耿耿。溫當年站在趙紫陽身後，鄧小平當時看到這一幕時很有感觸地說：『我有那一天有個人扶著我就行了。』這是鄧小平的女兒親口說的。」

四、2005 年，保守派和江家幫批判溫家寶倡導的普世價值，意圖將溫家寶搞垮，但沒得逞。據說是胡錦濤、朱鎔基等人力保溫家寶。朱鎔基是 2003 年溫家寶得以當上總理的最重要支持者，胡錦濤是溫家寶的老交情和政治盟友。

五、2007 年，保守派和江家幫想在中共 17 大後的人大會上拿下溫的總理職位，最終沒能得逞。

六、2008 年後，保守派和江家幫一直試圖以經濟困難問責溫家寶。溫一直是夾縫求生。

溫喜歡到基層走訪，有「影帝」之稱。他本人經常藉吟詩、作文或談話抒發不滿和無奈，並多次談到普世價值，「言者無罪」、「公平正義比太陽更有光輝、法比天大」等。但這些言論如與中共統一口徑不符，也照樣多次遭到封殺。《人民日報》登不登溫的文章和談話絕對聽命於中宣部和中央高層。

溫家寶把目光投向了民眾

對於官方刊登悼念胡耀邦的文章，有人解讀為，這是中共政治改革的第一步，「從平反胡耀邦、趙紫陽開始政改」，不過很多人注意到，在網路上，關於趙紫陽的內容一經發出即被刪除，他們並不認為這裡面有中共改革的風向。

旅居美國的民主人士胡平認為，「如果當局想改革，直接說直接做就是了，凡是借題發揮、用間接的方式表達訴求的，應該是當局中有一定地位才可能以這種方式，在官方媒體上發出聲音；另一方面在中共內部他們處於相對的弱勢，所以不能直截了當的說，現在確實是有人想推行政治改革，但他們處於弱勢無法真正推動。」這個弱勢者當然就是指的溫家寶。

美國著名雜誌《外交政策》發表了約翰·加諾特一篇關於溫家寶戰勝薄熙來，以及溫家寶與胡耀邦親密關係的長篇文章。文章中描寫人們對溫家寶的評價：「到目前為止，我們不能斷定溫家寶是代表他個人還是代表黨」，「也許 80％代表他自己，20％代表黨，我們就此不得而知。」

「在過去，我對溫家寶沒有正面的看法，因為他說了很多東西，但沒有做。」一位在媒體工作並與中國的領導圈有著長時間聯繫的人說。「現在我意識到只要能說出來，這一點就很重要。說出來，讓全世界都知道，即便他被體制束縛，不可能實現什麼。」

加諾特最後寫道：「溫家寶將薄的下台視為一個能夠進一步推動改革的關鍵機會，但黨內的權力爭奪和政治鬥爭使他舉步維艱。溫轉向普通中國公眾，部分原因是因為黨早已失去政治話語的壟斷權並且自其內部進行改革的道路已被阻死。具有諷刺意味的是，溫引導公眾去施壓一項欠缺公正體系的制度，而這一體制正是他畢生為之奮鬥但最終卻無所適從的政黨所造成的。」

李克強整頓股市內幕

第六章

江澤民最怕人知道
的祕密

16 年來，以江澤民為首的政治流氓集團為血腥鎮壓法輪功，每年所花費金額最高達 3/4 國民生產總值；另外，被「追查迫害法輪功國際組織」指控，下令對法輪功全國性的群體滅絕大屠殺，涉嫌殺戮人數超百萬。這些都是江澤民最深恐為人所知的祕密。

（大紀元合成圖）

第一節

中共最大祕密：
曾耗國力四分之三來鎮壓好人

　　1999 年 4 月 25 日，萬名法輪功修煉者在中南海國務院信訪辦外和平上訪，依法維護群眾修煉法輪功的權利。然而這卻成為當年以江澤民為首的中共鎮壓法輪功的最大藉口之一。如今 16 年過去，中共每年用於鎮壓法輪功及民運、維權群眾的費用，成了中共最大的祕密之一。

　　據中共國家計委專家私下透露，中共用於鎮壓、迫害法輪功民眾的所謂維穩費用早已超過國防軍費開支，最高時曾動用相當於四分之三國民生產總值的資源。在國力難以支撐之下，中共採用種種手段聚斂中國 14 億國民的錢財。

　　2012 年 3 月在北京召開的兩會宣布，2012 年中國國內安保經費將達到 7000 億人民幣，繼 2011 年後再次超過軍費開支。對內處置百姓的維權事件超過了對外處置外國的入侵，把家人當成敵人，維穩再度成為中共執政的重中之重。

這 7000 億到底會用到哪去？據知情人介紹，早在 2002 年江澤民傳位給胡錦濤時，就給胡扔下了一個經濟爛攤子，將相當國民經濟四分之一的財力的資源都被江澤民非法用在迫害法輪功上了，這 7000 億也只是大大壓縮後欺騙百姓的。

銀行 3 萬億爛帳多用於鎮壓

2004 年當江澤民把軍權傳給胡錦濤時，還送給胡一個意外「大禮包」：3.5 萬億銀行壞帳，以至於胡溫忍不住暗罵：「天啊！這些錢都哪去了？！！」

2003 年 11 月 26 日據國際債信權威評級機構「標準普爾」宣布中國銀行業實質上已經算破產，因為其不良壞帳比例在 44 ～ 45％，壞帳總數高達 3.5 萬億元人民幣（這還不包括 1999 年已從銀行剝離的 1.4 萬億壞帳），僅從 1999 到 2002 年，四大國有銀行體系就新增了 1.7 萬億爛帳。

2004 年 10 月，總部設在美國的非政府組織（NGO）「追查迫害法輪功國際組織」發表了一份兩萬字的調查報告：《關於江澤民集團利用國有資產迫害法輪功的調查報告》，該報告回答了胡溫的問題：江澤民把這些錢用在迫害法輪功上了。

報告稱，江澤民獨斷專行，不顧有關人員的反對，私下或強制將大量國有資源用於迫害法輪功，造成了七大經濟「黑洞」。

黑洞 1：巨資支撐公檢法機構

據北京公安內部消息稱，從 1999 年 7 月到 2001 年 4 月，全

國各地到北京上訪被抓、有登記紀錄的法輪功學員達 83 萬人次（不包括許多不報姓名和未作登記的）。2001 年夏天，北京市公安局通過計算北京市街頭出售的饅頭數量的增加，估算當時來到北京市上訪的法輪功學員超過百萬。

法輪功學員到國家信訪辦或各省市政府上訪，就被公安抓進派出所，很快北京、東北、河北、山東等地的監獄、勞教所、看守所爆滿。為了關押法輪功，江命令各地大力興建或擴建監獄和勞教所。

以天津為例，2002 年的預算執行情況報告中顯示，「增加了防止『法輪功』……的專用裝備。公檢法司支出 17.9 億元，增長 15.2％。」據北京市新安勞動教養所所長馬捷稱，2002 年時新安勞教所兩年來累計收法輪功學員 1500 餘人；法輪功學員占勞教人員的 77％。河北省「監獄布局調整方案總投資 5.68 億元，確定新建監獄兩所，遷建監獄兩所，改擴建監獄 17 所……」。

到 2013 年底中共當局廢除長達半個多世紀的勞教制度之前，中國有大約 300 個勞教所，700 座監獄，全國僅此一項的花費即為天文數字。2004 年中國發行的國債總數是 7000 億元，其中的七分之一，也就是 1100 億國債被用於「公檢法司基礎設施」的建設上了。

監獄建成了還必須配備打手，以薄熙來管轄的遼寧瀋陽馬三家勞動教養院女二所為例，該所成立於 1999 年 10 月，鎮壓法輪功三個月之後，專門負責關押法輪功女學員。共有幹警百名，每月開兩次工資。他們利用各種極端酷刑折磨數千名法輪功學員，強制轉化。

馬三家女二所所長蘇靜因積極參與迫害法輪功獲司法部獎勵

5 萬元，被評為「一級英雄」，副所長邵麗得獎金 3 萬元，各大隊長都得了獎金，全體獄警被評為「集體二級英模」。羅幹、劉京等多次親自到此坐鎮。司法部撥專款 100 萬元給馬三家「改善」環境。而與馬三家同一城市、以迫害手段殘酷著稱的張士教養院獲賞金 40 萬、龍山教養院獲賞金 50 萬。

為抓捕和攔截上訪的法輪功學員，各地「610」發出公告，對監控、舉報法輪功學員進京的人員獎勵 500 至 1000 元，對所謂「重要人物」的監視獎金高達 5000 元。江澤民還下令：「法輪功上訪者超過一定數量，該省的一把手就將被撤職。」於是，這種命令被層層下發，各省、市、地區、單位派出大批警力攔截，各「駐京辦」還用巨額經費，賄賂北京警察，讓他們抓到某地的上訪者，不要登記報告，而是直接通知這個地方來的警察，把上訪者押送回當地關押。

抓一個法輪功學員就如此勞民傷財，上百萬的法輪功學員會耗費多少呢？據北京公安局透露，單天安門一地搜捕法輪功學員，每天開銷就達 170 萬到 250 萬元，每年約 6 億 2000 萬到 9 億 1000 萬。江氏集團為迫害法輪功至少雇傭了數百萬人為其效力，這些人的工資、獎金、加班費及補貼等每年可達上千億元。

黑洞 2：人類有史以來規模最大的洗腦集中營

為了鎮壓，江發明了所謂「法制教育學習班」，並把洗腦的「轉化率」定為考核各級政府政績的關鍵指標。洗腦班除遍布全國省、市、縣、鄉四級政府外，很多機關、高校、企業和勞教所內也紛紛開設洗腦班。

　　據北京市婦聯主席吳秀萍透露，政府用在法輪功學員身上的人均「轉化」費用達 5000 至 6000 元。以北京朝陽區為例，僅鎮壓開始後的 9 個多月裡，該區就舉辦了 259 期洗腦班，近千名黨員參加了幫教（大陸地區指幫助與教育），政府投入費用至少 400 萬至 500 萬元。

　　當洗腦達不到目的、依然無法改變法輪功學員的信仰時，「610」就下令用「精神病治療」手段。據國際精神健康委員會調查，中國幾乎各個省市都把堅定的法輪功學員關進精神病院、或普通醫院的精神科、戒毒所，強制用破壞中樞神經的藥物毒害人體，至少數千法輪功學員被關進精神病院，所有花費由「610」統一撥出。

黑洞 3：傳媒業與全部國家宣傳機器

　　中國約有 2000 家報紙、8000 家雜誌、1500 家電台、電視台、千餘家網站，中共鎮壓法輪功以後，這些媒體鋪天蓋地的造謠。比如《人民日報》在鎮壓頭一個月中就出了 347 篇詆毀法輪功的文章，每天就有 10 多篇。中央電視台僅 2002 年 4 月 25 日至 2003 年底，《焦點訪談》、「新聞節目」等欄目，就製作了 332 個誣陷誹謗法輪功的節目。僅「中國反 X 教協會」就編輯了 30 多部反法輪功影視片，每部都花百萬元。全國各省市地區舉辦各種反法輪功的大型展覽，還印製散發各種展板、書籍、光盤、小冊子、招貼品等，這些加起來又是數量驚人。

黑洞 4：教育界、知識界變成了戰場

教育部長陳至立強制要求高校開發網路封堵技術，資助各類反法輪功研究，校園內外舉辦各類詆毀活動等。如 2001 年 2 月 6 日一天內，全國 100 個大中城市的近千個社區的 800 萬青少年，當天共張貼宣傳畫 50 多萬幅，發放宣傳資料 1000 多萬份，舉行集會 200 多場，當天的材料費用 150 多萬。

從 2001 年起，四川省每年撥給省社科院 100 萬元用於反法輪功研究。江還命令各地成立「反 X 教協會」，如北京市科委就曾以 110 萬元資助成立「北京市反 X 教協會」；2004 年初全國大搞所謂「反 X 教警示教育運動」，中央免費提供宣傳資料，僅湖南湘西自治州的資料印刷費就 20 萬元。據悉「中國反 X 教協會」搞了展覽活動近千場次，報告會、座談會千餘場，編輯影視作品 30 餘部。2004 年後，還通過中共駐外使館在海內外大搞反法輪功圖片展，花費巨大。

黑洞 5：天空與陸地的全方位監視系統

中共耗資 60 億搞了全方位的監視系統「金盾工程」，幾十萬網路監控人員的工資，開發攔截信息軟體，重金購買西方國家網上封堵技術與設備等，都是龐大開支。

2002 年 3 月 5 日晚 8 時左右，長春市有線電視網路的八個頻道被插播了《法輪大法洪傳世界》、《是自焚還是騙局》等真相電視片，驚恐萬分的江澤民下令抓捕了 5000 多名長春法輪功學員，出動大量機關幹部並另外雇傭 800 多人，對所有電線桿進行

為期三個月的 24 小時看守，人員花費達 100 多萬元。另外花費
10 多億元將衛星無線傳播改為光纜傳播。

黑洞 6：巨資投入海外媒體宣傳

以投資控股、大陸商業利益、購買媒體廣告、提供免費節
目等為誘餌，對中文和西文媒體加以控制和滲透。據美國詹姆斯
通基金會 2001 年調查，當時「美國主要四種中文報紙：《世界
日報》、《星島日報》、《明報》和《僑報》，都受著中國大陸
直接或間接的控制。」買通這些媒體，中共花費了天文數字。從
2000 年到 2004 年，轉播中央電視台 CCTV － 4 和 CCTV － 9 的
衛星，從 8 顆急增到 37 顆，連中共內部官員對此也有大量爭議。

為了阻止國際社會對中共人權的譴責和制裁，1999 年以來，
中共每年派出龐大的代表團參加日內瓦聯合國人權會議，以 2001
年為例，500 多人的代表團，每人按 1500 美元（機票加食宿），
僅此一項 5 年開支至少 3000 萬人民幣。更重要的是，為了讓各
國保持沉默，每次給亞非拉各國官員的行賄黑金都是天文數字。

為了威脅海外的法輪功學員，大批國安、公安特務還被派往
海外，收集法輪功學員的個人信息。美國法輪功發言人蓋爾·羅
奇琳（Gail Rachlin）女士的公寓被中共特工至少入侵過 5 次。很
多海外法輪功學員收到國安的騷擾。2002 年 6 月來自十幾個國家
和地區的一百餘名法輪功學員前往冰島抗議來訪的江澤民，被拒
入境，據冰島媒體披露，根據就是中共方面提供的黑名單。這個
黑名單必然來自中共間諜高昂的海外公務費。

為換取各國對迫害法輪功的沉默，江氏集團不惜出賣國家利

益，以簽訂各種協議，大事從事銀彈外交。

黑洞 7：鎮壓政策嚴重加深了貪腐

自從江氏集團鎮壓法輪功以後，借用類似「中央文革小組」特別權力機構的政法委、「610」，大肆違背法律。開始他們只是執行命令鎮壓法輪功，當但這些公檢法司裡面的人因出賣良知而得到好處後，他們貪婪的心因此膨脹放大，並擴散到其他行業和其他群體。比如很多警察把對付法輪功的酷刑手段用在訪民和異議人士身上。中共維穩經費逐年上升，其中不少流進政法委的貪官腰包。

「工業標緻 IDG」在 2001 年 3 月稱江澤民的兒子江綿恆這位「中國的電訊王子」用中國國庫的錢做生意；「他的手無處不在，到處染指；他建立的上海聯盟投資股份有限公司（價值 1 億4000 萬美金）占中國國企總投資資本的 16%。」賈慶林是江澤民主要幹將之一，他涉及中共建政以來最大的遠華走私案，賈在該案中至少受賄 1000 萬元，挪用侵吞了 12 億 8000 萬元國債專項建設資金。

上面這些只是江澤民集團迫害法輪功給中國經濟帶來巨大黑洞的冰山一角，至於對法輪功在法律、道義、社會、個體的摧殘，更是怵目驚心，可以說當代中國面臨的核心問題，就是江澤民發動了對法輪功的鎮壓，這個第二次文革，再度把中國拖入崩潰的邊緣。法輪功問題不解決，中國就沒有前程。

第二節

活著遭火化
女兒伸冤難於上青天

江錫清（前排右一）遭受暴打之後，還沒斷氣就被送入停屍間，火化前還被摘取了器官。女兒江宏（後排左一）是首先發現父親的臉還有溫度的人。圖為江錫清全家福舊照。（大紀元）

　　躺在太平間冷凍櫃裡的是江錫清，女兒江宏是首先發現父親的臉還有溫度的人，但是任憑她哀求呼救，仍很快被強行拖走。

　　對於他們一家人的哀號苦求，警察一臉漠然……

　　「一頓拳打腳踢之後，人還沒死就被送入停屍間冷凍室，火化前還被摘除了器官……」這不是虛構的電影劇本，而是發生在中國四川重慶的真實事件。死者江錫清是四川江津稅務局退休幹部。為了給父親伸冤，江宏可謂歷經千辛萬苦，後來，因為連請來的律師都被警察暴力毆打，才引起全國民眾的矚目，幾十名律師組成聲援團先後來到重慶，這就是著名的「5‧13」律師被毆事件。

走入修煉

江宏的父親江錫清是江津市稅務局的幹部。母親羅澤慧曾是一名幼兒園教師。他們共有 4 個子女，江宏是家中的長女。

上個世紀 80 年代，江宏的母親被強制做節育手術，由於手術條件簡陋，過程簡略粗暴，結果落下了病根。

1990 年，江宏一家人轉成城市戶口，搬去江津市居住。家人帶著母親到處求醫，卻沒有效果，母親只能常年忍受病痛的折磨。

1996 年，父母親經人介紹，開始修煉法輪功。母親糾纏多年的一身病，在修煉後不久，統統不翼而飛了。她一身輕鬆、步伐輕快。江宏說，那時，她們幾個走路都趕不上母親。而江宏的父親，變化就更大了，皮膚變得白裡透紅，人一下子年輕了十幾歲。看到父母的變化，江宏和她的妹妹，都先後修煉了法輪功。

入獄和講真相

1999 年 7 月，中共開始全面鎮壓法輪功，父親江錫清被強行送入洗腦班，「610」人員強迫他放棄修煉，還要他批判法輪功。但是，父親說：「我們全家受益了，怎麼能說謊？法輪功救了我老伴的命，我自己受益也很多，而且，李老師教人做一個好人、一個更好的人，這對國家有益啊。」看到父親的態度，單位就將他的工資降級，並專門安排人監視他。

除了迫害法輪功學員，中共政府還極力在各種媒體詆毀法輪功。為了讓世人了解法輪功的良善與遭迫害的真相，江宏和其他幾位法輪功學員開始製作真相材料，郵寄給政府機關和私人公

司，希望能透過自己力所能及，讓世人了解事實的真相。因為信封是手寫的，通過對筆跡當地公安局懷疑到了江宏。辦案警察逼江宏 7 歲的女兒承認是媽媽寫的信。江宏很快被抓走了，她一個人承擔了一切，之後被判了 3 年刑。

在派出所時，江宏對所長說：「你們還我師父清白。我們全家都修煉法輪功，每個人都身心受益，全家人都努力做個好人。我只是澄清事實，我沒做壞事，根本就不應該來這種地方。」所長理屈詞窮。

江宏在監獄時，父親多次被「610」抓去所謂「學習」。後來，區政法委書記萬鳳華還和江津稅務局一起，專門對父親開了一個批判會。像「文革」批鬥一樣，當著同事們的面，他們在父親脖子上掛上一個大牌子，並且強迫父親在批鬥會上一直保持筆直的站姿。

萬鳳華還帶人把江宏母親也抓去「學習」，強迫她腿伸得筆直坐在床上，稍微彎曲下腿，萬鳳華就狠狠打她。

從監獄出來後，江宏經常和父親一起出去講真相，她坐在摩托車後面，父親帶著她飛馳，父女倆去了很多地方，給從三峽遷過來的移民講真相，給父老鄉親講真相……，如今這些都成了江宏對父親的珍貴記憶。

父親之死

2008 年，災難突然降臨。江宏的母親在發材料時被抓了。但是，因為母親經常去遠處發資料，所以，當天家人沒想到母親出事了。

第二天，江宏去看父母。和父親說了一陣話，她就走了。離開後不久，警察就抄了江宏父母的家，並抓走了父親。

父母不見了，家人卻沒收到任何通知，一家人焦慮地四處打聽，最後才打聽到父親被關押在重慶北碚區西山坪勞教所。

2009 年中國新年，正月初二，江宏和弟弟妹妹去探望父親。父親的左右都是警察，時刻監控他們的談話。父親問起母親怎樣了？弟弟說，母親被判了 8 年刑，並且沒有任何正式的法律通知。父親聽了，痛苦地說：「8 年啊，太邪惡了！」就為了這一句話，父親竟然付出了生命的代價。

接見後第二天，一家人接到通知，說父親突發心肌梗塞死亡。警察把江宏一家人帶到一個殯儀館。殯儀館如臨大敵，周圍停了幾十輛警車，站滿了便衣警察。警察對她家人說，一次只能進 2 個人，每次 5 分鐘，只能看頭，手機和相機等都要上交。

父親的遺體被放在一個冰櫃中，獄警只拉出父親的頭讓江宏看。看到父親，江宏用手去摸父親的臉，一摸之下，卻發現父親的臉還有溫度。江宏一驚，馬上大喊：「我爸爸還活著，趕緊救人。」聽到她的喊叫，家人一下衝了進來，江宏和家人不顧一切地把父親整個拉了出來，發現父親的人中、胸部、腹部、腿部還有熱度，同時，看到父親身上有很多傷。

江宏和弟弟妹妹們忙著要給父親做人工呼吸，但是，衝進來幾十個警察把他們強行拖了出去，並將父親推回了冷凍室。江宏和弟弟妹妹不停地喊：「救救我爸爸！救救我爸爸！他身體還是熱的，不要再凍了！」但是，沒人理會他們。家人報了警（110），但是，警察沒有來。他們要求拿溫度計來，為父親量體溫，但是勞教所的一位幹事卻罵他們「沒腦殼」。後來，一位親屬質問那

人:「你有父母嗎?你還有人性嗎?」他才心虛地說:「反正我們手裡有死亡證明。」就這樣,一家人在寒風中站了大半夜,一顆心也隨著冰櫃中的父親冷到了極點。

去殯儀館的第二天,勞教所說,父親死於心肌梗塞。身上的傷是刮痧刮的,屍檢報告所說4、5、6節肋骨骨折,是心臟搶救時弄斷的。但是,當家人問為什麼人還沒有死就送入冰櫃,他們卻一直避而不答。

後來,江宏一家將驗屍報告寄給多位醫學專家,專家們一致說,成人在進行心臟復甦搶救時,極少會出現骨折,就是出現骨折,也是對稱骨折,絕不可能是4、5、6節骨折,而報告中左第5、6肋間及6、7肋間少許出血,恰恰符合被毆打的損傷。

就在家人準備請協力廠商醫學鑑定機構介入察看父親時,勞教所急忙將父親火化了。但是,更讓一家人萬萬沒想到的是,未經他們同意的事還不止火化這一件,在一次家人追問父親的死因時,一位官員說出令人震驚的話:「不相信自己去看,江錫清的內臟被摘下來做了標本,自己去看吧!」

從此,江宏一家踏上了漫漫的伸冤之路。

決心曝光罪惡

因為堅持為父伸冤,江宏和弟妹多次被「610」綁架,江宏的四妹被單位開除,一家人長期遭到盯梢、跟蹤、電話騷擾,不時被按門鈴、敲門、到單位恐嚇等,江宏的弟媳不堪騷擾,無奈與丈夫離婚。江宏更是成了重點監控對象。

後來,江宏找到了幾名曾和父親一起關押的人,他們說:那

天父親一接見完，管教就說江錫清接見時亂說話，然後，在管教的授意下，一群犯人用一床被子蒙住江錫清，開始暴打他，很快江錫清就被打得奄奄一息，再後來就被背走了。

和江錫清一起關押的一位法輪功學員說，在他被釋放前，勞教所專門辦了一個班，要所有和江錫清一起關押過的人統一回答：江錫清死於心肌梗塞。威脅說如果不按要求回答，一切後果自負。他被放出來後，一直有人盯著他。上次，估計江宏他們要過來找他，勞教所還出錢送他去旅行。

一個好人因為想澄清真相，就被抓起來，甚至被打死。江宏決心要曝光罪惡，制止惡行，去救人。她辭去了工作，從公檢法系統開始，一級一級、一個一個地找，一個一個地講。後來又是各級政府、人大、還有宣傳部門。那段時間，鞋子都走破了好幾雙。

「5．13」律師被毆事件

江宏和妹妹終於拿到了官方出具的父親死亡通知書，之後，江宏就開始著手請律師，打官司。最終，有兩家北京的律師事務所接了她的案子。

2009 年 5 月 13 日，北京律師李春富和張凱才到江宏的家，當地警察就上門了，江宏不給他們開門，他們就開始砸門，後來又吼叫著要找開鎖匠。此時，江宏的弟弟剛好回到家，一群警察就逼著他開了門。

一下子，幾十名警察湧了進來。兩位律師對警察說，他們這樣做是違法的，是私闖民宅。律師要求警察出示證件。警察一聽

惱羞成怒，嘴裡罵著：「老子就是要打你！」然後多個警察開始圍住律師毆打。

其時正是下午兩點，警察中有人抓頭髮，有人抓胳膊，強行將兩位律師按在地上，有人踩，有人踢，隨後把兩位律師的雙手用手銬反銬於後背。李春富的耳朵被打出血，眼鏡被打壞，衣服被扯破。

江宏弟弟勸警察文明執法，也遭警察暴力銬走，警察們連踢帶踹，兩歲多的孩子被嚇得大哭起來。

當時現場一片混亂，警察很瘋狂，再打下去兩名律師可能性命危險，江宏就一把拉開窗戶，對著窗外大喊：「我父親被警察打死了，我們請的律師也被警察打，救命哪，救命哪。」她大聲地喊著。警察瘋了一樣一把把她扯過來，凶狠地把她摔在地上，江宏當時就感覺半邊身體好像不能動了，多處青紫，胳膊抬不起來，疼痛異常，但她還是不停地喊。

江宏不停地喊叫，警察就暫停了打人，他們將兩名律師和江宏的弟弟銬起來，將他們帶回了派出所。離開前，警察還威脅江宏說：「再喊就把你抓起來勞教。」在派出所，警察又繼續將律師吊起來毆打。這就是中國大陸著名的「5‧13」律師被打事件。

當年耳膜被打出血的北京律師李春富認為，這個案子的家屬被剝奪了查明真相的權利，涉入這個案子的律師也遭受了非法的對待，包括暴打。同時，律師職業也受到了影響。李春富說，背後肯定有不公正的因素。

該事件引起全國律師的憤怒，幾十名律師組成聲援團先後來到重慶。聲援律師團在重慶待了約十天，但事件最終不了了之。

勞教所告饒尋求和解

援助律師離開之後，江宏家人又聘請了中國的另外 4 位名律師，蘭志學、韓慶芳、杜鵬和張傳義。

2010 年 3 月 2 日，江宏和三妹江萍陪同兩名代理律師蘭志學和韓慶芳到重慶第一中級法院，遞交了江錫清被迫害致死的立案申請書，之後，她們被警察強行帶走。警察說，只要保證不請律師就放人。

江宏在上海的四妹江莉為了給父親伸冤被原單位——上海航空公司開除。江莉在 2013 年中共兩會期間到北京提交議案和訴求時，被廣場派出所警察抓到「馬家樓」關押，隨後被劫回上海非法關押 9 天。

就這樣，儘管阻力重重，也從未得到過任何法律上的公正，江宏一家一直堅持著。最後，無法無天的重慶警察終於害怕了，他們特意指派了一名江宏家的熟人，去江宏家裡尋求和解，說他們想了結此事，讓他們一家人開個價。但江宏一家拒絕了。

古語說，蜀道難，難於上青天，如今中共治下，探尋公正的法治之路，比蜀道難還難。暗無天日的中國，何時才能見青天呢？

像江宏一家的悲劇十多年來在大陸到處都是，一億法輪功學員中很多都經受了這樣令人髮指的迫害，不過，最邪惡的還不止這些……

第三節

屍體流淚
一樁挑戰所有人尊嚴的慘劇

賀秀玲因修煉法輪功遭到當局迫害非法關押，被看守所以「腦膜炎」名義送醫院，在人還有呼吸的情況下就被送進太平間，家屬發現其後腰部纏繞繃帶，腎臟被盜。（圖片合成／《大紀元》）

　　2012年9月，一本揭露中共活摘人體器官牟取暴利的新書《國家器官》連續二周在加拿大溫尼伯市躋身最暢銷書排行榜。同時更多中國法輪功學員器官遭到活摘的黑幕被曝光，其中賀秀玲在還有呼吸的情況下就被送進太平間……

　　山東省煙台市法輪功學員賀秀玲因修煉法輪功遭到中共當局迫害被非法關押，並被看守所以「腦膜炎」名義送往醫院，在人還有呼吸情況下就被送進太平間。家屬發現其後腰部纏繞繃帶，腎臟被盜。賀秀玲的丈夫徐承本為妻子鳴不平，提出控告。警方得知後企圖以十萬元收買，令其不再上訴。徐承本不從，在網上曝光妻子被活摘器官後，第二天即被警方抓補。兩年後，徐承本在洗腦班去世時皮膚潰爛，知情者認為他被下藥，慢性中毒而死。

賀秀玲奄奄一息無人護理

2004 年 3 月 8 日賀秀玲被看守所送進煙台毓璜頂醫院就醫，院方稱其患「腦膜炎」。10 日下午 5 點多，賀秀玲的丈夫徐承本接到芝罘區「610」辦公室李文光的電話，詢問賀秀玲的病史，徐回答，賀什麼病也沒有。徐承本當晚 7 點多在醫院六樓腦神經內科 32 病房找到自己的妻子賀秀玲。

當看到眼前景象時，徐承本驚呆了。原本健康的妻子已經變得面目全非，奄奄一息，無法言語，一隻手卻被銬在床頭，手腕處有一層層的血痂和傷疤，但仍然可分辨是舊傷還是新傷。下身則赤裸並無遮蓋，在男男女女進出的病房實屬極大羞辱。當時她身邊不僅無人護理，也沒見任何治療。

徐承本問妻子哪兒不舒服？她用手摸胸口，徐扶她坐起，她喊痛，她的左眼已睜不開。賀秀玲吃力地向丈夫指了指自己的後腰。醫院診斷賀秀玲罹患結核性腦膜炎，徐不明白，為什麼妻子胸口痛，還指後腰。

賀秀玲示意自己很餓，徐承本要求給妻子吃東西，看守削了個蘋果讓賀吃了兩片，隨後即不讓她再吃，並給感冒沖劑。徐承本不明白，一個結核性腦膜炎的病人，醫院怎麼用感冒沖劑當藥方？徐承本要求給妻子餵飯，不被允許，要求陪床照顧，也不允許。並直接將他攆出病房。整個探視過程大約十幾分鐘。

人沒死被送停屍房 「屍體」會流淚

第二天（3 月 11 日）一早 7 點多，「610」的李文光再打電

話通知徐承本趕緊去醫院,當徐承本帶了些衣服到醫院後,李文光說賀秀玲已經死了,讓家屬去問醫生賀秀玲的死因,但卻不讓徐承本見自己的妻子,也不讓他幫妻子穿衣服。

上午 10 點多,親屬們匆匆來到醫院停屍房,見到賀秀玲下身赤裸,手腳溫熱,左眼明顯塌陷且略呈紫黑色。

徐承本還發現,妻子的後腰被繃帶纏繞著。而腦膜炎跟後腰傷口一點關係也沒有,為何那裡有傷口需要纏繃帶呢?引起了家屬疑心。賀秀玲的妹妹數年沒有與其相見了,她大聲哭喊:「姐姐妳怎麼這樣了?妳睜開眼看看我,妳這麼多年沒看到我了!」

喊聲未畢,賀秀玲的眼中「嘩」的流下兩行眼淚!接著親屬發現她的臉上出現很多汗珠。原來人還未死!親屬們趕忙到樓上找醫生來搶救。

「死者」活著 醫生撕圖紙奪門而逃

家屬上樓找醫生,請求他們幫忙救人,求了三次,總算有一名男醫生和兩名女護士帶著心電圖儀器姍姍而來。當親屬們看到心電圖上面跳躍的曲線,賀秀玲的妹妹大聲喊道:「看啊,看啊,人還有心跳你們就給送這兒來了!」

醫生聞言大驚,一把撕下心電圖紙,賀秀玲的親屬上前阻攔,跟醫生搶圖紙,該醫生帶著搶到的心電圖,奪門而逃。

在場的親屬們摸到賀秀玲還有脈搏,央求停屍房的工作人員前來察看。工作人員戴上白手套來摸了一下脈搏,確實有跳動,也感到很驚異說:「從來沒見過這樣的……」。

醫院拒救「死者」 610致電殯儀館拉人

親屬們在醫院裡四處哀求，卻一直沒有醫生願意搶救。他們到紅十字會、110、醫療事故科等處奔走求助，均無人肯救治。當親屬們四處去找醫生搶救時，醫院推託表示賀秀玲的主治醫生姓郭，已去濟南出差。下午，親屬們發現一輛殯儀館的車停在停屍房前，正在往上抬人，正是賀秀玲。

殯儀館的人表示，「610」打電話令他們將賀秀玲送去火化。在親屬們的極力攔阻下，一息尚存的賀秀玲才沒被送走。家屬強烈質疑：「610」為什麼如此急於火化尚有呼吸的人？！

對賀秀玲後腰的繃帶，醫院解釋是為賀做腰穿刺。親屬帶著病歷走訪幾位專家，專家們都一致認為腦膜炎根本不需要做穿刺，還肯定地說：根據病歷看，肯定不是穿刺。並指出病歷是被修改過的，其中也沒有記錄病危的搶救過程。徐多次到醫院要求提供賀秀玲的原始病歷都被拒絕。後來山東省檢察院把原始病歷取走。

家屬上訴 「610」開價10萬封口遭拒

3月13日（第三天）當親屬被允許再見賀秀玲時，她的心跳和脈搏已經消失，手腳冰涼，確認已經死亡。為防屍腐，徐承本與看守所人員的張福田簽訂協議，將遺體送到殯儀館冷凍，協議約定家屬可以隨時看望遺體，沒有家屬同意不得火化。

在徐承本強烈要求下，煙台市公檢法進行屍檢，但他們沒有提供鑑定報告的書面文件，只是敷衍的唸了一遍鑑定結果，即趕

走徐承本。家屬認為對方顯然在為芝罘區「610」及看守所推卸責任。

　　徐承本強烈質疑對方，沒有外傷為什麼要用繃帶纏繞腰部？徐承本從地方直到最高檢察院不斷上訴，並上網發文請求聯合國立案調查。期間，煙台公安局「610」多次派人當說客，企圖金花錢收買徐承本不再上訴。有一次甚至找徐承本的鄰居當說客勸說，「610」答應給付 10 萬元，不行可再加，只要不再上訴就行，但遭到鄰居拒絕。

賀從咽喉到小腹劃一大口又簡單縫上

　　7 月 8 日，山東省公安廳、山東省檢察院來到煙台重新做屍檢。這一次，仍然是由法醫讀了一遍鑑定報告，稱「610」及看守所沒有責任，徐承本索要鑑定報告仍然遭到拒絕。並且不允許家屬拍攝遺體照。當時現場 10 多人，包括山東省公檢法、煙台市公檢法、市公安局、「610」、及在洗腦班負責酷刑逼供的劉國堯等。

　　賀秀玲的遺體在冰凍期間，不允親屬探望，只在兩次屍檢前讓看了一眼，就被攆出去，更不許碰觸遺體。第一次屍檢前，徐和兒子首次見到了冰棺裡的親人。第二次屍檢前，徐承本和妹妹一同見到遺體，當時賀全身赤裸，從咽喉到小腹劃開一道大口子又簡單的縫合上，見到慘狀，徐承本當場大口吐血，妹妹不禁痛哭失聲。

曝中共活摘罪行 丈夫妹妹全被抓

據知情者稱：賀秀玲以「腦膜炎」入院，實際是作為腎臟的活供體，被摘取了腎臟，而且，從眼部異常來看，也可能同時被摘取了眼角膜。因為腎臟不是最主要的臟器，被摘取後，賀秀玲並沒有立即死亡，在奄奄一息中痛苦煎熬著。而「610」安排了自以為天衣無縫的計畫：派人以看護為名監視她，不打針、不吃藥，也不給吃喝，等待她衰竭而死，並施用了使其無法說話的藥物，待臨死前與其親屬見一面，給親屬一個「交代」，然後待其心臟停跳，即向親屬通知死訊，迅速火化遺體，這樣一個活摘的罪行就被所謂腦膜炎病死的假相給掩蓋了。

只是中共「610」沒有想到，賀秀玲在停屍房又有了心跳、脈搏、還流了很多汗，尤其是在親人的呼喚下流下了眼淚，由此揭開了這個慘烈真相的序幕。

2006 年春，中共活摘法輪功學員器官的罪惡在海外曝光後，4 月 4 日，「赴中國大陸全面調查迫害法輪功真相委員會」成立。

4 月 19 日，徐承本在網上發文，認為妻子是被活摘器官致死，並敦請國際人權組織到煙台，對賀秀玲的遺體重新屍檢，查明死因。文章公開發表的第二天，4 月 20 日，徐承本被警方突然抓捕，同時被抓的還有賀秀玲的妹妹。

在洗腦班被暗中服食 破壞神經中樞藥物

徐承本和賀秀玲的妹妹隨即被投入「610」私設的監獄——洗腦班。在那裡，他們被 20 到 30 個人圍住打罵，被逼迫放棄信

仰，目地不僅是阻止其聯繫海外調查團，而且要他們同意火化遺體，遭到二人拒絕。

徐承本多日不被允許睡覺，也不給吃飯喝水，他依然堅定信仰。據一位看守者說：「徐五天五宿沒吃、沒睡，還健壯得像頭牛，幾個人按都按不倒。」洗腦不成，「610」又把徐關進以更加邪惡凶殘而聞名的招遠洗腦班，那裡不僅酷刑手段凶殘，並且暗中讓法輪功學員服食破壞神經中樞的藥物，以迫使他們放棄信仰。

隨後徐承本迅速消瘦，原本身高一米七八，體重 170 斤，數月後親友再見他時，他僅重 100 多斤，像一副骷髏架子，模樣令人驚駭。他的意識常常模糊，頭腦不清醒，不僅放棄了信仰，也放棄了追究妻子的死因。

「610」威逼利誘賀子稱火化換其父自由

「610」找到賀的獨子徐輝，他們從徐承本那裡搬來了印表機、電腦等為「物證」，威脅要將徐承本判刑，他們稱，如果徐輝簽字同意將母親遺體火化，就可以放他父親回家，並給 5 萬元錢。

他們問徐輝：「你要火化？還是要你爸？」徐輝在壓力下被迫簽字，同意將母親的遺體火化。隨後，「610」給了徐輝 5 萬元。

6 月 20 日，賀的遺體被火化。火化當天，現場來了許多警察，有幾個警察緊緊尾隨徐的兒子和家人，當賀的妹妹哭訴時，幾個警察將她迅速拖走。

徐承本慢性中毒而死

2008 年初，徐承本突然死亡。2 月 26 日這天，徐承本忽然從德州給親屬打電話，聽起來還好。第二天，親屬接到徐的死訊。當親屬為他的遺體穿衣時，發現皮膚已經潰爛，所穿的襯衣和皮膚粘在一起，親屬詫異，找來法醫做鑑定，鑑定結果為中毒身亡。

雖然法醫含糊地說是煤氣中毒，但種種跡象使親友懷疑，認為「610」為了讓徐承本封口，而施以藥物迫害，讓其慢性中毒而亡。

根據國際人權組織對煙台毓璜頂醫院的調查，該醫院移植中心的成員稱，一年最少做 160 至 170 個腎移植手術，而且腎源充足，供體健康，曾給外國人移植。但是，對於供體的來源，卻避而不談，即使在醫院內部，也諱莫如深。

隨後，活摘器官——這一挑戰人類道德底線的惡行正隨著核心要犯薄熙來下台、王立軍被捕、薄谷開來被判刑而浮出水面，罪惡真相全部曝光，震驚全球。

第四節

獨家！今日中國的百萬人被殺案
——追查國際：江澤民下令活摘法輪功學員器官殺戮上百萬人

活摘罪惡屬於國家行為，政府犯罪。從獲取的 5 類 35 個調查錄音證實，是江澤民親自下令，中央常委、中央軍委等高層涉入，在全國範圍進行。（新紀元合成圖）

　　2015 年 6 月 20 日，總部設在美國的非政府組織「追查迫害法輪功國際組織」發表震驚全球的調查報告《追查國際大量證據證明：活摘法輪功學員器官是江澤民親自下令的全國性的群體滅絕大屠殺 涉嫌殺戮人數超百萬》。該報告如同二戰時期第一個報導納粹集中營殘害上百萬猶太人的「弗爾巴 - 維茲勒報告（Vrba-Wetzler Report）」一樣，在全球震驚之餘，善良的人們不敢相信當今社會人類怎會再度出現這麼慘烈的群體滅絕性大屠殺。

　　「追查國際」的負責人汪志遠接受《大紀元》採訪時指出，這個數據是任何正常人都難以想像的，正如著名人權律師大衛・麥塔斯所說，「這是這個星球上前所未有的邪惡」，它超出了人類的認知和想像，大家不要因為它前所未有就不願正視現實。

他介紹說，這個報告經歷了 9 年多的調查，2006 年 7 月 6 日，加拿大兩位大衛公布《中國活體摘取法輪功學員器官指控的報告》的第二天，「追查國際」就開始調查了。「追查國際」做了數千個電話調查，查詢了全中國近千家醫院，對其中 865 個參與器官移植的醫院做了詳細調查，最後「追查國際」得出的結論是：

中共活摘法輪功學員器官是由時任中共軍委主席江澤民親自下令，以江澤民、羅幹、周永康等中共中央和中央軍委高層涉入，全國軍隊、武警和各省市整體參與的大屠殺。僅因活摘取器官而被殺戮的法輪功學員最低數量涉嫌超過百萬。這是一場對普通民眾的群體滅絕性國家行為。江澤民集團犯下了群體滅絕罪、反人類罪。這結論包括了四大方面信息。

這是國家行為 江澤民是第一罪人

結論一，活摘罪惡屬於國家行為，政府犯罪。從「追查國際」獲取的 5 類 35 個調查錄音證實，是江澤民親自下令，中央常委、中央軍委等高層涉入，在全國範圍進行，動用了軍隊、武裝警察、公、檢、法、司和政法委系統，以及全國所有的器官移植機構。

這些親口證言來自 4 名中共政治局常委、1 名軍委副主席、1 名政治局委員、1 名中央軍委委員原國防部長、1 名解放軍總後勤部衛生部長，多名政法委高級官員，20 多名醫院移植科醫生等。所有證言都有錄音可供下載驗證，都是獨立的直接證據可證明中共活摘法輪功學員器官的存在；又可互相印證，互相支持，整體合起來，最終形成一個強大的證據鏈，共同指證此罪惡。

比如，中共解放軍後勤部衛生部長白書忠在電話調查中說，是江澤民批示要求開展對法輪功的器官移植利用，薄熙來在德國出訪時也親口對調查員說，活摘法輪功學員器官「是江主席下令的！」

大陸器官黑幕，不是某些媒體宣傳的民間犯罪團體所為，而是官方行為，國家犯罪，是利用整套國家暴力機器進行的反人類大屠殺。

受害者的主體是法輪功學員

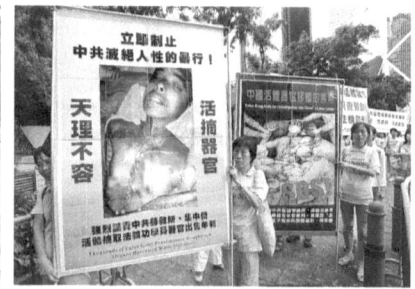

中共活人器官供體庫的背景來源，是數百萬被非法抓捕失蹤的上訪不報姓名的法輪功學員，他們是活摘器官大屠殺的主體受害者。（明慧網）

結論二、活人器官供體庫的背景來源，是數百萬被非法抓捕失蹤的上訪不報姓名的法輪功學員，他們是活摘器官大屠殺的主體受害者。

1999 年江澤民集團迫害法輪功之後，數百萬上訪者被非法抓捕失蹤，隨後全國器官移植爆炸性增長。中國器官的豐富，達到 1 至 2 周就可以配型做手術，創造了世界奇蹟，到 2005 年底就吸

引了數萬國外器官旅遊的人，直到 2006 年 3 月被證人指控大量活摘法輪功學員器官，許多事情轉入了地下，但至今活摘法輪功學員器官的罪行還在繼續，因為迫害並沒有停止，政策也沒有改變。

有人說是否這裡面有流浪漢、失蹤人或者賣腎的人等其他非法輪功學員，汪志遠回答說，那些都是少數，因為「追查國際」調查時直接詢問的就是法輪功學員器官，「追查國際」大多以病人家屬朋友的身分去諮詢，點名道姓就是要法輪功學員的器官。而且那幾個中南海高官都是問他們法輪功器官的事，李長春親口說，這事是周永康負責，找周永康，前不久張德江當被問到周永康是否在活摘法輪功學員器官問題上供出曾慶紅這個問題時，張德江沒有否認活摘器官這事，只是說，他在印度，用手機談論這樣的話題不合適，等回國再談。

另外，大陸每年的失蹤人群數量約 60 萬，這無法撐起中國器官移植的蘑菇雲一般的巨大增量和增幅。瀋陽一個醫生還親口說，街面上的那些賣腎的廣告根本沒有用，因為他們內部有用不完的器官供應，根本不需要從外面買。

「追查國際」還有人證，比如遼寧錦州的一位持槍武警，2002 年 4 月 9 日在瀋陽軍區總醫院 15 樓的一間手術室內，親眼看到瀋陽軍區總醫院的 2 名軍醫，在 1 名女法輪功學員完全清醒的情況下，沒有使用任何麻藥，摘取了她的心臟、腎臟等器官，他作為持槍警衛目擊了活體摘取的全過程。

1999 年江澤民發動對法輪功的鎮壓後，每天全國各地成千上萬的法輪功學員到北京上訪，北京公安局根據饅頭銷售量的大增，推算出每天在北京的外地法輪功學員就上百萬人，上訪持續

了一、兩年，全國所有監獄勞教所都關不下了，中共就把很多上訪不報姓名的法輪功學員祕密關押到地下集中營，用代號管理，做為活人器官的供體，隨時需要，隨時摘取。

中共不但殺人，還把他們的器官割下來賣錢，這是人類從未有過的罪行。《大紀元》也報導過，瀋陽一位老軍醫曾祕密舉報說，他知道的祕密集中營就有 36 家，比如吉林那個代號 672-S 的集中營，就關押了至少 12 萬法輪功學員。

中國是器官等人的反向匹配

在哈佛大學做醫學研究的汪志遠還解釋說，他們調查的協力廠商方面的結論是，七大證據證實中國器官移植是反向配型，證明活人器官供體庫的存在，基數涉嫌數百萬。

汪志遠介紹說，只有在人體死亡後 15 分鐘內把器官摘取出來，並馬上放在含有營養液的零下 30 多度的冷凍環境中保持，並在 6 至 24 小時的冷缺血時間之內移植到另外一個活體中，在這些條件都滿足的情況下，器官才有利用價值，不是人們想像的那些車禍、非正常死亡情況下就能用的，除非醫生等在旁邊的那種，如腦死亡判定，或有意要摘取器官的，其他情況都無法用於器官移植。

而且器官要細胞組織結構相互匹配才能用，新器官在進入另一個人體後才不與病人身體產生強烈的排斥。在沒有血緣關係的人群中，非親屬器官捐贈的組織配型的匹配率大約 6.5％，因此，每年施行數千至上萬的器官移植需要從十幾萬到幾十萬無血緣關係的人群中尋找組織配型吻合者。

由於這些限制，加上 2006 年之前，在中國親屬活體捐獻僅0.5％；腦死亡供體總共只有 9 例；每年的死刑執行數，「根據大赦國際的記錄，在 1995 年和 1999 年之間被處決的囚犯的平均數量是每年 1680 人。在 2000 年和 2005 年之間是平均每年 1616 人。這些數字每年都會回彈，但整體平均數字在迫害法輪功的前後是相同的。

中國人體器官捐獻體系試點 2010 年 3 月才開始，中國公民身後器官捐獻率僅約 0.6/100 萬人。器官個體買賣只有幾例，中共官媒高調報導，但數量很少，也沒有官方後續處理結果，不可能構成解釋每年高達萬例次移植量的來源成分。

特別是鎮壓法輪功後，中國器官移植手術的數量呈現蘑菇狀的劇烈增加，那麼豐富的器官來源，令中國的器官移植等待時間超短，別的國家要等 3 至 5 年，在中國只要 1 至 2 周就能拿到組織匹配的器官，這只能說，國外是人等器官，中國是器官等人，來一個病人，只要交錢了，就能找到匹配的器官，學術界把這叫做「反向匹配」。

官方壓縮移植量 10 至 20 倍

採訪中汪志遠說，人們最關心的是被屠殺的死亡人數的定量，這百萬級是怎麼得來的。「追查國際」從兩方面介紹。

第一，「追查國際」通過大數據逐個調查和實證分析，發現中國醫院器官移植的實際數量是官方公布數量的 10 至 20 倍，這是中共的潛規則，他只報導真實數據的十分之一或二十分之一。

調查中「追查國際」發現，中國至少有 3 套器官移植數字，

第一套是中共衛生部對外發布的所謂移植總數，第二套是各家醫院公開發布的移植數，第三套是真實的移植數。主要的器官移植是由軍隊和衛生部嚴密控制的一些核心地方醫院和軍方醫院完成的，真實肝腎移植量是醫院公開發布數量的 10 至 20 倍，而醫院公開數據則是中共衛生部發布的所謂總移植數量的大約 3 倍。

比如說，北京大學人民醫院：公開資料平均每年約 162 例，但 2013 年 9 月，北京大學器官移植研究所所長、北京大學人民醫院肝膽外科主任朱繼業接受《中國經濟周刊》採訪時講，2010 年展開試點工作之前，「我們醫院曾在一年之內做過 4000 例肝腎移植手術，這些器官來源全部是死刑犯人。」根據現有官方公開資料修正後得到的，該醫院腎肝移植數量，截至 2014 年 12 月的修正肝腎移植量 2435 例，2435 除以 162，實際移植數量相當於公開公布數量的 24 倍。

南京軍區總醫院至少在 2004 年一年的腎移植就已經超過了 1000 例，而公開報的移植數量僅 100 例左右，這也隱瞞了 10 倍。再舉例說，據《The Asia-Pacific Journal: Japan Focus》證實，日本器官移植患者協會主席鈴木先生調查發現，中國的一家醫院 2005 年一年就做了 2000 例器官移植，但官方只公布 200 例，相差 10 倍。

解放軍第 309 醫院腎移植的真實移植量超過每年 3000 例，但該院稱每年腎移植例數近 200 例，實際與公布量相差 15 倍。前衛生部副部長黃潔夫所在的協和醫院一年的肝移植量 1500 至 3000 例，作為全國最著名的醫院，詭異的是，大陸所有的論文檢索網站已經沒有該醫院關於肝移植的論文，醫院的官方網站也刪除了所有的與肝移植數量相關的網頁。

武漢同濟醫院被媒體報導每年移植量數千，而且該醫院醫生親自對追查國際調查員承認使用法輪功學員器官，「追查國際」保守計算出該醫院腎移植 2000 年後每年 3110 例，但他只公布了 207 例，實際與公布相差 10 多倍。「追查國際」就這樣逐個對 800 多家醫院進行了對比調查，基本得到 10 至 20 倍這樣的隱瞞程度。

給《大紀元》爆料的瀋陽老軍醫也提到過，他經手的案例，官方對外是壓縮了 11 倍左右。

每年 40 萬例的肝腎移植總數

調查中「追查國際」逐個分析了從事肝、腎移植的 714 家醫院（共發現 865 家器官移植醫院），保守統計，這 800 多家醫院做的肝腎移植的總量超過每年 40 萬例。這個靠累計得來的每年 40 萬例的肝腎移植總數，也可從另外一個角度加以印證。

「追查國際」調查了 10 大城市約 20 家地方醫院每年每家肝腎移植量就達 2000 至 3000 例，每年共 4 至 6 萬；較小的器官移植中心移植數量也超乎想像，80 家肝移植中心，肝移植總量高達每年 5 萬；還有軍隊多器官移植的醫院有 40 所，肝腎移植量高達每年 10 萬以上。這三個數字加起來就是每年 20 萬例，但這只是 140 家醫院的肝腎移植量，若計算 865 家醫院的移植量，至少翻一倍，哪怕只以 2001 年初到 2006 年底這 6 年來計算，也是（20+20）×6=240 萬例。（中共頒布所謂器官管理條例是從 2007 年 1 月 1 日開始實施的。）

至少上百萬人被殺 至今仍在繼續

　　從移植手術的數量推算被活摘的人數，假設中共把能得到的器官都利用起來了，也就是殺 1 個人取出他的肝臟給同 1 個病人做全肝移植，同時把左右兩個腎臟分配給 2 個不同的病人，那被殺人數就是肝腎移植總數除以 3，240 除以 3 就是 80 萬。

　　但由於中國沒有全國統一的器官匹配網絡，加上地域廣、交通運輸跟不上，比如在東北殺了一個法輪功學員，在瀋陽做了肝移植，即使能知道雲南有個病人的組織匹配能用上這個供體的腎臟，但由於沒有飛機加上從 2 個地方到機場的汽車運輸，能保證在 15 小時內把冷凍缺血的腎臟從瀋陽運到雲南，這個腎臟也就作廢了。在中共移植大會上，他們公開談論中國器官利用率太低，因此除以 2 或 2.3 都是非常樂觀的情況。240 除以 2 就是 120 萬人被殺，除以 2.3 就是 104 萬。若除以 1.5，那就是 160 萬人。

　　前面是假設 2007 年後到 2015 年的這 7 年中，中共不再使用法輪功器官，《南方周末》一度報導 2007 年上半年有些器官移植醫院生意量大大降低，但人們沒注意的是，追查國際調查發現，2007 年後這 7 年，大陸醫院的器官移植數量並沒有真正降低太多，有一個醫生 2015 年時還承認，他剛用了一個法輪功器官。

從肝移植推算出最低死亡人數

　　由於肝移植的技術難度是腎移植的 6 倍，大陸做的屍肝移植都是全肝移植，只有親屬間的肝移植才是切除部分肝臟來做活體移植。也可用肝移植的數量來計算出被殺害人數的最低值，哪怕

有個別賣腎的，但絕不會有賣全肝的。

「自由亞洲電台」2014 年 8 月 18 日報導，剛剛參加了 2014 年世界人體器官移植大會的某大公司副總裁林女士，長期關注中國器官移植的道德和倫理問題。中國每年實際進行的器官移植數量龐大，遠遠超過政府公布的器官自願捐獻和死囚器官數字。她介紹說：「我親自問過一個中國肝移植的專家，他的醫院 3 個月做了 100 例，而且他的醫院還不是大城市的醫院，如果乘以 50 個移植中心，1 年就有 1 萬 8000 例。」

當時中國有 80 家肝移植中心，其中國家級中心 35 個，省級中心 45 個。其中省級中心的肝移植量，如果是林女士說的 1 年 400 例，國家級的大中心 1 年 1000 例，那麼 1 年的總量就可以達到 5 萬 1000 例，這幾乎是中共過去 15 年報的肝移植總量，甚至超過「追查國際」通過補充時間段得到的全部的 9 萬例的一半。考慮到中國醫院的肝移植技術全面成熟是在 2004 年後，10 年的肝移植總量可能就高達 50 萬例，也就是說，至少 50 萬人被殺。

再加上因技術不夠的地方醫院，只利用了腎臟而沒有利用肝臟的，被殺人數還會增加很多，估計至少也是在幾十萬以上。

由於中共封鎖信息，外界很難得出一個精確的被活摘器官的法輪功學員死亡人數，人們應該朝中共要真相，而不是針對民間抗議團體的數字準確性。相反，這是世界各國各大社會組織的責任。

汪志遠最後還介紹說，他們的這個調查報告，採用了大數據實證調查方法，他們檢索、閱讀、比較了各個醫院相關的幾十萬份各種報導、醫生的論文，通過嚴格的多重邏輯分析、交叉驗證、大量信息研究，每一個數據都有詳細的出處，每個證據都能獨立

地證實結論，這些證據互相組合成了一個強大的證據網，而且最低是用2種以上的驗證方法來論證，為使最終的結論經得起考驗，而且在數據上都只給出了保守的低限，真實情況可能比這還要慘烈。

卓有成效的獨立調查團隊

追查國際自從2003年1月成立以來，完成了對中共迫害法輪功的系統性調查，截至2014年7月1日，共發表了針對司法、宣傳、教育、文化、海外滲透等各個領域的251篇系統調查報告，共170多萬字，列舉證據5300多條，大量的確鑿的證據證明，中共對法輪功迫害是屬於系統性的和群體滅絕性的犯罪；發布了5000多個追查通告；發布了7批追查名單，涉嫌犯罪的責任單位責任人總計：「610」系統3532人；政法委系統4147人；涉嫌參與活體摘取法輪功學員器官的865個醫療單位，醫務人員9500人；其他因參與迫害法輪功學員，而被追查國際立案追查取證的有1萬2670個責任單位和3萬2394個責任人。

同時他們協助司法起訴，完成了對多個迫害元凶如江澤民、羅幹、周永康、劉京、薄熙來等的調查，同時成立了「全球監視追蹤系統」，在70多個國家近300個城市建立了網路系統，有效地監視追蹤了在中國大陸參與迫害法輪功的中共各級黨政官員，尤其是那些涉嫌布署、抓捕、洗腦、虐待、酷刑和謀殺法輪功學員的凶手，和直接參與信息封鎖、輿論煽動、非法判刑的責任人，有力地幫助了受害人在罪犯出國期間對其採取法律行動。

作為一個非政府組織，追查國際依靠自己的力量把對法輪功

的迫害調查進行到這一步了，剩下的工作將是各國政府、全球媒體、世界警察進一步調查的內容。汪志遠表示，面對屠殺 200 萬無辜民眾的罪行，每個有良知的地球人都應該站出來主動調查、舉報、控告江澤民邪惡集團犯下的罪行，只有這樣，當年人類在希特勒的奧斯維辛集中營前的發誓：反人類罪行永遠不再發生（NEVER AGAIN）才真的能兌現。

追查迫害法輪功國際組織

World Organization to Investigate the Persecution of Falun Gong

電話：347-448-5790；傳真：347-402-1444

郵址：P.O. Box 84，New York, NY, 10116 USA

舉報信箱：http://www.zhuichaguoji.org/node/3387

網址：http://www.upholdjustice.org/, http://www.zhuichaguoji.org

李克強整頓股市內幕

第七章

李克強推不動的
經濟改革

目前，中國經濟已由中共權貴完全把持，尤其控制壟斷國有企業，攫取國家基礎資源及全民財富，造成當今的非正常經濟市場格局，中國經濟危機將全面爆發，非李克強主張的經濟改革所能挽救。

（Getty Image）

第一節

李克強搞錢荒改革失敗

2013 年 6 月的中國銀行業錢荒,是李克強為抑制銀行投機放款的舉措。在江澤民腐敗治國 10 年中,金融系統早已「碩鼠」橫行,「錢袋子」千瘡百孔。(AFP)

　　2013 年 6 月 20 日,足以載入中國銀行間市場史冊。當日大陸銀行間隔夜回購利率最高達到史無前例的 30%,7 天回購利率最高達到 28%,而近年來這兩項利率往往不到 3%。6 月 21 日,30 天到期的上海同業拆借利率飆升到 9.698%,是 2007 年 8 月美國次貸危機爆發後國際銀行間 30 天最高借款利率的 1.76 倍。業內將這一現象比喻為「銀行間互放高利貸」,並認為銀行流動性非常緊張,俗稱「錢荒」。儘管中共中宣部下令禁止使用和報導錢荒,但此事的影響是巨大的。

「李克強經濟學」初見端倪

　　2013 年 6 月 8 日在中國銀行業錢荒出現之際,中共國務院總理李克強表示:「要通過啟動貨幣信貸存量,支持實體經濟發

展。」儘管市場資金面信心受挫，但李克強6月19日在國務院常務會議上依然宣布：「把穩健的貨幣政策堅持住、發揮好，合理保持貨幣總量。」「用好增量、盤活存量」。此語一錘定音，徹底澆滅了市場對央行「放水」的盼望，而央行也以實際行動表明了不放鬆的態度。

此舉令外界普遍認為「李克強經濟學」的金融新政和貨幣思路已初現端倪。面對「錢荒」與「股災」，李克強一反常態，採取「減少干預」的態度，令外界跌破眼鏡。這也許預示著自2008年以來的經濟刺激政策將徹底結束。

「不干預」的原因非常簡單：大陸金融市場並不缺錢。央行數據顯示，截至5月末，中國廣義貨幣M2的逾額高達104.21萬億元，同比增長15.8％；而前5個月社會融資規模也高達9.11萬億元，同比增加3.12萬億元。總體而言，貨幣供應不僅沒有收緊，反而仍然處於較寬鬆狀態。如此規模的貨幣放在任何一個國家都不算低。

不缺錢與「錢荒」同時存在的矛盾現象，關鍵在「空轉」二字。自2008年量化寬鬆以來，透過大大小小的融資平台，各種債務開始狂飆突進。與次貸危機發生前的美國幾乎一樣，大陸各種金融機構盲目擴大槓桿，大量資金在金融實體間「空轉」套利。

大陸一般每到月末、季末、年中和年底這些時點，銀行的資金都會比較緊張。這次除了常規的時點因素，外匯占款的大幅減少、短期信貸的快速擴張和央行的政策意圖都是「錢荒」的推手。

據說李克強此舉是為了先管好銀行，一方面抑制投機行為與浮濫放款，另一方面是迫使銀行強化資產配置，由對經濟實際貢獻少的區塊，特別是國營企業，轉向更有活力的中型、小型、微

型企業。

國有銀行的暴利

中國銀行業被稱為中國 20 大暴利行業之首。2012 年中國國有企業實現的總利潤為 2.2 萬億，中國銀行業 2012 年實現淨利潤 1.2 萬億，占所有國企利潤的六成左右。2012 年中國近 2400 家上市公司實現利潤 1.95 萬億，比 2011 年略有下降；但滬深股市中 14 家上市銀行的利潤就有 1.02 萬億，占 52％以上。

中國銀行業的利潤來源主要為存貸款利差、各種收費項目、傭金收入和資產類業務，專家把這三項業務形象的比喻為「高利貸、亂收費和拉皮條」。中國銀行業近 70％的收入來源是特權保證的存貸款利差收入。

據銀行業內部人士披露，由於中國百姓投資管道狹窄，無奈只能把錢存銀行。銀行體系內的 70 萬億元存款，以負利率的方式為銀行業貢獻了超額利潤。有研究表明，過去 3 年間，因利息剪刀差從儲戶手中實現的利益輸送，相當於目前社保基金的總額。

由於國家長期保護偏袒，國營企業從銀行拿到資金根本多到用不完，結果國企自己就成為影子金融的玩家，搞起了財務公司、做起放貸生意。據《國企》雜誌稱，統計 115 家中國央企官方網站公開的信息，至今已有 61 家正式成立財務公司，占央企總數一半以上，這些大型國有企業成了資金的「二道販子」。一位原銀行業官員稱，銀行本來是為實體經濟服務的，對照當下大陸實體經濟的困難，畸形的銀行高利潤是在發「國難財」。

李克強的無奈選擇

如今的中國與上世紀 80 年代由信貸驅動的日本經濟繁榮驚人的相似。信用評級機構惠譽（Fitch）認為，過去 4 年中，中國信貸相對於經濟增長的擴張速度，遠超過上世紀 80 年代末日本信貸最高峰時的速度，也超過了韓國陷入 1998 年危機前 4 年裡的放貸速度。最廣泛的信貸指標「社會融資總量」今年增長 52％，同時純信貸增長是經濟增速的兩倍。

北京當局早就意識到泡沫經濟的危險性，趙紫陽、溫家寶都致力於給泡沫經濟降溫，不過都失敗了。2008 年溫家寶採取緊縮銀根的辦法，想把泡沫慢慢擠破，哪知來了場國際金融海嘯攪局，令其經濟改革無法進行，由於政治需要，還被迫採取了相反的做法：投放了四萬億來刺激經濟。

李克強上台後面臨兩種選擇，一種選擇是把之前的經濟泡沫再接過去，精心維護，最遲能維護到 2015 年或 2016 年，但那時就是一個更大的危機。第二種選擇就是上台之後，很快把這個泡沫給破掉。破掉之後會帶來一段時間的痛苦，但對於新的領導人來說是好事，因為責任是前任造成的。顯然目前李克強擇了第二種，才藉這次機會促使錢荒發生。

金融權貴盤根錯節 錢袋子千瘡百孔

有跡象顯示，這場錢荒背後有習近平、李克強、王岐山聯手同權貴集團和地方諸侯在金融業混戰的影子。在江澤民腐敗治國 10 年中，金融系統早已「碩鼠」橫行，「錢袋子」千瘡百孔。

比如 2007 年 6 月由上海證券交易所及其高管劉嘯東設計製造的招沽權證案，是中共證券金融史上第一大醜聞，涉案金額高達 1 萬 2000 億元人民幣，約 50 多萬中國大陸股民因此傾家蕩產、血本無歸，直接損失 228 億元人民幣，間接損失 500 多億元人民幣。幕後操縱何時暴漲暴跌的人是江澤民的大兒子江綿恆。江綿恆通過劉嘯東的具體操作，將股民的錢送入江氏家族腰包，再通過劉轉移海外。

2011 年江澤民的孫子江志成（Alvin Jiang）共同建立了博裕投資顧問有限公司，這家私募基金至少要籌集 10 億美元用於在中國市場進行收購。原中共副總理曾培炎之子曾之傑（Jeffrey Zeng）是北京「開信創業投資管理公司」總經理兼管理合夥人，同時也是中特物流股份公司董事長。

劉雲山的兒子劉樂飛，是「中信產業基金」的董事長兼 CEO。此前，劉樂飛曾是中國人壽投資部總經理和首席投資官，管理過 1 萬億元人民幣的資金。中信產業基金由中信證券和中信集團創立，於 2008 年 6 月成立。

2006 年吳邦國的女婿馮紹東幫助美林證券獲得了一項高達 220 億元的工商銀行公開上市交易，這也是世界上第二大的 IPO 交易。

周永康的兒子周濱在原四川省委副書記李春城的幫助下，利用擁有部分五糧液和國窖白酒股份的四川信託，用 2 億元「投資」就竊取了 70 億的國有資產。

高壓下被迫收兵 無奈引民資入銀行

這次錢荒本來李克強想讓央行挺住不放水，給各個熱中於以錢生錢的商業銀行一個教訓。但隨後中國股市遭砸盤飛流直下，從 2000 多點兩天內下跌到 1849 點，股民怨聲載道。在巨大的壓力下，6 月 25 日，央行已向一些符合宏觀審慎要求的金融機構提供了流動性支持，央行定向放水給一些聽話的大銀行，被業內人士稱為「最終還是奶媽」。至此，李克強敲打金融業的第一回合行動不得不暫時收場。

面對學生李克強在改革當中遇到阻力，李的導師、北京大學著名經濟學家厲以寧撰文稱，必須「知難而進」，並且警告拖延改革會付出更大、更沉重的代價，力挺李克強的經濟改革措施。6 月 29 日，李克強借銀監會主席尚福林的嘴表示，將允許民營資本進入銀行業。

過去幾十年大陸民營中小企業對資金極度渴求，由於在正規銀行無法借到錢，民企不得不到地下錢莊謀求出路。深圳合法註冊的民間擔保機構不到 200 家，但實際從事民間借貸的擔保或投資諮詢公司卻多達兩、三千家。有借貸之城稱號的溫州，地下錢莊已公開或半公開化。

李克強要引民資進入銀行業也是被逼出來的。前阿里巴巴總裁馬雲表示，中國金融行業也需要攪局者，「如果銀行不改變，我們改變銀行。」

第二節

中國經濟是怎麼淪落的

　　中國的經濟確實是一個很獨特，也很奇怪的現象，從西方學術界看中國經濟，如果這些問題都出現在一個國家，那這個國家的經濟早就該崩潰了，但中國還是在支撐著，支撐的讓人覺得很奇怪。許多人也因而誤認為中國經濟很有活力，很有生命力。

從蘇聯引進計畫經濟

　　中國經濟從中共 1949 年奪取政權以來， 50 年代開始用的就是所謂的計畫經濟，從蘇聯那裡全套搬過來，前十年確實發展的非常快。大量的從蘇聯引進工業機械設備和企業，但這也是一種扼殺性、掠奪性的辦法，具體做法是把農產品的價格壓得非常低，用低價收購農民的糧食，出口到蘇聯換取機器、機床、軍工產品，然後大力發展重工業，犧牲了很多農民的利益來發展工業。這個中央計畫經濟的模式過了一段時間，到了大躍進的時候就出現了

很大的問題，到了 70 年代以後開始出現更大的問題。

例如美國的經濟非常複雜、非常龐大，每年生產 15 ～ 16 萬億美元的新增產值，那麼多的行業不可能面面俱到的都計畫出來，根本不可能，一定會出現有的累死、有的沒事幹這種現象，效率會很低下。集權式的計畫經濟可以臨時促進經濟的快速發展，但肯定不會持久；後來中國經濟就面臨崩潰，到文化大革命後期加上政治因素，60 年代中後期就確實出現了經濟的危機，按照我們現在的標準，中國經濟實際上早就崩潰了。毛澤東解決這個問題的辦法之一，就是把中國的年輕人趕到鄉下去，所謂的「上山下鄉」。幾百萬、上千萬年輕人轟到鄉下之後，一下子就解決了就業的問題，這是我們看到的。實際上，這還讓中國經濟繼續面臨問題，就是計畫經濟和經濟自由增長的關係。

到了 1978 年鄧小平上台的時候，文革已經結束了，他們也知道中國經濟千瘡百孔，那時候西方對中國是禁運的，不能和中國直接有進出口貿易。中國當時只能和蘇聯和東歐國家進行貿易，但那些國家的經濟不好，產品也不好，效率不高，管理水準也不高。中國唯一的好處是還有個香港，當時中國有限度的利用香港和西方世界有一些經貿往來。鄧小平所謂的「改革開放」就是大規模的向西方出口、進行雙邊貿易、引進外資和技術，美國和西方當然也是要和蘇聯對抗才和中國走到一起，從尼克森訪華開始，開始向中國開放了市場。

操控匯率賺外匯

所謂的改革開放就是從那時候開始的，後來中共發現，通過

出口賺大量的外匯，對他們來說有巨大的好處，對國家和對中共特權階層個人，都極其有利。在此後 10 ～ 20 年間，出口創匯是中國主要的一個經濟上的國策，用廉價的出口占領世界市場、賺取外匯。中國有一個強制的結匯，比如你是一個企業，你賣了鞋子和衣服到美國換來的美元，你必須賣給中國政府，他再把人民幣給你。匯率是中國政府決定的，所謂的中國政府操控匯率，就是這個問題、這個因素。

　　通過那些年的強制結匯、大力的鼓勵出口，中國也迅速的積累了大筆的外匯儲備，現在大概是有 3.8 萬億美元了。這個數字是什麼概念呢，美國每年的生產總值大概是 15 ～ 16 萬億美元，中國是估計在 5 萬億美元左右，3.8 萬億美元這是相當大的一個數字，這實際上是中共掠奪中國百姓最好的一個辦法，因為它可以壓低匯率來購買外匯，然後放在它的外匯銀行，只有權貴才可以接觸使用。中國當時對老百姓兌換外匯有嚴格的限制。1986 年我來美國留學時，當時每人只可以兌換 40 美元，就這樣的控制，現在放寬了，每年每人好像是 5 萬美元。但這能不能持續還是個問題，一旦中國經濟出現麻煩、資金大量流失、外逃，中共重新收緊外匯管制、限制私人兌換和帶出外匯，也很有可能發生。

　　進一步談談中國出口的問題。中國因為大量的出口，出現一個特別的現象。在一般的國際經濟貿易中，如果你這個國家出口特別多、而進口特別的少，你這個貨幣按正常的經濟規律，匯率自然要升值，因為有個匯兌時的供需關係，所以人民幣應該越來越值錢、越來越堅挺才對。但中共又不敢讓人民幣升值太快，如果升值太快，實際上對它的出口會起到一個阻礙的作用，但它又希望加速出口。後來中國從 80 年代 90 年代開始這些經濟增長所

謂的三駕馬車，一個是出口、一個是基建、還有一個是內需，這個內需實際上沒有真正振興起來，因為中共特權階層的掠奪，中國百姓根本沒有富裕起來，都是少部分既得利益者、一些被收買的人在那裡瞎嚷嚷，弱勢群體根本沒有自己的聲音。出口賺外匯是中共的一個搖錢樹，也是中共赤龍掠奪人民財富的一個最好的方法。

講到財富掠奪，烏克蘭就是一個最貼切的例子。烏克蘭現在已經崩潰了，不光是政治上，還有經濟上、軍事上，她的領土和土地都被俄國人拿走了，經濟上也完蛋了。烏克蘭經濟崩潰的原因之一，實際上就在於原來的共產黨領導人的掠奪。他們通過大規模貸款的方式，就是讓那些國有銀行給這些前共產黨高官大量貸款，共產黨官員拿了錢以後就出逃，把錢轉移到國外，整個國庫就這樣給掏空了。實際上同樣的事情發生在中國，只不過問題更嚴重，規模更大。中共官員貪污來的錢財，需要換成美元、硬通貨帶到海外，這就需要外匯，需要中共大量的出口創匯，給予他們匯兌上的可能。

至於人民幣匯率的問題，按正常經濟規律，中國的人民幣是應該升值的。出口這麼多它卻不讓升值，為什麼美國和西歐都對中國施壓、要求允許人民幣升值呢？就在於此，這樣才對國際貿易算是比較公平的。人民幣匯率是現在中美經濟上的一個焦點。中共賺來的外匯 3.8 萬億美元哪裡去了呢？它發現可以用這個來要挾美國，它大量的購買美國的國債，因為拿到手裡的外匯現金是沒有收益的，不會錢生錢，美國國債是世界上最穩妥的投資，因為它有美國政府的信譽作為擔保，美國聯邦政府是不會垮台的，聯邦政府發的國債是永遠不會破產、也不會違約的。中共購

買大量美國國債，使得美國國債的溢率可以維持在較低的水準，這實際上助長了美國政府對它的依賴。

在美國，從政府到民間都有一些個壞習慣，早期來美國的移民不是這樣的；他們都是很艱苦、很保守的，後來越富足越願意提前消費，民間也逐漸養成借貸的習慣，美國國民個人信用卡的債務高達每人 8000~9000 美元。國家、各級政府也在舉債，這和民主黨的政策有關係，共和黨一般反對政府過度借債。民主黨喜歡大的社會福利項目，大項目的錢從哪裡來？用政府運算的赤字來支付，最後用借貸、發債來支持。

大量購買美國國債

中國用外貿結餘剩下來的外匯來買美國國債，國債利率再低也有一定收益，至少比現金好，還非常安全，所以它買美國國債是投資、保本，不全是借錢給美國人。第二，大量購買也可以把它變成試圖左右、控制美國政府的工具。中共政府一旦說不買或者少買美國國債，美國的財政部長就坐不住了，就有這個問題。說白了，這個過程就是中國老百姓辛辛苦苦打工掙的錢，被中共搶走，然後借給美國人，讓美國人提前消費，並可以讓美國人廉價的買到中國人辛辛苦苦生產的產品。我們看到美國商店的商品這麼廉價，很多中國遊客為什麼到美國搶購呢？他發現美國的東西比在中國還便宜。這裡就有中共的政策、中共對百姓的剝削、中共利益團體劫貧濟富等等因素在其中。

權貴操控房地產

進入 90 年代以後，中共慢慢開放房地產市場；原來的城市住房是單位分給你的，你既沒有產權也不可以買賣。後來中共發現可以開放部分房地產市場，實際上不是真正的房地產市場，到現在為止它還說中國的所有土地都是國有的、是共產黨控制的。在美國幾乎沒有國有土地，聯邦政府擁有的就是一些公園、原始森林、軍事基地，大部分地產都是私人擁有的。中共發現，開放房地產市場又可以掙錢，中國人骨子裡都是要買房的，擁有自己的產權可以傳給子孫，所以市場非常活絡、迅速的發展起來了。

但中國賣給人們的是 70 年的使用權，這在我們看來實際上就是租賃，因為你不擁有這個土地，你只是付了使用的權利。但即使是這點可憐的使用權，中國百姓也付出了巨大的代價。中國房價直線上升，過程中權貴賺了大量的錢，下手早的人可能也賺了些錢，但對絕大部分人來說，房地產負擔越來越大。後來地方政府也發現了賣地建房是有利可圖的。中共開始發展經濟時，用GDP（國內生產總值）作為衡量官員政績的標準。任何官員都想表現的更好，可以升官發財、出名，圈地、賣地、蓋房子使經濟大幅度的發展，蓋房子需要水泥鋼筋這些建築材料，房子搬進去又要買家具裝修交各種稅費，這都一定會大力刺激經濟。

中共發現這是一個好的辦法，它可以提高國民經濟總量，地方政府又能賺錢，權貴更是發現利用權力把房子據為己有，是利用權力致富的快速手段。所以，中國的貪官手裡有幾十套、上百套的房子，地越賣越貴，市場也被炒起來了。現在中國房地產價格高到每平米幾千、幾萬、有的 4 萬元人民幣一平米，這就非常

貴了。4萬元人民幣一平米，100平米就400萬人民幣；美國居民住房面積每棟大約250平米，價錢只有10～20萬美元，家庭平均年收入的2～4倍就可以買下來。

所以，中國的房地產是非常貴的，加入建設中的勞動力成本更是如此，這是一個巨大的泡沫。泡沫是沒有辦法持久的，最終資金鏈會斷裂，或者其他人付不起，不買的話它就會停止上升。開發商、房地產商他不會用自有的資金蓋房賣房，一定是從銀行貸款做這件事，銀行貸款就要利息、要還債，如果房地產市場降溫他們馬上自己也要破產，從這個角度講中共的國有銀行也有問題，它的資產有很多是貸款給房地產業的，如果房價下降他們也跟著垮。房市虛火到這種程度，所有人都不敢讓它垮，中共國有銀行不敢讓大量的房地產企業破產。中國幾乎所有的大型企業都有房地產的業務或分支機構，這也很不正常。在正常國家，企業都是各司一職，各有專長。在中國所有的企業都經營房地產，因為利潤太大。最近有消息講開發商想降價，先買了房子的人們不幹，他們在抗議「維權」，不讓降價。你降價了我砸進去的錢怎麼辦？所以不敢讓它降。房地產問題直接牽動中國的銀行業，所以問題非常大。

官員利用內線交易獲利

再談談中國的股市問題。中國開始搞股市、國企上市時，本來股市作為集資的辦法、讓資金流動，是很好的事情，但是風險很大。美國對股市的監管是非常嚴格的，因為有個幕後交易的問題。比如我是公司的高級管理人員，我下個月、下個季度我們的

財務報表怎麼樣當然知道，財務報表出來，我們上個季度、上一年盈利非常好，股票就會上漲，做不好股票就會下跌，作為內線工作人員是知道的，所以美國有嚴格的規定，內線人員不可以在股市中獲利因為你有內線的消息，可以提前知道，可以從中獲利，這對一般投資大眾不公平。股市很容易出問題，在正常社會監管最嚴厲也在這兒。而在中國，幾乎就沒有這個法制監督機構，中國那些國企本來就是中共的官員掌控的，他們一定會利用內線的消息讓自己從中獲利，獲利以後再賄賂上上下下的官員，這就是中國股市的黑幕，小股民都賠進去了。

再一個就是地方債的問題。在美國聯邦政府可以發行美國國債，州政府也可以發行它的公債，作為小城市也可以發行自己的公債，各級政府都是獨立的，你可以自己去發行債券，債券的利率要看你自己的信用等級、還債能力，那都有獨立客觀的機構來評估。信用好的，就可以低利息借到錢；信用不好的，就只能付高利息借錢。地方債券有可能是破產的，因為它只能用地方政府的稅收做擔保；最可靠的是聯邦政府債券，它使用整個國家的信用來擔保。

地方融資平台搞建設斂財

中共中央可以發行國債，但不允許地方政府發行債券，不敢讓他們自己借錢，因為它害怕經濟上失控。地方政府是通過預算來花錢，它想從中撈錢怎麼辦？狡猾的中共官員於是搞了很多地方融資平台，以地方政府能控制的土地作抵押，成立融資平台。土地抵押借了錢，也不算是政府的「債務」，因為沒有借債，是

融資平台湊的錢。它實際上也是地方政府的債務，只是換了名目。中國向來是「上有政策下有對策」，地方政府用債務弄來的錢搞建設，中國到處都是建築工地。

中共官員發現通過這樣做，可以提高政績，增加 GDP，給他的烏紗帽增加光彩，還可以賺錢。比如建一個大壩，公開的投標都是假的，有權力的拿到項目可以轉包，一層層轉包，每一層再從中拿錢，最後到真正的建築商錢就很少了。一分錢一分貨，當然建築的質量就差了；樓脆脆、橋脆脆就和腐敗有關係。

地方政府的債務通過融資平台積累，其數字也是機密。中央政府想查清楚底下也不告訴它，後來中央就派調查組去調查。調查一個月回來數字也沒敢公布，15～20 萬億可能都有，我估計至少有 30 萬億這個數量級。這些債務也有到期的問題，要還怎麼辦？投資機場、公路收回很慢，中國建了很多的機場，許多機場實際上沒有航班，錢就收不回來，不像美國民用機場是開放的，私人可以買飛機。收不回來，地方債務越多，就會出現問題。地方債務出現問題，中央政府怎麼辦？原來胡溫就不想管，地方就威脅不管我們就破產。中國一傳出地方政府破產，中央也受不了，因為沒有先例。在美國，個人可以破產，地方政府也可以破產，企業也可以破產，當然聯邦政府不會破產。在中國，連地方政府破產的法律都還沒有，他們實際上沒有想過共產黨的政府會破產這樣一個可能。這就是地方債的問題。

中央大量印鈔搜刮財富

地方債要解決的話，中共也只有印鈔票、發鈔票，中共確

實印了大量的鈔票，這就是為什麼我們認定人民幣一定會大幅貶值，這是早晚要發生的。真發生時，可能會與中共垮台、天滅中共聯繫在一起。發了這些錢用什麼形式呢？2008 年世界經濟危機時多發了 4 萬億人民幣，中央政府印了 4 萬億，地方政府又借了十幾萬億。錢印多了，最大問題就通貨膨脹，這不光是中共政府會這樣做，任何獨裁政府、專制政府都會。印錢確實是最好的搜刮財富的方式。中央政府有權力印錢多印一點，親朋裙帶就能多拿一點，整個社會物價就上來了。物價上來權貴不在乎，物價上漲五倍十倍，他的收入上升百倍千倍，他實際上日子還是越來越好。

獨裁專制，包括中共政府，都是願意用印錢製造通貨膨脹的方式來聚斂錢財，歷史上都是這樣做的，包括以前在大陸的國民黨政府。通貨膨脹這個東西非常厲害，以前南美國家通脹到什麼程度呢？今天麵包 10 元一條，第二天就可能是 20 元，通貨膨脹百分之十就很厲害了，他可能是百分之幾十、百分之 100、200、上千、都有可能的。錢印的多了，數錢都來不及了，把錢一捆一捆的秤來買東西。

在美國有個中央銀行就是美聯儲，它最高的職責從法律上規定，一定要保障通貨膨脹在可控制的範圍。每年 3% 是可控制，超過老百姓的收入增長，財富就縮水了。中國的通貨膨脹是一個機密，不是通報公布的 4%～7% 樣子，實際上多個管道看到，中國的通貨膨脹都超過了百分之十幾。我在《赤龍的錢囊》一書中也說過，中共很可能已經印製了大面額的鈔票，隨時可能會拋出來。

還有就是錢荒的問題，就是銀行沒有錢了。有的人說印了錢

給銀行就行了，怎麼還沒錢呢？實際上不是這樣，錢印出來不是隨便從印刷廠直接給銀行，要借貸要平衡過來，錢印出來要發放貸款給它的支行，錢要流通。這些錢如果大量的進入房地產、鐵路、公路、機場建設，如果經濟發展很快還可以收回來，如果經濟放緩、消費疲軟，這錢就收不回來。收不回來、資金不能回籠，銀行就沒錢。錢荒就是經濟一放緩，雖然印了錢，錢荒也會出現。錢荒一出現，銀行之間互相借錢的利率升高，對金融界人士是非常危險的信號。

還有 GDP 的增長通過基建、進出口帶動中國經濟增長，也創造些就業，使中國確實成為世界的工廠。我們在美國買到的廉價商品都是這樣的，中國經濟出現危機就在這裡。樓市的危機就是泡沫太大，我在《赤龍的錢囊》裡提到中國樓市的價格，如果降 70％，它價格水準才和世界水準相當。我們考慮到人口的密度、土地的數量和人們的收入，降 70％ 是合理的。中國房價降90％，才能夠接近美國房價的水準，所以中國人跑到美國來，都嚷嚷美國房子太便宜了。樓市泡沫太大，老百姓買不起怨聲載道，房價大降又會拖垮銀行和企業，這就是難解的問題。比如買房子100 萬，你貸款 70 萬，房子降到 30 ～ 40 萬，你貸款也還不起了。出現房地產在水下的問題，牽扯的面就會非常大了。

中共經濟垮台無解

當前中國經濟的最大難點，可能就是債務問題，就是地方政府債務比較失控，要還不起、破產了。還不起時中央政府到底出不出手相救，新的習李政權想不想接舊的攤子的包袱，也是一個

問題。中國的失業率也是掩蓋的，GDP 增長數字也是掩蓋、造假的，中國的 CPI（消費者物價指數）也是造假的。中國經濟所有的問題都聚到一起了，我們看基本是無解的。無解的原因，雖然過去 20 ～ 30 年累積了很多財富，但這個錢又被中共的權貴掠奪走了，很多財富轉移到外邊來了。財富轉移走了，留下後面的樓市和債務的問題。如果解決這個問題，就只能繼續印錢，但印錢又會導致更大的通貨膨脹。從通脹的角度看，萬一它失控，變成通貨飛漲，老百姓肯定要起來把它推翻掉。如果中央政府不救，地方政府肯定會破產，樓市也會破產。事實上，中國經濟中每一個問題的爆發，都可以導致中共從經濟上垮台。中共它現在進也不是，退也不是，淪落到如此的地步，就是死定了。所以，天滅中共真的不是任何人的力量能夠挽回的，至少從經濟上看，我們看到這是註定要發生的，沒有任何人世間的解決方案。

第三節

中誠信託違約帶來的危機案例

作為影子銀行第一大陣地的信託，因為與政府、銀行等金融機構的緊密聯繫，將是引爆金融危機的導火索。（大紀元資料室）

信託投資者驚魂 40 天

對於大多數「誠至金開 1 號」的投資者而言，這場噩夢是從 2013 年 12 月 20 日開始的。

這一天，中誠信託發布了一份臨時公告稱，由於融資方振富集團及其實際控制人未支付股權維持費，亦未提前支付股權轉讓價款，導致信託專戶餘額不足，所以這一期的收益僅能按照實際收益率來支付。這意味著，「誠至金開 1 號」信託計畫將要面臨一場兌付危機。

「誠至金開 1 號」的 700 多名投資者這時才意識到，大家投資規模達 30 億元的礦產信託產品「出事了」。在此後的一個多月時間裡，700 名投資者的心情隨著一次次或真或假的消息而起伏不定，直言這簡直就是一場噩夢，實在被折磨不起了。

2014 年 1 月 15 日，據該項目三年存續期滿的大限 1 月 31 日僅剩不足半月，中誠信託再次向投資者發出了「期滿之日存在損失本金的風險」的緊急公告。公告稱，截至 2013 年 12 月 31 日，這一信託專戶資金帳上僅剩 567 萬元。

三年之前，那時在信託業「剛性兌付」潛規則下，大家都對信託保本保息有著強烈的預期，而一些理財經理的暗示甚至允諾，更讓投資者加強了這種預期，而關於風險，投資者幾乎沒怎麼考慮過，或者在高收益預期的情況下被忽略。

在隨後的兩年，2011 年、2012 年的年底到帳收益率都是 10％，現在突然出現的違約讓投資者們感覺猶如晴天霹靂，但他們並不打算束手就擒，大家計畫到這款信託的代銷方——工商銀行討一個說法。他們認為：「在百貨商場買到了問題產品，當然要去找百貨商場。」

2014 年 1 月 23 日，參加冬季達沃斯論壇的工商銀行董事長姜建清在接受採訪時，對「誠至金開 1 號」的兌付作出回應：「中國工商銀行不會剛性地向投資者提供補償，我們並不負有那種剛性責任。我認為，就教育投資者了解信託公司和工商銀行而言，這一事件是一個很好的機會。」

1 月下旬，有媒體報導稱，山西省政府、工行和中誠信託會按 2：1：1 的比例出資，解決「誠至金開 1 號」集合信託計畫的兌付。就此，山西省金融辦通過媒體澄清，稱山西省政府兜底 50％純屬謠言。至此，整個事件陷入僵局。

事件逆轉發生在 1 月 27 日，中誠信託發布公告稱，已與意向投資者（接盤方）達成一致，讓投資者與客戶經理聯繫。投資者們很快得知，他們只能得到本金，剩餘的利息將不再兌付。

投資者們只能無奈的接受這個條件，如簽訂協定，本金可以退還，但不會得到第三年的利息。如果不簽協議，錢仍然可以留在信託計畫，但風險由投資者自負。

「兌付驚魂」近期屢現

信託業規模已突破 10 萬億，一些信託的關聯方、如此複雜的信託專案和這樣的規模來出現違約，勢必會引起巨大的行業震動，引發不可預測的連鎖反應。

當時，多家信託公司深陷聯盛債務漩渦，中誠信託事件是其中金額最大的一筆。2013 年 12 月，據大陸媒體報導，山西聯盛集團被曝光背負超過 300 億元的金融債務，從截至 2013 年 9 月底的資料來看，其對外融資總額為 268.07 億元，信託借款餘額為 73 億元，涉及到的信託公司超過五家。

2014 年 1 月，新華信託的「上海錄潤置業股權投資集合資金信託計畫」的信託產品將到期，該信託計畫成立於 2011 年 1 月，通過發行四期產品共募集 8.5 億元，預期年收益率為 9.80％ 或 12％，但專案所在的新江灣城 23-5 地塊至今仍是空地。

除了礦產信託，另外一個風險高地就是房地產信託，事實上經過多年的瘋狂式發展，2012、2013 年已經迎來房地產信託兌付的高峰。從 2012 年初至今，已有約 15 款房地產信託項目因流動性等問題暴露兌付風險，超過全部發生兌付危機信託項目的七成。

在信託業工作多年的袁女士表示，房地產商融資管道的擴寬，信託應當是起到了最大的作用。「房企找到信託公司要融資，願意出近20％的成本，信託公司把項目包裝一下，再找管道銷售，

這樣層層下去到投資者那裡可能只有10％的收益了，各方都賺到錢，最後風險都留給了買信託產品的人。」

袁女士介紹稱，房地產企業通過信託管道的融資成本被拆分成四大塊，一是給予購買信託民眾的預期收益；二是給予信託公司的發行費用；三是支付管道費用；四是支付給資金仲介的介紹費、協力廠商資產淨值調查費用等。

據統計資料顯示，2013年10月，信託平均年收益率為9.32％。除了這9.32％給予投資人的平均產品收益外，袁女士透露，後面三項費用，行業平均在6～8％的水準。所以整體下來，房地產企業通過信託貸款方式的融資成本大概平均在16～18％左右，有些房地產企業融資成本超過20％甚至更高。

不斷曝出的信託產品兌付危機，不僅成為影響信託業未來的「定時炸彈」，也突顯了中國影子銀行體系的風險。此類銀行代售的信託類產品，實質上就是銀行為了規避資本監管將信貸資產出售給信託公司，再由信託公司為擬融資企業發放貸款，其實就是影子銀行活動。

根據中共《信託法》的要求，信託公司不需要履行信託計畫損失的賠償義務，因此盡職調查不盡心已經成為信託公司通病。而銀行本身成立的表外理財產品以及表內同業業務非標投資，也沒有完全比照自營貸款管理，盡職調查、風險審查和投後管理不到位，影子銀行整個體系的瑕疵將會逐漸暴露。

中共背後救助徒增道德風險

信託公司除了和銀行類的金融機構關聯密切之外，和中共政

府的關係也不淺。與地方債關聯密切的影子銀行危機不斷爆發，作為影子銀行的代表信託業首當其衝。因為很多信託公司擁有地方政府背景，如北京信託、吉林信託等，信託公司也成為地方政府融資的一個途徑，從某種程度上講，信託是地方債的另一個變種。

2007 年，有產品發行記錄的信託公司僅 42 家，2012 年，數量上升至 67 家，而有地方政府背景的信託公司就有 29 家，占總數近半。此外央企、國企背景的信託公司也達到了 19 家。

正因為信託和中共政府的關係密切，剛性兌付的神話暫時未被打破，其背後中共起到的作用不言而喻。同時，在實際的風險處置過程中，地方政府對信託融資方——振富集團礦產資源整合的實際支持，無疑起到了決定性的作用。但是，以行政干預的手段推進資源重組，把礦產資源許可給市場競爭中的失敗者，這無疑將削減這些社會資源的整體效用。

竭力延遲違約，突顯了經濟學家和分析家形容的中共政府現在的困境——只是為了延緩危機的爆發而在爭取時間。雖然高風險投資產品的違約在近年曾經發生，但是中共政府都為投資者安排了救助。一些經濟學家說，救助只會鼓勵不顧後果的借貸行為。

金融從業人士認為，救助帶來市場的短暫舒緩，但是是以醞釀長期危機為代價。它加劇了道德風險問題，使得投資人幾乎可以無風險的投入資金到信託、理財產品和其他影子銀行系統。只有打破這種潛規則，才能樹立投資者的風險意識，理順資金價格，提高金融市場效率。

總的來看，中共在背後維護「剛性兌付」潛規則的危害有三：一是給借貸提供了信用背書，無法反映企業真實的風險水準，無

法理順資金價格;二是「剛性兌付」的慣例破壞了投資者的風險意識;三是政府以公共資源支援化解風險的處置方式,進一步加劇了金融機構和借款人的道德風險。從這些角度講,必須打破信託這類投資品的「剛性兌付」。

中國的金融系統,無法忽視二元結構問題。在資金利率方面,一是中共的體制內企業享受的優惠利率。這些企業和部門有政府的隱性擔保和行政干預,得以享受優惠利率。

二是體制外企業的高利率,私營企業因為資金供給不足而必須承受高成本的融資方式。這種二元結構是信託、理財產品、有限合夥基金這些影子銀行迅速膨脹的原因。這種資金價格落差就是金融抑制造成的資源錯配和價格扭曲,而「剛性兌付」和「隱性擔保」無疑是這一進程的反作用力。

第四節

中國金融危機已真正開始爆發

　　一邊是天量的貨幣投放量，一邊是銀行業的「錢荒」，拆借利率飆升使高利貸直接在銀行間發生，如此極端的狀態，表明中國的金融體系存在大量的泡沫，相對美國股市和亞洲股市普漲的狀態，中國經濟低迷已是不爭的事實，金融危機正在實質性發生。

　　似乎銷聲匿跡的「錢荒」近期在大陸又掀起高潮，並有愈演愈烈之勢，業內擔心資金最吃緊的時期還未到來，而與資金緊密相關的股市、樓市、房地產市場，還有地方政府債務問題，都因此而處於臨界點。「錢荒」產生的蝴蝶效應，不久將引起危機的全面爆發。

天量貨幣投放後仍鬧「錢荒」

　　中共管制下的中國金融系統，已經發展成看似巨無霸的體

系。中共銀監會 2013 年 12 月 25 日的數據顯示，截至 11 月底，中國銀行業金融機構總資產達 145.33 萬億元，較上月增加約 1.63 萬億元，同比增速達 14.4％；總負債 135.38 萬億元，同比增 14.2％。

2013 年 12 月 11 日，中共央行發布《2013 年 11 月金融統計數據報告》，數據顯示，截至 11 月末，廣義貨幣（M2）餘額 107.93 萬億元，同比增長 14.2％，比上月末低 0.1 個百分點，比去年同期高 0.3 個百分點。

看似如此巨量的貨幣，卻在大陸金融系統「錢荒」對比下，顯示出尷尬的處境：一邊是用天量來形容的貨幣投放，一邊是銀行業高喊著的「錢荒」，拆借利率飆升使高利貸直接在銀行間發生，是為現下大陸金融系統真實的寫照。

中共政府製造出靚麗的經濟數據，讓民眾沉醉於「世界第二大經濟體」的幻境中。但中國的經濟總量大約為美國的三分之一，而貨幣投放量比美國卻高出 1.5 倍，位居世界第一。現時，中國出現的「錢荒」令民眾清醒了不少。

產生如此極端的狀態，表明中國的金融體系存在大量的泡沫，由此產生的金融系統風險是中共政府最擔心的。10 月底，中共總理李克強稱，廣義貨幣供應量 M2 已經是 GDP 的兩倍，再多發票子就有可能導致通貨膨脹，以致破壞市場，甚至造成人心惶惶。

銀行業一直風光無限，是中國最暴利的行業。2012 年大陸民企 500 強企業財報顯示，500 家企業合計，日平均利潤不及一家銀行兩天的利潤。銀行業的暴利是以未來的金融風險為代價的。銀行主要的利潤來源一是資產規模爆漲，二是貸款無節制地發

放。2002 年中國銀行業總資產只有大約 20 萬億元，截至目前已經膨脹到 145.33 萬億元。

有金融系統人士，目前中國現下的狀況是因為資金在金融體系內循環玩「空轉」遊戲，沒有真正地進入實體經濟。這樣就形成了金融泡沫，就會導致即使貨幣信貸再寬鬆，金融系統對實體經濟推動的作用也不斷降低。根據經濟學家解釋，收到存款視為銀行的負債，發放出去的貸款視為銀行的資產。而銀行肆意的放貸，發放出去的貸款總額已經超出存款總額，「錢荒」的發生有其必然性。

「錢荒」成中共權貴套利的大餐

中國的經濟已由中共權貴完全把持，尤其控制壟斷的國有企業，攫取國家基礎資源和全民財富，造成當今中國的非正常經濟市場格局，並且將掠奪的資產轉移到海外，將世界經濟攪動的不安定。

據仲量聯行最新的統計數據顯示，截至 2013 年第三季度末，中國海外房地產投資同比上漲 25％，交易額已突破 50 億美元，刷新了 2012 年全年 40 億美元的歷史最高紀錄。

2013 年 12 月 13 日，中共國務院發布《政府核准的投資項目目錄（2013 年本）》的通知顯示，10 億美元以下的境外投資將不再需要部門核准，而只需要提交表格備案即可，將使中共權貴們資金流出更加容易，流出資金也將更多。

美聯儲於 2013 年 12 月 19 日宣布，維持聯邦基金利率區間在 0.0 ～ 0.25％不變，每月削減 100 億美元 QE。國際清算銀行

（BIS）最新公布的數據也顯示，2013 年以來，人民幣實際有效匯率和名義有效匯率分別升值 7％和 6.4％。1 至 11 月，人民幣對美元中間價累計升幅已達 2.49％，即期價格累計升幅也超 2.25％。

面對匯率和利率相加的利差，中共權貴們按捺不住，將資金掉頭殺回大陸套利吸金。2013 年 12 月 17 日下午，中共央行官方網站更新的金融機構人民幣信貸收支表顯示，11 月末金融機構外匯占款餘額為 28 萬 3575.03 億元，較 10 月末的 27 萬 9595.96 億元增加了 3979.47 億元。而 10 月末，央行口徑外匯占款餘額較 9 月末也暴增 4495 億元，顯示資金在持續進入中國。

經濟「晴雨表」顯示中國在發生危機

美聯儲關於 QE 的消息推動美國股市道瓊斯和標普 500 指數大漲至紀錄高位，納斯達克指數收於 13 年高位。日本基本股指日經指數觸及自 5 月 23 日以來的高位。

與全球股市普漲的態勢形成鮮明對比的是大陸股市指數的不斷下行，2013 年 12 月中下旬連跌 12 天打破了 2008 年大熊市中連跌 10 天的紀錄，股民的投資情緒也降至冰點。16 至 20 日這一周滬指累計下跌 5.07％，創 31 個月最大周跌幅，20 日更是重挫 2.02％，失守 2100 點。

形勢危急之下，中共的央行和證監會齊出手救市，央行從 19 日開始，截至 20 日釋放流動性超 3000 億元，24 日又重啟七天期逆回購操作。證監會也釋放出未來將加快養老保險金入市規則的制定，將進一步加快推動長期資金入市等所謂利好消息。

有中共官方媒體認為，在央行和證監會的努力下，將導致股

市高開高走。實際情況並不如願，2013 年 12 月 26 日股市開盤即下跌，截至收盤滬指跌 1.58％，報 2073.10 點成交 667 億；深成指跌 2.46％，報 7897.33 點，成交 963 億元，盤中創 8 月 1 日以來近四月新低；創業板跌 1.46％，報 1269.54 點，成交 295 億元。

相對美國股市和亞洲股市普漲的狀態，中國經濟低迷已是不爭的事實。金融危機正在實質性發生。「錢荒」的影響遠未消退，由於新年假日備付、例行繳納存款準備金等更大壓力將很快來臨，市場擔憂資金最為緊張的時刻將在 2015 年 1 月出現。

樓市與金融危機緊密相連

由於中共的貨幣政策和金融機制，是由中共央行控制流動性的「總閥門」，從總量角度供應流動性，中共對銀行的干預備受爭議，被金融業稱為「看得見的手」在操縱著一切。導致金融機構獲利為先，不願支持實體經濟發展，甚至放貸到房地產市場，繼續推大房地產泡沫，大量的資金填入到大陸遍地的「鬼城」當中。

2013 年的大陸房地產市場可用高燒不退來形容，從單價地王、區域地王到總價地王，各種名目的「地王」時常見諸報端，以致於民眾對高房價逐漸失去了原有的信心，只能望樓興嘆。

中原地產提供的數據顯示，截至 2013 年 12 月 22 日，標竿房企單月拿地金額已達 353.8 億元。前 11 月，標竿房企拿地金額為 2724 億元，至此，年內標竿房企拿地金額已經突破了 3077.8 億元，預計全年將突破 3100 億元。2012 年全年標竿房企購地金額僅為 1558 億元。此前在同樣地王襲來的 2010 年，標竿房企全

年購地金額也剛剛突破 2000 億元。

2013 年 9 月 25 日中共國土資源部召集 13 個省份和 16 個城市國土資源部門負責人，研究四季度土地市場調控，著重強調了平抑地價，務必做到年內不再出「地王」，確保四季度土地市場平穩運行。

雖然各地政府看似以各種方式積極回應，但這並沒有影響地王以密集的節奏出現。12 月 18 日，大陸房企綠城和九龍倉聯手「廝殺」300 多輪後，成功奪得杭州蕭山一宗宅地，同時晉升為該區單價地王；同日，住總融創駿洋聯合體以 58.66 億元價格再次使北京總價地王的「桂冠」易主，超越 11 月剛剛由恆大在朝陽東壩南區地塊創造的 51.35 億元的年內總價地王的紀錄。

業內把土地比作麵粉，成品房比作麵包，當「麵粉」貴過「麵包」時，住宅價格勢必繼續走高。中原地產市場研究部總監張大偉分析認為，如果大陸主要城市出現的地王達到正常的利潤的話，目前市場售價需要在一年內再漲 50％，否則地王入市的風險將非常大。目前大部分地王地塊的樓面價已超過區域內在售的房價。

目前在大陸已經出現有價無市的情況，房價雖然高企，但交易量不斷下降，從專業研究機構數據看，據鏈家地產市場研究中心統計，12 月第一周，北京新建商品住宅成交均價環比下降 6.2％。廣州經緯行研究中心的監測數據也顯示，11 月份，廣州十區兩市新建商品住宅簽約均價環比下跌 9.4％。

依靠出讓土地做財政收入的地方政府，賺得盆滿缽滿，在或明或暗的對抗中央的政策，使大陸現在已經陷入越調控房價越高的怪圈。過去的十年，中共當局動用了除軍事力量外的大部分行

政干預手段，十年出台 43 個調控政策，房價卻上漲十倍。

大量資金進入樓市導致房地產泡沫越來越大，大陸「鬼城」、「空城」遍地，並已經開始有破裂的跡象。據大陸媒體 12 月 23 日報導，廣東惠州境內的大亞灣北岸已經造出了高樓林立的龐大城區。繁華背後，卻是空空蕩蕩的落寞。一處 2300 多戶的樓盤亮燈只有兩戶，房地產的泡沫之大可見一斑。

中共也承擔著自製苦果，處於進退兩難的境地。一方面，中共不願意讓銀行破產，但另一方面因為中共總理李克強稱「不能再多發票子了」。太多的資金也會讓中國大陸的房地產價格繼續上升，靠資金支撐的房地產行業，在「錢荒」持續影響下也前景堪憂。目前，許多人都擔心出現的房地產泡沫什麼時候大破裂，各界對中國金融系統崩潰的擔心情緒日益增加。

地方債「炸彈」將引爆金融危機

中共地方債或因規模超預期遲遲不公布結果，越來越膨脹的地方債成為影響整個中國經濟的「炸彈」，將經濟增長拖下水。中共當局也深感危機存在不敢兜底，聲稱政績考核追查官員責任，並將控制地方債作為 2014 年六大主要經濟任務之一。

2013 年 12 月 13 日閉幕的中共中央經濟工作會議在明確明年工作任務時首次提出，「要把控制和化解地方政府性債務風險作為經濟工作的重要任務」。此前，自今年 8 月 1 日開始的地方債全面審計，一直被看做是中共現任當權者上台後的正式「摸家底」。

據各方研究機構、學者紛紛發布對地方債務的測算，大致是

在 16 萬億至 20 萬億之間。中華企業家聯合會會長保育鈞 2013年 12 月 14 日說，地方債務遲遲不公布很可能是由於審計結果超出中央預期。地方債可能超過 20 萬億，接近 2012 年 GDP 的 50％。

銀行除了將資金放貸到房地產業，資金的另一個重要去向就是進入到地方政府融資平台，根據中共審計署數據，銀行貸款占地方債務來源的近 80％。

有銀行業人士稱，當銀行流動性趨緊時，中共地方政府融資平台債務是最危險的。目前地方債實際上就是借新還舊，借完銀行去找信託，信託到期再找基金子公司去繼續舉債。在銀行持續「錢荒」的情況下，產生的金融危機將引爆這顆「炸彈」。

中國經濟現下存在的問題不是哪一個點，或者哪一個層面的危機，由金融系統開始，眾所周知的樓市、股市等等都與之相連，金融危機的出現將會繼續發酵，並引發全面的經濟危機。

李克強整頓股市內幕

第八章

習江博弈下的股市大劇變

中國的經濟、金融往往與政治關係密切，甚至就是政治的表徵。18大後，日益劇烈的江習鬥延續到金融系統，大勢已去的江派打出僅剩的金融牌，令股市劇烈震盪，一兩天內數萬億資金蒸發貶值，股民哀嚎遍野。

（AFP）

第一節

225 股災、816 烏龍指
金融業習江鬥升級

兩會前股市暴跌 兩天蒸發近萬億元

　　2014 年 3 月 3 日中共召開兩會，在此之前，2 月 26 日發生香港前《明報》總編在光天化日下被砍殺、數萬港人憤怒上街抗議；而 3 月 1 日在雲南昆明，更是發生了駭人的黑衣歹徒砍人案，血腥恐怖氣氛瀰漫全中國。在此之前的 2 月 24 日，在習近平主持召開兩會前最後一次政治局會議，周永康在公安部的頭號馬仔李東生被正式撤職；同一天，大陸地產股驚現集體暴挫；25 日大陸股市再現戲劇性一幕，近百個股票跌停，滬綜指跌幅逾 2%，創五個月最大單日跌幅。據同花順數據顯示，短短兩個交易日大陸 A 股市值蒸發人民幣 9462 億元。

　　這次股市的暴跌與一個謠言相關。2014 年 2 月 22 日（周六）深夜，網路突然傳出興業銀行停止房地產貸款，接著陸續傳出交

通銀行、招商銀行、中信銀行和農業銀行等有類似規定和通知。
於是周一開盤後，銀行股和房地產股大跌，並帶動股市整體下跌，
引起市場恐慌。

2014 年 2 月 25 日深夜，大陸股市跳水近百股跌停。當天，
官媒新華網發布 14 個中央巡迴督導組組長、副組長及督導單位
名單，聲稱對第二批「群眾路線教育實踐活動」進行巡迴督導。
第 1 至 11 督導組的督導單位涵蓋全國 31 省市；而第 12 至 14 三
個督導組督導對像是各類中央金融機構以及各大國企，包括中國
人民銀行、中國農業發展銀行、中國農業銀行、中國銀行、銀監
會、中國人民保險集團股份有限公司、中國人壽保險（集團）公
司、中國太平保險集團有限責任公司、國家開發投資公司、中信
集團公司、中國鐵路總公司、國家電網公司、國家煙草專賣局等
等。

有人猜測，正是因為王岐山的打老虎要打進金融圈子了，提
前得知消息的銀行老總們開始反撲，故意製造謠言引發股災。據
悉，25 日股票大跌後，李克強非常氣憤，下令銀監會要求主要
大型銀行「公開發布新聞稿件或在銀行官網上公告房地產融資政
策」，澄清傳言，穩定市場。

「光大烏龍指」事件 江澤民集團黑幕運作

2014 年 2 月 25 日的股市劇烈下跌，讓人聯想到此前半年
2013 年 8 月 16 日的股市劇烈上升。那天上午 11 時 5 分左右，上
證綜指突然飆漲 5.96％，大盤權重股突然異動上升，多股瞬間衝
擊漲停，涉及中石油、中石化、工商銀行和中國銀行等多支股票。

隨之午後盤滬指持續上漲沒多久，便開始急劇下跌。

無論是 2 月 25 日停止房地產貸款謠言引發的暴跌，還是 8 月 16 日光大銀行所謂烏龍指事件，這一漲一跌，不但讓老百姓深知股市是「萬人坑」，更讓當權者深知，中國股市是操縱在某些利益集團手中的，不拿下興風作浪的金融大老虎，股市一日都不得安寧。

烏龍指當事人起訴證監會

也許不是偶然的。就在 2 月 25 日大陸股市暴跌、損失近萬億的第二天，2 月 26 日的《法治周末》刊登了題為《還原光大烏龍指關鍵 88 分鐘：監管層眼皮下的對沖交易》一文。文章報導了光大烏龍指事件的具體當事人、原光大銀行投資部經理楊劍波，於 2014 年 2 月 8 日向北京市第一中級法院提起行政訴訟，請求法院撤銷證監會於 2013 年 11 月 1 日作出的（2013）59 號《行政處罰決定書》、和同日作出的（2013）20 號《市場禁入決定書》。2 月 18 日，北京市一中院受理了該案。

楊劍波自稱被冤枉，並首次對外披露當時他的對沖行為得到了官方的同意和支持。文章說，「時光倒回至 2013 年 8 月 16 日。當天上午 11 時 5 分，光大證券策略投資部自營業務由於系統缺陷，在進行交易型開放式指數基金申贖套利交易時出現程式錯誤，以 234 億元的巨量資金申購 180ETF 成份股，實際成交 72.7 億元。一時間，A 股大象勁舞，兩市數十隻權重指標股漲停。隨後光大證券在公告前賣空股指期貨、賣出 ETF 對沖風險。至當日 14 時 22 分，通過對沖操作，合計規避損失 1307 萬元。……楊劍

波對《法治周末》記者回憶，錯單交易出現後，當天 12 時左右，上海證券交易所及上海證監局的相關工作人員先後到光大證券了解情況，自己當時彙報說系統出現了問題，下午將進行風險對沖交易。對方知曉情況後並未表示異議。下午在進行股指期貨的對沖交易時，楊劍波表示，中國金融期貨交易所的相關人員也知曉情況，當時雙方有過五次通話，且有通話記錄為證。」

2013 年 11 月 7 日第 351 期《新紀元》周刊曾發表《薄黨操縱股市 脅迫中南海細節曝光》一文，指出光大烏龍指事件並不真的是一個技術性失誤，而是人為的故意操縱，背後黑手就是薄熙來的哥哥、光大銀行副主席薄熙永。而這次楊劍波提起行政訴訟，再次把該事件擺在人們面前，不過楊劍波沒有談及在光大銀行只有自有資金 100 多億的前提下，沒有高層的批准，光大控制系統怎麼能夠允許他調動 234 億元來買進，這第一步的黑幕，遠比第二步楊劍波賣出期貨來對沖更重要。

烏龍指不是失誤而是故意

《新紀元》當時報導說，在薄熙來發動的重慶「打黑」運動中被判刑、裸身受訊的武漢億萬富商徐崇陽，曾獨家披露說，薄家曾經在薄熙來開審（2013 年 8 月 22 日）前夕，託人致電給他，說如果徐崇陽不再曝光薄熙來案件相關內幕的話，薄熙來在北京的哥哥——曾化名李學明、具體主管光大銀行的薄熙永要親自見他。

該人還向徐崇陽放話說：「薄家背後的勢力（中共江澤民集團）可操控股票暴漲，把中國的金融搞垮。讓習近平經濟上倒台，

經濟倒台就是政治倒台嘛，讓習近平崩潰，讓習近平、也包括胡錦濤坐不住。薄熙來家還有人。」

話音剛落，光大真的搞出了一個所謂烏龍指，但真實情況卻是故意為之。

《新紀元》質疑說，假如真的是一個失誤操作，下午 2 點 30 分，光大證券曾向上交所申請當天的交易作廢，但 15 時 01 分，上交所官方微博十分少有地發出公告稱：「本所今日交易系統運行正常，已達成的交易將進入正常交收環節。」這有悖常理。

《新紀元》還質疑說，事故起因是「三年的成熟系統還是冒失的測試版？」「源起台灣團隊測試投資模型時，真的把大陸股市的一手 100 股，當成了一手一股來操作？誰有權能任意調動 230 億資金呢？」

「據北京高層知情人士向《新紀元》透露，習近平、李克強及王岐山得知江派搞出了光大烏龍指事件後，非常氣憤，面對這樣公開的恐嚇威脅行動，習陣營也採取了反擊。

烏龍指事件後，上海證交所沒有取消交易，光大證券還掙了 8721 萬元。但到了 2013 年 8 月 30 日，中國證監會表示，認定光大證券『8‧16』異常交易行為已經構成內幕交易、信息誤導、違法證券公司內控管理規定等多項違法違規行為。在對四位相關決策責任人徐浩明、楊赤忠、沈詩光、楊劍波，處以終身證券市場禁入的處罰同時，沒收光大證券非法所得 8721 萬元，並處以五倍罰款，共計 5.23 億元，為中國證券史上最大罰單。」

第二節

北方信託董事長自殺
或引爆張高麗天津驚人黑幕

劉惠文在天津金融圈內地位頗高，在中央巡視組反腐調查的敏感期自殺身亡，或與張高麗天津海濱區發展的房地產及私募資金有關聯。（新紀元資料室）

劉惠文是泰達系叱吒風雲的掌門人

2014 年 4 月 22 日，天津北方網消息指，北方國際信託股份有限公司原董事長、市政協常委劉惠文 4 月 19 日晚被發現在其家中自殺身亡。但北方信託的負責人則回應稱不明死因，待有關部門調查。大陸多家陸媒報導坊間普遍認為劉惠文係自殺身亡，天津金融辦相關人士對財新記者稱，劉惠文在天津金融圈內地位很高，歲數不大去世挺可惜。

據公開資料顯示，劉惠文 1954 年出生於天津，1996 年任天津泰達集團有限公司總經理；2001 年起擔任天津市委開發區保稅

區工委副書記、天津泰達投資控股有限公司黨委書記兼董事長；並兼任旗下多個公司平台的關鍵職位，從此開始全面掌控泰達，包括北方國際信託投資股份有限公司黨委書記兼董事長、渤海銀行股份有限公司董事、渤海證券有限公司董事等職。

劉惠文 2011 年 1 月起任天津泰達國際控股（集團）有限公司黨委書記、董事長，是泰達叱吒風雲的掌門人。2011 年 5 月，他開始在泰達系多個職位上退下來，僅保留北方信託董事長一職至今。

據《21 世紀經濟》報導，目前泰達系涵蓋區域開發與房地產、公用事業、製造業、金融和現代服務業等多個業務板塊。擁有 15 家全資公司，23 家控股公司以及 23 家參股公司，其中泰達股份、津濱發展、濱海能源、泰達物流、濱海投資、四環藥業等六家為上市公司。

此時正值中央第五巡視組正在天津進行兩個月的巡視。2014 年 3 月 28 日上午巡視組組長王明方在動員大會上稱要「對腐敗問題零容忍」、「敢於碰硬，巡視出威懾力」等，稱重點監督檢查領導層主要負責人。

現任天津市委書記孫春蘭回應天津各級領導幹部將全力配合巡視組調查。因此劉惠文自殺正處於中央巡視組調查的敏感期。

天津千億私募詐騙案涉及張高麗

在劉惠文得勢時期，現任政治局常委張高麗從 2007 年 3 月至 2012 年 11 月擔任天津市委書記，當時中共中央要把天津打造成北方經濟中心，但張高麗野心勃勃，不僅想要天津超越北上廣

深，成為全國經濟中心，更要成為中國的曼哈頓。於是私募股權基金，成了張高麗發展天津經濟的「靈丹妙藥」。

有消息稱，在這期間，江澤民、周永康等通過張高麗還貪污了一些為人不知的款項，其主要途徑就是股權投資私募基金。

在張高麗的大力推廣下，天津從 2007 年起出台系列的財稅優惠政策。再加上市、區兩級官員的配合廣招，於是各路私募股權基金在天津「全面開花」。在 2010 年年底到 2011 年 10 月期間，中共天津各級政府要求廣大投資人響應「先行先試、借用管還」等號召到天津去投資，導致投資者進入私募致富的美夢中。

截至 2011 年底，登記註冊的私募股權基金公司爆增至 2396 戶，占了全國三分之二，註冊資本達 4409.51 億元。實際上 2011 這一年，許多基金都已經陸續爆發無法還本付息的違約糾紛，但天津政府仍突擊核准 1479 家私募股權公司的營業執照，比前幾年的總和還要多。這年張高麗要為自己打造「18 大」入常政績，因此天津私募醜聞遭到封鎖，當地官媒更是集體失聲。

2013 年新年伊始，大批天津私募受害人在市政府抗議，並高喊張高麗還錢。據悉，由於民憤太大，只是變向的查處幾個替罪羊，用很少一部分錢打發受害人，對有些政府宣導的專案定為非法傳銷，受害人反而成了行騙人。

2009 年 4 月，天津泰達國際控股（集團）有限公司也聯手荷寶投資管理集團設立泰達荷寶資產管理有限公司，並成立可持續發展私募股權基金。按照天津市政府的定位，泰達國際專注於金融資產投資，泰達集團是渤海證券、北方信託、渤海銀行、天津信託的大股東。此外，中信信託、中信證券、光大銀行與北方國際信託也存在業務關係。

在泰達金融資產的整合過程中，是
否為張高麗在濱海新區攫取利益，
或許是破解劉惠文離世的鑰匙。
（Getty Images）

　　評論員周曉輝表示，在泰達金融資產的整合過程中，劉惠文
扮演了什麼角色，與哪些人存在著利益糾葛，是否為張高麗在濱
海新區攫取利益提供幫助，或許也是破解他離世的鑰匙。

不滿張高麗　汪洋揭「天津已破產」

　　張高麗 2007 年到天津履新後重點開發濱海新區，主打「大
開發、大投資」，幾乎每月去一次濱海，大搞房地產建設，並引
進大乙稀、大煉油等產業。

　　如此巨大的投資規模，只能靠地方政府借債、擔保來實現。
2014 年 1 月初，天津地方債審計顯示，天津政府直接負債達 2246
億元，是 2013 年全年財政收入 2078 億元的 1.28 倍，僅償付利息
的壓力就非常大。

　　濱海新區主要由響螺灣商務區、於家堡金融區、天津泰達
MSD 構成。泰達 MSD 一期 2012 年入市，總體量 12.9 萬平方米
左右，未來三到五年會有 70 萬平方米入市。但近日媒體報導，

天津濱海區出現「鬼城」。

而投資濱海區房地產等的開發與劉惠文關係極大，2007年劉惠文接受採訪時表示，要抓住濱海新區開發這樣難得的歷史性機遇，並稱「張高麗對濱海新區怎樣做以及目標和任務講得很明確，關鍵在於怎麼落實」，並稱要讓泰達控股在濱海新區開發開放過程中發揮更大的作用。

因此2009年11月，泰達集團公司注資10億元成立天津泰達創業商業地產開發有限公司、天津濱海新都市投資有限公司和天津悅海酒店投資有限公司，並表示未來將投資百億元，全力支持濱海新區開發建設。

周曉輝認為，劉自殺背後一定是因為他知道了太多的祕密，有些可能甚至涉及某些高層。在反腐的大火越燒越旺時，正是出於擔心自己被燒烤而難逃厄運，只好一死了之。

第三節

獨家
大陸股市「過山車」的政治祕聞

中國的股市在 2014 年 12 月 9 日上演了一齣「過山車」情節，被外媒稱為「上海驚魂」。此事件發生正值敏感期，因為當時正是中共中央 2014 年經濟會議進行期間。眾所周知，中國股市不是一個正常的市場，沒有按照正常的經濟規律運行，事實上是一個由政治操縱的市場。

習近平全面掌握軍隊

習江博弈之後，中共軍方頻繁公開表態效忠習近平。從 2014 年 3 月份開始，中共軍方已經 7 次向習近平表忠。

第 7 次表忠來自 2014 年 12 月 12 日的官方消息，37 名大軍區正職以上中共高級將領集中在《中國軍法》雜誌就習近平「依法治國、依法治軍」思想撰寫「學習」心得。

與 2014 年前 6 次表態相比，軍方這一次是「升級版」：有 10 名中共中央軍委成員參與表態，這是前 6 次所沒有的；還包括中共四總部、海陸空二炮四大兵種、七大軍區、三大最高軍事學府和武警部隊的管理層，覆蓋面更全；另外，以往軍頭表態基本上是代表所在軍區或部門，這次 37 名共軍將領都是以個人名義表態。

外界認為，中共軍方 2014 年 7 次密集表態效忠，表明習近平已經全面掌握了軍隊的控制權，同時釋放出逮捕前中共黨魁江澤民的明確信號。

金融成為江派頑抗的堡壘

2014 年伊始，習近平與江澤民圍繞周永康案展開生死博弈，發生了一系列震驚國際的大事件。

其中最慘烈、廣為人知的要算 3 月 1 日中共兩會召開前的雲南昆明火車站暴徒砍殺無辜旅客的慘案。

《大紀元》獨家報導，這是中共江澤民集團在幕後一手策劃的恐怖襲擊事件，參與砍人的暴徒是訓練有素的武警，與種族仇殺沒有關係，與新疆人也沒有關係。

江派本來策劃同時在大陸 5 個城市同時發動恐怖襲擊，因昆明事件出現意外，其餘幾個城市沒有行動。

《大紀元》分析認為，中共江澤民集團正一步步失去了軍隊和掌握黨務的權力，在政治上已經無法與習陣營正面交鋒，開始籌劃殺戮百姓的恐怖襲擊事件，目的是在社會上製造全面混亂，將無辜民眾拖入極大恐懼和人身安全的巨大危機中。當中國大陸

各地恐怖襲擊案不斷，將大大地激發民怨，國際國內所有輿論會全部譴責現任當權者，習近平不得不下台，江派會乘勢上台，「糾正習近平的錯誤」。

恐怖襲擊事件發生後，習近平加強了對江派勢力的清洗。在軍隊的清理方面，是從谷俊山案為標誌的。3月31日，原中共軍方總後勤部副部長谷俊山被提起公訴。谷案後，徐才厚被拋出，其他江派軍頭也受到極大震撼。

與此同時，江派幕後「軍師」曾慶紅受到圍剿：4月17日，華潤集團董事長宋林被調查；5月，曾慶紅在香港的王牌特工、摩根大通投資銀行亞洲區副主席及中國（香港）原首席執行官方方，涉嫌雇傭高官子女獲取項目，被香港廉政公署拘捕；4月22日，《廣州日報》原社長戴玉慶妻子舉報廣州市委常委、紀委書記王曉玲，涉嫌粵傳媒內幕交易，據悉，王曉玲是曾慶紅妻子王鳳清的姪女；4月29日有媒體報導，大陸審計署駐國家電網公司，正對董事長劉振亞進行任中經濟責任審計。

劉振亞曾任山東魯能集團董事局主席，據稱劉是曾慶紅的兒子曾偉從山東魯能撈錢700億事件的幕後黑手。

江澤民雖然在政治和軍事上基本失去了與習近平正面交鋒的本錢，但是在經濟和金融方面仍然掌握著很多資源。尤其是金融業，江派勢力盤根錯節，是江派據以頑抗的堡壘。

光大烏龍股事件

2013年8月22日，薄熙來出庭受審。8月16日，中國股市意外暴漲，1分多鐘內，滬指突然升100點，暴漲逾5％，交易

額達 78 億元。隨後，光大證券停盤。這個被稱為「8．16 光大烏龍指」事件導致大陸股市暴漲暴跌，引發大陸證券史上最大的錯帳交易糾紛。事後光大證券以內部交易系統出現問題，不了了之。

事實上，這個背後隱藏著巨大的黑幕。

在薄熙來發動的重慶「打黑」運動中被判刑、裸身受訊的武漢億萬富商、「薄熙來案活生生的受害人」徐崇陽向《大紀元》記者披露，薄家曾經在薄熙來 22 日開審前夕，託人致電給他，說如果不提薄熙來的案件的話，薄熙來在北京的哥哥，曾以化名李學明任職光大銀行副主席的薄熙永要親自見他。

該人還向徐崇陽放話說，「他們家（薄家）可以操控股票暴漲，把中國的金融給他搞垮。讓習近平經濟上倒台，經濟倒台就是政治倒台嘛，讓習近平崩潰，讓習近平包括胡錦濤坐不住。他們（薄）家還有人。」

薄家口中所指的搞垮中國經濟，讓習近平倒台事件，正是震驚全球的「8．16 光大烏龍指」事件。

繼「8．16」烏龍指事件後，光大證券又發生了債券交易烏龍事件，似乎陷入了一場綿延不絕的麻煩，給市場造成不可預期的大幅波動。

徐崇陽對《大紀元》表示，當時得知股票漲停也非常震驚，「我不清楚他是怎麼操縱的，在薄熙來開庭之前，使勁的漲，漲停啦。」

另有知情人披露，雖然薄熙永表面辭職，仍掌握實權，一場政治鬥爭就這樣引發到金融界。光大銀行投入 7 億就賺上 34 億元人民幣。很多市民在這次股市風波中血本無歸。

為鎮壓法輪功，中共江澤民集團動用大量資金。中國的大型

國有企業、大型銀行幾乎都在為江澤民、曾慶紅、周永康、薄熙來等鎮壓法輪功輸血。例如，江澤民家族控制著中國電信行業，前中共國家副主席曾慶紅、前中共政法委書記周永康兩家壟斷了中國的石油行業；現任中共政治局常委劉雲山之子劉樂飛控制中信產業投資基金管理有限公司。薄熙來的哥哥薄熙永曾任職光大銀行副總裁、前中共中紀委書記吳官正的兒子吳少華則擔任光大銀行人力資源部總經理。

周永康被立案調查 股市開始起風

2014年7月29日，官方發布了關於周永康被立案審查的消息。

這則政治新聞和資本市場無論如何都不搭邊。然而，大陸多家券商卻從這條新聞讀出另外的含義，被認為是向市場發出炒股的信號。

華泰證券徐彪表示，打完老虎就要買股票。

國泰君安任澤平表示，牛市的車輪已經啟動，並預測中國股市可上 5000 點。

英大證券研究所所長李大霄表示，中國股市的大時代正在來臨。這是一個大背景，空頭沒有理解這個背景，空頭不懂政治。

為什麼打老虎就要買股票呢？為什麼拿下周永康就表示牛市到來了呢？對於諳熟西方經濟市場的民眾這其中沒有任何關聯，簡直是風馬牛不相及的。因為中國的股票市場不會按照市場規則出牌，它被少數權貴利益階層所人為操控，是為權力、為政治服務的。

眾所周知，股票的價值來自企業的盈利能力，企業未來能不

能帶來現金流決定股票值不值錢，沒有這個價值作支撐的股票乃至股市毫無前途。然而中國股市非常特殊，它與政治的聯繫太密切了。

所以，在中國股市經歷7年之久的大熊市之後，突然有人吹起牛市的風，背後應該是政治在起作用。

周永康是中南海博弈中一個關鍵的人物，是一個中間環節，也是一個轉折點。對於習近平如此，對於江澤民也是如此。

周永康曾經掌握著比國防開支還要高的維穩經費，掌握中國的警察和武警，其以政法委為核心的權力體系一度成為中共第二權力中心。中石油、四川、遼寧、新疆等更成為其勢力盤踞較深的地盤，這為隱藏在周永康後面的曾慶紅和江澤民等更大的老虎構成了一道屏障。可以說，周永康是江澤民的一道主要防線，這個防線一旦失守，曾慶紅、江澤民等會立即暴露在開闊地上，很快就會潰不成軍。

因此，對於江派而言，周永康被立案審查是一個敏感的信號，是這個防線即將崩潰的信號，但是他們大勢已去，已經無力守住防線，幾乎打光了手中的牌，唯一可以抵抗一下的就剩下金融業。

股票市場涉及資金非常龐大，涉及的社會層面很廣。在全球經濟一體化的背景下，中國股市甚至可以影響世界。

就這些問題而言，江派手中的金融牌能量非常大，在某些方面可能比恐怖襲擊案件更能夠影響中國社會甚至影響世界。

事實上，西方某些評論人士在討論中國經濟問題時，也經常是從中國市場對國際市場能夠造成何等影響的角度出發的。因此，一旦在中國股市製造一種震盪，這個波動可能就不止限於中國。

中國經濟在長期信貸擴張、貨幣超發的情況下維持了大概十年的高速增長，如今這個增長趨勢已經走到頭了。

在這股信貸擴張的狂熱中，實體經濟積累了太多的過剩產能；房地產積累過多的庫存，賣不出去的樓盤、鬼城等遍布中國；銀行積累了過多的壞帳，存款大量流失，籠罩危機的陰雲。中國可以激起投資者熱情的行業所剩無幾，股市或許是其中之一。

這可能也是江派能夠借助股市攪動局勢的一個背景條件。周永康的被立案審查，預示著江派的大禍臨頭。出於恐懼，江派不惜再次打出金融這張牌，像 2013 年 8 月弄出光大烏龍指那樣，在中國股市掀動一場波瀾。

《新紀元》獨家消息

然而，這一次，江派似乎有意玩得更大。周永康不同於薄熙來。薄熙來使江派傷筋動骨這不假，周永康案就不那麼簡單，它可能意味著江派的大廈將傾。

因此，在國內，江派借助券商分析師之口吹出牛市之風，而在江派人物梁振英擔任特首的香港，鼓動券商和投資人投資 A 股，並承諾以極高的回報。

《新紀元》獨家獲悉，有香港的券商和投資人被要求投資 A 股市場，並被許以十倍的回報。假如投資 100 元，可以得到 1000 元的回報。

這些資金可以起到早期託市的作用，一旦市場被入市資金炒熱，這些資金將會迅速撤離。這可以得到事實的有力支撐。

英國《金融時報》12 月 5 日報導，資料顯示，就在中國股

市持續反彈之際，外國投資者開始撤離亞洲新興市場尤其是中國股市。

英媒報導稱，來自基金跟蹤研究機構 EPFR 的資料顯示，在截至 12 月 3 日的一周裡，外國投資者從亞洲新興經濟體的基金中撤出 21 億美元，造成這些市場連續第二周資金外流。

英媒援引澳新銀行編制的圖表報導，僅僅從中國股權基金撤出的資金就有 22.49 億美元，是三年中規模最大的一次。

資金有天然的逐利趨向，這沒有中國外國的分別，沒有境內境外的分別。這些外資恰逢中國股市剛剛開始瘋狂之際撤離，如果沒有得到某種內幕消息，就是保守得有些過分。

A 股暴跌的時間點非常敏感

中共中央 2014 年的經濟會議開始於 12 月 5 日，結束於 12 月 11 日。

2014 年 12 月 9 日，A 股市場上演「過山車」行情。午盤後滬指一度創下 3091 點的 4 年新高，漲幅超過 2％，但隨後跳水 200 點至 2900 點下方，跌幅超 5％；深成指也由漲轉跌，兩市巨震近 9％，超過 150 檔股票跌停。最終，滬指收跌 5.43％（創下 5 年來最大單日跌幅）。深成指也跌近 4.15％。

此事發生在中共經濟會議進行期間，如 2013 年 8 月的光大烏龍指一樣，似乎太湊巧了一點。

據悉，12 月 9 日 A 股暴跌之後，監管層緊急致電了解市場巨變對各項業務的影響，上報風險情況。

招商證券一位高管表示，上證指數單日暴跌 5.43％在歷史上

的牛市中也曾出現過。此次能引起監管層的如此關注，是因為本輪牛市帶有高槓桿的特點，融資融券、股權質押等資本仲介業務首當其衝受到關注。

北京某券商人士表示，一旦投資者情緒從過去極端樂觀轉向極度悲觀，市場出現連續暴跌，那對融資融券業務的打擊無疑是致命的，目前整個行業的融資融券規模只能經得住市場極端的連續微跌。

12 月 10 日，A 股高開低走後再反彈，延續震盪較大的行情。上證綜指一度下跌 1.7％後，最終收盤大漲 2.9％，逾 200 支個股漲停，上漲個股數量達到下跌個股的 30 倍。

同日，滬指漲 2.93％至 2940 點，成交 5350 億元，深成指漲 4.24％至 10545.52 點，成交 3262 億元。

對於 A 股 12 月 10 日反彈的結果，國元證券策略師蔡峰 12 月 10 日接受彭博電話採訪時說，市場傳聞政府通過國開行向銀行間市場注資 4000 億元人民幣。

這些動向表明，股市的連續暴跌已經引起中共高層注意，為了穩定股市，中共中央可能動用了央行資金。

有香港評論家表示，對於當下的中國政治而言，如果要摧毀這個國家，最好的方式是摧毀經濟；如果你要摧毀經濟，最好的方式就是摧毀金融；如果你要摧毀金融，最好的方式就是摧毀股市。

看來，江派的野心還真的不小。

第四節

打虎逼近上海灘
金融市場激烈交戰

2015 年初，江綿恆被免去中科院上海分院院長職務後，中南海再釋「反腐上不封頂」信號，顯示習近平打虎行動已經逼近江澤民勢力盤踞最深的上海灘。（大紀元合成圖）

　　中國的經濟、金融往往與政治關係密切，甚至就是政治的表徵。因此，在中國觀察經濟、金融，除須具備經濟、金融的專業知識外，還需要懂得觀察政治。最近，發生在中國股市上的劇烈震盪，如果不從政治的角度查看，可能會覺得一團亂麻，只能是「剪不斷，理還亂」。

打虎逼近上海灘

　　事情還要從習近平的打虎說起。

　　2015 年初，中共前黨魁江澤民遊海南東山嶺被外界視為釋放「東山再起」的信號，隨即遭到回擊。

其中最重的一擊要算是 1 月 8 日江澤民長子江綿恆被免職的事件。據中科院上海分院網站消息，1 月 6 日上午召開了人事調整宣布大會，中科院上海分院院長江綿恆「因年齡原因」不再擔任中科院上海分院院長職務，然江綿恆現年還未滿 64 歲。

1 月 11 日，習近平發表了反腐「上不封頂」的言論，被中共官媒高調報導。

有分析認為，在江綿恆被免去中科院上海分院院長職務後，中南海再釋放「反腐上不封頂」信號，顯示習近平當局的打虎行動已經逼近上海灘。

上海在中國的地位非常獨特，是中國金融中心，涉及到中共權貴階層最根深蒂固的利益，也是江澤民集團的勢力盤踞最深的地方。

要在上海灘打虎，就需要在金融方面作出相應的舉措，因此雙方在金融領域可能會有一番明來暗往的博弈。

119 股災 3 萬億市值蒸發

在 2014 年 1 月 1 日上海發生踩踏事件後，金融界人士曾經預測 A 股也可能上演踩踏事件。不久，這個預測就得到驗證，這就是發生在 1 月 19 日的股災。

2015 年 1 月 19 日，滬指震盪走低，午盤開始交易後不久，滬指繼續下挫，暴跌逾 8%，創近 8 年最大單日跌幅，深成指跌逾 7%，期指各合約幾乎全線跌停。大盤所有板塊均下跌，銀行、證券、保險集體跌停。煤炭、石油板塊跌幅超過 9%。兩市超過 2000 支股下跌，近 120 支股跌停。

截止收盤，上證綜指報 3116.35 點，跌幅 7.7 %，成交額 4098.86 億元。深成指數報 10770.9 點，跌幅 6.61%，成交額 2914.47 億元。

WIND 資料顯示，短短一個交易日，A 股的總市值就從 1 月 16 日的 44.8 萬億元縮水至 41.9 萬億元，近 3 萬億元市值蒸發；流通 A 股市值則從 33.1 萬億元縮水至 30.9 萬億元。

據悉，這次事件是由證監會公布兩融檢查和處理結果所觸發的。1 月 16 日，證監會宣布對中信證券、海通證券、國泰君安 3 家採取暫停融資融券新開信用帳戶 3 個月的處罰。

然而，事後證監會否認這種說法。

證監會的處罰或許只是一個外在誘因，其中更大的內幕可能還是與目前中國政局有關。聲稱要「東山再起」的江澤民，在受到習近平的連續打擊之後，借助掌控的股票市場來抵抗一下，不是沒有可能。畢竟這股市牽扯的資金（一日可以蒸發 3 萬億）、涉及的社會面都非常大，甚至會影響世界其他地區，弄不好會把整個中共賠進去，效果可能比江派製造的恐怖襲擊事件還要厲害，誰面對這樣的事件，也不能掉以輕心。

滬股通兩日淨買 40 億

大陸股市出現暴漲和暴跌的大幅震盪行情，讓不少投資者摸不著頭腦，許多業內人士也表示看不懂 A 股。然而有一部分港資借助滬股通北上買入 A 股股票，精準操作高位拋出、低點吸入。中國股市是一個信息不對稱的市場，投資者盈利依靠的是內幕消息。

此前《新紀元》獲得的消息顯示，有香港投資人被要求入市A股，並被許以高達10倍的回報，每投入10元，可獲得100元回報。

如果沒有內幕消息，作為慣於長線投資的外資，投資的決策一向謹慎而理性。然而，從這次外資的表現看，至少在表面上是冒了很大風險的，與外資以往謹慎和理智的形象不相符。

陸媒《每日經濟新聞》1月22日報導，滬港通正式開通至今僅兩個月時間，A股市場出現了大漲大跌的巨幅震盪，尤其是2015年1月19日的「股災」，以及其後兩天的上漲，震盪可以說尤為劇烈。大起大落的市場，波濤洶湧，看不準的時候，沒人願意作出決定。

但是，通過滬股通管道北上買入A的境外資金，卻在兩個月的時間裡，每每踩中節奏：上漲前加倉，下跌前減倉，暴跌時其抄底，反彈時高拋，尤其在「119」前後，其時點選擇之精準匪夷所思，20日、21日共買入A股約40億元。

中信精準減持 疑涉內幕交易

中信證券幕後老闆王軍，是江派權貴階層的代表之一。中信證券在中國現代金融史上可以說劣跡昭彰，聲名狼藉，參與過許多惡炒的內幕交易，最著名的要算「招沽權證案」。

這一次，中信證券在證監會1月16日宣布對券商兩融違規檢查結果的當日，實現精準減持，被質疑涉內幕交易。

2015年1月16日，大陸證監會通報券商融資融券業務檢查結果，中信證券等12家券商因違規被點名。就在這個利空消息

發布當晚，中信證券的公告顯示，公司第一大股東中國中信公司2015 年 1 月 13 日至 16 日減持公司股份合計 3.48 億股。有媒體計算，其減持套現金額已超百億元，並對中國中信如此精準減持行為提出質疑。

媒體質疑，中信證券作為被處罰方，有條件比市場提前獲知被處罰的信息，其大股東在公司兩融業務被罰消息公布前拋售股票的做法，可能涉嫌內幕交易。

國泰君安是曾慶紅家企保薦人

2015 年 1 月 16 日，國泰君安也被證監會處以暫停新開融資券帳戶。那麼，國泰君安又是什麼背景呢？

國泰君安是最近唱多中國股市的券商之一。2014 年 5 月 4 日，國泰君安就告訴投資者，A 股市場特別是藍籌股的風險溢價正在越過頂峰，政策環境的趨暖使增量利好環境正在出現，並以「股市 5000 點不是夢」為口號而聞名金融界。

然而大陸財經評論人士「水皮」2014 年 9 月 9 日撰文表示，中國股市指數如果真的衝上 5000 點，弄不好會死人的。

2014 年 12 月 17 日，國泰君安國際公告，香港廉政公署人員搜查公司執行董事兼副行政總裁王冬青，涉及觸犯《防止賄賂條例》罪行。

據《大紀元》翻查，國泰君安和江派關係密切，如曾慶紅姪女曾寶寶擔任執董的花樣年控股、彩生活，以及捲入周永康案件的惠生國際等，國泰君安均擔任保薦人。

中國股市依靠內幕消息盈利

《華爾街日報》1月20日報導，中國股市儘管可能充滿投資機會，但投機性過高，該市場主要由短線交易人士主導。

中國股市經常依靠內幕消息盈利，這對於那些無法獲得中國國內投資圈小道消息的外國投資者而言意味著風險。

外媒認為，最近啟動的滬港通機制顯示，市場人氣正向中國內地市場轉移。

滬港通專案的一個目的是讓傾向長線投資的西方投資機構推動中國市場專業化，但是像1月19日這樣的暴跌只會把潛在的新投資者嚇跑。

法國巴黎投資（BNP Paribas Investment Partners）的大中華區股票業務負責人Francois Perrin稱，北京方面上周五對融資融券業務的整頓是一個「政治信號」，表明其想要市場下跌。

「招沽權證案」的幕後黑手

外媒提及的「政治信號」，其所指正是中國的經濟、金融問題往往與政治關係密切，表面是經濟和金融事件，背後則是政治力量的博弈。

中國發生的股災常常包含政治因素，2007年發生在上海股市的「招沽權證案」就是很好的例子。

所謂「招沽權證案」，是指2007年6月1日至8月24日（最末一輪）間短短60個交易日當中，50多萬大陸股民傾家蕩產、血本無歸，直接損失228億人民幣，間接損失500多億人民幣。

　　大陸多家權威媒體報導稱，這樁醜聞的幕後主謀就是中國證券市場重要的監管部門之一的上海證券交易所及其高管劉嘯東，有 19 家「創新類」券商參與。

　　所謂權證，是一種權利而非責任，在不利的情況下，可選擇不行使權利。投資人在約定的到期日（行權日），以約定的價格（行權價），可以對相關資產行使買或賣的權利，相關資產可以是股票、貨幣、指數、商品期貨。這樣，權證可以分為認購權證和認沽權證，前者代表投資人對目標資產看漲，後者看跌。

　　招沽權證是 2006 年 3 月 2 日上市，原始發行量 22.41 億份，開盤價 0.61 元，當日相對應的招商銀行 A 股均價為 6.37 元，當時招沽的行權價為 5.45 元，意即每一份權證的持有人有權在 5.45 元／股，賣出招商銀行的 A 股股票。

　　投資人看空才會認沽，所以招沽與招銀股價成反向變動，也就是招沽隨招銀 A 股下跌而上漲獲利。因此對於招沽權證來說，最大風險來自招銀股價在未來出現大幅上漲而導致的權證價格下跌，或更「嚴重的是」？，行權價被鎖定不動。

　　招沽發行後，直至 2007 年 8 月 24 日，5.45 元的行權價一直沒有進行過任何調整。但招銀股價卻受到炒高，自 2007 年 6 月 1 日以來均處於 20 元以上的高價位。

　　標的股價高於權證近 4 倍的漲幅，這意味著招沽已無任何持有價值，也因為行權價始終未做調整，可以說投資人行使沽售的權利遙遙無期。

　　招沽上市 15 個月後，6 月 1 日至 8 月 24 日，期間 6 月 12 日招沽被拉抬至歷史最高價 4.949 元，相比 5 月 30 日 0.39 元，漲幅逼近 13 倍，也就是在這波爆炒中，吸引數十萬夢想一夜暴富

的股民蜂湧追漲。

然而，6 月 12 日以後招沽一路走跌，在最後交易日的 8 月 24 日，招沽跌至 0.002 元，最後 25 分鐘交易時刻，更爆出高達 110 億份的天量成交單。其時，招沽權證的流通盤不過 53 億份而已。

招沽權證的價格要在短期間多次大起大落、交易瞬間爆漲爆跌，對於成交量日均 200 億、均價在 1.50 元以上的盤子，要做到 10 倍的漲跌來回，單日 800% 的換手率，難度非常之大。

專家分析，絕不是任何機構或多個操盤商可以做到的，而只能是超級莊家所為，這樣的超級莊家，需要擁有一種世界上所有莊家都望塵莫及的資源，尤其是無限對倒的資金優勢。是誰在坐莊「招沽權證」從而導演了這場對 50 多萬散戶的掠奪呢？

早在 2005 年，上海證券交易所及其副總經理劉嘯東，就以中國股市熊市為由力推權證交易，並在 2006 年 3 月推出招沽權證。

正是掌管上海交易所的劉嘯東和中信證券的控制人王東明幕後操縱了「招沽權證案」，這兩個人還是中國股市數起認沽弊案的策謀人。那麼，劉嘯東究竟是什麼人？王東明又是誰？

據悉，劉嘯東原籍河南，是江綿恆在美國留學時的好友，後來入了美國籍。劉敏和她的丈夫劉嘯東 1999 年回大陸後多次與江澤民家族合影。劉嘯東後來以海歸的身分擔任了上海證券交易所副總經理職務，2007 年上海第一張中國永久居留的「綠卡」就發給了他。

王東明，1951 年出生，國際金融碩士，父親王炳南，是中共從事外交的專業人員。作為中信證券的董事長，王東明惡性炒作

的股票至少有好幾十家。

「招沽權證案」被稱為中國金融第一案，其在金額、人數、業者、操縱手法等許多方面皆創下紀錄，整個黑幕更是直指江澤民。

劉嘯東和劉敏夫婦在「招沽權證案」中大發了一筆。據悉，僅劉敏一家就獲利 36 億之多。江澤民、曾慶紅等家族也撈得盆滿缽滿，而 50 多萬中國股民卻落得血本無歸。

第五節

企業受靠山所累
遭殃名單大盤點

　　2015 年 2 月 9 日，有陸媒盤點與江派「大老虎」周永康、劉鐵男、令計劃、蘇榮和季建業等關係密切的上市公司名單。其中不少上市公司在該批人馬落馬前後股票大跌或經營出問題。所謂「三十年河東，三十年河西」，隨著中國局勢的進一步發展，其他與江派相關的公司恐還會陸續上榜。

中石油股票大跌

　　2015 年 2 月 9 日，陸媒《新京報》稱，周永康落馬波及多家上市公司。周永康案自 2013 年開始發酵，2014 年 7 月 29 日，周永康被立案調查，12 月 5 日，周被移送司法機關。最近兩年來，多家上市公司的高管和實際掌控人，傳皆因涉周永康案而遭到調查。

文章提到，受影響最大的，為中石油集團。2013 年 8 月開始，包括中石油原副總經理李華林在內的多位高管，被有關部門帶走調查。外界稱其「中石油腐敗窩案」。

中石油先在香港上市，2007 年 11 月 6 日回歸大陸，在上海上市。當時，在上海股市發行 40 億股新股，發行價 16.7 元，一天之內狂升 191％，增至 48.6 元收盤。如果把香港與上海兩個股市的所有中石油股票加起來，總市值超過 1 萬億美元，是當時世界最大的上市公司。

中石油上市的時候，蔣潔敏是該公司的總經理助理，上市公司的籌備組組長。中石油回歸上海，一天之內從股市撈到了 700 億元的現金。可是，不到一個月，股市泡沫徹底破裂。之後 2 年，中石油股價開始破發。

2013 年 9 月初，中石油原董事長蔣潔敏被中共拋出，因「涉嫌嚴重違紀」被調查的新聞，被世界各媒體關注。

期內香港中石油的股價震盪，自 2013 年初一路下跌，從最高的 11.32 元跌至 9 月 2 日的 8.54 元，到 2014 年 2 月跌至最低位 7.33 元。

國騰股價兩天跌 15％

此外，多家四川的上市公司也是涉及周永康案的「重災區」。據《新京報》報導，國騰電子的實際掌控人何燕於 2013 年被警方調查。2014 年 1 月，中共檢方以涉嫌挪用資金罪對何燕進行批捕。

何燕是北京人，多年浸淫四川政商圈，被稱為「天府美女富

豪」，曾多次登上福布斯中國富豪榜和胡潤百富榜。2006 年，被評為胡潤榜四川 IT 首富。

2013 年 7 月 16 日，媒體報導四川國騰電子公司女老闆因涉嫌侵吞國有資產，遭中紀委調查。該公司資料顯示，何燕持有國騰電子控股股東國騰集團 51％的股權，為上市公司實際掌控人。

7 月 18 日上午深交所發出通知稱，因公共傳媒出現關於國騰電子的信息可能對公司股票交易價格產生較大影響，國騰電子於 7 月 18 日開市臨時停牌。

7 月 18 日國騰電子公司復牌後，股價在短短 5 分鐘內就被打到跌停位置，直至收盤仍未打開跌停板。在此前一個交易日，公司股價已經下跌了 4.87％，兩天下來累計跌幅接近 15％。

據深交所資料顯示，在五大拋售席位中，四家為機構專用席位，分別達到 2867.36 萬元、576.23 萬元、392.30 萬元和 160.15 萬元，四家合計 3996.04 萬元，占當天國騰電子 7720 萬元成交量的 51.76％。

有投資者質疑，公眾媒體消息出現之後，該公司周三仍然進行正常交易，而當日的大跌中，已經有部分資金涉嫌提前「跑路」了。

明星電纜虧損約半個億

另一個四川企業明星電纜也因涉嫌虛開增值稅發票罪，被湖北省宜昌市伍家崗檢察院起訴。據報導，其實際控制人李廣元及多位高管早就處於失聯狀態。

據陸媒報導，2013 年 6 月 23 日，長期追隨前周永康、被廣

泛認為是周某親信之一的原四川副省長、現任四川文聯主席郭永祥被調查。

陸媒《上海證券報》報導,明星電纜實際掌控人、董事長李廣元被帶走調查的消息令證券市場沸騰,消息稱其或與正接受調查的四川省文聯主席郭永祥案有關。

李廣元治理下的明星電纜,原為中石油的一級物資供應商和最大客戶。2013 年上半年,明星電纜半年淨利潤超過 2700 萬元。1 月 19 日的業績預告卻顯示,2014 年,明星電纜將虧損 4500 萬元至 6500 萬元。

造成巨虧的原因,部分是因為遭到中石油的「拋棄」。有報導稱目前中石油已不再是明星電纜的最大客戶。

涉劉鐵男案五概念股由盈轉虧

緊接著是涉及劉鐵男案的五家上市公司。據《新京報》報導,2014 年 12 月,中共發改委原副主任劉鐵男,一審被判處無期徒刑。一審開庭中,劉鐵男的「朋友圈」全浮上檯面,分別是南山鋁業、中國鋁業、恆逸石化、廣汽集團、榮盛石化等。

其中,中國鋁業股份有限公司(中鋁)2015 年 1 月 30 日發布公告,公告預計 2014 年或虧損 163 億,有望成為 A 股「虧損王」。然據華爾街見聞報導,中鋁 2013 年淨利為 9.48 億元,相當於 2014 年的業績下滑了 1819%。

路透社援引北京顧問機構 AZ China 信息稱,中國目前有超過半數產能虧損經營,接受補貼後還是虧錢。AZ China 預估 2015 年中國國內約有 100 至 130 萬噸的供給過剩。

　　鋁價持續走低可能導致中國關閉部分產能。中國研究機構安泰科（Antaike）估計，自 2014 年底以來，已有約 40 萬噸的鋁產能遞減。

　　2015 年 1 月 30 日（周五），恆逸石化盤後發布業績預告，預計公司 2014 年虧損 3.2 億至 4.8 億，每股虧損 0.28 元至 0.42 元。

　　2014 年 7 月 25（周五）晚間，榮盛石化發布半年報，公司上半年虧損 5115.76 萬元。同比 2014 年由盈轉虧，每股虧損 0.05 元。

令家概念股紛紛重挫

　　據《新京報》報導，2014 年 12 月，中共政協原副主席、中共中央統戰部原部長令計劃被調查。令計劃的弟弟令完成，於 2008 年發起成立了 PE 機構匯金立方。2008 年至 2010 年，匯金立方先後投資了樂視網、東方日升、神州泰岳、東富龍、海南瑞澤、光一科技、騰信股份等公司。

　　報導稱，這些公司均在後來順利上市，其中 6 家在創業板。被投資企業上市後，匯金立方均在解禁期滿後套現離場。有統計顯示，匯金立方的原始股套現金額，累計達到 12 億元。

　　在令計劃被公布調查的當天，2014 年 12 月 22 日，創業板低開低走，快速下行。截至 9 點 49 分，創業板指報 1535.67 點，跌幅 3.83％。盤面上，樂視網、長亮科技、凱發電氣、新寧物流等多股跌停，上漲股票數量不及十股。

　　其中，樂視網股票開盤後不久直線下挫，在 9 點 39 分，就下跌 10.01％報 30.12 元，封上跌停板。

大陸新浪網報導稱，12 月 22 日晚上中紀委官網報導令計劃被查的消息讓樂視網股票大跌的原因水落石出。

澎湃新聞此前報導，樂視網信息技術（北京）股份有限公司早期大股東、前高管之一李軍 2014 年 9 月底被有關人員從山西大同家中帶走。據財經網報導，作為樂視網高管，李軍從未以樂視網副總經理的身分公開露面。李軍被指是令完成的妻弟。

澎湃新聞從多個訊息源證實，李軍的姐夫正是匯金立方資本管理有限公司董事長王誠。匯金立方是樂視早期投資者，實際控制人王誠，被曝出真名令完成，係令計劃的弟弟。2014 年 10 月，商人身分的令完成亦被查。

浙江廣廈股票緊急停牌

據《新京報》報導，上市公司浙江廣廈實際控制人樓忠福，於 2014 年底被帶走調查。樓忠福曾經贊助過令計劃妻子谷麗萍的基金會。

2015 年 1 月 5 日，上證所發布交易提示稱，因需對相關事項進行核查，浙江廣廈股票申請於 1 月 5 日開市起停牌。浙江廣廈董祕辦人員向媒體證實，本次緊急停盤與樓忠福有關。

澎湃新聞此前報導稱，樓忠福捲入令計劃案，與令計劃妻子谷麗萍有商業上的往來。2014 年 12 月底，樓忠福曾向澎湃新聞回應稱，與谷麗萍成立合夥公司，實為出資「贊助」谷麗萍的基金會。

民生銀行股價大跌

《新京報》報導，1 月 31 日，原民生銀行行長毛曉峰，被傳遭帶走。有報導稱毛曉峰事發也與令計劃有關。毛曉峰原為令計劃的下屬，兩人也是湖南大學的校友。

民生銀行的高層人事「地震」，連帶該銀行股價受到波動。2 月 2 日早上開盤，民生銀行 A 股股價大跌 6.44％。

受毛曉峰辭職等消息的影響，未停牌的民生銀行股價受到重挫。2 日開盤，民生銀行 A 股股價大跌 6.44％，在其大跌的影響下，大金融板塊全線低開，銀行、保險、券商跌幅均跌超 2.3％。

1 月 31 日晚間，民生銀行發公告稱，行長毛曉峰因「個人原因」請辭，目前由董事長洪崎代行行長一職。同時，民生銀行新聞發言人確認了毛涉案被查，並稱此事與民生銀行經營無關。

民生銀行第一大股東安邦保險也表態不會拋售股票，暫時不考慮停牌，除非出現重大異動。近期，民生銀行股權結構也發生巨大變化，有人增持。據報，民生銀行「巨震」前夜融資餘額大幅下降，超過 20 億融資盤出逃。

方大集團上司公司兩次停牌

2014 年 6 月 14 日，中紀委網站發布消息，中共政協原副主席蘇榮被調查。據報導，半個月後，方大集團掌門人方威被傳接受調查，旗下三家上市公司方大化工、方大炭素、方大特鋼於 6 月 30 日同時停牌。

在三家公司中，前身是南昌鋼鐵改制而來的方大特鋼在此次

事件中頗受關注。6月27日當天,就在方威爆出被免去人大代表職務的同時,方大特鋼發布公告稱有關上市公司的多筆資產重組方案被擱置。

公司方面表示,大股東方大集團同時終止實施11家公司股權注入公司的承諾,其中包括萍鄉市潤鑫礦業有限公司、萍鄉市天子山鐵礦有限公司、萍鄉市博凱礦業有限公司、新余市新澳礦業有限公司和新余市中創礦業有限公司的5個礦產公司的注入承諾皆遭終止。

12月23日,方大集團股份有限公司又發布停牌進展公告,稱因籌畫重大事項,公司股票已於2014年12月16日開市起停牌。

聯創光電停牌和終止投資

此外,聯創光電的實際控制人鄧凱元也被外界認為與蘇榮淵源頗深。

鄧凱元執掌的贛商聯合公司2010年11月以9.8億元價格從江西省國資委手中獲得江西省電子集團100%股權。當時聯創光電7569.21萬股股票市值即超10億元,高於交易價。

2014年6月30日,上交所早間公告稱,因聯創光電(600363)有媒體報導需澄清,該公司股票當天全天停牌。

8月25日晚間,聯創光電公告,公司將終止出資不超2.9億元認購上海並購基金股權投資合夥企業(有限合夥)的事項,相應也將終止出資1000萬元收購贛商聯合股份有限公司所持海通並購資本管理(上海)有限公司10%股權。贛商聯合為公司間接控投股東。

金螳螂停牌股價跌停

據《新京報》報導，2015 年 1 月 16 日，「落馬」一年有餘的南京原市長季建業正式受審。他與「好夥伴」、上市公司金螳螂實際控制人朱興良的利益關係再度被人提及。

2013 年 7 月，大陸媒體報導，江蘇首富、金螳螂實際控制人、董事朱興良近日被有關部門帶走調查，公司 7 月 23 日發布公告稱，因為實際控制人的傳聞，公司暫時停牌。

公司從 7 月 23 日起停牌，預計停牌 5 個工作日。而當日，金螳螂股價跌停，並創出成交 6.77 億元的歷史新高。

2013 年以來，金螳螂大股東和二股東頻繁減持，近五個月來套現近 16 億元，其中金螳螂集團僅 6 月就減持了 3790 萬股。值得注意的是，根據基金半年報統計顯示，截至二季末，共有 64 檔基金總共持有金螳螂約 1.75 億股，占金螳螂流通股的 15.83%。

金螳螂 7 月 22 日暴跌之後，深交所於盤後披露的交易公開信息顯示，機構成為出逃成交的主力。在買入前五方面，第三至第五位均為機構投資者，分別買入了 2190.03 萬元、1307.71 萬元和 1303.04 萬元。

而在賣出前五方面，也均為機構投資者，最大的賣出量達到了 9660.85 萬元的股票。值得注意的是，一家機構在買入 2190.03 萬元股票的同時，賣出了 5963.96 萬元的股票。

上市公司與江派走得太近遭殃

以上上市公司出現的重挫或虧損狀況，大多與與江澤民集團

走得太近有關，因而在習近平當局「打虎」過程中，面臨政治和經濟上的審查。

方此之時，投資者需步步謹慎，大陸的狀況與民主法治社會不同，中國是一個「人治」的社會，經濟與政治緊密掛鉤，經濟上有利可圖的位置都與掌權者關係密切，而值此政權交替之際，新政權自然意欲汰換舊有勢力，換上自己的人馬，為自己的施政鋪路。

情勢顯示，江派的親信正在一個個被抓捕，一旦習掌控實權後，江派與各大公司簽訂的各種合約都可能生變，不可不慎。

李克強整頓股市內幕

第九章

王岐山打虎
進入了金融圈

金融業在中國大陸被視為是依賴壟斷而實現暴利，並且是中國政商關係鏈條中利益最為集中且複雜的領域之一。2015 年 2 月，中國金融弊案開始浮出水面。與此同時，一些銀行高管被帶走調查，據此，外界分析認為，習近平陣營的反腐重心開始轉向金融業。

2015 年 2 月，中國金融弊案開始浮出水面。外界分析認為，習近平陣營的反腐重心開始轉向金融業。圖為上海陸家嘴的金融區。
（AFP）

第一節

中國反腐運動
開始進入金融業

習近平上台後，藉王岐山掌控的中紀委捉捕了一批大老虎，分析認為是對金融業反腐的鋪墊和清障。近期，中國金融弊案開始浮出水面，中國金融界的黑幕被一點一點揭開的同時，一些金融領域的弊案開始受公眾關注。

據外媒報導，習陣營的反腐重心已轉向金融業。王岐山已組建一個針對金融業的反腐部門。

反腐重心正向金融業轉移

《華爾街日報》2015 年 2 月 3 日援引知情中共官員的消息，稱習近平發起的反腐運動已經轉向金融業。

報導稱，1 月 30 日，中國民生銀行行長毛曉峰被帶走調查，其政治人脈開始受到問訊。

2月2日，北京銀行發布公告表示，京能集團董事長、北京銀行股東董事陸海軍正在接受調查。

《華爾街日報》報導認為，中國的反腐重心正在向金融業轉移。

該報援引知情人士稱，王岐山組建了一個重點針對金融業的反腐部門。一名官員表示：「金融是王岐山的老本行，他知道這個行業怎麼運轉。」據悉，上世紀90年代末，王岐山曾負責清理過銀行債務問題（廣信粵海事件）。

報導稱，習近平最近加強了對於銀行、證券和保險的監管力度，這些行業最近幾年規模擴展迅速，彼此日益交織，關係越來越複雜。多家銀行已經將觸角延伸至券商和保險領域，而保險公司也將業務日益擴展至貸款方面。

有業內人士認為，民生銀行高管事件，顯示以「金融反腐」為標誌的「資本反腐」將在2015年深入進行。

中國經濟蕭條 或與金融供血扭曲有關

最近，中國經濟傳出許多壞消息：通縮陰影籠罩、製造業活動低迷、人民幣持續下跌、資金加速外逃、民間借貸崩盤，以及許多工廠面臨倒閉等等。雖然自2014年以來，央行貨幣政策不斷寬鬆，大量釋放流動性，然而資金並沒有流向需要的領域，大多流向了產能過剩行業和股市、債市等資本行業。

金融作為專門管理資金的行業，有分配資金的功能，是經濟體的血脈所在。如果金融業分配資金的體系出現問題，資金流向就會被扭曲，從而對某些需要供血的行業斷血，而向專門從事

炒作的資本行業流動，這也是為什麼 2014 年央行貨幣寬鬆後，2014 年年底中國股市開始進入牛市的部分原因。

經濟是政治和軍事的基礎，而經濟的血脈又在於金融，供血的脈絡若未梳理好，經濟可能會被進一步拖入蕭條境況。

習近平上台後，藉王岐山掌控的中紀委捉捕了一批大老虎，對金融業的反腐也有一種鋪墊和清障的作用。金融界的黑幕被一點一點撕開的同時，一些金融領域的弊案開始受到公眾的關注。

股市、銀行業受到波及

2 月 2 日，大陸財經評論人士郭施亮撰文表示，目前，反腐觸及到金融領域，中國股票市場和銀行業已經受到波及。

文章表示，中國證券市場聚集了巨大財富，也是利益競爭最集中的重要領域。其中的老鼠倉已經成為中國證券市場中的一大痼疾，而媒體報導出的案例僅僅是金融腐敗中的冰山一角。

1 月 6 日，中共官媒央視報導稱，證監會挖出 41 起老鼠倉案，案例大多來自知名金融機構。其中，涉案交易金額累計 10 億元以上的有 7 件，非法獲益金額在 1000 萬以上的有 13 件。而從老鼠倉的涉案範圍來看，許多頗具影響力的金融機構牽涉其中，包括華夏基金、中國平安等。

這次涉案人物中較為顯眼的則是華夏基金經理羅澤萍，她被業內稱為最會賺錢的 5 大女基金經理之一，而華夏基金也是中國公募基金的龍頭公司，規模最大。

羅澤萍從 2007 年 11 月到 2014 年 3 月，先後擔任華夏行業精選基金和華夏優勢增長基金的基金經理，全權負責所管理基金

產品的投資決策、交易指令下達等，完全掌握基金投資內幕。據悉，她分別以周某某和王某某這兩個名字開具兩個帳戶，大量出現先於或同步於基金產品買入某支股票，並先於基金賣出獲利的情況。而

周某某曾跟羅澤萍是同學，王某某則是羅澤萍弟弟的同學。

經調查發現，羅澤萍在 2009 年 2 月到 2013 年 12 月期間，因職務便利獲取未公開信息交易股票 79 支，累計買入成交金額超過 1.7 億元，獲利 643 萬多元。

而此次公布的案件中，同樣來自於華夏基金的另一名涉嫌老鼠倉操作的是劉振華，他在公司曾擔任重要的中層領導職務，所買賣的股票更多涉及知名上市公司。

被證監會點名，涉嫌「老鼠倉」的金融機構中，除了華夏基金和海富通基金外，還有來自中國人壽資產管理公司和中國平安的這種保險巨頭的「碩鼠」，這說明涉案主題開始多元化。

與此同時，銀行業的腐敗開始展示在公眾面前。

大陸銀行業長期向國有企業、上市公司提供偏低利率貸款，而有超過 90％以上的中小微型企業卻無法獲得偏低利率的貸款，只好轉向民間高利貸的借貸管道，以維持企業的生存。

另外，在習陣營的金融反腐過程中，不少具有政商關係的企業頻頻發生問題，銀行對這些企業的貸款也因此無法收回，成為壞帳，推高了銀行的潛在風險。

銀行業在中國大陸一直依賴壟斷而實現暴利，並且也是中國政商關係鏈條中利益最為集中的領域之一。自 2014 年以來，習陣營在銀行業反腐呈現升級態勢，有 8 名銀行行長、董事長級別的高管落馬。其中包括了許昌銀行、安徽省農發行、黑龍江省級

城商行龍江銀行、中國郵政儲蓄銀行等。

股價操縱 高管股東精準套現

上市公司高管操縱股價、精準套現在中國也普遍發生。

2014 年 12 月 19 日，證監會對中科雲網、百圓褲業、山東如意等 18 支股票的涉案機構和個人展開立案調查。目前，監管層相關人士稱，調查還在進行之中。對於此次 18 支股票操縱案的專項調查，證監會表示，有很多炒股機構「以市值管理名義內外勾結，通過上市公司發布選擇性信息操縱股價」。

報導稱，儘管涉案上市公司大部分已經發布澄清公告，這 18 支股票的操縱者普遍存在利用上市公司發布的信息，借勢炒作。主要表現為炒作者借助利好消息抬升股價，後逐步套現，股價暴跌。

中科雲網、百圓褲業、興民鋼圈等公司便是在股價被不斷推升的過程中陸續釋放「利好」。

被操縱個股暴跌，散戶損失慘重，但有些高管和重要股東卻精準套現。

證監會點名的 18 支股票中首當其衝的中科雲網至今未發澄清公告。但其 2014 年 12 月 27 日公布了監事艾東風在 2014 年 7 月 30 日至 12 月 17 日的短線交易行為。

科泰電源的控股股東科泰控股，以及持股 5% 以上的股東新疆榮旭泰投資有限公司的套現同樣精準。

而發布烏龍公告的興民鋼圈，在 2013 年 9 月 18 日股價瞬間衝擊漲停時，當時的董事、副總經理王兵以 13.16 元的漲停價賣

出 71 萬股,套現 934 萬元,而後隨著烏龍被澄清,股價跌停。王兵也被質疑內幕交易,隨即辭職。

百圓褲業實際控制人楊建新在證監會發布調查令的時刻大筆套現。1 月 28 日和 29 日,楊建新控制的新余睿景企業管理服務有限公司通過大宗交易分別減持 92.24 萬股和 69.76 萬股,賣出價分別為 33.37 元和 33.9 元,合計套現 5443 萬元。

20 億融資盤提前出逃民生銀行

金融機構的政商關係錯綜複雜,往往涉及權錢交易、官商勾結等問題,其高管被帶走調查最近也成為媒體關注的事件。而這些高管被查的消息對於該機構則是利空的黑天鵝消息,對其股價會造成震盪,而其高管卻常常能夠及時套現,精準出逃,從而引發媒體質疑。此次民生銀行行長毛曉峰被帶走,有 20 億資金套現出逃,即屬於這類情況。

1 月 30 日晚間,傳出民生銀行行長毛曉峰被中紀委帶走的消息。民生銀行作為兩融的熱門標的之一,在這個黑天鵝事件面前,其股價是否會發生地震,成為業內關注焦點。

上市公司高管落馬,從過往如金螳螂、國騰電子、金路集團等案例來看,不可避免會對相關公司造成巨大的負面影響,首當其衝的就是短期股價的暴跌。

據陸媒記者測算,目前民生銀行融資餘額占總市值比例約為 3.09%,在行業中屬於平均水準;同為股份制商業銀行,招商銀行、浦發銀行融資餘額占總市值比例相應約為 2.77%、5.46%。

從最新兩融資料來看,截至 1 月 30 日,民生銀行融資餘額

100.86 億元。在此之前，民生銀行融資餘額在 2014 年 7、8 月份尚維持在 40 至 50 億元之間，伴隨市場的走高，該資料由 11 月下旬 60 餘億元持續飆升至 2015 年初的 120 億元以上。

就在毛曉峰被帶走調查的消息傳出前，民生銀行 1 月 30 日融資餘額已較 1 月 16 日的 122.37 億元明顯下降 20 億元，同期單日融資買入額則由每天 12.39 億元降至 5.54 億元，融資盤降槓桿趨勢明顯。

陸媒記者統計對比發現，相較於民生銀行近期 20 億元融資盤跑路之現象，同期，招商銀行、浦發銀行、興業銀行等均未現類似情形，而例如浦發銀行、興業銀行融資餘額卻不降反增。

資料顯示，1 月 16 日至 1 月 30 日，浦發銀行融資餘額由 140.71 億元增至 147.65 億元。招商銀行融資餘額期間由 102.56 億元變化至 100.28 億元。興業銀行同期資料則由 124.46 億元小幅升至 126.76 億元。其他如華夏銀行、中信銀行等融資餘額均未現明顯下降。

面對民生銀行逾 20 億元融資盤突降的情形，資深市場觀察人士表示，近期融資買入民生銀行的資金去槓桿化十分明顯，市場中一些「先知先覺」對資金、特別是兩融資金，嗅覺十分靈敏，趕在黑天鵝爆出前出逃亦非個案。但剩餘未出逃的槓桿資金則無疑將面臨股價調整的風險。

陸媒報導稱，在 A 股市場中，嗅覺靈敏的資金精準潛入或者出逃的案例不在少數。例如 2013 年 8 月華聞傳媒曾公告，「由於參與重組的有關方面涉嫌違法被稽查立案，本次重組申請被暫停審核。」致使公司股價一字跌停；但就在消息公布前一交易日，股價已下挫近 8%，部分資金幸運出逃。另如通策醫療 2013 年 7

月 26 日晚間發布中報業績低於市場預期，但 7 月 25 日，公司股價已放量跌停，資金「提前」出逃跡象明顯。

基金、信託和券商高管被查

2014 年 11 月 5 日，中國資本市場知名人物胡關金涉嫌債市窩案被刑拘；同日，國海證券公司總裁齊國旗和副總裁陳列江也因為債市反腐被免去相應職務。其實，早在 2014 年 10 月 15 日，齊國旗就已經被刑事拘留，陳列江協助調查。自 2013 年年初以來，債市風暴席捲了多家金融機構，多家銀行、券商、基金、信託等機構的固定收益部業務骨幹被查，債券發行和交易中的利益輸送等違法違規行為被查處。

2013 年 10 月 11 日，國信證券公告，該公司固定收益部總裁、有「債市一姐」之稱的孫明霞因個人原因正接受警方調查。孫明霞從業 10 餘年，業績突出，在業內頗為知名。她被調查後，供出數百人名單，此被視為是當局拉開資本市場反腐風暴的序幕。有媒體稱，發改委財金司前司長張東生被查，也由此而起，意味著習陣營的債市反腐進入第二波高潮。

2015 年 1 月 5 日，李友、余麗、魏新和李國軍等一系列方正集團高管接受調查之後，1 月 22 日晚，方正證券在公告中證實了外界關於董事長雷傑失聯的傳聞。方正證券以北大集團為依託平台，開始走上「金控路線」，已設立合資投行、期貨、直投、合資基金、另類投資等 5 家子公司，並持有盛京銀行 6.82％的股權。2014 年年底政泉多次實名舉報北大方正集團的高管，股東戰爭牽涉到北大集團金融高管，最後 4 人出事。

第二節

中國政治和金融領域山雨欲來

有分析認為，安邦與民生的關係後面，涉及中共太子黨和團派、權貴集團和民營企業的博弈。中國的政治和金融領域可能會迎來一場風雨。
（Getty Images）

　　1 月 30 日，中國民生銀行傳出消息稱，其行長毛曉峰被帶走調查。這條消息引發外界關注一直不斷增持民生銀行股票的安邦集團。據悉，安邦集團具有深厚的紅色背景，在短短 10 年間，該公司獲得暴發式的發展，資本從 2004 年成立時的 5 億人民幣暴增到 2014 年年初的 6000 億。這些消息極具震撼性，背後涉及中國特有的政商關係，有分析認為，中國的政治和金融領域可能會迎來一場風雨。

民生銀行行長毛曉峰被帶走調查

　　1 月 30 日，中國民生銀行傳出消息稱，行長毛曉峰被紀檢部門帶走協助調查，公司進入緊急狀態。

　　陸媒「財經網」報導稱，此次被紀檢部門帶走協助調查的就

是毛曉峰。多名民生銀行高層表示，近日確實無法與毛曉峰取得聯繫，其手機處於關閉狀態。

陸媒報導，有傳聞稱毛曉峰或涉及令計劃妻子谷麗萍案。

據陸媒《新京報》報導，毛曉峰曾介紹谷麗萍任職民生銀行，並內設「夫人俱樂部」，多名中共高官夫人只領工資不用上班，谷麗萍和已落馬的江派副國級高官蘇榮的妻子均為俱樂部成員。

陸媒報導稱，這場突然來襲的重大變動，將會使正在經歷重大股權變動的民生銀行，再度遭遇變數。資料顯示，自 2014 年下半年以來，安邦保險集團已經在二級市場累計買入民生銀行股份超過 20％。安邦保險集團正在加速滲透，未來必將謀求更多的董事會席位。

安邦集團最近因不斷增持民生銀行股票而備受媒體關注。據港交所資料顯示，1 月 23 日和 1 月 26 日，安邦保險分別以 10.33 元、10.442 元的每股均價，買入民生銀行 A 股 2.59 億股和 2.33 億股，合計斥資 51.1 億元。

據資料顯示，截至 2014 年 12 月 31 日，民生銀行總股本為 341.53 億股，其中 A 股總股本為 272.2 億股。以此計算，安邦保險持有民生銀行 A 股已發行股份的比例，已達 22.51％。

外媒：資本博弈背後的政治背景

安邦保險和民生銀行的名字因為最近傳出一系列令人震撼的消息，被牢牢捆綁。

「德國之聲」1 月 31 日報導稱，民生銀行人事地震和安邦保險對民生銀行股份的不斷增持，其背後政治背景非常耐人尋味。

報導援引歷史學者、時政評論人士章立凡的分析稱，安邦和民生銀行的博弈後面，是中共太子黨和團派、紅二代和官二代、權貴集團和民營企業的博弈。

章立凡表示，目前中國是一個謠言滿天飛的社會，各路人馬都在出牌，而且變得肆無忌憚，毫無禁忌。他說，從中紀委五中全會之後，各派面臨公開分裂的邊緣，面臨著對決，具體表現就是各方似乎一點面子都不講了，「處於一個打亂仗的狀態」，「你要扯我下水，我就要扯一大堆人下水。」

章立凡認為，目前的情況下什麼事情都可能發生，如果不把老虎打死，就會被老虎吃掉。

安邦保險 5 億變 6000 億

港媒《蘋果日報》2014 年 1 月 23 日報導，安邦保險 2004 年以 5 億元人民幣註冊資本成立，到了 2014 年年初，資產規模估計達到 6000 億元，其暴發之快，頗引起媒體關注。

報導稱，安邦具有深厚的紅色背景，陳毅之子陳小魯即是該企業一名董事。陳小魯接受訪問時證實，安邦控制人吳小暉曾經是鄧小平外孫女婿，坦言安邦發展之快，與董事人脈不無關係。

2014 年 1 月之前，陳小魯通過實際控制的 3 家公司，控制著安邦保險集團 51.3％的股權。

陳小魯透露，未到 50 歲的吳小暉，祖籍溫州，其父從商，吳小暉早年任官，後來經商，「於浙江賣汽車，是上汽集團最大的承包商」，因此認識上汽前總裁胡茂元。胡茂元與吳小暉於 2004 年成立安邦財險，吳小暉出任總經理，邀請陳小魯協助牽線，

邀得時任總理朱鎔基之子朱雲來、博鰲亞洲論壇祕書長龍永圖等
人出任董事。

目前，安邦在中國大陸的生意已經遍及保險、地產、甚至證
券等行業。

安邦快速暴發引人注目

最近，大陸媒體對安邦快速暴發史的報導引人注目。

據旅居美國的中國經濟社會學者何清漣分析，安邦與最近股
市出現的異常應該脫不了干係，因為從 2014 年末開始的這輪牛
市來的非常奇怪。

何清漣援引《南方周末》題為《「股神」安邦如何玩轉「錢
經」》的報導稱，安邦對這輪牛市的攪動可能起了一定作用，比
如，所謂安邦對牛市把握得特別準，「安邦買什麼，其他投資者
就跟著買什麼」，道出其中的「5、6 成」祕密：安邦可能就是這
輪牛市的造勢者之一。

中國政治和金融領域或有一場風雨

最近發生在中國大陸的幾條消息，均涉及政商關係，民生銀
行行長被調查，或與令計劃妻子有關；媒體報導安邦快速暴發史
與該公司深厚的紅色背景有關；而另外一條中國工商總行與中國
電子商務巨頭阿里巴巴的角力，涉及江派的利益。這些消息同時
傳出，顯示中國的政治和金融領域將迎來一場風雨。

第三節

毛曉峰後面還有「好看的戲」

2015 年 1 月 30 日，中國民生銀行行長毛曉峰被帶走調查，外界認為習陣營此舉正拉開金融反腐這台戲的序幕。圖為毛曉峰 2003 年資料照。（大紀元資料室）

令案後 第一波金融高層大地震

1 月 31 日，民生銀行在上交所發布公告稱，公司董事會收到毛曉峰辭職信，此信稱，因個人原因，申請辭去中國民生銀行董事、行長及董事會相關專門委員會職務。

目前，外界一致認為，民生銀行行長毛曉峰被帶走調查，可能只是中國金融反腐這台戲的開始。

美國《紐約時報》稱，如果毛曉峰被證實是被帶走進行反腐調查，這將是中國主要金融機構現職高管第一次捲入類似調查。美國彭博社 1 日回顧表示，金融業上一次「打虎」，是 2014 年 6 月中國農業銀行原副行長楊琨因受賄 3079 萬元被審判。

德國新聞電視台稱，中國之前被反腐敗調查的多為國企，毛

曉峰事件證明民營企業也不是反腐敗的禁區。

《華爾街日報》表示，中國廣泛的反腐運動時不時地向中國共產黨和政府人士之外延伸，在毛曉峰之前，一些石化和房地產企業的高管已被調查傳召問話。

《朝鮮日報》2月1日報導稱，有消息傳毛曉峰涉及令計劃貪腐案，他還在民生銀行內設立「夫人俱樂部」，包括給令的妻子谷麗萍「不上班開工資」待遇。這是令案後，大陸第一波金融業高層人事大地震，預料可能還會有更多涉貪官員落馬。

令計劃的同學與下屬

據「澎湃新聞」報導，1993年湖南大學成為中國第二批MBA試點院校。次年，時任共青團中央宣傳部部長令計劃成為湖南大學工商管理學院MBA的一名學員。

1990年，毛曉峰在湖南大學工商管理學院本科畢業，1994年和1998年又分別在湖南大學獲得碩士和博士學位。

毛曉峰曾是令計劃下屬。履歷顯示，毛曉峰曾任中華全國學生聯合會執行主席，湖南省芷江侗族自治縣縣長助理、縣委副書記，共青團中央辦公廳綜合處主任科員、副處長、處長，團中央實業發展中心主任助理等職。

好看的戲在後頭

2月2日，大陸《財經》雜誌報導稱，周永康集團專注於對土地礦產資源的壟斷，令計劃則如章魚之手，在資本市場和金融

領域都有涉獵。毛曉峰正是令計劃資本市場布局中的重要人物。因此，在目前反腐這台戲中，毛曉峰僅是開頭，接下來還有戲看。

報導稱，從學歷來看，金融並非毛曉峰的長項，他本來想走仕途。據說，毛 17 歲就受湖南一個高管提攜培養，18 歲擔任全國學聯執行副主席，後掛職湖南芷江侗族自治縣，當過縣長助理和縣委副書記，那時不過 23 歲。

毛曉峰的簡歷至少有兩處與原中辦主任令計劃交集——湖南大學與中共團中央，這也成為猜測他案發的主要線索。

令計劃在中共團中央度過 15 年之後，1994 年攻讀湖南大學工商管理專業，兩年後獲得碩士學位。畢業時，令計劃已進入中辦。無獨有偶，令的胞弟令完成也於 2002 年在湖南大學工商管理學院攻讀碩士學位。消息稱，這與毛曉峰的牽線有關。

令計劃則在 2002 年把毛曉峰從團中央「空降」到民生銀行，次年成為董事長經叔平的祕書。對於毛的這個變化，很多人不太理解。

2008 年 4 月，毛曉峰被任命為民生銀行副行長，同時兼任董事會祕書，成為當時管理層最年輕的人物。2014 年 8 月起任黨書記、行長，是當時中國最年輕的銀行行長。如果將此視為令計劃在金融業長遠的人事布局，或許更容易明白。

毛曉峰擔任行長半年，民生銀行一直不太平靜。

2014 年 11 月 23 日，有網友發微博稱，中國民生銀行武漢分行已經內部宣告破產倒閉。受此消息影響，11 月 24 日民生銀行股價一度大跌。隨後民生銀行在回應中表示，此事純屬造謠。

據說，上面擔心出更大的亂子，就安排安邦接手。2014 年 11 月 28 日開始，安邦保險集團在兩個月內連續 12 次增持民生銀行。

截至目前，安邦保險持有民生銀行 A 股的股權已達 22.51％，成
為民生銀行單一最大股東。根據港交所資料統計，合計耗資超過
400 億元。

分析認為，2015 年在中國上演的反腐戲目，主題可能是金融
反腐。在上一輪政經更迭中，倒下的行長包括朱小華、王雪冰、
張恩照，而這一輪戲，毛曉峰僅是開頭，接下來還有好看的。

第四節

起底安邦 5 億變 6000 億的祕密

官媒微信號刊文起底安邦集團

2015 年 2 月 3 日，中共官媒《人民日報》海外版屬下的微信公共帳號「俠客島」發表題為《誰堪安邦》的文章，對備受外界關注的安邦集團進行起底。

文章稱，1 月 31 日，民生銀行在上交所發布公告稱，毛曉峰因個人原因辭去行長、董事等職務。隨後，安邦閃進公眾和媒體的視野，原因是自 2014 年 11 月起，安邦連續 12 次、砸下近 380 億元增持民生銀行股份，持股比例幾近 22％。

文章提到，2 月 2 日凌晨，大陸媒體《南方周末》發表了一篇致歉聲明，稱 1 月 29 日關於安邦保險的報導中「信息核實有不實之處」。事情緣起《南周》發表的《安邦真相》，稱安邦的實際控制人是陳毅之子陳小魯。但陳小魯隨即否認。

文章稱，陳小魯口中的「小暉」，即是安邦集團的董事長、

總經理和法人代表吳小暉。1 月 31 日，吳小暉正在美國哈佛大學「搶人」。面對中國精英留學生，吳小暉將安邦的公司戰略表述為「打造全球性公司」，並開出了「月薪 5 萬」的價碼，同時回顧了 2014 年安邦的幾次「大手筆」。

2014 年，安邦斥資 19.5 億美元收購紐約地標華爾道夫酒店。一周後，安邦以 100％的股權收購了比利時百年老店 FIDEA 保險公司；一個多月後又拿下了比利時大行德爾塔‧勞埃德銀行 100％股權。這 3 次收購共耗資 150 億人民幣。

文章還稱，安邦的成長快得「令人咋舌」。安邦於 2004 年成立，註冊資本金僅 5 億元；11 年後總資產已經逼近 1 萬億，註冊資本金也超過 6000 億。目前，安邦除信託業務之外，已取得包括保險、銀行、基金等在內的金融「全牌照」。

對金融、地產的大幅收購，使安邦已不再是一家簡單的保險公司，而更像「金融控股」了。而安邦的股權結構頗為神祕，其董事長吳小暉被傳是前中共領導人外孫女婿，但被證實「已中止婚姻關係」。

文章開頭和結尾都引用王安憶的小說，裡面有「那暗裡還像是藏著許多礁石，一不小心就會翻了船的」，「這東方巴黎的璀璨，是以那暗作底鋪陳開。一鋪便是幾十年。如今，什麼都好像舊了似的，一點一點露出了真跡」的字句，似乎在影射安邦將「翻船」，璀璨背後的暗底會「露出真跡」。

《南周》起底安邦後 蹂躪道歉

在中共官媒微信公共帳號「俠客島」刊文之前，1 月 29 日，

《南方周末》發表《安邦真相》的系列專題，詳細報導了安邦保險集團從 2004 年創建時的 5 億元人民幣起家，在 10 年時間內就成為擁資 1 萬億元保險業巨頭的經過。

報導提到，在安邦保險的發展過程中，陳小魯（陳毅之子）、朱雲來（朱鎔基之子）以及吳小暉等人扮演的角色引發廣泛關注。

然而，2 月 2 日凌晨，《南周》突然通過微信發布消息，稱報導中「信息核實有不實之處」，並「就此對安邦保險集團及主要負責人致歉」。

外媒法廣認為，《南周》這一道歉方式令人迷惑，而且道歉詞中沒有具體說明究竟是哪些報導不實，這實際上會給人留下更多的猜測空間。

傳王岐山建新團隊針對金融反腐

在民生銀行行長毛曉峰出事之前，1 月 30 日，京能集團原董事長、北京銀行股東董事陸海軍被查；2 月 2 日，河北滄州一工商銀行的支行長墜樓死亡。一時間大陸金融業頗不平靜。《華爾街日報》引述知情中共官員消息稱，中南海的反腐運動正衝擊中國巨大的金融領域。據稱，中紀委組成一個新的部門主要聚焦於金融領域。

有報導稱，王岐山一直對金融反腐格外看重。中紀委的第二輪機構改革，將負責查辦案件的紀檢監察室增至 12 個，其中第四紀檢監察室主導金融系統的反腐。

分析認為，中共官媒此次接棒《南周》繼續起底安邦集團，顯得頗為詭異，或預示大陸金融領域將起「大風暴」。

第五節

王岐山已擊落 40 多隻金融老虎

北京銀行董事陸海軍被調查

2015 年 1 月底，一周內大陸 3 家銀行高管接連出事。除民生銀行行長毛曉峰被查外，另一位金融業落馬高官是京能集團的陸海軍。

2 月 2 日，陸媒「財新網」報導，當天晚，北京銀行發布公告稱，接到股東單位北京能源投資（集團）有限公司（下稱京能集團）函告，京能集團原董事長、該行股東董事陸海軍正接受調查。此前，1 月 30 日，中共北京紀委已發布陸海軍被查的消息。

公開資料顯示，陸海軍，1957 年 1 月出生，江蘇新沂人，曾任北京市液化石油氣公司副經理、黨委副書記、經理，北京市公用局局長助理，北京市崇文區副區長，北京市市政管理委員會黨組成員、副主任、黨組書記、主任等職。

2011 年 12 月，陸海軍加入北京銀行董事會，2013 年 8 月起

任職北京銀行董事；2014 年 11 月，任北京能源集團有限責任公司黨委書記、董事長。

此外，陸海軍還擔任北京京能清潔能源電力股份有限公司、北京京能國際能源股份有限公司、寧夏京能寧東發電有限責任公司、山西漳山發電有限責任公司、北京京能電力股份有限公司 5 家公司董事長職位。

工商銀行滄州分行某行長墜樓身亡

據大陸媒體《新京報》報導，2 月 2 日，中國工商銀行滄州分行泊頭支行某行長墜樓，當場死亡，原因不詳。

報導稱，一位現場目擊者表示，當天下午 1 時許，看到一名中年男子從中國工商銀行 12 樓跳下，摔在 2 樓平台上，中國工商銀行的「中」字被砸倒，死者頭朝南躺在「中」字上，一隻鞋甩落到地面。

有報導稱，王岐山 2015 年將在金融業「反腐」，會有一大批金融高管蛀蟲被查，而毛曉峰被調查掀開了金融系統「反腐大幕」。此名支行行長墜樓，目前尚不知是否與此有關。

保險行業央企高管戴春寧被查處

2014 年 6 月 5 日，中共中紀委網站通報，日前，中共中紀委對中國出口信用保險公司原副總經理戴春寧進行了立案檢查。

通報稱，經查，戴春寧夥同他人貪污巨額公款；利用職務上的便利為有關公司或個人謀取利益，單獨或夥同他人收受巨額賄

賂;與他人通姦。中紀委認為戴春寧貪污、受賄已涉嫌犯罪,決定開除戴春寧的黨籍,並將其涉嫌犯罪線索移送司法機關。

此前,2013 年 12 月 1 日,中共中紀委曾發布消息稱,戴春寧正接受調查。

據公開資料顯示,戴春寧,1962 年 2 月出生,本科學歷,曾任中國進出口銀行行長助理,2012 年 4 月起任中國出口信用保險公司副總經理。

據中國信保官網所述,中國出口信用保險公司成立於 2001 年,資本來源為出口信用保險風險基金,是目前保險行業僅有的 4 家副部級央企之一。

原中國郵儲行長陶禮明被審

2014 年 11 月,中國郵政儲蓄銀行原行長陶禮明涉嫌受賄、挪用公款一案在河南省鶴壁市中級法院公開審理。中共檢察機關指控,短短 5 年內,陶禮明與他人合謀多次惡意超發數億元國債,將其中約 3.4 億元國債資金挪用於炒股、投資理財,供個人牟利。其手法之專業、規模之巨大十分罕見。

中國郵政儲蓄銀行 2007 年掛牌成立,其大陸資產規模僅排在中國工商銀行、中國農業銀行、中國銀行、中國建設銀行、交通銀行(工、農、中、建、交)5 大行之後,為中國第六大銀行。

據報導,在 2009 到 2010 年間,郵儲銀行曾為湖南高速相關建設專案違規發放貸款,在此期間陶禮明的弟弟向湖南高速索賄 1000 多萬元。此外,陶禮明亦涉及通過銀行間市場利息輸送等違法違規事宜。

　　據《中國經營報》報導，牽出了陶禮明的原因在於前湖南省交通運輸廳黨組書記、副廳長陳明憲涉及受賄案在被調查期間供出了陶禮明的弟弟。具體事宜是：湖南高速的一個 200 億元大項目中，郵儲銀行曾給湖南高速發放了一筆 50 億元的批發類貸款，陶禮明的弟弟索要好處 1.9 億元，湖南高速首筆支付 1500 萬元，其餘改用壟斷經營洞（口）新（寧）高速材料的形式支付。

　　大陸官方消息顯示，陶禮明早在 2012 年 6 月已經被雙規調查，還有兩名系統內官員同時被查。2012 年 6 月 11 日，中國郵政集團（下稱中國郵政）和郵儲銀行同時公告，郵儲銀行行長陶禮明、郵儲銀行資金營運部金融同業處處長陳紅平因涉嫌個人經濟問題正在協助有關部門調查。同一天，中國郵政集團公司也發布公告承認中國郵政集團公司黨群部主任張志春因涉嫌個人經濟問題正在協助有關部門調查。

　　官方資料還顯示，陶禮明現年 59 歲，長期在郵政金融系統工作。自 2007 年 3 月郵儲銀行正式成立擔任行長一職，之前任郵政局儲匯局局長多年。

建行紹興「美女行長」陳惠君被捕

　　中國建設銀行浙江紹興城西支行行長陳惠君曾是紅極一時的「美女行長」，2014 年 5 月 15 日，其涉嫌詐騙罪被警方逮捕。消息傳出後，20 餘名被騙的債主在建行門口拉起橫幅討說法。

　　據《法人》報導，債主表示陳惠君以有客戶貸款到期需要轉貸，回報 3 到 6 分不等的利息為誘餌向受害人借款。

　　在陳惠君被抓的消息傳出後，至今已陸續有近 40 名債權人

前往警方報案、登記，涉及本息 3.26 億元。大多數受害人都是她身邊的朋友或者銀行的業務客戶。

陳惠君曾是紹興上虞小百花越劇團演員。其丈夫是紹興市某局副局長。陳出任行長時曾受質疑。

金融系統成腐敗重災區

2014 年 12 月 17 日，中共黨媒「人民網」轉載《法治周末》的報導稱，金融系統已成犯罪重災區，作為金融系統中最為盈利的行業，銀行業也出現了金融領域中數量最多的落馬企業家，其中不乏董事長或行長級別的管理者。

報導稱，2014 年先後落馬的銀行業正廳級高管包括：內蒙古農信社原主任武文元、內蒙古銀行董事長楊成林、郵儲銀行原行長陶禮明、成都銀行原董事長毛志剛、許昌銀行董事長高志民、龍江銀行監事長楊進先、李若虹。

據 12 月 27 日《時代周刊》報導，自 2013 年以來，金融系統從債市開始的反腐風暴。2014 年初，反腐觸及整個基金行業，現在銀行又成了反腐的焦點。據不完全統計，證券市場已有 28 名曾經「叱詫風雲」的人物被調查、起訴和判刑；有「債券女王」之稱的孫明霞被查之後，孫所供出的幾乎涵蓋整個企業債發行業鏈條的數百人名單，有關部門正在按圖索驥，「債市王國」風聲鶴唳，人人自危。目前已有 12 名銀行高管、基層支行行長被調查。

另有報導稱，中紀委「專項巡視」還未進駐金融系統，目前的反腐動作還只是「小試牛刀」，待到金融系統被專項巡視，大陸國有銀行和股份制銀行將有「大戲」上演、「老虎」被打！

第六節

人民幣大幅震盪
央行降準中國經濟問題嚴重

從 2015 年 1 月底，人民幣匯率出現連續多次的大幅下跌，同時資本流出正在加劇，顯示中國經濟出現了嚴重問題。（大紀元資料室）

人民幣多次跌停的市場原因

從 2015 年 1 月 26 日到 2 月 5 日這段時間，人民幣對美元匯率持續大幅波動，7 次逼近「跌停位」。市場人士普遍認為，除強勢美元等外部因素使人民幣匯率承壓外，2 月 1 日最新公布的中國採購經理人指數（PMI）1 月份資料表現疲軟也增加了市場對於經濟的擔憂情緒。

業內人士表示，中共官方 PMI 資料和匯豐 PMI 資料首次同時滑入萎縮區間，意味著中國製造業仍面臨困境，2015 年一季度的 GDP 增速可能會在 2014 年的基礎上進一步下滑，同時未來幾個月中共當局或需要考慮推出更多有針對性的措施來提振經濟。對於人民幣匯率接下來的走勢，業內人士基本達成共識，在美元

強勢以及市場對於中國經濟增長感到憂慮的影響下，短期內人民幣或仍會面臨一定貶值壓力。

據某些境外資本分析，人民幣可能會出現一輪快速貶值。一家美國對沖基金經理認為，人民幣名義和實際有效匯率自 2005 年匯改以來，已經累計分別升值 40.5％和 51％。如今隨著美元強勢升值，加之中國經濟增速放緩可能引發資本撤離，不排除人民幣短期出現約 10％的技術性回檔。

人民幣大幅動盪釋放危險信號

中共國際經濟交流中心副研究員張茉楠 2 月 2 日在《南方都市報》刊文表示，人民幣匯率的大幅震盪，多次逼近跌停，其風險需要引起警惕。

文章表示，匯率與資產價格有很大相關性，對人民幣匯率短時間內的持續下跌，以及可能產生的連鎖性需要關注。在岸人民幣暴跌逾 200 點，最低觸及 6.2531，創 2014 年 6 月以來新低；離岸人民幣暴跌逾 100 點，表明已經大幅減少離岸人民幣頭寸，貶值預期開始形成，並可能對中國經濟造成新的衝擊。

文章認為，短期內人民幣匯率的大幅動盪釋放了一個非常危險的信號。近兩年，短期投機資本以及人民幣套利風潮興起，積累了大量的風險。國際清算銀行資料顯示，當前全球每天日均 4 萬億美元的外匯交易中，只有 2％是因貿易和國際投資引起的，其他都是投機性交易。

文章表示，這些投機資本對各個金融市場匯差、利差和各種價格差、有關國家經濟政策等非常敏感，並可能出現過度反應，

從而對整個金融市場產生不可逆的正回饋機制，可能引發人民幣資產價格斷崖式下跌和資本大量外流。本輪全球性的金融危機、債務危機，乃至大宗商品價格與新興經濟體的資產泡沫就與跨境資本的投機運作有很大關係。

中國遭遇 17 年來最大規模資本外流

人民幣大幅震盪、多次逼近跌停，使資本加速外逃。

中國外匯管理局 2 月 3 日公布的資料顯示，2014 年四季度中國資本和金融專案逆差達到 912 億美元，經常項目順差收窄至 611 億美元，這成為至少是 1998 年以來錄得的最大規模資本外流數據。

具體而言，2014 年四季度，大陸經常項目順差 611 億美元，其中，按照國際收支統計口徑計算，貨物貿易順差 1693 億美元，服務貿易逆差 733 億美元，收益逆差 244 億美元，經常轉移逆差 104 億美元。資本和金融項目逆差 912 億美元，其中，直接投資淨流入 610 億美元。國際儲備資產減少 300 億美元，其中，外匯儲備資產（不含匯率、價格等非交易價值變動影響，下同）減少 293 億美元，特別提款權及在基金組織的儲備頭寸減少 7 億美元。

瑞穗證券亞洲公司首席經濟學家沈建光對彭博社，新聞表示，這意味著中國經濟結構出現了轉變，人民幣貶值預期顯現，從而推動了資本的外流。

民生證券認為，金融危機後，大陸企業或個人通過虛假貿易或對外負債借入了低息美元，人民幣資產吸引力下降和美元升值導致這部分美元外流。

央行降準

在人民幣貶值、資本加速外逃的大環境下，中共央行的貨幣政策被逼到進退兩難的境地。

中國民生銀行首席研究員溫彬表示，考慮到外匯占款趨勢性減少，從基礎貨幣補充的角度來看，需要降準以釋放流動性。但是由於 2014 年底降息之後資本市場暴漲，資金並未流入需要的領域。尤其是如果中國也加入到「貨幣戰」之中，加大寬鬆力度，將進一步加大人民幣的貶值預期。然而，出於經濟維穩的需要，央行最終選擇了釋放流動，決定降準。

據人行網站，中國人民銀行決定，自 2015 年 2 月 5 日起下調金融機構人民幣存款準備金率 0.5 個百分點。

對於央行此次降準，「和訊網」首席評論員馨月表示，首先，2014 年經濟速度下跌較快，雖然第四季度採取降息措施，卻沒能明顯降低經濟下滑的速度，經濟依然持續滑落未能觸底企穩。如果不出意外，2015 年 1 月經濟依然是下滑趨勢，只是資料暫時沒有出來，所以為了維穩經濟，調降準備金是必然的。

其次，中國資本外流的情況從目前逐漸被披露出來的數據來看可能相對嚴重，因此，央行採取一定的對沖手段也是必要的，這樣需要通過調降準備金來補充市場的流動性。央行這次降準應該說比預計的時間點稍晚，但一次性降幅比預計的卻要大，這說明目前經濟所面臨的問題比較嚴重。

第七節

中共統治近黃昏
美智庫籲華府準備好

　　美國智庫、著名亞洲問題專家奧斯林（Michael Auslin）2月初在美國主流媒體《華爾街日報》撰文，提到美國的中國專家普遍具有「中國共產黨已瀕臨黃昏」的共識，他提醒華府關注中國的局勢變化，提早思考沒有中共的中國政策。

　　奧斯林撰文《中國共產黨的黃昏》（The Twilight of China's Communist Party）提到，美國一位經驗豐富的中國觀察家在私人晚宴上對少數外國外交人員說：「我無法給你中共垮台的確切日期，但中共已進入最後階段。」

　　文章中說，這種悲觀情緒從與北京當局關係密切的人士口中流出，是非常值得注意的事情。「如果華府不想被中國的政治地震嚇到，最好開始關注這件事情」。

　　奧斯林說，在場的中國專家不是保守派，也不算極少數的異議人士，他們都有廣泛的經驗，經常前往中國，上述的言論幾乎

已成為共識。

他認為，中共領導人習近平近來的反腐動作，已經使權力集中到極限，但中國正面臨著經濟放緩，可能導致中產階級生活品質滑落，任何潛在的大規模民眾抗暴都可能讓習近平當局短路，使習面臨危機。

從社會面來看：「中國的犬儒主義處於歷史最高峰。精英分子為了家人持外國護照，財富透過房地產及其他手段轉移到海外。成熟的中國經濟意味著經濟無論如何會放緩，但更持續的衰退將加劇在表層底下的緊張。」

如果中共將垮台，西方該怎麼辦？一名專家建議：跟「被邊緣化」的中國人建立關係、與中國的各種聲音更廣泛地交流，從農民到教育工作者、到自由運動人士，這是長期唯一負責的做法。因為，「西方外交人員、學者、非政府組織，與中國民眾相隔太遠了」。

那名專家問：「您上次聽到華府批評中共的人權或勞動關係是什麼時候？」

奧斯林寫道，經濟及安全分歧已顯示出與中共有成熟合作關係的希望破滅，幾十年的官方互動幾乎沒有改變中共領導人。北京仍然支持北韓、伊朗之類的激進角色，而且打壓自己的人民，「這個政權的本質已表露無疑」。

「現在是展示西方對中國的發展有道義責任的時候了。」他說：「這個結局可能還有好幾年，但站在歷史正確的一邊，不管事件看起來多麼紛亂，都是明智的作為。」

李克強整頓股市內幕

第十章

山雨欲來
股市暴跌前的警示

中國股市是「政治市」，但在複雜的中南海政治權鬥下，走勢也變得不可預測。目前在高度泡沫下，一些風險跡象已明顯浮現出來，業界警告一旦股市崩盤，將危及實體經濟與金融體系安全。

（Getty Images）

第一節

中國經濟風險趨高
理財產品面臨違約風暴

中國銀監會表示將推動銀行理財業務進行子公司改革。對此,銀行人士稱,今後買銀行理財產品,不再「只賺不賠」了。(Getty Images)

　　2015 年 3 月 15 日,李克強在北京兩會上回答中外記者的提問時表示,將「允許個案性金融風險的發生,按市場化的原則進行清算」。專家表示,這是中共政府第一次明確表態,說明要逐步打破剛性兌付,個案性的違約事件將會越來越多。

　　中國銀監會表示將推動銀行理財業務進行子公司改革。對此,銀行人士稱,今後買銀行理財產品,不再「只賺不賠」了。實際上,近期大陸銀行理財產品收益率已出現明顯下滑,在降息的大背景下,二季度極有可能跌破 5%。

　　資料顯示,2015 年 5 月的第三周(15 日至 21 日)銀行理財產品周均預期年化收益率為 5.22%,較前周下跌 0.02 個百分點。短期限理財產品的周均收益率有較大跌幅,其中 15 天至 1

個月期限的理財產品周均收益率跌幅最大，較前周下跌 0.31 個百分點。

據 360 發布報告顯示，新年後，投資者逐漸返回理財市場，市場資金面保持寬鬆，預計理財產品收益率將繼續保持下行，3 月份有可能跌至 5.1% 下方，二季度破 5 的概率較大。

金融業內人士表示，進入 3 月中旬以來，銀行理財產品收益率持續下降，預期收益率超過 6% 的銀行理財產品在市場上很難尋到蹤跡了。

該人士稱，「根據我近幾個月的觀察，目前銀行理財產品 5.5% 的年收益率算一個分水嶺，國有大行一般在 5.5% 之下；中小銀行則拿出了略高於 5.5%、但一般不會超過 5.8% 的產品。整體看，隨著降息影響逐漸顯現，在流動性寬鬆的大環境中，銀行理財產品收益率不會有太好表現。短期產品收益率勢必繼續下行。」

實際上，銀行理財產品收益率繼續下滑是可預見的。央行降息勢必對銀行理財產品收益率產生影響，下降是必然趨勢；近期，中共國務院批准 1 萬億元地方債務置換額度，銀行少了高收益率的投資專案，理財產品收益率隨之受到負面影響。

此外，從銀行的發行量來看，也可知理財產品正在走下坡路。Wind 最新資料顯示，2 月份，大陸有 275 家銀行共計發行理財產品 4508 款，比上月減少 21.53%。前 10 大銀行發行理財產品 2161 款，占總發行量 47.94%，發行占比連續第六個月低於 50%。

破剛性兌付或使違約潮蔓延

2015 年 3 月 15 日，李克強在北京兩會上回答中外記者的提

問時表示，將「允許個案性金融風險的發生，按市場化的原則進行清算」，李克強稱，這是為了防止道德風險，也增強人們的風險意識。

民生證券研究院執行院長管清友對此表示，這是中共政府第一次明確表態，說明要逐步打破剛性兌付，個案性的違約事件將會越來越多。

另據澎湃新聞報導，管清友表示，如此一來利率慘了，如果個案真的發生利率會短期上行，央行定向寬鬆力度將加大。2015年中央可能繼續允許匯率適度貶值。

上海市金融辦主任鄭楊表示防範風險仍是底線，個案性金融風險的發生最終可能會出現蔓延的態勢。

信貸違約或引爆大規模群體事件

在大陸，信託產品剛性兌付實際上是信託行業的「潛規則」，即信託產品到期之後，信託公司必須向投資者分配投資本金和預期收益；如果項目出現風險，導致沒有足夠資金進行兌付，那麼信託公司需要利用各種方式實現對投資者的本金和收益分配，想盡一切辦法進行「兜底」。

而剛性兌付很大程度上成就了中國信託業的「非理性繁榮」。從投資者的角度來看，信託產品保底的同時又有高收益，這等於是低風險的高息存款，剛性兌付暴露了中國信託行業的畸形發展，但隨著潛在風險的不斷積累，「泡沫」終究會破裂。

但中國的信託產品存在中國的特性，即信託基金的風險與其背景密切相關。瑞士信貸集團認為中國 90％的信託基金都有大型

國企或地方政府作為其背景。出於社會穩定或聲譽的考慮，當這些信託基金出現償付危機，母公司往往會動用其信貸額度或自身資本金進行救助。

《華爾街日報》曾報導，基於政治和經濟的原因，中共當局承受不起信貸違約這樣的事情發生。投資者在街上的抗議已經足夠糟糕。但是最具破壞性的將是投資人對於隱性政府擔保喪失信心之後的連鎖效應，突然之間，許多公司和地方政府將不得不為信貸支付更大成本或者可能完全無法借到錢。

違約頻發 投資者信心大失

2014 年，大陸不斷曝出信託兌付風險甚至違約事件，導致相當一部分投資者對信託產品信心大失，開始撤離，信託產品的吸引力也在明顯下降。有官媒引用北京國際信託總經理王曉龍的話說，2014 年是中國的信用違約元年，陸續曝出了一系列違約事件，這包括了各個金融種類，信用違約已變成了常態。

2014 年陸續發生多起信託違約事件包括：吉林信託投資於山西聯盛集團的 10 億元信託產品逾期；華潤信託穩益系列集合信託產品被曝出本金大幅虧損；中誠信託 13 億元的「誠至金開 2 號」集合信託產品 7 月底到期無法兌付，後宣布延期。

面對這一系列的違約事件，投資者對信託投資信心大失。尤其是在「誠至金開 1 號」在利息上打破了「剛性兌付」後，接著「誠至金開 2 號」再次在產品時間上打破「剛性兌付」，令投資者心灰意冷。陸媒報導，多位投資者表示，以後不會輕易投資在信託產品上了，因風險太大，沒有了「剛性兌付」一說，還是遠離信

託產品比較安全。

有外媒引述經濟學家的觀點：中國需要讓陷入麻煩的信託產品投資人遭遇損失，以展示投資的真實風險。但是中共當局承受不起違約的衝擊，屢屢救助瀕臨違約的信託產品，這將製造一個龐大的道德風險。

2015 或是地方債違約年

據當局公布的資料顯示，中國地方債已從 2010 年底的 10.7 萬億元人民幣達到 2013 年 6 月底的 17.9 萬億元人民幣。

2014 年 12 月 14 日，中共發改委城市和小城鎮改革發展中心主任李鐵在三亞說，大陸各地政府的地方債上報的數字只有 20％或 30％，最多的也不超過 50％。假設以 30％計算，中國地方債務最少已經達到 50 萬億的規模，接近中國全年 GDP 的水準。這是一個極為危險的高水準。

2014 年 8 月初，人大常委尹中卿曾向《中國經濟周刊》記者表示，目前地方債的實際規模很可能超過 30 萬億元，地方政府除了顯性債務外，還存在著較多隱性債務。尹中卿表示，目前地方債務已經進入集中兌付期，成為社會穩定和政治安全的重要隱患。

中共各級地方政府的財政來源很大一部分是賣地收入，即所謂的「土地財政」，德意志銀行表示，大陸賣地所帶來的財政收入分別占到地方財政收入和政府收入的 35％和 23％。德銀預計，2015 年土地收入將同比下降 20％，這一資料將是除 1994 年稅收改革年以外，1983 年以來的最低水準。預計 2015 年上半年經濟

增速將大幅放緩，地方及國家性的財政收入將出現同比下降。

重要的是，中國大量所謂理財產品工具，都是由地方政府提供的所謂優質資產進行背書的，其中95％以上其實就是地方的房地產專案。2014年下半年開始中國房地產市冷卻跡像十分明顯，如果一旦出現價格大跌，所謂理財產品將面臨大面積虧損的局面。也就是說，房地產泡沫破滅，理財產品投資者將血本無歸。

《金融時報》專欄作家沈建光則認為，如果2015年財稅改革使地方融資平台能力下降，城投債發行門檻進一步提高，鑒於2015年地方融資平台的融資管道不容樂觀，加上大規模到期債務，預計地方融資平台流動性風險和違約風險都將大幅提高。

彭博社：中國經濟六大「黑天鵝」

眾多經濟專家對2015年中國經濟進行預測，發現中國經濟問題的關鍵字還是「風險」，並綜合體現在資本外流、外部衝擊、房地產下滑、地方債危機、影子銀行引發的金融風險、企業經營風險、居民投資風險、決策錯誤等八大方面。

彭博新聞社採訪的經濟學家和分析師表示，中國經濟的風險包括信貸緊縮引發的影子銀行違約或資本外流、外部衝擊帶來的商業信心走軟、房屋銷售進一步下滑、美國利率上升、政策失誤、地方債危機。經濟學家們預計，在金融行業中存在一些系統性風險，可能讓經濟增速大幅下滑。

美國諮商會的駐北京經濟學家 Andrew Polk 向彭博新聞社表示，三種催化劑可能擾亂信貸供應，使中國經濟增長下滑。

包括：影子銀行部門發生大面積違約；三個月內房價暴跌

10％；美國加息，資本外流，銀行流動性收縮。

TCW GroupInc. 分析師 David Loevinger 向彭博新聞社表示，房屋需求下降而供給增加將對中國經濟構成風險。

北大金融學教授 Michael Pettis 向彭博社表示，外部衝擊可能來自歐洲或其他地方，將導致中國企業減少投資。加上壞帳的延期付款可能影響到新增信貸的增長，使其不足以支持經濟增長。

光大證券首席經濟學家徐高向彭博新聞社表示，政策失誤可能導致大量的破產和裁員。如果 GDP 增長繼續放緩 0.5 ～ 1％，很多公司將不能生存，一些公司甚至可能破產。中國離這個「轉捩點」已經不遠。

《金融時報》：中國經濟五大風險

英國《金融時報》中文網財經專欄作家徐瑾發表文章稱，2015 年中國經濟的風險主要體現在五個方面。

徐瑾認為，首先在於國際環境動盪，強勢美元的回歸必然伴隨著資本回流美國，導致中國的資本外逃風險。

其次，是中國地方政府的財稅困境。經濟下行之下，地方政府未來幾年將遭遇寒冬，由於財政收入增速降低，土地出讓金收入減少，中國可能面臨 1981 年以來最嚴峻的財政挑戰。2014 年地方政府發債規模僅有 4000 億元，2015 年即使翻倍，也不足以應付地方債務還本付息需求。

第三大風險在於企業風險。企業風險主要基於過剩產能，表現有兩點，首先是基營商環境惡化，盈利能力備受考驗，成本利潤失衡仍舊是壓力之一。其次，企業負債水準高企。

中國第四大風險則是金融機構風險，尤其影子銀行的風險。

第五大風險為居民投資風險。由於國際市場、地方政府、企業、金融機構等四大風險最終或多或少將會傳導到居民端，這也意味著民眾在新的一年必須更為注重投資風險。

北科大教授：中國經濟三大憂慮

北京科技大學東凌經濟管理學院教授、博導何維達發表文章對 2015 年中國經濟進行展望時，認為中國經濟存在眾多危機。

何維達認為，2015 年中國實體經濟形勢不容樂觀，可能繼續滑坡。在實體經濟中，主要是第二產業，包括鋼鐵產業等製造業、採礦業、電力、煤炭、水泥、運輸等，受國外經濟復甦緩慢、國內產能過剩和推行節能環保政策的影響等，持續下滑的趨勢難以根本改善。

另一方面、房地產量價齊跌。房地產會開始調整，房價下跌預期可能發生。購房者可能撤離，導致價格進一步下跌，這反過來又可能導致開發商投資放緩。何維達認為，行政性的調控措施推出，使得房地產沒有任何投資價值。

何維達還認為、地方政府債務危機可能爆發。他表示，截至 2013 年 6 月底，全國各級政府的債務 20 萬 6988.65 億元。地方舉債瘋狂，不計後果。

不少地方尤其是地級市、縣（市）、鎮三級地方政府存在大規模舉債建設「新區」或各類「園區」的同時，地方融資平台的債務總量亦在不斷累加。加上缺乏有效監控，出現地方債務危機的可能性增大。

第二節

習說股市上萬點
與「改革牛不差錢」

2015 年 5 月 27 日，大陸微信達人「東方策略孫金霞」在朋友圈轉發短訊，指中共國家主席習近平於杭州視察時，在非正式場合向一名專職炒股的女記者說：「炒股好呀，很快就到一萬點了。」據了解，該女記者就是跟隨習近平視察的大陸第一財經雜誌記者江燕。

江燕在微信以帳號「紡織姑娘」發出訊息指：「和習大大握手了！下班趕到錢江新城……問我什麼行業的，我說是杭州專業炒股的！主席親切地說：『炒股不錯，好好做！馬上會上 1 萬點！』」

該消息一出隨即在中國證券界引起極大迴響。不少網民對這一消息存疑，指是女記者胡謅；也有人寧可信其有，「我反正是信了。」

當晚 9 時 51 分，該女記者以實名認證帳號澄清沒跟習握手。

　　第二天 5 月 28 日，連續衝高的大陸股市暴跌，超過 500 支股票跌停。上證綜指暴跌 320 多點，跌幅 6.5％，出現了本書第一章描述的 528 慘案。一些因為聽信了這個傳聞而第一次入場的股民，遭受了第一次失敗的痛苦經歷。

　　不過，面對江派的阻撓，習陣營沒有停手，繼續想推高股市。5 月 28 日傍晚，新華網在首頁以標題報導稱「中期牛市不變 行情會走更遠」，救市意味明顯。早在 2014 年底，有關「習近平時代：上證 A 股必破 6124 點（胡溫時代），最高看到 1 萬點」的論調已沸沸揚揚。

　　從 2014 年底以來，大陸股市持續瘋牛市，在中國經濟增速放緩、企業普遍不景氣下，股市逆向瘋狂，令全球投資界側目質疑，但官方不但推出各種措施，引全民瘋狂入市；雖有官媒不時喊「警惕泡沫」、「小心風險」，證監部門也裝模作樣查「造市」，股市間起起落落，漲跌跤替，但完全無礙股市的上漲。

　　有專家稱，此波牛市是中共高層故意營造出來的「政治市」，目的是為了圈錢，讓地方政府和上市大公司趁機尋求脫困之道，同時阻止資本外流，吸納更多外資，並在此過程中，將社會資金引向新經濟體，實現經濟結構轉型。也有人說，玩這步股市險棋，也是李克強在經濟陷入困境之後，沒辦法中的辦法。

　　財經專家廖仕明分析說，中國股市歷來有「快牛慢熊」的特徵，中國股民都抱著投機心裡，金融機構和大中企業一旦得到盈利時機，比如允許企業收購自己的股票，一夜間他們就會把利好消息用盡，而不會像個人那樣慢慢買，這樣股市在 3 到 5 年內就衝到最高值，接下來就是下跌，但由於有政府約束，他們不能讓股市暴跌太厲害而不管，於是股市會出現「快牛慢熊」的走勢。

不過，這次因為有江派人為的打壓，慢熊變成了瘋熊，「快牛快熊」的過山車的走勢，令普通人看得頭暈。

「改革牛不差錢」證監會推股票拉經濟

等到了 2015 年 6 月 12 日，證監會主席肖鋼在中共中央黨校的講話摘要被瘋轉，其透露的底線是「改革牛成立，市場不差錢」。此前中國股市重返 5000 點，期間多空廝殺激烈。最後一個交易日滬指收盤在 5100 點以上。證監會推股票拉經濟，外媒的文章擔心中國股市泡沫破裂。

證監會主席肖鋼當天在中共中央黨校的講話摘要中稱：1、「改革牛」理論成立。2、市場不差錢。3、實體經濟越差股市越漲的判斷沒道理。據經濟之聲《天下財經》報導，《證券日報》常務副總編輯董少鵬透露，肖鋼的講話內容摘要屬實。

此前，大陸上證指數重返 5000 點。因受兩融利空因素的影響，5 個交易日均上演了 5100 點拉鋸戰。周漲近 3％。6 月 12 日，股市多空廝殺激烈。滬深兩市高開後震盪回落，滬指逼近 5100 點。11 時過後，兩市再度拉升。午後，兩市震盪上行，滬指再創 7 年以來新高。但盤中有一波跳水。截至收盤，滬指報 5166.35 點，漲幅 0.87％；深成指報 1 萬 8098.3 點，漲幅 1.17％。

中國股市泡沫即將破裂？

Market Watch 刊登名為《世界最差投資泡沫很快將破裂》的文章說，在 2007 年上海證券指數升到 6000 點之上，之後的 12

個月裡跌 1700 點。7 年之後，上證再次到了 5000 點以上。在過去 12 個月上證指數升了 150％，在深圳證交所交易的一些高風險股票很多都翻了 3 倍。

大批中國散戶投資者湧進股市，這很像 2000 年美國的現象。中國投資者離開房地產把錢投進股市。而且大量的基金有可能要湧進中國了，比如基金公司 Vanguard 上星期說會慢慢增加持有中國 A 股。

但最近，Morgan Stanley 和 BNP Paribas 都開始不看好中國股市。Morgan Stanley 的亞洲市場策略專家 7 年來第一次給中國股市降級，他對 Bloomberg 說：建議投資者獲利清倉。

當局拉起股市的原因

近幾個月來，中國股市大幅震盪中不斷走高。消息人士日前透露中國經濟下行壓力之下習近平當局拉起股市的原因，印證了此前外界關於中國股市「政治市」的分析。但在股市高度泡沫下，一些風險跡象已明顯浮現出來，業界警告一旦股市崩盤，將危及實體經濟與金融體系安全。

消息人士牛淚的文章表示，股市和互聯網——兩個超級泡泡，是習近平、李克強為應對經濟下行壓力不斷加大而從市場和投資者手裡借來的武器。這些泡泡和不斷加大的政府項目投資，反映出在最高決策者眼裡，保增長的短期目標已經超過消化過剩產能和調整經濟結構等中長期目標，說明目前經濟面臨的下行壓力之大，已經接近了決策者認為相對安全的增長範圍下限。

文章稱，股市和互聯網在全球範圍內有過多次泡沫破滅的教

訓，使不少人很擔心一旦股市崩盤、互聯網退潮，中國經濟就會陷入增長停滯的泥潭。但是這種看法在今天對中國而言卻只對了一半。

答案在於兩個方面，一是習近平當局手裡掌握著海量可供調配的經濟資源，比如大量國有實體資產和金融資源；二是在泡泡掩護下，利用吹泡泡製造的緩衝時間，政府可以加速推進「改革」，完善實體經濟支撐，這樣等泡泡破滅，經濟的基礎調整工作已經完成。

文章稱，說白了，吹泡泡其實就是「治標」，治療經濟下行壓力不斷加大可能破底的「標」，為的是給經濟結構調整爭取時間。

第三節

A 股大幅度飆升
大股東加速套現 風險急增

對於目前 A 股的形勢，有專家用「瘋了」來形容。早在 2001
年，中國著名經濟學家吳敬璉就把中國股市與賭場作對比，甚至
不如賭場，因為賭場還有規矩。

A 股市場被中共權力操縱和主導，外媒報導認為，中共是股
市上漲的最大獲利者。

A 股瘋了

中國知名財經作家吳曉波 2015 年 5 月 19 日撰文表示，中國
股市已經處於非理性的瘋狂狀態。他舉例說，一家經營基本陷入
停滯的多倫股份，將企業名稱改為極其古怪的「匹凸匹」，宣告
「要做中國首家互聯網金融上市公司」，股價出現連續兩個漲停
板；一家除了持續開新聞發布會而幾乎沒有任何實際業績的互聯

網視頻公司，僅僅靠著「生態鏈」的概念，市值已經超過全球最大的房地產公司萬科；至少有八家公司在宣布重組失敗後，被市場認定「利空出盡」時連續漲停。

「新浪證券」報導的一條消息更令人啼笑皆非：一名入市僅一年的女股民，錯把券商推薦的中文傳媒聽成了中文線上，用30多萬元全倉買入5000股，短短兩個月裡賺進一倍利潤。

吳曉波表示，從這些事件來看，沒有人會否認，中國目前的資本市場正處在一個非理性繁榮的拋物線通道中，這一瘋狂景象，中國前所未見，舉世前所未見。

這些例子當中，暴風科技非常突出。這支股票在達到20個漲停板記錄時，市場很多人都坐不住了，而出現第35個漲停板之後，所有的人突然變得非常寂靜了。

吳曉波寫道，在中國的互聯網企業梯隊中，無論是業績還是成長性，暴風科技大概都只能排在200名以外，然而，它今天的市值已經超過了最大的視頻網站優酷。中國股民對它的「熱愛」，無法用理論或模型來解釋。

吳曉波說，自2014年9月底以來，一系列的寬鬆性政策持續推出，加上《人民日報》和監管部門交叉喊話，喚醒了沉寂良久的資本市場。然而，詭異的是，股市是在實體經濟持續下滑通道中上漲的，過去兩個季度的宏觀經濟表現是自2009年以來最低迷的。

中國股市比想像的還要陰暗

中國著名經濟學家吳敬璉在2001年1月將中國股市與賭場

作對比，認為前者比後者還不如，因為至少後者還有規矩：在賭場裡，你不能看別人的牌；而在中國股市，「有些人可以看別人的牌，可以作弊，可以搞詐騙。做莊、炒作、操縱股價可說是登峰造極。」

吳曉波則表示，中國股市比人們想像的還要黑暗。他說，這個股市的基本表現可以和上市公司的基本表現毫無關係，可以和中國宏觀經濟的基本表現沒有關係。這是一個被行政權力嚴重操控的資本市場，它的標配不是價值挖掘、技術創新、產業升級，而是「人民日報社論＋殼資源＋併購題材＋國企利益」。

國企成股市上漲的最大獲利者

《華爾街日報》2015 年 5 月 19 日報導，中國股市上漲的最大獲利者其實是中共政府，它不僅獲得了數十億美元的帳面利潤，同時也希望可以用這些利得滲透到實體經濟當中，為負債累累的國有企業的改革助一臂之力。

報導說，中共中央和地方政府持有股份的近 1000 家上市企業的市值增加了 20.19 萬億元人民幣（3.26 萬億美元），過去一年增加了一倍多。

管理著 320 億美元資產的南方基金管理有限公司的基金經理楊德龍說，中共領導人以前只是覺得股市更像是個投機場所，如今開始利用股市刺激經濟增長和推進改革。

報導稱，中共拉動股市上漲的努力很多是通過新華社等官媒完成的。4 月 21 日，即上海 A 股市場成交量創紀錄的第二天，官方媒體《人民日報》稱，上證綜指 4 月 10 日突破 4000 點只是

牛市的開始。

　　散戶投資者吳雲峰表示，如今，同事們早上第一件事必然是談論股市，每個人都激動得面色潮紅，他們已經陷入了瘋狂。他判斷說，在經濟缺乏利好基本面的情況下，近期的股價暴漲看起來更像是一個泡沫，所以他在本月早些時候已經了結了所有頭寸。

大陸散戶入市 國際投資者撤離

　　英國《金融時報》5 月 4 日報導，中國股票基金在 2015 年頭三個月遭遇國際投資者近 20 億美元的資金流出，使這一資產類別可能出現連續第五年淨撤資。資金流出主要發生在歐洲註冊、但在國際上銷售的跨境基金。

　　報導稱，中國 A 股市場在過去一年裡上漲 125％，主要得益於國內散戶投資者的追捧。

　　但是，在國內散戶投資者大舉入市的同時，國際投資者卻開始撤離。根據數據提供商晨星（Morningstar）的數據，國際投資者在 2014 年從大中華區股票基金撤走了 44 億美元，2015 年第一季度進一步撤走了 18 億美元。

機構超過 4 億出逃全通教育

　　當散戶股民把錢投進股市之際，機構席位也與國際投資者一樣，正在套現撤離，連續呈淨賣出狀態。

　　2015 年 5 月 15 日，全通教育除權後上演一幕從跌停到漲停

的戲碼，但龍虎榜表明，當天主力資金已呈淨賣出狀態，當日買賣軋差之後，機構淨賣出額為 12513.14 萬元。

若加上 5 月 18 日機構淨賣出的 29042.17 萬元，兩個交易日內，機構資金大舉出逃逾 4 億元。

創業板 ETF 單日贖回逾 9000 萬份

在機構大舉出逃的同時，全面跟蹤創業板指數的創業板 ETF 當天面臨巨額贖回。統計資料表明，該基金份額已從前一交易日的 79345.49 萬分減少至 5 月 18 日的 70145.49 萬分，單日贖回份額超過 9000 萬份，達 9200 萬份，占比達 11.59％。若按創業板 ETF 全天收盤價 3.157 元計算，其贖回金額已超過 2.9 億元。

A 股重要股東前五月減持 2955 億

隨著股價大幅上漲，包括控股股東、持股 5％以上股東及高管在內的上市公司重要股東減持又開始多了起來。僅 5 月 18 日中午，就有晶盛機電、壹橋海參及銀禧科技三家披露了減持公告或減持提示性公告。

其中，晶盛機電及壹橋海參均為控股股東減持。尤其晶盛機電控股股東上虞金輪投資管理諮詢有限公司在 5 月 15 日一日內，便通過大宗交易方式合計減持約占公司總股本 2.27％的股份。減持後，控股股東持股比例降至 53.93％。

據 Wind 信息統計，按照變動截止日期計算，年初以來至 5 月 18 日，已有 956 家上市公司出現了重要股東減持行為，合計

減持股數約 235.04 億股，減持市值約 2955.24 億元，無論減持股份數量還是減持市值規模，均已經超過了 2014 年全年。

2014 年，重要股東減持的股份合計約為 225.20 億股，減持市值約為 2505.58 億元。

有券商策略分析師認為，對於大盤股來講，滬綜指在技術指標上已經非常難看，開始出現頭部跡象，在這種情況下，需要注意大股東減持可能對股價帶來雪上加霜的影響。

A 股套現途徑浮出水面

2015 年 5 月 15 日，大陸財經專欄作家肖磊在老虎財經撰文，揭示中國股市三類資本「大鱷」借助股市上漲進行套現的三種操作途徑。

一、國有機構減持「中」字頭股

文章稱，此前不久，A 股大幅上漲，被稱為「瘋牛」。然而，作為 A 股市場國有機構主力的社保基金，2015 一季度整體大幅減倉「中」字頭股票，其所減持的股票有：中國石油、中國神華、中國鐵建、中國中鐵、保利地產、中國電建、國投電力、中國遠洋、中海集運、中國北車、國電南瑞、中國南車等，其中前六支股票當季減倉市值都超過了 10 億元。

一季度，作為國有機構的「險資」也對 34 支個股進行了不同程度減持，總數為 7969 萬股；其中，中小板有 16 支，創業板 8 支。一季度中小板、創業板遭險資減持個股數量占總數的 70%。

據中國基金報，自 2014 年下半年股市上漲以來，中央匯金

公司持續贖回上證 180ETF 等藍籌風格 ETF，特別是在 2015 年 4 月份股市加速上漲以來，中央匯金加快贖回步伐，目前很可能已經完全清倉。

二、大股東高位減持、增發募資

占據 A 股市場重要分量的「大股東」，每次股市上漲，都會出現大股東高位減持和增發募資的情況。據相關統計，至 5 月初，2015 年內發布定增方案的公司有 367 家，預計募資金額合計高達 9337.87 億元，超過 2014 年全年定增總額。與此同時，上市公司大股東逢高套現的現象層出不窮，至目前，2015 年以來上市公司被減持股份的參考市值規模超過 2400 億元，股東減持額是 2014 年同期的 5 倍。

三、境外機構投資者減持銀行和非銀金融

一季度，QFII 基金減持最多的是銀行、非銀金融和機械設備類股票。減持銀行類股票超過 180 億元，其中減持恆生銀行約 174 億元興業銀行的股票；減持非銀金融類股票約 30 億元，主要減持的是中國平安和中國人壽；減持機械設備類股票約 17 億元，減持 11 億元中國南車和 5 億元中國北車。

統計顯示，目前披露季報的兩千餘家上市公司中，QFII 現身 203 家上市公司，共持有 52.16 億股，較 2014 年四季度下滑 13％。QFII 一季度從 114 家公司撤退了 18.36 億股，減持總市值 317.99 億元。

第四節

中國股市風險急劇升高
或重演 2007 年泡沫破裂

【編按】本節內容爲《新紀元》周刊第 424 期（2015 年 4 月 16 日出刊）文章。一個多月後的 2015 年 5 月 28 日周五，大陸股市果眞出現了 2007 年 5 月 30 日的情況，連跌幅都相同，都是 6.5%。

2015 年 4 月 7 日，中共黨媒繼續發文呼籲監管層「呵護」市場信心。然而，市場人士卻在這種牛市中嗅到一些異常的氣息，表示目前一些現象似乎是 2007 年股市的重演。

股市出現異常現象

2015 年 4 月，中國股市出現一輪牛市。4 月 7 日，中共黨媒新華社持續發文，表示目前經濟面臨下行壓力，需要股票市場的支援，並呼籲監管層「呵護」市場信心。

在中共黨媒呼籲「呵護」市場信心的同時，市場人士似乎嗅出目前股票市場的一些異常氣息。他們觀察到，現在股市出現的一些現象與 2007 年中國股市發生的情況頗為類似，媒體列舉了其中一些現象：

首先，新開戶暴增。A 股 2007 年 3 月 23 日至 27 日一個完整交易周新開戶 167 萬，而 6 月新股周開戶數高點是 162 萬戶。

這個不尋常的現象目前又再度重現：僅僅從 3 月 16 日至 20 日，新增 A 股帳戶數即高達 113.85 萬戶；3 月份以來，新增開戶數高達 252.12 萬戶。

其次，2007 年，很多人想辭職去炒股票。據《廣州日報》4 月 4 日報導，由於股票漲了，90 後股民小王（化名）向記者表示，很想辭去自己的工作專門炒股。

據某朋友圈分享，由於股市上漲，身邊已經有很多人進入財富自由的隊伍。

第三，4 月 3 日，中共財政部副部長王保安表示，這次擴大社保基金投資範圍不包括股票。

媒體報導稱，王保安的表態，讓人容易聯想起 2007 年「5·30」中共財政部徵收印花稅的事例，是變相的對風險提示。

第四，選股看股票估值的人少了，不參考市盈率而參考市膽率。估值上不封頂的邏輯已經逐步清晰，這與 2007 年市場仍有相同之處。

五大跡像預示風險加大

英大證券首席經濟學家李大霄警示，大盤逼近 4000 點，5 個

跡像預示著風險已在 A 股市場中大面積出現。

首先，若合併市盈率（PE）為負的股票，共有 43％股票超 100 倍，半數的股票超過 83 倍，70％的股票超過 51 倍；其次，新開戶數接近歷史高位。2015 年 3 月 21 日至 27 日最新披露的股票新開戶為 166.93 萬戶，周新開戶數歷史高位發生在 2007 年五一節後第一周，共開戶 178.37 萬戶；第三，融資額也接近 2007 年水準，2015 年一季度 A 股融資達到 2334.79 億元，歷史上 A 股季度融資規模最高額為 2007 年四季度的 3166.93 億元，2007 年三季度 A 股融資規模達到 2825.63 億元；第四，A 股成交金額創新高，2015 年 3 月 24 日滬深兩市 A 股成交 1.415 萬億，換手率為 3.27％；最後，融資融券業務中融資日發生額創新高，2015 年 3 月 24 日融資發生額達到 1455.85 億元。

2007 年中國股市回顧

2007 年 A 股呈現劇烈震盪，指數一度從 2728 點衝至 6124 點，期間發生過「2‧27」、「5‧30」等全線跌停事件，以及年末藍籌泡沫破滅引發的中期深幅調整。

2007 年 2 月 27 日，滬深股市遭遇十年來最大跌幅，滬指跌幅接近 9％，深指幾乎跌停，800 多支個股達到 10％跌停限制位，A 股市值一日蒸發逾萬億。

2007 年 5 月 30 日凌晨，一條新聞出現在三大門戶網站上：證券交易印花稅稅率由現行的千分之一調整為千分之三。

據悉，這是中共財政部、國稅總局為打壓股市泡沫採取的措施。

當日滬深兩市暴跌開盤，滬指收盤跌幅高達 6.5％，兩市跌停股票超過 900 支，流通市值一天蒸發超過 1.2 萬億元。

2007 年 6 月 1 日，市場恐慌情緒再度蔓延，兩市近 700 支個股跌停。6 月 4 日，滬指連續跌破 4000 點、3900 點、3800 點、3700 點的 4 個整數關口，滬深兩市創下單日下跌點數歷史紀錄，800 餘支股票跌停。股市開始了兩個月的中期調整。

許多投資者半年甚至一年的股市收益在幾天內蒸發殆盡。

從 2007 年 9 月份開始，在大盤藍籌股的推動下，滬指從 5300 點一路上升至 6100 點，短短 9 個交易日，滬指上漲超過 15％達到 800 點。

大盤創出 6124.04 點的高點後，開始了這一輪牛市的中期調整行情。11 月上旬，上證綜指全周大跌 8％，創出自 1998 年 8 月份以來的最大單周跌幅。11 月 27 日，大盤跌破半年線，這是進入牛市以來，兩年內首度失守半年線。

到 12 月 18 日再次下探到 4812.16 點，大盤的調整已經接近兩個月，調整幅度為 21.97％，超過了「5‧30」時 21.47％的調整幅度。

國際著名空頭轉變態度

老虎財經 4 月 8 日的消息稱，國際著名空頭家 Hugh Hendry 曾經被認為是中國股市的最大剋星，他曾在 2011 年因做空中國而大賺一筆。

近日，Hugh Hendry 轉變看法，開始看多中國股市。據他表示，中國宏觀經濟的轉變，正在不斷帶動家庭消費的增長，從而

為經濟內生的增長提供更多的動力，而隨著進一步的政策寬鬆，市盈率可能再次倍漲，資金會開始繼續轉向股票市場。

在金融市場上有一個現象：一旦過去的空頭大家開始轉變立場，這或許就是危機到來的預兆。

長安基金：Ａ股短期推升力近極致

對於近階段中國Ａ股指數連續創7年來新高的現象，3月7日，長安基金管理有限公司聯席投資總監雷宇表示，短期而言，推動Ａ股上漲的政策面及資金面已接近滿量，雖然股指近期還會有慣性上漲空間，但總體而言，二季度Ａ股大概率將呈箱體波動。

雷宇認為，2015年來融資融券規模增加約五成，突破1.5萬億元人民幣，已接近市場預期的峰值；而一周新開股票帳戶量的最新資料也已超過2007年Ａ股牛市時的峰值，這兩個指標均預示短期股市流動性的增量將放緩。

雷宇說，3月中公布的中國經濟指標和上證50和中證500指數期貨上市是近期值得關注的風險節點。一旦中國一季度國內生產總值（GDP）增速低於市場普遍預期的7％，將給市場心理面帶來壓力；而後者將對當前中小盤股或成長股的炒作降溫。

雷宇表示，如果成長股再漲，將會給（期指）做空積蓄更多的能量。未來一旦成長股出現回檔跡像，極有可能出現「踩踏」事件，一來是投在成長股上的部分資金槓桿率較高，股價回檔5至10％就有斬倉壓力，二來是大多成長股流通盤小，若拋壓過於集中，股價可能會出現連續跌停。

A 股未來走勢不可預測

4 月 7 日，是大陸清明小長假後首個交易日，A 股四大股指漲幅創出新高，滬指大漲 2.52％，逼近 4000 點大關。

而場外資金還在不斷湧入。4 月 8 日，滬深兩市雙雙高開，盤中大幅震盪。下午 2 點左右，上證綜指衝高至 4000.22 點後回落，創 2008 年 3 月 14 日以來新高，被稱為以「一觸即逝的姿態」觸摸了 4000 點。

中國證券登記結算有限公司最新周報顯示，3 月 23 日至 27 日，兩市新增股票開戶數為 166.93 萬戶，創歷史新高。

而 2007 年的「5‧30」暴跌、6000 點 A 股大頂以及 2009 年 7 月反彈尾聲之前，都曾經出現過新股民入市的高峰。

《華爾街日報》3 月 30 日報導稱，正是數量龐大的散戶為中國股市的上漲提供了動力。

最近，西南財經大學甘犁教授對中國家庭收入以及資產情況進行了調查。結果顯示，最近一直在推動中國股市反彈的新入市者大部分只有中學學歷，而且擁有的資產相對較少。

調查顯示超過三分之二的新股民中學時就退學——也就是 15 歲左右。超過 30％的新股民退學時還不到 12 歲。新股民的家庭財富約為老股民的一半。

這似乎印證了外媒的報導。中國擁有龐大的人口，儲蓄總額巨大，在缺乏其他投資手段的情況下，股市成為他們比較方便的選擇。

有分析稱，這意味著中國股市的走勢不可預測，很容易隨著情緒的變化而發生突然逆轉。

第五節

7月初官方護盤
出現 23 年最大震盪

政治局常委決定降息降準

在經歷了 2015 年 6 月 26 日的股市大跌之後，6 月 27 日，中共央行央同時推出降息降準，外界普遍認為中共此舉是為了急救股市，有香港媒體稱這次降息降準是中共 7 名政治局常委在 26 日的中共政治局會議集體研究決定。

據香港《經濟日報》報導，有消息稱，「雙降」之策，由中共最高層定出，是政治局常委會定出，最後在 26 日的政治局會議集體研究決定。

報導稱，推動 2014 年底開始的 A 股牛市主要有這樣幾個因素：融資融券、寬鬆貨幣政策、改革紅利。即市場所謂「槓桿牛」、「資金牛」、「改革牛」。

特別是融資融券（簡稱「兩融」）的發展迅猛，6 月 20 日，滬深兩市融資餘額達到兩萬億元，再創歷史新高。僅 109 個交易

日，融資餘額從一萬億突破兩萬億大關。可以說，兩融已成為A股瘋牛的重要推手。這一現象伴隨巨大風險。而導致當前A股大幅震盪的原因之一就是管理層開始收緊對融資融券「兩融」的監管，即「去槓桿」化。也就是市場所說的「槓桿牛」沒有了。

報導認為，儘管在A股暴跌後，央行推出「雙降」措施，但單靠「資金牛」、「改革牛」，而少了「槓桿牛」的A股市場，恐難復「牛氣沖天」的光景。至於說A股就此發生由「牛」轉「熊」的變局還有待觀察，畢竟這次A股暴漲歸根結柢是所謂「國家牛」。但是官方「控牛」的手法也備受市場質疑，這頭「牛」會否順從地聽當局的話，恐怕也未必。

6月5日至26日的兩周之內，滬指從5178跌到4139，暴跌1000點，慘烈程度，前所未見。摩根士丹利認為滬深兩市以及創業板的這輪牛市有可能已經見頂，而鳳凰財經認為從技術面來講A股已經進入到熊市。

為了拯救股市，6月27日中共推出降息降準、萬億養老金將入市、券商外接信息系統自查結束等利好消息，甚至有新華社救市「內參」等消息在網路上流傳。外界紛紛評述中共此舉在於急救市。但是29日開盤後，股市繼續下跌超過3％。29日當天，中共又繼續放風說要停止IPO和下調股票印花稅，中共證監會也連夜出來發聲力挺股市，批評唱空中國經濟，動搖市場信心傳言和言論。

無視利好消息 股市依舊下跌

6月29日，大陸股市無視中共推出的降息降準等利好繼續下

跌，滬指下跌 3.34％，深成指下跌 5.78％。兩市 1500 檔股票跌停。但是上交所公布的規模信息顯示，滬市 29 日四大藍籌 ETF 一起出現大幅淨申購，合計資金流入規模高達 100 億元，ETF 單日出現如此大的申購規模，實屬罕見，這顯示已經有神祕資金抄底股市。

在 29 日滬指跌破 3900 點之際，銀行股扮演了救市的角色，快速止跌回升收復 3900、4000、4100 點三道關口。和訊報導稱 29 日匯金出手 100 億人民幣入場護盤，民間認為，是匯金「屠殺」了牛市，他們認錯抄底也是應該的。

接下來 6 月 30 日滬指大漲 5.53％，創年內最大單日漲幅之後，7 月 1 日上衝 4300 後反身下殺，午後瘋狂殺跌，大跌 5.23％，4000 點再次岌岌可危，把前日的全部漲幅回吐；深證成指亦跌 4.8％。800 多檔股票跌停。

7 月 1 日中共監管層連夜加班救市，被逼出四大利好消息：

一，A 股交易經手費由按成交金額的千分之 0.0696 雙邊收取調整為按成交金額千分之 0.0487 雙邊收取，降幅為 30％。A 股交易過戶費降幅約為 33％，於 8 月 1 日起正式實施。

按 A 股按日均交易額 8000 億計算，交易費和過戶費每年將向投資者讓利超 600 億元，其中交易所經手費釋放約 80 億，中證登過戶費讓利約 560 億。

二，證監會發布兩條擴大證券公司融資管道舉措，一是允許所有證券公司發行與轉讓證券公司短期公司債券，二是允許證券公司開展融資融券收益權資產證券化業務。

三，證監會中止徵求意見，提前出台新的兩融辦法，即日起執行。主要內容有：允許券商在客戶信用基礎上，和客戶商定展

期次數；不再強制規定 130％的平倉線，券商自主決定強制平倉線，不再設 6 個月的強制還款。對於目前已開設信用帳戶但證券資產低於 50 萬的客戶，可繼續從事融資融券交易。

四、7 月 1 日晚間，包括金螳螂、和爾泰、騰邦國際、羅頓發展、長園集團、康恩貝等在內的 12 家上市公司宣布獲重要股東增持。

儘管官方為挽回股市頹勢發出諸多利好信息，由於市場信心缺失，7 月 2 日（周四）A 股延續了 7 月 1 日跌勢，滬綜指收跌 3.5％，達到三個月新低，滬指最終失守 4000 點。

收盤時，滬指報 3912.77 點，跌 140.93 點，跌幅 3.48％；深成指報 12924.19 點，跌 726.63 點，跌幅 5.23％；創業板報 2649.32 點，跌 110.09 點，跌幅 3.99％；大數據 I300 指數報 3517.79 點，跌 141.11 點，跌幅 3.86％。滬市成交 7360.07 億元，深市成交 5522.67 億元，兩市共成交 1 兆 2882.74 億元，成交較前一交易日縮小。

證監會打擊跨市場惡意做空

面對江派的打壓股市，習陣營開始新的反擊。據陸媒澎湃新聞報導，7 月 2 日晚間 22 時左右，證監會網站更新答記者問，這被視為證監會救市第四道「金牌」。

記者問：有人認為，期指惡意做空是近期市場下跌的主要原因。對此，證監會有何舉措？

證監會答：證監會決定組織稽查執法力量對涉嫌市場操縱，特別是跨市場操縱的違法違規線索進行專項核查。對於符合立案

標準的將立即立案稽查，涉嫌犯罪的，移送公安機關查辦。

針對股市近期的大幅度下跌，大陸著名學者、被外界視為中南海智囊人物的吳稼祥7月1日提出「陰謀論」說法。

吳稼祥稱，兩周來A股「空軍」把屠牛戰略付諸實施：1，把神創板做成瘋牛，為宰牛做準備；2，無差別單邊跌停2000多股，根本上抹殺股票的價值差別；3，幾乎所有股票「急性」跌停，對小散關門打狗；4，今日則先漲後跌，誘捕空倉小散。

吳稼祥還稱：「該黨在資本市場上的組織動員能力，一如它在意識形態和公共輿論領域，極其驚人。」吳稼祥認為中國最大的敵人，就是內鬼。有網民點明是江澤民、曾慶紅背後攪局。

此前，李克強曾在批示中多次提及股市「內鬼」。3月1日，李克強的批示稱，「中證監、銀監委、央行、國資委及央企高管要聯合組織調查資金大量非法外流情況，是否有內鬼？」

預計習近平陣營和江派在股市的博弈可能會延續到8月的北戴河會議，並對中共政局的未來走向產生影響。

調查顯示：大陸股民有33%虧錢

7月1日，有上海媒體發布了2015年上半年的股民調查結果，顯示在2578名參與調查的網民中，2015上半年虧損的比例高達33%。股民從躺著賺錢變成割肉離場。

《新聞晨報》7月2日公布了在其微信公眾號上進行的2015年上半年股民調查結果。截至1日晚上8時30分的數據顯示，參與調查的網民中，股齡在1年內的股民占40%，其中2015年一季度和二季度入市的分別占7%和23%。

在對「2015 年上半年收益」的調查中，0 ～ 20％、20％～ 40％收益段的人數最多，分別達到 23％和 13％，而虧損的比例則達到了 33％。其中，虧損 20％以上的占 16％，另有 7％的網民虧損在 10％至 20％之間。數據顯示，與帳戶淨值最高峰相比，19％的網友下跌了 40％以上，只有 13％的網友下跌控制在 10％以內。

報導稱，在這樣的震盪市中，股民們騎著瘋牛坐了趟過山車，從「躺著賺錢」到「割肉離場」的比比皆是。數據還顯示大跌過後，35％股民或主動或被動倉位依舊保持在 80％～ 100％之間，成為比例最高的人群。選擇空倉的股民占 14％。

很多人都說，面對這麼劇烈的震盪，還是等看清楚了再說。

．

李克強整頓股市內幕

第十一章

劉雲山股市暗算習近平

近來，大陸股市劇烈震盪，快速飆升，而後迅速慘跌。中國問題專家認為，大陸股市的這種跌法，會令中共政權受到前所未有的衝擊。表明中共高層有一股力量在激烈的算計習近平，這股力量很可能就是掌管宣傳系統的劉雲山及其背後的江派勢力。

（AFP）

第一節

2015 年 7 月股災紀實

大陸畸形股市淪為瘋狂賭場

在一般正常的股市中，股票的價值與該企業資產盈利發展情況是存在某種對應關係的，股票的市價盈利比率（Price earnings ratio，即 P/E ratio，市盈率）其數字由股價除以年度每股盈餘（EPS）來計算，它是衡量股價水準是否合理的主要指標。

一般市盈率在 14 至 20 為理論正常水準，低於 13 是企業股票價值被低估，21 至 28 是價值被高估，高於 28 就是股票出現投機性泡沫。即使在美國這個靠盈利拉動的股市中，美國歷史市盈率為 14，而大陸股票的市盈率高達 40 至 50，甚至高達 100 的都很多。如此嚴重泡沫化的股市，股票價格遠遠超過其應有價值，股票暴跌也是必然之事。

有消息說，目前中國股市 4/5 的股票為散戶投資者持有，另

據西南財經大學民眾資產和收益季度調查數據顯示，在中國的股民中，只有12％的股民具有大學學歷，25.5％具備高中學歷，2/3的股民沒有讀完高中。

滬指從2014年的2000點一口氣漲到5100點，股民都知道總有一天會大跌，不過，卻被紙面上的盈利沖昏了頭腦，正如財經作家吳曉波所言：「民眾預期已經完全被狂歡所點燃，理性成為一個被嘲笑的名詞，甚至連最應該冷靜的機構投資人都公開宣稱『不再用大腦思考』。」知名經濟學家吳敬璉根本不把大陸股市稱為股市，而是稱為賭場，是個嚴重混亂的瘋狂賭場，連90歲的老太太都想進場來賺個快錢，幾乎人人都想一夜暴富，2014年A股換手率高達200％，是美股的六、七倍，股民心態不穩可見一斑。

人們在一夜暴富的黃粱夢中，完全忘記了股市中「8賠1平1賺」的規律，總自認為不是那80％的輸錢者，總以為自己能擊鼓傳花，把炸彈傳到下一家。然而一旦看到大盤下行，這群投機者是最恐慌的，瞬間股市信心徹底崩盤，全民炒股變成了全民拋股，即便當局出手救市仍難遏下滑。

有統計顯示，2008年94％的股民賠了錢；2009年的行情不錯，上證指數也翻了倍，但還是有35％的股民不賺錢；2010年和2011年，戶均虧損分別為5萬元和4.2萬元，而2015年7月剛剛完成的這波下跌，有消息稱，每個股民平均虧損41.5萬元。

劇烈震盪的股市記錄

下面我們簡單回顧下A股劇烈震盪所導致的創傷。2015年6

月 12 日滬指達到 5178 點，此後股指開始暴跌，等到了 7 月 2 日收盤時：滬指跌 3.48％，失守 4000 點，兩市逾千股跌停。

7 月 3 日，證監會宣布將減少 IPO 發行家數和籌資金額，但由於踩踏效益，股市跌到 3696 點，有民眾稱，「證監會飲鴆止渴，死的是中國股市」。

7 月 4 日，滬指收跌 5.77％，失守 3700 點，一周累計跌 12.07％。當時證監會主席肖鋼宣稱，有條件、有能力、有信心維護股市穩定，「萬億資金可期」，當天北京當局採取了一系列救市措施，包括全面叫停 IPO，28 家公司暫緩上市；21 家券商出資 1200 億元救市；券商在上證指數低於 4500 點時「只買不賣」；中證監、中銀監、中保監、財政部及各券商共出資 1.72 萬億元救市；央行定向發行 5000 億元設立平準基金。

7 月 5 日周日，中共官媒新華時評稱：堅定資本市場穩定健康發展信心；證監會：央行將給予證金公司流動性支援；中國版平準基金來了！央行支持證金公司流動性最完整解讀；21 家券商出資 1200 億鑄 4500 點鐵頂；116 家上市公司公開喊話維穩，3 家濫竽充數暴跌時套現；7 月 5 日，當局又推出了多條救市措施，包括央行助提供流動性、中央匯金買入 ETF、傳中證金救市規模達萬億元。

7 月 6 日，滬指高開近 8％，但隨後回落震盪，截至收盤，滬指報 3775.91 點，尾盤拉升收漲 2.41％，振幅 14％，深成指跌 1.39％，創業板跌 4.28％。李克強在會見華僑代表時稱，「有信心、有能力應對各種風險挑戰」，不過網上流傳的是，「A 股歷史最大停牌潮！239 家公司 7 月 6 日晚公告停牌」，「單日巨振 19.79％，中證 500 股指期貨主力合約多空搏殺」，「中央萬億託

市慘勝」。

7月7日，兩市雙雙低開，逾千股跌停。截止收盤，滬指下跌 48.79 點，跌幅 1.29％，駐守 3700 點，保險銀行股護盤；深成指下挫 700.17 點，跌幅 5.80％；創業板指數下跌 141.82 點，跌幅 5.69％。A 股再現史上最大停牌潮三分之一公司停牌避股災。儘管李克強稱，中國經濟指標趨穩向好 有能力應對風險挑戰。但網上流傳的是：「賭上國家誠信的失敗救市」、「股市大跌，股民在證監會門前抗議，牛淚觀察：股市崩盤對習李的風險」四成 A 股主動停牌加劇恐慌，中國股災殃及紐約中概股衝擊習政府等……

7月8日，上證綜指收報 3507 點，跌 219 點或 5.9％；深證成指報 1 萬 1040 點，跌 334 點或 2.9％。

7月9日，公安部介入證監會，滬指大漲 5.76％站 3700 點，創業板 194 股全線漲停，到了 7 月 10 日周五，滬指漲 4.54％，收於 3877.80 點，1300 餘股漲停。

下跌前誰在拋售股票？

7月2日中央財經大學中國企業研究中心主任劉姝威在《嚴懲做空中國股市者！》一文中寫道，「這次股指暴跌是有人精準選擇時點，故意做空中國股市。」

據同花順 iFind 統計資料顯示，2015 年上半年，近 1300 家上市公司大股東及高管減持股票市值近 5000 億元，相當於 2014 年全年減持金額 2512 億元的 1 倍，更遠遠超過上波大牛市 2007 年的 24.81 億及 2008 年的 19.99 億，掀起了史上最大規模減持潮。

　　劉姝威認為，減持套現的上市公司大股東及高管是這輪牛市最大的受益者，也是暴跌的導火線。在 6 月 17 日，劉姝威在微博中點名舉例說，樂視網董事長賈躍亭連續三天之內兩次合計減持約 3524 萬股，套現金額合計約 25 億元。此前陸媒報導賈躍亭與令計劃的弟弟令完成在商業上出現交集。

　　另外人們還發現，在暴跌之前，中信證券已經從 A 股市場上拋售大量股票，用的是 A 股和 H 股平衡的辦法。從 2014 年 3 月 18 日，劉雲山的兒子劉樂飛出任中信證券的副董事長。2015 年 1 月 13 日至 16 日，中信證券控股股東中國中信有限公司在 A 股減持了 3.48 億股中信證券 A 股股票，減持價格區間在 31.77 元至 33.64 元，套現金額在 110 億元左右。

外國「空軍」不成立 浙江期貨配置也未必

　　據中金所發布的股指期貨持倉表顯示，在第二輪暴跌開始的 6 月 15 日，證券公司空單是多單的 13 倍，基金公司空單是多單的 5 倍，QF 外資空單是多單的 80 倍，保險機構空單是多單的 252 倍，信託公司空單是多單的 9 倍。當時微博上有人說：「國泰是勾結高盛做空中國股市的代表，這次慘跌就是高盛、大摩策劃，國泰是在國內的策應者。」

　　不過，署名「無界新聞」的發文反駁稱，國際資本要想操縱中國股市，必須具備基本的條件：人民幣可自由兌換，資本項目沒有外匯管制；中國股市向全球投資者開放，國際資本可以自由進出。目前雖然 A 股開通了滬港通，但總額度為 3000 億元，每日額度為 130 億元；港股通總額度為 2500 億元，每日額度為 105

億元。這樣的額度無法左右總市值達 70 萬億左右的中國股市。

股評人士齊俊傑也補充說，「現在大資料技術這麼發達，惡意做空者完全沒法隱蔽，稍微有點頭腦的做空者，都不大可能那麼明目張膽。也就是說，不管是陰謀論、政治論還是戰爭論，其實都是站不住腳的。」

7 月 3 日，股市在陰謀論、政治論、國際鱷魚等傳說之外，還多了一個「中央嚴查股市暴跌元凶 鎖定浙江期貨大鱷」的說法。據說李克強召開股市會議，判斷導致股市暴跌的原因是在大陸內部，並決定要查處導致今次大跌市的期貨投機拋空主力，目標已鎖定浙江的配資公司和一些期貨大鱷。

大陸配資公司以浙江溫州最多，800 億以上，占了全國 70％以上，他們大量買空股指期貨對沖爆倉風險，每日下午 2 時左右，配資公司就開始平倉，大盤就插水，因為配資公司在下午一邊平掉客戶爆倉的股票現貨帳戶，一邊大筆做空股指期貨，兩頭賺錢。

而浙江的一些期貨大鱷也趁火打劫，每天下午和配資公司一唱一和，大量做空股指期貨。配資公司負責平倉客戶，甚至故意製造恐慌，一些配資公司每到下午 2 時以後就給所有客戶打電話要求平倉股票，甚至客戶賺錢的帳戶也讓他們趕快拋掉，配資公司一邊賺利息，一邊大賺拋空股指，而浙江期貨大鱷更是趁機大舉做空期貨合約。

不過，在股市經濟中，也不存在什麼惡意做空或善意做空的問題，為了保護自我利益，該出手時就出手，這是人性所決定，哪個政府也管不著。

第二節

李克強不得不救市

為何要強力救市

這次最讓人吃驚的是，北京當局對股市採取了一系列強烈的救市行動，因為習近平、李克強知道，北戴河會議前的中國股市，不但是個經濟問題，更是政治問題，一旦發生股災，不但股民受損，習的位子也坐不穩，一心想推翻習近平的江澤民集團將會伺機反撲，逼迫習讓位，號稱要讓習近平成為第二個華國鋒。

有經濟學家分析說，股市暴跌，讓銀行很受傷，銀行資本金虧損之後，必然全線收縮放貸業務，這樣實體經濟會越發寒冷，經濟下滑會更加嚴峻，反過來說，糟糕的經濟表現也會進一步影響股市信心，於是惡性循環。

另外，股市暴跌也影響房地產生意，當股災發生時，大陸樓市也相應下跌，汽車行業也下行，人們即使交納的首付，也不再

跟進買車。假如過美聯儲再加息，美元匯率上升，美金回流，大陸人拋售地產股票，資金鏈越來越緊繃，一旦樓市再下跌，中國很可能再現日本當年的悲劇，掉進十年蕭條之中而難以自拔。

李克強發出 17 道救市命令

6月28日至7月2日，李克強訪問歐洲。7月3日，李克強回到北京，迎接他的是滬深兩市有1400多支股票跌停，該周滬綜指累計跌幅達12.1％，讓本輪牛市成果的半數抹去。據港媒透露，「李克強非常生氣」，因為他沒料到剛從歐洲回來，就馬上得應對自家的重大問題。7月4日下午，中共國務院召集一行三會、財政部、國資委及主要央企負責人會議，商討金融市場應對之策。

網上消息稱，會上就如何救市，李克強和部委分歧極大。央行行長周小川與財政部部長樓繼偉傾向擠牙膏式救市，但李克強大發雷霆地說：「你們回家擠奶去！我要暴力救市！」

會上李克強做出很多決定，包括：1. 央行定向發行5000億元（人民幣，下同）抵押補充貸款，設立平準基金。2. 證監、銀監、保監各自落實2000億資金，財政部5000億資金，共組救市方案等。事後有人把其歸納為李克強救市發出了17道權杖。

李克強救市發出「17 道權杖」

1. 中金所提高中證 500 期指賣空保證金比例至 30%；

2. 保監會提高保險資金投資藍籌股票監管比例；

3. 證監會加大中小市值股票購買力度；

4. 央行繼續通過多種管道支持證金公司；

5. 證金公司流動性充裕；

6. 央企承諾加大增持力度；

7. 國資委要求央企不減持；

8. 證金公司向 21 家券商提供 2600 億信用額度；

9. 放寬上市公司股東增持公司股票限制；

10. 財政部承諾不減持持有股票；

11. 8 家券商回應協會倡議採取措施穩定市場；

12. 深交所鼓勵公司實控人及高管增持本公司股票；

13. 證監會稱 6 個月內高管不得通過二級市場減持；

14. 匯金再發聲承諾不減持 已在二級市場買入 ETF；

15. 證金公司申購 5 家公募基金主動型基金共 2000 億元；

16. 證監會放寬相關規定稱鼓勵大股東及董監高增持；

17. 上市公司協會籲多管道增持股票 多家銀行股東承諾
    不減持。

救市延誤 3 天 李克強發火

7月4日李克強要求緊急救市，然而直到7月8日，央行才發布聲明，支持市場穩定並守住「不發生系統性、區域性金融風險的底線」。這是股市發生巨大波動以來，央行首次發布正式聲明。外界認為，在救市如救火的關鍵時刻，拖延3天才公布聲明，令股災惡化得更加嚴峻。

7月10，連英國人也看出了破綻，《金融時報》報導說，李克強7月4日要求強力救市，7月5日周日晚上證監會宣布央行將支持券商，但央行直到7月8日上午才證實其介入，中共財政部也到8日才加入承諾「維護市場穩定」的行列。文章說，本次危機剛爆發時，證監會並沒有得到財政部的全面支持。

知情人士向《金融時報》透露說，之前執掌中共主權財富基金的樓繼偉，已經被地方政府積累的總計22萬億元人民幣債務搞得忙不過來。他最不想參與的事情就是又一波救助，尤其是救助不顧一切地湧入股市的投資者。

第三節

新華社詭異宣稱救市無效

劉雲山治下的新華網在 7 月 7 日宣布
「救市失敗」，不但令大陸股民驚恐
萬分，也令香港股市應聲下跌。（Getty
Images）

新華社稱救市無效 重創股市信心

劉雲山治下的新華網在 7 月 7 日宣布「救市失敗」，不但令大陸股民驚恐萬分，也令香港股市應聲下跌，並使整個亞洲乃至全球股市下跌。

7 月 7 日上午 11 時 30 分，新華社客戶端（手機新聞 App）發布的市場直播文章稱：「銀行股和兩桶油的救市無效，A 股早盤再度大幅下跌，滬指盤中跌破 3600 點；大盤股拉升救市的背後，中小盤股成為了殺跌的重災區。」

雖然該段短文至下午時段已經消失，但新華社此文一出，引起一片譁然，因為這與此前一致唱升股市的官媒報導背道而馳，

不了解中南海內鬥的人還以為這就是官方態度，結果導致國際股市在 7 日的全線下跌、大宗商品的暴跌，以及民眾對股市的絕望與悲觀，哪怕李克強推出 17 道利好消息，8 日滬指依舊開盤跌破 3500 點，最低 3421 點，跌幅近 7%。

北京理工大學經濟學教授胡星斗評論說，新華社作為官媒，遣詞造句「一向嚴謹」，但在此關鍵時刻使用這樣的文字，已違背中央的救市精神。時事評論員石久天說，主管中共文宣的劉雲山這時介入亂來，目的就是混水摸魚，暗算習近平。

有人調侃說，7 月 8 日，從漲停開盤，到跌停收盤，救市與不救市的區別就是……一天終於能跌 20% 了，很多投資者驚呼，衝進去了一看，所謂的友軍呢？國家隊呢？什麼都沒有嘛！

劉雲山「暗算」習近平與李克強，還可從「暴力救市」這個詞的流傳中看出來，按中共慣例，李克強作為中共的國家總理，私下發脾氣時說的這一句話，是不應該拿來媒體炒作的，但有人就把這句粗暴、野蠻、甚至帶有流氓氣息的「暴力救市」，刻意拿出來公開炒作。

史上罕見的多空對決戰況紀實

7 月 13 日，《財新周刊》封面報導《A 股救市苦戰》一文披露，救市初期，中證監單兵作戰效果不佳。7 月 4 日中證監集結 21 家券商出資 1200 億元人民幣，還將證金公司資本金由 240 億元調至 1000 億元。

7 月 6 日證金公司和券商入場買藍籌股，7 日和 8 日兩個交易日，證金公司動用的資金都在 2000 億元以上，合計超 4000 億元。

這種做法雖託住滬指，卻出現千股跌停。報導稱，A股是否會出現流動性危機，成為一切問題核心。中證監設定的答案，是託住股指。

但在哪裡算託住？中證監未公布。中證監高層對股指的預估並不一樣。每天下午5點中證監主席肖鋼組織有關會議，氣氛幾起幾落，有群情激昂也有士氣低落，一切取決於當天的救市政策出台後股指的反應。

7月8日「國家隊」轉變方向，拯救「小票」，證金公司向21家券商提供2600億信用額度。券商人士透露，上述額度指明用於支持中小市值股票。

7月10日，大陸搜狐網刊發來自博遠投資的一篇網文，稱造成此次股災的黑手是行家。雙方激烈暗戰的結果，是「國家隊」以「扮豬吃老虎」的方式設局，令對手最終上套。

文章稱，本輪護盤實際是7月6日正式開始的，總體來說前兩周都是喊話，6日開始真金白銀搏殺。多方以證金公司為代表，空方以手握大量ic1507空單的勢力為代表。

空方一開始作空的目標就是中證500的期權，6月19日暴跌開始ic的交易量暴漲，空方大量開空單，同時把手中主要握有的中證500現貨往死裡砸，這些籌碼哪兒來的，中小市值股票為什麼前期無理由暴漲，就是空方在拿籌碼，他們不會去拿藍籌，因為資金量有限，籌碼拿不夠，砸不出感覺。

暴跌開始了，中小市值股票被砸得完全失去了流動性，幾十手都能砸跌停，到後來直接開盤跌停了，空方使得中證500在三周內暴跌45%。取得了階段性的勝利。

「國家隊」在7月5日祭起反攻大旗，第一步是輿論，在

輿論大造全民抗擊金融危機的言論。第二步，7月6日，「國家隊」聲東擊西，擺出一副拉指數維穩的態勢，強拉藍籌，放任中證500不管，輿論上出現很多質疑「國家隊」的言論，同時空方也放鬆警惕，想一口擊穿「國家隊」，也來搶奪藍籌籌碼，準備在藍籌上也積累拋壓，一擊擊潰「國家隊」。

7月7日，空方繼續和「國家隊」搶籌，搶到一半，發現不對，好像「國家隊」沒買了，7日當日機構流出1000億，說白了，空方搶藍籌搶在高位了，8日滬指跌6%，空方自己把自己套牢了。

文章稱，7月8日，「國家隊」反攻才真正正式開始，首先是提高了空單開倉保證金，消耗空方彈藥，同時不准開投機空單，開套保空單需提供持有現貨的證明，空方感覺情況不對，開始平空倉，所以8日上午ic1507被平得上漲2%，但到11點，市場情緒發生微妙轉變，多支中證500的票被打開跌停，空方發現問題大了，現貨在上漲，越來越沒人開空單，空方越平利潤越少，而用來砸盤的籌碼砸出去就被國家隊全沒收了，相當於兩邊都在虧損。

救市不成功 到底錯在哪？

也有人從股市特性的角度分析了7月7日救市失敗的原因。如股評人士齊俊傑分析說，「經此一役，可能管理層要好好想想，到底我們錯哪了？」他列舉了幾點因素

1、從不敬畏市場，行政級別多了，就總想著管人，對於股市也是如此，總想著出個政策呼籲一下，就能把股市拉高。一開始確實如此，但當你總是對股市又打又罵之後，終將迎來市場的

報復。這波暴跌，就是對於這樣一個行政牛市的客觀修正。

2、錯誤的估計自己實力，市場遠比想像的複雜的多，股市運行了上百年，沒有人也沒有組織能夠將它玩弄於股掌之上，把一個支值 2000 點的股市忽悠到了 5000 點之後？還有價值嗎？

3、出發點錯誤，股市一開始就錯了，只是為了國有股減持，為了國有企業脫困，所以這麼多年來，一直都是國有企業賺大頭，莊家賺小頭，老百姓巨虧。而這輪牛市發動之前，更是有個不可告人的祕密，那就是讓股市來消化金融危機。要虧虧股民的，力保銀行和地方債。所以一些垃圾公司被包裝上市，一些根本就沒人要的東西變成了香餑餑，還要增發！大牛市變成了炒垃圾的遊戲。

4、目的不純潔，是為了讓銀行和國家的錢，全部先退出來。只要銀行裡面傘形信託的錢和配資的錢安全出場，那麼以後想必也不會再有救市一說。

5、錯誤的時點，打光了所有子彈，當 5000 點暴跌到 4000 點，速度是很快，市場也確實恐慌，但 4000 點前就大規模救市，這與價值背離太多。

6、態度不對，用了所有能用的手段，監管層已經殺的急眼，這種情緒傳染到了市場，給投資者傳遞的信號就是，你們已經輸不起了，為什麼會輸不起？說明中國的金融安全命懸一線，都寄託在了股市裡，那麼之前說的傘形信託、槓桿配資，銀行到底出了多少錢？券商到底賠了多少錢？這些實在讓大家心裡沒底，空有愛國之心，怎奈錢包空空，也只能先出來再說吧！

齊俊傑分析說，要問誰在做空 A 股，那就是槓桿效益。這次有人通過槓桿，在不到一年時間，用 50 萬元炒到了 1500 萬元，

這可謂是絕對暴利，極不正常的。任何不正常的事情都是不可持久的，也就是說，A股的大幅調整是遲早的，不可避免的。回頭看就會發現，清理場外配資這一通告導致部分高槓桿者恐慌是這次大幅調整的導火索。不清理是不行的，不清理意味著泡沫越來越大，等到泡沫過大再爆裂，局面能否收拾就不得而知。所以說選擇在此時剎剎車，未必是壞事。……

這就好比有人在樓頂看風景，忽然有人不小心扔了個煙頭，點燃了一個煙盒，然後有人以為是發生火災了，本來樓梯口就小，大家一窩蜂往門口擠，必然導致踩踏。A股這次深調，就是因為「踩踏」造成的。那為什麼會有人做空呢？道理其實很簡單，天下熙熙皆為利來，天下攘攘皆為利往。因為發生了踩踏，大家心裡都很恐慌，投機者看到了在當時情況下能通過做空賺錢，就跟著做空了，僅此而已。

融資金額每日上千億

中國證券報》在7月11日給出了一些數據，讓人看清了當時融資市場的規模有多大。

文章說，6月19日以來，兩融投資者謹慎心態一步步加深，每日融資淨償還金額逐日攀升，從最初的單日55.50億元加碼到7月8日破紀錄的1700.19億元，期間兩融餘額也從最高時的2.27萬元「瘦身」至7月8日1.458萬億元，區間降幅達到35.77%，淨流出金額超過8000億元。其中7月8日單日融資買入額僅僅錄得560.28億元，為2014年11月以來的最低。

在7月9日救市見成效之前的前半周，市場連續遭遇大幅融

資淨償還，每日淨流出金額均在 1300 億元以上，不過 7 月 9 日 A 股全線飄紅，釋放觸底反彈信號，融資盤出逃腳步顯著放慢。 Wind 資料顯示，9 日市場融資淨償還金額為 180.74 億元，環比降幅接近 90％。分析人士認為，這意味著集中宣洩過後，市場恐慌情緒正在出清，融資盤與指數漲跌間的正回饋關係正在獲得重建，「槓桿殺」風險高峰期已經過去。

香港也被動了手腳

劉雲山控制的新華社稱救市失敗後，導致大陸股民信心崩盤，恐慌情緒也迅速蔓延到香港。7 月 8 日，香港股市出現恐慌性拋售，香港的創業板一上午就暴跌了 15％，下午一度跌到了 21％，帶動了香港恆生指數的暴跌，這種帶動效應蔓延到了整個亞洲，日經指數也在跌。8 日當天，恆生指數盤中一度暴跌 2138.49 點，創歷史記錄，跌幅更甚 2008 年金融危機。截至收盤，跌幅收窄至 5.84％，仍挫 1458.75 點。

當天恆生指數 50 支成分股有 49 支下跌，主機板全日僅有 45 支股份上升，下跌股份則達 1593 支，平均跌幅 11.21％。在機構和散戶齊齊拋售下，全日成交量繼續高企，達 2359.7 億港元。

有評論表示，中國的救市失敗是港股暴跌的元凶，A 股限制賣空、不准出售股份、公司停牌等因素均打擊投資者的信心，增加了拋售股份的欲望，只好通過出售港股來對沖風險。不過，懂中國問題的人都知道，在現階段大陸政府救市還不會失敗，因為還有很多手段、特別是行政司法手段可用，於是，有人拋售，也有人接受，結果成交量很大。

美國華府中國問題專家季達分析認為，大陸股市的這種跌法，會令中共政權受到前所未有的衝擊，隨後很可能出現各種要求習近平下台的輿論放風。新華社首先承認「救市失效」的做法，造成了股民心理的崩潰。季達認為，新華社此舉顯示中共高層空前的分裂，表明中共高層有一股力量在激烈的算計習近平，這股力量很可能就是掌管宣傳系統的劉雲山及其背後的江派勢力。這一現象也恰恰是江、習前所未有大決戰的信號。

據港媒報導，在 2015 年 5 月底至 6 月初，中國滬深股市再次發生異常大幅波動後，李克強曾表示「證券界有鬼」。亦有評論認為大陸股市的這波大幅下跌，涉及到習、江博弈。

7 月 7 日消息人士牛淚撰文表示，在經濟下行壓力不斷加大、結構調整需要迴旋時間、對外經濟與戰略擴張需要國內經濟支撐、改革反腐等大背景下，習近平、李克強都需要有一個穩定發展的牛市而非哀鴻遍野的熊市來支撐場面。牛淚表示，習近平從來不會按常理出牌，財大氣粗的習李工具箱裡也不缺少股市調控工具，為因應下跌他們肯定會使出更屬害的救市招數來。

第四節

證監會核查配資線索
馬雲發文自辯

7月13日上午，證券監管當局突訪恆生電子杭州辦公大廈，約談多位高管。據悉，證券監管當局此行和規範配資相關。

證監會7月12日（周日）曾表示，隨著市場回穩，部分機構和個人借助信息系統為客戶開立虛擬證券帳戶，借用他人證券帳戶、出借本人證券帳戶等，代理客戶買賣證券等違法現象捲土重來，可能再次危及股票市場平穩運行，必須予以清理整頓。

高槓桿配資導致股市巨震

有市場觀點認為，高槓桿配資是造成中國股市巨震的原因之一。而恆生電子開發的 HOMS 系統牽涉其中。

HOMS 是恆生電子 2012 年為私募基金開發的一款技術系統，該系統具有兩個獨特功能：一是可將私募基金管理資產分開，交

由不同的交易員管理；二是能夠靈活分倉。

2015 年初，一些 P2P 公司發現，利用 HOMS 系統，既可以靈活分倉，也可以方便對融資客戶實行風控，因此紛紛加入配資業，形成了負債端為用戶提供固定收益產品、資產端為股票融資客戶融資的商業模式。

A 股市場自 6 月 12 日最高位的 5178.19 點，到 7 月 9 日最低位的 3373.54 點，短短 18 個交易日暴跌 34.85％。

據中國證券業協會 6 月 30 日公布的數據，目前場外配資活動主要通過恆生公司 HOMS 系統、上海銘創和同花順系統接入證券公司進行。三個系統接入的客戶資產規模合計近 5000 億元，其中 HOMS 系統約 4400 億元。

國金證券在最新的研報也顯示，截至今年 6 月底，HOMS 系統承載資產規模約 4400 億元，與去年同期的 120 億元相比，增長 36 倍。

華泰證券首席金融分析師羅毅表示，恆生電子是同行業中規模最大的一個，影響力也較大。

業內人士認為，配資公司以 HOMS 系統為核心，實際上擊穿了證監會的監管，場外資金可以通過 HOMS 系統進入股市，並且避開了實名制的限制。與此同時，大量信託公司也開始利用 HOMS 子帳戶管理系統，把信託帳戶拆分成多個獨立的帳戶單元，獨立從事證券交易。HOMS 配資和配資平倉數據與 A 股的市值相比雖微不足道，但是由於其交易頻率高，成為市場風向標，加劇了市場的恐慌。

恆生電子發布公告否認

恆生電子 7 月 13 日發布公告稱，市場上關於 HOMS 是引發股市動盪主力的說法不客觀，亦非常不專業。

恆生電子稱，從 6 月 15 日到 7 月 10 日，滬深兩市單邊交易總量約為 28.64 萬億元，而同一時期 HOMS 總平倉金額僅為 301 億元，占兩市單邊總交易比為 0.104％。其中第一周平倉金額為 37.07 億元，占比為 0.042％；第二周為 65.11 億元，占比為 0.105％；第三周為 149.9 億元，占比為 0.190％；第四周為 49.38 億元，占比為 0.081％。

馬雲稱被人「掛起」

恆生電子總部位於杭州，1995 年成立，2003 年在上海證券交易所主機板上市，實際控制人是阿里巴巴董事局主席馬雲。有輿論認為「股災源頭在杭州」。

對此，馬雲 7 月 13 日下午在其來往的好友中發文表示，自己最近一直在世界各地出差，無暇關注國內股市，也已多年不炒股。

但驚聞杭州是股災的「大本營」，馬雲搞垮了中國股市時，他說：「事不關己，高高掛起，事不關己，有人掛你」。

第五節

股災矛頭　習直指劉雲山

中共政治局常委劉雲山（左）、劉樂飛（右）父子聯手「操作」股市，劉樂飛牽涉股災7月20日突然辭職。（新紀元合成圖）

　　7月初，中共1.7萬億元「救市」動盪一周，全球各大媒體的焦點都聚集在中國股市上。

　　從6月12日滬指達5178點的歷史高位後，A股三周大跌30%，蒸發了近21萬億市值。7月4日，總理李克強主張果斷救市下，當局一連兩天推出密集救市措施，包括全面叫停IPO（新股上市），大陸央行、證監會、中央匯金公司、期貨交易所、21個主要券商調集1.7萬億元人民幣救市。

　　儘管分析師普遍唱好，然而首日救市成效讓外界失望。7月6日周一開盤，A股高開8%，但只是曇花一現的高位，上午已有1000隻股票跌停，尾市在「國家隊」大舉托市下，才勉強回穩，滬指升2.1%，深成指跌5.32%。

新華網「救市無效」引發大跌

7日，在大批資金托市下，A股高開8％，不過再一次掉頭向下。就在此時，11時半，中共官媒新華網發布市場直播文章稱「救市無效」，引發各界譁然。雖然文章在短短幾個小時後被取消發表，但官媒不同尋常的表態，被視為和習近平當局「救市措施」唱反調。

新華網的「救市無效」，令滬指盤中跌破3600點。當天股市拋盤大增，滬指收報跌1.69％，深成指跌5.8％。其中1700隻股份跌停板，但 保險類和銀行股則逆市大升，保險類板塊大漲7.9％，當中中國人壽、中國平安漲停，中國太保上漲6.98％，新華保險上漲4.63％。而中行、建行、民行、中信銀行都升停板，部份股價創7年新高。

值得留意的是，新華網的背後就是劉樂飛父親、中共政治局常委、江派前臺人物劉雲山。而在股災中逆市大漲的股票，中國人壽、新華保險以及中信等，都和劉樂飛有千絲萬縷的關係。

自2006年7月起，劉樂飛擔任中國人壽首席投資執行官。2008年6月，中信產業基金成立後，劉樂飛離開中國人壽，出任該基金董事長兼首席執行官，同時還擔任中信證券董事。人雖然離開了，雙方的合作並沒有中止。

新華保險2014年年報顯示，劉樂飛自2014年7月起擔任新華保險非執行董事。

中國人壽減持中信證券

7月7日，中國人壽發表股票交易異常波動通告，稱在 7 月 3 日、6 日和 7 日連續三個交易日收盤價格漲幅對比上證綜指漲幅偏離值累計超過 20％。

次日，中證監晚上發出通知，即日起 6 個月內嚴禁所有上市公司持股 5％或以上股東、董事、監事及高級管理人員，通過二級市場減持公司股票，範圍涵蓋央企、國企以至所有上市民企。如發現上述人等違規沽貨，中證監將給予「嚴肅處理」。同日，國資委也發布了央企承諾維護資本市場穩定的承諾書。

雖然 8 日晚中國人壽等央企紛紛發通告同意不減持。不過兩天後，國壽被爆出於 7 月 10 日減持所持有的中信證券 A 股 3000 萬股，套現逾 8 億元人民幣，持股量由 6.05％降至 5.74％。雖然事後中國人壽稱總持股不足 5％「不違規」，不過，其公然減持的取態，頗有挑戰習近平當局的意味。

中信證券 1.19 股災前減持

知情人士透露，劉樂飛和掌控宣傳的父親劉雲山，在股市中聯手，利用內幕消息與操作套取利益，而且早有前科。

今年 1 月 19 日 A 股崩跌。上證綜指跌 7.7％，創 7 年來最大單日跌幅；深證指數跌 6.61％，被形容為「119 股災」。此前，1 月 16 日，證監會通報中信證券等 12 家券商因兩融業務違規被罰，中信、海通、國泰君安等三大券商被暫停融資融券三個月。同日，中信證券披露公告，其大股東中國中信有限公司在此之前 4 個交

易日內，減持了 3.48 億股中信證券 A 股股票，套現金額在 110 億元左右，持股比例從 20.2％下降到 17.14％。

報導指，由於中信證券作為被處罰一方，有條件比市場提前獲知被處罰的資訊，中信證券大股東在其兩融業務被罰消息公布前拋售股票的做法，遭到市場人士質疑，認為可能涉嫌內幕交易。

過去一年，中國股市上證綜合指數由 2300 多點升至 5000 點以上。這期間，大量上市公司大股東、高管拋售股票套現。今次股災，中國股市急跌逾三成，市值蒸發 20 萬億人民幣，持股市值人民幣 500 萬元的大戶減少了 3 萬人，財富大轉手，散戶更叫苦連天。

今次股災遭遇強大沽空壓力，不少媒體都解讀為涉及中共高層權鬥，習近平一直在藉反貪清理江澤民派系，故江也利用股市阻擊。目前當局已經把惡意沽空的目標鎖定上海一帶，7 月 10 日，中共公安部副部長孟慶豐率跨部門工作組抵達上海，稱發現個別貿易公司涉嫌操縱證券期貨交易等犯罪的線索。

大陸股市涉江曾攪局

有分析認為，上海是江澤民的老巢，而國資股一向由江派勢力掌控，上述消息表明江派正利用大陸股市的暴跌賺錢，這從側面印證了此前有關江澤民、曾慶紅、劉雲山等江派家族利用數萬億做空股市的傳聞。

接近中共財經高層的知情人士向本報透露，據說各大江派企業都集體做空 A 股，造成今次大面積股市大跌，不過因補倉不及，據說有把柄已經被習近平當局掌握。劉樂飛等人均是幕後操

盤手，劉相關企業在大跌前已經減持了不少股票。

熟悉中國內情的維權律師鄭恩寵評論道：「江澤民、曾慶紅，他們在這事裡攪動，現在國內輿論都不同調，有輿論就指海外搞鬼、香港在搞鬼，有的指是我們的內部發生作用。我認為外資肯定是少數，都是內部人在搞。」他預期當局將趁機清理江派，「目前好多證券公司接受調查，領導在頻繁更換。」

劉從中專生成中宣部長

值得留意的是，根據港交所資料，新華保險董事會披露，劉樂飛辭去職務是 7 月 20 日晚上。當晚，和周永康結盟政變的前中共統戰部部長令計劃被宣布「雙開」（開除黨籍、開除公職）和移送司法調查。「7‧20」也是 16 年前中共黨魁江澤民發起迫害法輪功的特殊日子。

劉雲山是中共江澤民集團的前臺人物，18 大以來，在中南海高層習、江兩派激烈博弈中，一直利用掌控的宣傳口阻擊習近平。

2013 年圍繞中共勞教制度廢除問題，因涉及江派迫害法輪功的酷刑和活摘器官等罪惡核心，劉雲山密令中宣部不轉不評馬三家勞教所黑幕文章；2013 年 2 月初爆發的《南方周末》事件亦由劉雲山一手操縱，由廣東宣傳部刪除《南周》新年獻詞中的「憲政夢」，令習近平難堪、輿論譁然。

2014 年 6 月 10 日，劉雲山掌控的國新辦拋出的香港白皮書，變相改變港人治港、高度自治的政策，激怒港人，激發香港政改爭議升溫。

劉雲山原本只是一個中專生，能夠爬到現在政治局常委，靠

的是討好當時的中共總書記江澤民，在輿論上配合迫害法輪功。2002 年中共「16 大」召開，江澤民為了維持對法輪功的高壓迫害，第一次將文宣和政法的主管塞入政治局常委會，分別是李長春和羅幹。時任中宣部長的丁關根退休，劉雲山成為中宣部長。

劉樂飛成金融大亨

劉雲山 1997 年任中宣部副部長，其子劉樂飛因而得以留京，當時只是分到財政部綜合司工作。隨著劉雲山上位，其子劉樂飛也開始飛黃騰達。2004 年，劉雲山把年僅 31 歲的兒子劉樂飛「強力安插到國內最大的機構投資者——中國人壽保險股份公司，出任投資管理部總經理，負責掌管超過 5000 億元保險資產的投資運用。」劉自此踏上國內金融業大亨之路。

劉樂飛被視為中國最有錢（權）的大老闆之一。中國百度百科介紹：這位 1973 年出生的北京中國人民大學畢業生，2011 年曾被《財富》雜誌評選為：「亞洲最具影響力的 25 位商界領袖」，在這個名單內位居 22 名，是其中最年輕的上榜人士，年齡 38 歲。

車峰案 或牽出劉家貪腐

今年 6 月 2 日，中共原天津市市長戴相龍的女婿、香港上市公司數字王國實際控制人車峰被抓。據各方報導，車被調查除涉及中共國安部原副部長馬建及北京盤古氏投資有限公司實際控制人郭文貴案外，同時他與劉雲山家族有密切關係。車峰的私人飛機儼如劉家的專機。劉妻李素芳和大兒子劉樂飛母子兩人經常

「借用」車峰的私人飛機，其中李素芳被指幾乎每年都「借用」
30多次，劉樂飛更借專機去歐洲看球賽。

中國大變動系列 **035**

股市政變 李克強臨危受命

作者：王淨文 / 季達。**執行編輯**：張淑華 / 黃采文。**美術編輯**：吳姿瑤。**出版**：新紀元周刊出版社有限公司。**地址**：香港荃灣白田壩街5-21號嘉力工業中心B座3樓25。**電話**：886-2-2949-3258（台灣）852-2730-2380（香港）。**傳真**：886-2-2949-3250（台灣）/ 852-2399-0060（香港）。**Email**:mag_service@epochtimes.com。**網址**：www.epochweekly.com。**香港發行**：田園書屋。**地址**：九龍旺角西洋菜街56號2樓。**電話**：852-2394-8863。**台灣發行**：高見文化行銷股份有限公司。**地址**：新北市樹林區佳園路二段70-1號。**電話**：886-2-2668-9005。**規格** ： 21cm×14.8cm。**國際書號** ： ISBN978-988-13959-4-8。**定價** ：HK$128 / NT$450。**出版日期**：2015年8月。

新紀元
NEW EPOCH WEEKLY

www.ingramcontent.com/pod-product-compliance
Lightning Source LLC
Chambersburg PA
CBHW060219030726
47499CB00004B/1114